· 中国海洋大学一流大学建设专项经费资助 ·

性别视界

20世纪80年代的
文学与文化

马春花

著

南开大学出版社
NANKAI UNIVERSITY PRESS

天津

图书在版编目(CIP)数据

性别视界：20世纪80年代的文学与文化 / 马春花著. 天津：南开大学出版社，2025.5. -- ISBN 978-7-310-06699-5

Ⅰ.Ⅰ206.7

中国国家版本馆 CIP 数据核字第 2025K6M729 号

性别视界：20世纪80年代的文学与文化
XINGBIE SHIJIE：20 SHIJI 80 NIANDAI DE WENXUE YU WENHUA

南开大学出版社出版发行

出版人：王　康

地址：天津市南开区卫津路 94 号　　邮政编码：300071

营销部电话：(022)23508339　营销部传真：(022)23508542

https://nkup.nankai.edu.cn

河北文曲印刷有限公司印刷　全国各地新华书店经销

2025 年 5 月第 1 版　　2025 年 5 月第 1 次印刷

240×170 毫米　16 开本　17.25 印张　2 插页　283 千字

定价：88.00 元

如遇图书印装质量问题,请与本社营销部联系调换,电话:(022)23508339

目　录

导言　性别、文学与时代

　　男女之间的性别关系是人类建构社会秩序、想象未来世界的依据与基础。18 世纪法国空想社会主义者傅立叶在建构其未来乌托邦社会蓝图时，将妇女解放、性的解放置于中心位置，他说："某一历史时代的发展总是可以由妇女走向自由的程度来确定，因为在女人和男人、女性和男性的关系中，最鲜明不过地表现出人性对兽性的胜利。妇女解放的程度是衡量普遍解放的天然标准。"①这是他最广为流传的一段论述，马克思曾将这段论述用于《神圣家庭》，并在《1844 年经济学哲学手稿》中赋予它以哲学意义。马克思说："人和人之间的直接的、自然的、必然的关系是男女之间的关系。在这种自然的、类的关系中，人同自然界的关系直接就是人和人之间的关系，而人和人之间的关系直接就是人同自然界的关系，就是他自己的自然的规定。因此，这种关系通过感性的形式，作为一种显而易见的事实，表现出人的本质在何种程度上对人来说成了自然界，或者自然界在何种程度上成了人具有的人的本质。因而，从这种关系就可以判断人的整个教养程度。从这种关系的性质就可以看出，人在何种程度上成为并把自己理解为类存在物、人。男女之间的关系是人和人之间最自然的关系。"②在此，马克思对人化

---

　　①　"妇女解放的程度是衡量普遍解放的天然标准"这一表述来源于马克思的引述（见［德］马克思、［德］恩格斯：《马克思恩格斯全集》第 2 卷，中共中央马克思恩格斯列宁斯大林著作编译局编译，人民出版社，2016，第 249－250 页。），但这段文字在《傅立叶选集》的《关于普遍命运的几个方面的说明》一文中有所出入，傅立叶原文对妇女解放的论述是："上帝所承认的自由，是同样适应于两性身上的自由，而不单是适用于一性身上的自由。因此，上帝要一切社会灾难的源泉，如蒙昧制、野蛮制、文明制，都只能有一个轴心即奴役妇女。而社会幸福之源泉，……除了逐步解放妇女以外，没有别的轴心，也没有别的指南针。"见［法］傅立叶：《傅立叶选集·第一卷》，赵俊新等译，商务印书馆，2009，第 86 页。

　　②　［德］马克思、［德］恩格斯：《1844 年经济学哲学手稿》，载《马克思恩格斯全集》第 42 卷，人民出版社，2016，第 119 页。

的自然、自然的人化、人与自然关系的思考,是通过男女这一人与人之间的自然关系统合起来的。可以说,男女关系是现代转型之际的伟大思想家构想人类解放与社会文明蓝图的基石。

实际上,男女关系及其性别秩序,不管是在古代还是现代、东方还是西方,一直是某种统治关系维系或者坍塌的表征。男女关系在社会政教体系中的文化象征意义,在传统儒教中国尤为突出。在《女子解放问题》一文中,中国女权无政府主义先驱何殷震一语道破男女区隔与政治教化、统治秩序之间的对应关系,她说:"所立政教首重男女之防。以为男女有别,乃天地之大经。"①男女有别构成了统治和压抑的物质与意识形态基础,它体现在儒家经学传统与父权帝国体系中,也体现在政治体制和社会生活中。由男女始,继而夫妇、父子、君臣,由此建构起事关上下、内外、尊卑的差序格局体系。所以,男女关系从来就不简单指向一种生物性的关系,而是建立在生物性基础上的社会性关系,紧密联系于权力的分配与秩序的确立。男女性别的区隔,本身就是文化建构与意识形态运作的过程与结果,其特殊性不仅在于它能有效抹去自身作为意识形态的痕迹,同时又可以作为意识形态的表意机制,有效抹去其他意识形态运作的痕迹,正源于此,何殷震将男女有别与天地人经结合在一起。

以男女为主要区隔的性别,是本书的第一个关键词。而如何理解性别,一直是女性主义理论与批评的基石。基于不同时空、文化、地缘、阶层、种族,甚至学科、诉求、路径等的不同,对于性别的理解也存在诸多差异。作为一个文学文化研究者,我对性别的主要观点如下:

第一,性别是基础性的意识形态表意机制。性别虽以男女身体差异为基础,但当将身体部位的某些差异作为男女二元的性别区分,将某种行为、

---

① 震述:《女子解放问题》,《天义》第七卷,1907年9月15日。关于何震女权无政府主义思想的研究,可见刘慧英《从女权主义到无政府主义——何震的隐现与〈天义〉的变迁》,《中国现代文学研究丛刊》2006年第2期;夏晓虹《何震的无政府主义"女界革命"论》,《中华文史论丛》2006年第3期。刘禾、高彦颐、瑞贝卡将何震对"男女有别"的论述抽象为一个比西方"性别"更为有效的分析范畴,以此论证中国女权发生时所具有的先锋性,挑战了女权的西学东渐之说法。见[美]刘禾、[美]瑞贝卡·卡尔、[美]高彦颐:《一个现代思想的先声:论何殷震对跨国女权主义理论的贡献》,陈燕谷译,《中国现代文学研究丛刊》2014年第5期。

装扮、气质、心理、精神、文化、语言、实践等与某种性别绑定在一起并被赋予高下不同的价值判断时,性别就变成一种具有内在约束、规范、压抑力量的社会文化建构。在本书中,我将在意识形态与象征意义互动的框架中来理解性别,将性别看成是意识形态的基本表意机制。性别表意机制是贯穿本书的理论基石,包括两方面的含义:性别是一种意识形态型构。它无所不在,无远弗届,询唤出"自行工作"①的驯顺性别主体;性别又是其他意识形态的最为基础性的表意机制。作为差序结构的基本原型,性别以其被自然化的引喻与隐喻功能转译、表征其他意识形态,性别并非平行于阶级、种族、民族、国家等其他意识形态范畴,而是与之形成一种可以交叉、重叠、表征的矩阵结构。

第二,需要在历史性与结构性的辩证关系中讨论性别。当我们说性别是一种意识形态时,这也意味着与性别相关的话语表述及其文化实践总有其特定的历史语境,不能脱离特定的时空语境来谈一种恒定不变的性别型构。当然,这并不意味着性别型构是任意变化的。性别型构类似于弗洛伊德所言的梦与梦的机制,作为表象的梦是变化的,但内在置换与否定的结构却是相对稳定的。男女二元的性别区分与区隔既具有超历史的永恒性,并形成一种性别无意识,同时,也需要在历史的动态结构中分辨其作为一种话语表述的变化,性别也需要"永远历史化"②。这意味着需要辩证看待构成女性主义理论基础的女性经验问题,经验既不是不证自明的,也不是直接透明的,它是需要被阐释、被争夺的东西,研究经验必须对它在历史解释中的起源地位质疑,需要思考这些经验是如何成为性别化的经验的,即将性别经验问题化。③

---

① 关于意识形态的功能是询唤出"自行工作"的主体,可见[法]路易·阿尔都塞:《意识形态与意识形态国家机器》,载李恒基、杨远婴主编:《外国电影理论文选》,生活·读书·新知三联书店,2006,第685—740页。

② "永远历史化"与"政治无意识"是詹姆逊的主要概念,在《前言》中,他写道:"永远历史化!这句口号——一句绝对的口号,我们甚至可以说是一切辩证思想的'超历史'的必要性——也将毫不奇怪地成为《政治无意识》的真谛。"见[美]弗雷德里克·詹姆逊:《政治无意识:作为社会象征行为的叙事》,王逢振、陈永国译,中国社会科学出版社,2011,第1页。

③ 关于经验的历史化问题,可见[美]琼·W.斯科特:《经验的证据》,载[美]佩吉·麦克拉肯主编,艾晓明、柯倩婷副主编:《女权主义理论读本》,广西师范大学出版社,2007,第558—590页。

　　第三,性别既是压抑之源,也是抵抗之所。当我们说性别是一种社会文化建构,是一种无所不在的意识形态,性别主体是在象征结构中被语言所塑造时,并不意味着性别主体尤其是女性主体无所作为。权力/话语网络与意识形态并非铁板一块、毫无缝隙,对权力/话语的引用也不可能完全成功,而且,在日常实践与文化规范之间也存在很大的差距,更何况随着历史的变化与性别平等意识的深入,女性越来越具有协商与议价的可能与空间。"空白之页"是女性在文化、历史中位置的隐喻,表面看来的"空白"处反而可能隐藏着某种暂时不能命名或难以名状的妇女创造力。对女性主义批评来说,重要的是发明一种新的阅读策略,去发现女性的"隐/阴性空间"与"无声之声"。①

　　基于对性别的这些基本理解,本书中的性别就既是研究的对象,也是一种研究的方法与阅读的位置,同时还是一种事关公平、正义、解放的立场。本书的性别研究将在以下方面展开:分析文学中的性别表象与性别关系型构;探究性别表象指涉的权力关系与运作模式;揭示并批判压抑性的父权文化意识形态;形成一种新的女性阅读策略,②以呈现散落在文本细节处那些"执拗的杂音"③。

　　性别表意机制是本书立论的基础,而 20 世纪 80 年代(以下均简称 80 年代)中国的文学文化转型则是本书的研究对象。之所以选择 80 年代作为性别表意机制实践的切入点,主要基于以下几点考虑:首先,80 年代是当代

---

　　①　女性主义者认为"空白""无声"实际上也是一个定义行为,一个危险而又冒险的对纯洁的拒绝,代表了女性的内部世界,对灵感与创造的准备状态,因此必须以另一种方式倾听这些"静寂的声音"。见苏珊·格巴:《"空白之页"与妇女创造力问题》,载张京媛主编:《当代女性主义文学批评》,北京大学出版社,1992,第 161-183 页。

　　②　胡缨、季家珍认为,即使明清贞节女性也可能成为一个批判性的主体,在不同程度上参与自身的生产,留下一定程度上的适应、讨价还价和偷梁换柱的挪用等种种痕迹,重要的是去发现这些痕迹。见胡缨、季家珍、游鉴明主编:《重读中国女性生命故事》,江苏人民出版社 2012 年。刘人鹏提出一种游牧主体位置,那是形影一体之外的影外微阴,罔两的位置。见刘人鹏:《近代中国女权论述——国族、翻译与性别政治》,台湾学生书局,2000,第 202-220 页。

　　③　韩琛用"执拗的杂音"来指称文学主流之外普遍存在的一种声音,它构成了文学不断求新求变的永恒动力。见韩琛:《三城记:异邦体验与老舍小说的发声》,《文学评论》2017 年第 5 期。本书借用了这种说法,认为作为边缘与他者的女性构成了主流历史的执拗杂音。

中国、文学的一个重要叙述领域与历史界点，①在它之前是被称为社会主义革命时期的 20 世纪 50 到 70 年代（以下简称 50 年代、70 年代），在它之后是改革开放、市场经济的中国特色社会主义时代，80 年代因之被称为是理解当代中国历史进程的一个"原点"②，它造成的思想文化遗产深刻地影响了当代中国的社会发展，以致我们要理解当代中国七十多年的历史、想象未来中国道路、重构历史合法性时，往往需要重返 80 年代并与之对话。因此，对 80 年代文学的研究，不仅是当代文学史建构、当代文学研究学科化、当代文学合法性的重要命题，也是理解当代中国甚至整个 20 世纪中国与世界历史进程的重要命题。这也是进入 21 世纪以来，80 年代在学界、民间屡屡"重返"的原因，其与民国文学热、五四文学热以及近来的解放区文学研究热形成饶有趣味的对照。

　　其次，在 80 年代这样一个特殊的历史界点上，文学与性别都处于一个非常醒目的位置，它们既是各种思想与实践交锋、争夺的场域，也是日常生活与文化变迁的症候。文学及其轰动效应早已成为 80 年代集体文化记忆的重要部分，其在访谈录、口述史、回忆录等各种形式的文化记忆中频频出现，以致建构起一个黄金时代的文学神话。而性别的显要性既体现于形而下的日用常行之中，也体现于形而上的文学艺术与理论研究之中。从西装、短裙、喇叭裤、高跟鞋、长发、烫发、蛤蟆镜等凸显性别与个性的时尚，到对于"男子汉""女人味"的广泛讨论与健美运动兴起等反映出来的性别气质焦虑

①　本书主要采纳现在比较通用的"20 世纪 80 年代"这一表述方式，作为一个具有与"新时期"相对应的学术概念，但在引文中，也会根据实际情况保留"八十年代"等用法。关于 80 年代文学的边界，在实际研究中往往涵盖 70 年代到 90 年代初这一大致时段的文学实践。在《"八十年代"文学的边界问题》中，程光炜把 80 年代文学的界桩向前推移到 70 年前后。罗岗在《"前三年"与"后三年"——重返八十年代的另一种方式》中则将边界前推、后延了三年，但"前三年"却不仅指 1977、1978、1979 这三年，而泛指 70 年代末 80 年代初这一"过渡时期"。而张清华通过对"地下诗歌"的研究，更是将这个上限推至 20 世纪 60 年代末。这些学者对 80 年代文学边界的扩展，建立在对"新时期"文学本身所强调的"断裂论"质疑的基础上，凸显了 80 年代文学与 50—70 年代文学之间的连续性。但对连续性内容的判断上，他们之间却存在很大差别。对蔡翔、罗岗等来说，他们强调的是社会主义革命实践在 80 年代的延续；而对张清华来说，他更注重的是"被历史压抑和埋没的部分"，是"不在叙述之中，而在黑暗之中的"既被 50—70 年代的社会主义革命叙事所压抑的部分，同时也因时间界点而被"新时期"叙述所埋没的诗人们，尤其是外省诗人们的反抗与思考。见张清华、李扬：《当代文学中的"潜结构"与"潜叙事"研究》，《当代作家评论》2016 年第 5 期。

②　贺桂梅：《打开六十年的"原点"：重返八十年代文学》，《文艺研究》2010 年第 2 期。

与身体性重塑;从社会主义妇女解放是否真的解放了妇女的讨论,到女人是否应该回家的争辩;从女性文学、男性文学等性别与文学关系议题的探讨,到西方女性主义理论的大量译介以及中国女性文学批评与妇女研究的兴起,性别化的渴望深入生活与文化的方方面面。罗丽莎因此认为,女性气质和男性气质及其在各种社会实践中如何体现的论争,成为这一时期现代性论争的中心话题。[①] 性别实践与性别话语,构成"新时期"日常生活实践、情感世界、文学想象与历史意识的重要部分。性别再次成为人们判断过去与历史、想象现代与未来、理解中国与世界的文化政治场域。

正是基于性别与文学在 80 年代中国所处的独特位置,本书将由性别入手,具体而言,是从文学中的性别形象、性别关系、性别观念的型构入手,在揭示 80 年代文学的性别表意机制的同时,也希图重新理解 80 年代中国、文学的复杂图景及其对现代、中国与世界的想象。性别、文学与 80 年代社会文化转型三者之间的关系是本书探讨的中心内容,本书试图提出并回答以下一些基本问题:80 年代的思想文化主潮,诸如历史记忆、发展主义、民族主义、现代主义等,怎样通过性别修辞来完成自身的意识形态诉求?性别表意机制暴露了"新时期"意识形态怎样的运作痕迹?性别表象与修辞在 80 年代文学中发生了怎样的承续与变化,这意味着怎样的社会关系、情感结构与未来想象的重塑?从性别表意机制来看,"前三十年"与"后四十年"之间到底隐含着怎样的延续与断裂?性别方法的介入能否为"知识谱系"与"意识形态生产"的"重返八十年代"研究撑开新的视野与空间?它能为深入理解 80 年代中国及其文化思想状况提供哪些可能?基于对这些问题的思考,本书将主要论述作为表意机制的性别,在建构 80 年代中国文学"新启蒙"意识形态合法性的同时,也呈现其内部的复杂性、矛盾性、混杂性与异质性。

本书共分六章。第一章是对于"性别表意机制"的理论建构。在梳理妇女研究的性别转向以及巴特勒、斯科特、劳里提斯等性别理论的基础上,借鉴阿尔都塞的意识形态理论与福柯的微权力观,提出并阐释"性别表意机制"这一理论概念的基本内涵。第二章到第六章是从性别表意机制来探析

---

① ［美］罗丽莎:《另类的现代性:改革开放时代中国性别化的渴望》,黄新译,江苏人民出版社,2006,第 4 页。

80年代的文学主潮与代表性文本，重新认识80年代中国交叠传统与现代、革命与改革、政治与市场的复杂历史状况与情感欲望。

第二章考察"新时期"文学发生的性别表意机制。以刘心武《班主任》(1977)、丁玲《杜晚香》(1979)、古华《芙蓉镇》(1981)为主要研究个案，侧重分析他者女性在"新时期"历史意识重构中的结构性位置。《班主任》被称为新时期文学的开端，直接关联于以性别为表意策略的新启蒙二元格局——男老师/新父/主体与女学生/孩子/她者——的建构。《杜晚香》一直被认为是"晚年丁玲"的败笔，但勤恳、自律、利他、奉献的杜晚香这一社会主义妇女典范的"迟到"出场，却凸显出其异于时代的乌托邦状况。"米豆腐西施"胡玉音与"革命女阉割手"李国香之间的易位，表征了整个社会的历史转型，作为政权可以接受的对外讲述的"文革"故事，《芙蓉镇》是一个商品/性不断上升、革命/性持续下降的改革时代到来的寓言。

80年代的中国就像双面雅努斯，一面回望历史，一面顽强地指向一个不甚确定却朦胧显现的未来。一个面向现代、西方的雄心勃勃的改革中国必须由男子汉形象来表征。第三章考察的是男性气质与发展主义在改革文学中的互动关系。改革文学中的"开拓者"形象，大都是具有现代管理经验与专业技术能力，且具有超级男性气质的"归来"的"男"干部，他们的男性气质在与同志、对手和女友的社会关系和情感结构中确立与放大。革命年代的无畏战士、西方世界的市场硬汉与传统儒家中国的彬彬文士，是建构改革男子汉形象的三个主要文化资源。改革时代中国男性气质建构的驳杂源流，凸显出80年代改革本身的复杂性，现代与传统、革命与保守、西方与本土等背反因素皆混杂其中。

改革时代的活力，既来自国有大中型企业与地方政府中开拓者的魄力与勇气，更来自普通劳动者在城乡之间自由流动后带来的生产能量。"问渠那得清如许，为有源头活水来。"正是那些来自乡村、小镇的青年男女的勃勃生机与改变命运的欲望，建立起改革时代的坚实底座。第四章以《黄山来的姑娘》和《人生》为例，讨论转折时代乡土中国的流动、欲望、性别与现代化想象。《黄山来的姑娘》再现了打工妹群体在当代中国的发生政治，其既是改革开放的现代性项目对于雇佣劳动力主体的性别化再生产，又隐喻了在历史和现实的交错中建构起来的新社会差序结构。不同于农村姑娘进城务工的流动路线,《人生》呈现的是农村男性小知识分子进出城市的可能与不能。小说以民办教师高加林离返农村的曲折"人生"经验,揭示了80年代乡土中国在新的现代化进程中面临的机遇与困境。高加林在农村姑娘刘巧珍与城市姑娘黄亚萍之间进退失据的爱情选择,隐喻的正是转折时代乡土中国现代性的欲望与挫折。

"哥哥你不成材,丢了良心才回来。"高加林的命运隐喻了80年代一意向前的发展主义遭遇的道德伦理困境,文化寻根思潮的出现正是革命与改革的价值判断发生双重危机之后,当代中国文学不得不转向内在与传统的一种应对趋势。第五章将在性别视阈中探讨寻根文学中民族文化主体的建构问题。寻根文学意欲通过复活华夏边缘文化与地方文化、重建历史连续性来塑造现代中国的文化认同,在这一过程中,父权中心的性别表意机制是其文化民族主义表述的重要驱动装置。通过想象传承有序的父系家族谱系表征"原初中国"、将"母子一体"的象征结构转变为"父子相认"、驱逐现代女性等书写策略,寻根文学建构起一个代际、性别、国族三位一体的主体认同结构。

寻根文学通过虚构一个"原初中国"来弥补现代、革命造成的"文化断裂带",以此重铸文化主体性,但文本内部这一封闭的空间寓言结构却只有放在中/西、现代/传统、中心/边缘、在地化/世界化的互动比较视野中才能呈现。事实上,从寻根开始,80年代文学的世界视野才开始真正形成。文化民族主义诉求背后是跻身世界文学之林的冲动与欲望,民族主义与现代主义由此也互为表里。第六章主要从理论层面讨论中国现代主义的接受与阐释框架。现代主义在中国的接受过程伴随双重焦虑:被延迟的现代化焦虑与民族文化主体性焦虑。由此造成的现代主义与民族主义、第一世界与第三世界间的内在张力结构,成为中外学者探讨中国现代主义的基本二元论框架。本章分析这些二元论架构带来的启示与盲点,提出将性别维度植入中国现代主义文论,在全球本土化视野中洞察现代主义的权力关系及其性别修辞,尝试建立现代、民族与性别互动对话的三维理论结构。同时以残雪为个案,论述残雪如何超越"第三世界文学"都是"民族寓言"的定论。残雪迷恋于幻化、它化、蜕化等各种形式的分身术,将"他者"从本体论中解放出来,让"他者"作为真正的他者显身,从而为理解现代主义与"第三世界文学"

提供了新的认识维度。

　　总之,性别是转折时代中国文学记忆过去、描述当下、想象未来的结构性要素。重塑性别,既是重塑新的性别关系、情感结构,也是重构新的权力格局与阶层秩序。以性别为方法研究 80 年代文学,也是回应并重估 80 年代文学对于历史记忆的书写、发展主义的呼唤、民族主义与现代主义的诉求等中心议题,敞开这一段历史与文学书写的丰富性、复杂性与多义性。关于革命历史的记忆、现代发展的想象、传统资源的征用、中国与世界的重新定位等宏大议题,不仅由上层的、男性化的权力主体导引、设计与规划,庶民、女性也置身其中,参与、引用并修正着这些宏大言说。

第一章　"性别表意机制"的理论建构

　　妇女研究与性别研究,是两种互相区别但又经常交叠的研究范式。从关注对象来看,前者强调的是"妇女"(women),后者强调的是"性别"(gender),但这并不能简单理解为前者只关注女性,后者男女两性都关注,实际上妇女研究也用性别一词,80 年代"'性别'一词最新、最简单的用法,就是作为'妇女'的同义词"。而以"性别"取代"妇女",在斯科特(Joan Wallach Scott)看来,是"1980 年代女权主义研究对正统学术权威提出的质疑"。[①]从研究立场来看,相较于妇女研究鲜明的女性主义立场,性别研究看来更学术、中立,但当性别研究欲将性别看成是一种与阶级、种族具有同等效力的普遍性分析范畴时,其中性面貌背后则隐藏着更为激进的性别立场。从理论基础来看,妇女理论的关注点是妇女为什么受压迫,在这一问题阈中,"妇女"是一个"连续统一体",是男性施暴的牺牲品,在文化和社会中处于依附的"第二性"位置,这暗示了性别差异可以跨越文化、地域、历史差异而被普遍使用。而性别研究在方法论的意义上是明显的,它关注的是围绕着性、性别关系、性别修辞的权力关系。如果说妇女研究将生理性别与社会性别区分开来,明确了性别差异的文化意义的话,那么,性别研究的最终结果也许是在消解性别及其区分的意义。

　　用从妇女研究到性别研究来表述这种理论的变化,并非说性别研究是对女权理论的替换,两者之间并非并列与否定关系,实际上,性别研究是在

　　[①] 〔美〕琼·W.斯科特:《性别:历史分析中一个有效范畴》,载〔美〕佩吉·麦克拉肯主编,艾晓明、柯倩婷副主编:《女权主义理论读本》,广西师范大学出版社,2007,第 170 页。

女权内部批判的脉络里发展起来的,是因应学术知识生产、现实的性与性别实践的需要,在厘清、考辨女权理论涉及的一些基本问题与概念的基础上发展起来的一种分析范畴。从妇女研究到性别研究,是80年代以来西方女性主义的一种研究趋势,也体现于中国的女性文学批评和妇女研究之中。现在,性别已经被广泛应用于文学、历史、影视等人文学科,经济管理、人类学、社会学等社会学科,甚至自然科学领域。本书对80年代中国文学的文化研究也在性别研究的脉络之中。那么,何谓性别?将性别看成是文化政治的表意机制的立论基础又是什么呢?

第一节 性别差异及其文化阐释

一、性别差异:意义斗争的场所

男女性别差异是女权理论的前提与基础,对男女差异及其深层悖论的认识,是妇女研究性别转向的重要原因。因此,在探讨性别研究前,有必要先梳理一下几种不同的性别差异观。在《妇女的时间》一文中,克里斯多娃(Julia Kristeva)以代际关系来谈它们的不同:第一代(或第一阶段),妇女要求在象征秩序中获得与男人平等的权利,"渴望在作为计划和历史的线性时间之中替自己挣得一席之地","将不同背景、年龄、文明或者仅仅是不同心理结构的妇女的问题在'普遍妇女'的标记下国际化";第二代则以差异为名否定男性秩序并颂扬女性本质,"试图赋予那种过去文化充耳不闻的内在主观性的、有形的经验以一种语言",将自身置于男性的线性时间之外,而与"古代的(神话的)记忆结合",与女性的"循环时间或者永恒时间结合"。①简言之,是嵌入还是拒绝(男性的)历史。

克里斯多娃的"两代"概括的正是两种不同的性别差异观。第一代女权

---

① [法]朱莉亚·克里斯多娃:《妇女的时间》,载张京媛主编:《当代女性主义文学批评》,北京大学出版社,1992,第352—353页。

主义者以波伏娃(Simone de Beauvoir)为代表,虽承认男女生理差异,但认为女性气质是一种社会建构,女性特性的形成是处境使然,社会性别制度使然,而女性要获得主体与自由,需要克服自身的内在性,改变形成差异的性/社会性别制度。这种性别差异理论重构了传统以来形成的自然化的男性—主体、女性—他者的社会价值体系,认为女性也应该占据(男性)历史主体的位置,但其本身并没有动摇、否定以男性为衡量标准的价值体系,毋宁是认同这种占统治地位的理性逻辑及本体价值,认同对世界、意识、语言的主流(男性)阐释。与这种性别差异论不同,第二代女权主义理论尝试赋予性别差异以新的意义,开始创立有别于男性/主流的世界、意识与语言的阐释系统,依利格瑞(Luce Irigaray)与克里斯多娃是其代表。她们的理论介于结构主义与后结构主义之间,从象征结构入手,重构弗洛伊德(Sigmund Freud)与拉康(Jacques Lacan)的精神分析,建构一种女性主义的精神分析理论。

主流精神分析基本建立在对男性性器官与性欲望分析的基础上。弗洛伊德的"阴茎嫉妒"与"阉割焦虑"理论以父亲的性器官阴茎象征父亲的权力,将性器官与功能、意义关联起来,虽也强调强加在生理结构上的语言和文化意义,但其本身无法撇清与生物决定论的关系,所以常被批判为生物性决定论。拉康以"势"概念替代"阴茎",以消除生物决定论的基础,但"势"仍然是一个与女性无关、体现了男性统治和男性力量的概念,女性在拉康的精神分析理论中是"匮乏"与"空无"。[1] 正是出于对以男性性器官为象征物的精神分析理论的反叛,试图赋予性别差异以新的意义的女权主义者选择寻找一个替代男性性器官的女性性/生殖器官并赋予其象征意义。

依利格瑞是以口唇/阴唇替代阴茎。弗洛伊德以女人停滞于口唇期而将其逐出确定身份的领地,依利格瑞则赋予这个部位、位置以新的意义:它们半开半掩,"形状是好客的,却不会同化、简化或吞噬对方","唇状构造颇

---

① 拉康有一句名言是"女人并不存在","女人是一切无"。虽然拉康给女性主义后结构主义带来很多启发,而且这句话也并不能从字面上简单认定,但毕竟拉康还是以男性为参照来说明女人的无法定义。关于拉康与女性主义之间的关联,可见[英]伊丽莎白·赖特:《拉康与后女性主义》,北京大学出版社,2005。

像十字形,仿佛是十字路口,从而既表示内部又表示进入"。① 口唇/阴唇既非内部也非外部,既是内部又是外部,这个独特的地点本身就是一个新的女性空间,靠这个身体构造,女性可以为自己开创出一个空间,并由此打破内外、主客的形而上学二元结构。围绕"阴茎"的是男孩的阉割焦虑、女孩的阴茎嫉妒,由此引发焦虑、嫉妒之情与主体、他者的决然二分,但围绕"口唇/阴唇"的却是"惊讶"之情。依利格瑞以"惊讶"或"好奇"(the first passion: wonder)来描述性别差异激起的反应:"这种激情并不反对任何事物,也不与任何事情发生冲突,而且它的存在永远让人感到新鲜如初。"②两性之间沟通的媒介,是无关性别却有肉体的"天使们","有肉体的天使"使两性之爱的世界建立起来。在这个世界中,男女之间既非主奴,也非主奴的颠倒,它不再是一方吞噬另一方,也不再生活在"以父亲面貌出现的、一手遮天的上帝的阴影"中,两性之间既不具有互换性,也不具有对立性,两性差异体现为一种完美的关系。依利格瑞的性别差异思想不无乌托邦色彩,连她自己也说这种"惊讶的设想只是幻想"③。

与依利格瑞不同,克里斯多娃是以"子宫"这一孕育生命的母性空间来替代"阴茎"。"母性空间"来自柏拉图(Plato)的"子宫空间",它"富于滋养,不能命名,先于唯一、上帝,继而否定形而上学"④,"这一空间参照引发儿童的笑声以及随后全部规模的象征表现,从而最终导向符号和句法"⑤,子宫这一原初母性空间因之也是一个与主体、语言相关的符号性空间。但不同于拉康认为文化要有意义必须压抑原初与母体的联系,克里斯多娃以与"象征界"相对的"符号态"概念,挑战了(男性)主体、语言与线性时间三位一体

---

① ［法］露丝·依利格瑞:《性别差异》,载张京媛主编:《当代女性主义文学批评》,北京大学出版社,1992,第384页。
② ［法］露丝·依利格瑞:《性别差异》,载张京媛主编:《当代女性主义文学批评》,北京大学出版社,1992,第379页。
③ ［法］露丝·依利格瑞:《性别差异》,载张京媛主编:《当代女性主义文学批评》,北京大学出版社,1992,第380页。
④ ［法］朱莉亚·克里斯多娃:《妇女的时间》,载张京媛主编:《当代女性主义文学批评》,北京大学出版社,1992,第350页。
⑤ ［法］朱莉亚·克里斯多娃:《妇女的时间》,载张京媛主编:《当代女性主义文学批评》,北京大学出版社,1992,第350页。

的关系。① 她认为"符号性空间始终作用于语言意义化、主体的生成。符号性或母性空间的抛弃和压抑不是完全和彻底的。符号性空间作为隐匿和流动的能量之场、情欲之流域、自由的愉悦之地，不断碰触、冲击父系逻辑和语法界限，以否定性和消极性始终作用于象征界"②，由此来重构（女性）主体、诗语言与永恒时间的新三位一体关系。

依利格瑞与克里斯多娃对性别差异的阐释虽入手处颇为不同，但共同之处却很明显：第一，她们都意在重建一种不同于男性、主流的关于世界、语言、意识的阐释框架，其以女性/母性的身体空间、位置为象征物，并赋予它积极的象征意义；第二，都将性别置于象征关系领域来考察，性别差异被解释为主体与权力、语言和意义之间关系的差异；第三，都拒绝形而上学的男女、主客二分法，依利格瑞以口唇/阴唇的象征位置打破内外、主客之间的区隔与界限，克里斯多娃以孕育生命的子宫重新定义主体，或说分裂之主体，它表现为"一体之内产生另一体，自我与他者、自然与意识、生理与言语的分离与共存"③，在此，主客难辨，疆界模糊，既非主体，也非客体，而是"搅浑身份、干扰体系、破坏秩序的东西"，是被文化排斥却又是身份形成开端的"卑贱"。④

总之，两种（两代）性别差异观的区别可简括为：女性可以占据男性的主体位置与女性有不同于男性的差异性位置。前者中的主体位置是男性的、稳定的，而后者的主体位置则是不稳定、分裂的。她们在质疑主体的同时，

---

①　在《妇女的时间》中，克氏曾提出两种时间的问题：一种是男性的历史时间，它是"计划的、有目的的时间，呈线性预期展开：分离、进展、到达的时间"，"这种时间内在于任何给定文明的逻辑的及本体价值之中，清晰地显示其他时间试图隐匿的破裂、期待或者痛苦"；一种是女性的循环或永恒时间，它是"周期、妊娠这些与自然的节律一致的生物节律"，"它的规律性及其与被体验为外在于主观的时间、宇宙时间的统一，带来令人眩晕的幻觉和不可名状的快感"，这种时间与线性时间毫无关联，而具有空间化的特点，与圣母神话有关，是空间化的时间。这个与圣母神话相关的空间化时间在《诗语言的革命》中进一步引申为与母性空间相关的符号态。由此克氏也提出两种语言的问题：线性时间也是语言的时间，语言被视为语句（名词＋动词；论题—评说；开章—收尾）的发出。而母体、永恒时间则是诗语言，是母亲—婴儿关系浑然一体状态的展现。

②　殷振文：《母性与语言：克里斯蒂瓦的空间理论》，《外国文学》2019年第3期。

③　[法]朱莉亚·克里斯多娃：《妇女的时间》，载张京媛主编：《当代女性主义文学批评》，北京大学出版社，1992，第365页。

④　关于卑贱的研究，见[法]朱莉娅·克里斯蒂瓦：《恐怖的权力：论卑贱》，张新木译，生活·读书·新知三联书店，2001，第6页。

也开始思考客体,"也许,客体有自己的主观性和自由?"①在此,对主客体二元对立关系与男女形而上学二元体系的质疑,最终导向对性别差异本身的质疑。依氏和克氏选择的子宫、口唇/阴唇作为解释性别差异的象征物,本身都具有既非内外也非主客,既是内外又是主客的特点,它们似是而非,含混不清。如果将界限不清的主客关系引申到男女二元的性别差异的话,那么将产生新的问题:男女的生理性别区分是明确的吗? 生理性别、社会性别、性实践之间是一致的吗?

二、巴特勒的"性别操演论"

质疑稳定性的性别范畴、重新思考性别为何的代表性学者是巴特勒(Judith Butler)。在《性别麻烦》一书的再版序言中,巴特勒以扮装与变性的例子来说明性别的稳定性与真实性的不可能性。她说,如果一个人看到一个男人作女人的穿着打扮或一个女人作男人的穿着打扮,那么他会认为前一个词是性别的"真貌",而后面那个词被认为是一个虚假的表象,不过是谎言、游戏以及幻觉。我们以衣着或穿着的方式得到的性别认识,虽建立在一系列的文化推论的基础上,但还是一些自然化的认知,依赖于一个所谓"真实"的解剖学身体。但如果把扮装换成变性,我们就无法再从掩盖以及表达身体的衣着,得出稳定的解剖学的判断。那个身体可能是手术前的、转化中的或是手术后的身体,所以,即使我们看到了身体,也不能确定面对的是男人的还是女人的。在这个时候,性别的"真实"将陷入危机,如何区别真实与不真实将变得不再清晰。②

扮装与变性都是一种比较极端的状况,巴特勒之意不在称颂这是一种具有颠覆性的性别实践,她只是为了说明自然化的认识,不管是以衣着还是身体来识别男女,对真实存在却不符合性别规范的人都构成一种暴力限制,同时也揭露了性别"真实"的脆弱本质。进一步说,它揭露的是"真实"这个

---

① [法]露丝·依利格瑞:《性别差异》,载张京媛主编:《当代女性主义文学批评》,北京大学出版社,1992,第 380 页。

② [美]朱迪斯·巴特勒:《性别麻烦:女性主义与身份的颠覆·序(1999)》,宋素凤译,上海三联书店,2009,第 16—17 页。

范畴得以运作的机制与情境。巴特勒在此要问的并不是真实的性别是什么，性别身份是如何被文化建构的，什么是正确、应该的性别表达，性别规范是如何被内化之类的问题，因为这样的提问方式本身隐含着一个外在于文化、语言、规范的身体、性别的存在，隐含着语言、文化、规范作为一种外在的媒介作用于身体之上，一种内在/外表、身/心、自然/文化的二分体系。她的问题是，那些被认为是稳定、不变、自然化的性别与性别规范是怎样生产出来的？这些二元分立是从什么公共话语的策略位置、为了什么理由而扎根的？规范性的性别假定如何运作并限定我们用以描述人的领域本身？什么方法可以使我们认识到这限定的权力？巴特勒的提问方式让人想到德勒兹的一句话，"世上只有一种反对是有效的，那就是，说明对方提出的问题不是好问题，应该换个方式来提"。

《性别麻烦》让人印象深刻之处，不仅在于颠覆性的观点、严密的推理、晦涩的语言风格，还在于它的提问方式，也是一种层层推进、揭示既有前提谬误的推论方式。从整体而言，每一章节、每一段落的问题又都从不同面向、层次指向她要探索的中心问题：性别寓言如何建构自然事实。巴特勒采用福柯的权力分析与系谱学研究方法，"系谱学探究的是，将那些实际上是制度、实践、话语的结果，有着多元、分散的起源的身份范畴，指定为一种起源或原因，这样做的政治着眼点是什么？"[1]系谱学是一种倒果为因、颠倒因果关系的新研究方式，它从根本上质疑构成身份、主体的被认定为原初、起源的身体、内在空间，实际上只是某种稳定、不变的身份话语所生产的事实结果。身体、自然不是一个等待被刻写、记录的空白之页，不存在置身语言、规范等权力场域之外的身体、生理性别。由此，巴特勒在一种更为复杂的权力场域中重构了身体与文化、自然与精神之间的前后、因果关系。

对于构成性别、身份的身体的"内在性"的认识，是巴特勒与波伏娃、克里斯多娃等的重要区别。对波伏娃来说，女性需要克服与肉体、物质紧密相连的内在性，才能获得与男性一样的超越性，重获主体位置与自由；对克里斯多娃等法国女性主义结构主义者来说，内在性的、差异化的身体具有挑战

---

[1]　[美]朱迪斯·巴特勒：《性别麻烦：女性主义与身份的颠覆·序(1990)》，宋素凤译，上海三联书店，2009，第3页。

既有逻各斯中心主义的象征意义;而对巴特勒来说,"内在性本身是一个全然的公共和社会话语——通过身体的表面政治对幻想的公共管控"①,是行动、姿态与欲望生产了一个内在的核心或实在的结果。内在性、内在特征是通过内化过程转化而成的,是各种性别设定、规范心理内化的结果而非前提与原因。

正是在质疑内在性的基础上,巴特勒提出具有颠覆性的"性别操演"理论(performativity),通过揭示性别的"操演性"而彻底动摇性别的稳定性、天然性与不变性。她认为"性别是在时间的过程中建立的一种脆弱的身份,通过风格/程式化的重复行动在一个表面的空间里建制",我们"必须把性别视为一种建构的社会暂时状态"。② 巴特勒的性别"操演"论,很容易混同之前的社会或文化建构论,或被理解为"表演"或"面具",好像性别身份是一个可以自由选择的东西。但是"建构论""表演"或"面具说",实际上都假设了某个先于社会性别、经自我表演或文化建构产生的性别之前的生理性别或性别化身体的存在,而这正是巴特勒所着力批判的。她从福柯《规训与惩罚》对内在化的批判汲取灵感,从"灵魂是身体的监牢"出发,将精神重新纳入身体的范畴,否认纯自然的生理性别的存在,因为生理性别和社会性别一样,都是位于象征界的社会构建,因此对生理性别与社会性别的区分并无实在意义。③

巴特勒的"性别操演"理论引发了来自女权主义者的众多批评,在后来的《身体之重》(1993)与《性别麻烦》的再版序言中,她进一步论述性别的"操演性":一、性别的操演性围绕转喻的方式运作,对某个性别化的本质的期待,生产了它假定为外在于它的自身之物;二、操演不是一个单一的行为,而是一种重复、一种仪式,通过它在身体语境的自然化来获致它的结果。④ 在

① [美]朱迪斯·巴特勒:《性别麻烦:女性主义与身份的颠覆·序(1990)》,宋素凤译,上海三联书店,2009,第178页。

② [美]朱迪斯·巴特勒:《性别麻烦:女性主义与身份的颠覆》,宋素凤译,上海三联书店,2009,第184页。

③ 可参见倪湛舸:《语言·主体·性别——初探巴特勒的知识迷宫》,载《性别麻烦:女性主义与身份的颠覆》,宋素凤译,上海三联书店,2009,第4页。

④ [美]朱迪斯·巴特勒:《性别麻烦:女性主义与身份的颠覆·序(1999)》,宋素凤译,上海三联书店,2009,第8—9页。

这个序言中,巴特勒强调性别是以转喻方式进行的、对性别宰制反复引用的结果,它本身是一个极具约束力的规范性概念,对那些不符合性别规范或者在性别规范边缘的生命来说,它甚至是一个暴力性的概念。"操演性"在《性别麻烦》中,还摆动在语言性与戏剧性之间,到《消解性别》(2004)时,戏剧性尤其是作为戏剧表演的场域性(观众、接受诠释者的出现)就更为明确了。性别不再是单个人的制造(doing),而是与众多他者一起的"协同表演","一个人总是与别人一起或者是为了别人而'制造'性别的,即使这样一个'别人'只是想象出来的",所谓"自己的性别,一开始就是来自他/她自身之外的,处在超越了他/她自身的一个社会性里。在这样的社会性里,作者是不存在的"。① 如果说"操演性"还内含着性别选择的能动性,性别主体的稳定性和一致性虽被动摇但性别主体的概念还没根本动摇的话,那么,"协同表演"中性别作者的不存在,动摇的则是性别主体的概念。这时,性别的消解就成为巴特勒关注的重心,而性别差异在她看来将"不是一种前提、一种假设、一种用来建立女性主义的根基"②。同时,逻各斯中心主义也并非单一的,正如妇女身份不是单一的,认识论的主体研究由此走向他者研究。妇女如何成为主体不再是好的提问方式,而如何和平、非暴力地面对他者,维系可活的生活(a livable life),则是新的提问方式。《脆弱不安的生命》《战争的框架》《安提戈涅》等书都是对这一问题的思考。

　　从质疑生理性别与社会性别的区分、身体与性别身份的因果关系,到质疑性别身份的稳定性与一致性、性别主体范畴,巴特勒挑战了一切既定的、排他性的、制造他者并将他者纳入规范的性/别体系,不管这体系是男权中心主义的还是女权主义的。她将女权主义对性别平等与性别自由的诉求推到极致,但不是作为最高目标的向上超越,而是作为最低目标的向下超越,返回他者,返回到列维纳斯的不可吸收、同化的绝对他者,从而走向一种新性别政治,一种酷儿政治。③ 巴特勒动摇了女权理论甚至性别研究的基础,

---

① ［美］朱迪斯·巴特勒:《消解性别》,郭劼译,上海三联书店,2009,第 1 页。

② ［美］朱迪斯·巴特勒:《消解性别》,郭劼译,上海三联书店,2009,第 183 页。

③ 关于返回他者的论述,可参见［美］朱迪斯·巴特勒:《脆弱不安的生命——哀悼与暴力的力量》,何磊、赵英男译,河南大学出版社,2016。关于酷儿理论和政治,可参见［美］葛尔·鲁宾等著,《酷儿理论:西方 90 年代性思潮》,李银河译,时事出版社,2000。

这是她遭到来自女权内部质疑和批判的重要原因。但当巴特勒颠覆了生理性别、社会性别与性欲三者之间的关系,动摇了性、性别身份的稳定性、真实性,有力质疑了性、性别的"天然性",将性、性别问题化、历史化,关注作为一种意指实践的性别的时候,是否也意味着作为一种分析范畴的性别的最终确立呢?

三、"性别机制"与"性别范畴"

将探讨妇女受压迫与父权制形成的根源,转向思考性别观念在知识领域中的型构,将性别作为一种基本分析范畴,用于人文、社科与自然科学的具体领域之中,①探讨性别作为方法论的可能性,这是 80 年代女权理论重要转向。如果说克里斯多娃、依利格瑞、巴特勒对性别差异的探讨主要属于哲学的认识论与本体论的话,那么特里莎·德·劳里提斯(Teresa de Lauretis)的"性别机制"(The Technology of Gender,1987)、斯科特的"性别范畴"(Gender：A Useful Category of Historical Analysis,1988)则主要从方法论上探讨性别介入具体知识领域的可能性。

与 80 年代中期的很多女权理论家类似,劳里提斯也认为作为女权理论基本前提的性别差异概念限制了其自身的发展。在《社会性别机制》一文中,劳里提斯提出"性别机制"的概念,在四个递进层次上重新解释"性别":第一,性别的建构是社会关系再现的结果与过程;第二,性别的建构是再现与自我再现的结果与过程;第三,性别的建构通过各种各样的性别机制(譬如影院)和诸种制度性话语(譬如理论)进行,和权力一道控制社会意义领域,并由此产生、促进和植播性别的再现;第四,存在另一种性别建构的方式,它在霸权话语的边缘,位于异性社会关系契约的外部,写于微观政治实践中,其效应主要见于局部对抗的层面上、主体意识内和自我再现中。从劳里提斯对性别的理解中,能够看到阿尔都塞与福柯的影子,她吸收阿尔都塞

---

① 将性别运用到科学领域,探讨科学研究中的性别问题,包括女权主义与科学的关系、现代科学起源与性别、性别与科学研究的关系问题等,可见［美］伊夫林·福克斯·凯勒:《性别与科学：1990》,载李银河主编:《妇女:最漫长的革命——当代西方女权主义理论精选》,生活·读书·新知三联书店,1997,第 151－176 页。

的意识形态与主体关系论述,即意识形态通过询唤个人成为主体而发挥作用,将主体的自我再现也纳入性别再现之中。而"性别机制"(technology of gender)则让人想起福柯的性机制(technology of sex),但福柯的性(压迫)机制是不分性别或者说否认性别的。作为一个女权电影批评家,劳里提斯说自己的"性别机制"更多来自电影理论中的"装置"论,她认为电影就是一种社会性别机制,"它不仅关心社会性别的再现是如何被特定机制所建构的,而且也关心社会性别的再现是如何被既定机制所针对的每一个个人主观地吸收的"①。当然,此处电影观众的引入与阿尔都塞的主体询唤不同,对女权电影理论者来说,女性观众的引入是为探讨性别在电影意识形态建构中的女性能动性问题。② 不过劳里提斯不是用电影中的"女性观众"而是用"隐形空间"(the space-off)来论述女性的主体性。在她看来,女性"隐形空间"的建立,不能依赖一个乌托邦的前/原始的母系制,它只能"存在于霸权话语的边缘(或字里行间,或背面)的空间,存在于体制缝隙间、逆实践中和新形式社区内的其他话语和社会空间"③。不同于巴特勒对性别、主体的消解,劳里提斯用"隐形空间"来想象并重构女权主体。

　　劳里提斯的"性别机制"与其电影、小说研究密切相关,她从"再现"与"意识形态"两方面理解性别,对本书"性别表意机制"这一概念的提出有直接的启示意义。另外,她对福柯的权力观与性机制的性别盲区的揭示,则提醒我们需警惕社会性别"阳性叙事"④的再生。她用"隐形空间"想象一个与霸权话语的性别建构相抵牾的"别处",否定了一个铁板一块、无远弗届的大

---

① ［法］特里莎·德·劳里提斯:《社会性别机制》,载［美］佩吉·麦克拉肯主编,艾晓明、柯倩婷副主编:《女权主义理论读本》,广西师范大学出版社,2007,第 217 页。

② 关于女性观众理论的提出可见［美］玛丽·安·多恩:《电影与装扮:一种关于女性观众的理论》,载李恒基、杨远婴主编:《外国电影理论文选》(修订本),生活·读书·新知三联书店,2006,第 653-681 页。

③ ［法］特里莎·德·劳里提斯:《社会性别制度》,载［美］佩吉·麦克拉肯主编,艾晓明、柯倩婷副主编:《女权主义理论读本》,广西师范大学出版社,2007,第 234 页。

④ 劳里提斯并未将"阳性叙述"作为一个概念进行解释,但大致可理解为男性理论家对妇女问题与性别问题的论述,比如拉康、弗洛伊德、福柯、德里达、布尔迪厄等人的阳性叙述已经构成女权主义理论的理论资源与批判对象,而同时,女权运动的兴起、女性主义理论对他们的理论也产生了重要影响,比如德里达的延宕、差异论能看到女权主义理论的影响。但不对称的是,大部分女权主义理论家不惮于说出她们汲取的男性理论资源与对话对象,而很少有男性理论家有勇气承认女权主义理论给他们带来的启发。有鉴于此,劳里提斯提出理论的"阳性叙述"值得我们深入思考。

一统意识形态的存在,为女性的反抗、性别的重构提供了可能,这正是女权叙述与"阳性叙述"的根本不同。不过,劳里提斯对"性别机制"论述的重心不在性别体系如何再现社会关系,而是性别如何在再现社会关系过程中建构自身。同时,她的性别再现社会关系更多体现了性别建构与现实间的一致性,而对性别经由语言、叙述所体现出的想象性关系或巴特勒说的性别"操演性"(performativity)强调不够。再者,就其意识形态面向来说,劳里提斯看到意识形态是性别建构的极为重要的场所,但较少涉及性别与意识形态的双向关系,尤其没有涉及意识形态如何借助自然化的性别机制抹去意识形态的痕迹,即意识形态的性别化问题。这为"性别表意机制"概念的提出预留了空间。

与劳里提斯一样,斯科特也强调要在社会关系中认识性别,将性别看成是一种关系。不同的是,她更致力于将性别看成是一个分析域,重点思考的是,如何定义性别,才能使其成为一个其他学科也不得不借重的分析范畴。在《性别:历史分析中一个有效范畴》一文中,斯科特从两个方面定义了作为分析范畴的性别:1.性别是社会关系的组成部分,这包括四个要素:文化象征,解释象征含义的规范性概念,社会组织与机构的概念,主观认同。斯科特虽然也从社会关系与主体认同角度来谈性别型构,但在理论资源上却与劳里提斯不同。劳里提斯的理论资源是电影的女性观众理论和阿尔都塞的主体询唤理论,斯科特则直接受拉康的语言与主体理论启发。2."性别是代表权力的主要方式。换言之,性别是权力形成的源头和主要途径。"[1]斯科特对性别解释的意义不在于引进权力分析,而在于明确指出性别表征权力,从而将福柯的权力论述性别化。与劳里提斯不同,斯科特非常注重性别的文化象征问题,通过指出性别可以作为方法,将性别置于分析域中,"性别成为破译意义、理解各种复杂的人际互动的一种方法",认为"历史学家在寻找性别观念如何构造社会关系的答案时,他们也会找到一个新的角度了解社会与性别互利的本质,会了解政治决定性别、性别决定政治的特定的内涵和

---

① 〔美〕琼·W.斯科特:《性别:历史分析中一个有效范畴》,载李银河主编:《妇女:最漫长的革命——当代西方女权主义理论精选》,生活·读书·新知三联书店,1997,第170页。

过程"①。"社会与性别互利的本质"并未在文中展开论述,而且也不为后来的性别研究者所注意,但在我看来,这一说法补充了劳里提斯对意识形态与性别关系的论述。当然,社会与性别、政治与性别之间的辩证关系还需进一步论证,而斯科特主要谈的是性别在历史与政治某一具体研究领域的应用,而且基本以举例方式进行,这使她对性别范畴的论述更像是阿尔都塞所说的"描述的理论"②。

劳里提斯对"性别机制"、斯科特对"性别范畴"的论述,构成"性别表意机制"的理论资源与对话对象,也启发我将性别置于意识形态与权力分析的思想框架之中,在性别、主体、象征三者的互动结构之中来思考一种作为意识形态表意机制的性别。

第二节　作为表意机制的性别

将性别建构为一个与阶级、种族同等有效的理论分析范畴,是 80 年代以来女性主义研究在学术领域的重大突破。斯科特的《性别:历史分析中一个有效范畴》一义因此具有划时代的学术意义,标志着社会史学研究的性别研究范式的诞生。斯科特在社会关系框架中重估性别的价值,使之成为对等于阶级、种族的分析范畴,然而却并未进一步探讨三者之间的交互关系。性别或者被认为平行于阶级、种族,三个分析范畴彼此分离、各行其是,性别研究往往被局限在性别议题之内;或者成为阶级、种族议题内部的次级分析范畴,仅能够带来有益但同时又有限的参考价值,阶级、种族才是更为根本、更有意义的分析范畴。而在现实世界之中,父权制、资本主义和种族主义根

---

① [美]琼・W.斯科特:《性别:历史分析中一个有效范畴》,载李银河主编:《妇女:最漫长的革命——当代西方女权主义理论精选》,生活・读书・新知三联书店,1997,第 171 页。

② 阿尔都塞认为,"描述的理论"是所有理论的第一阶段,对于理论的发展是必需的。阿尔都塞认为马克思主义描述的国家理论是正确的,因为它涉及的大多数事实完全可以符合这个理论对它的对象所下的定义。但同时,描述的理论也需要发展成理论本身。见[法]路易・阿尔都塞:《意识形态与意识形态国家机器》,载《外国电影理论文选》,生活・读书・新知三联书店,2006,第695—697 页。

本就是三位一体,共同构成一个复合型的意识形态压抑体系,任何单一的分析范畴都难以给予全面的批判性回应。职此之故,怎样处理性别与其他分析范畴之间的关系,如何应对复合型的意识形态压抑体系,成为女性主义者亟待解决的重要理论问题。实际上,与复杂多元、变动不居的阶级、种族范畴不同,性别是一种相对稳定的意识形态表意机制,既作为与阶级、种族并置的意识形态机器之一种,询唤并形塑符合社会要求的驯顺性别主体;又作为能够代表一切社会差序体系的原型结构,用以表征阶级、种族意识形态的合法性。性别在实质上是一种更为基础性的分析范畴。

一、性别是一种意识形态

说性别是一种意识形态,至少包括两个内容:1)性别是意识形态生产的过程与结果;2)性别意识形态是一个复数结构。它既生产臣服的性别主体,同时也生产自身的敌人,即对它的抵制与消解。这里的"意识形态"[①]概念主要来自阿尔都塞(Louis Pierre Althusser),虽然阿氏关注的是阶级问题,并未将性别纳入理论视野之中,但是他对阶级关系再生产的分析,却可以批判性地挪用于性别主体的再生产之中。

(一)询唤性别主体

女权主义理论要解决的中心问题是妇女为什么受压迫。当说到受压迫的妇女时,其实包含对二元性别关系的基本判断,即性别关系是一种压迫性关系,性别体现了等级性的压迫结构。那么,性别压迫关系是如何形成并历经社会体制的形式转换、一代代再生产并延续下来的?为何鲜见妇女群体基于性别压迫的反抗运动?妇女为什么没有像犹太人、黑人、无产阶级等群

---

① 意识形态一词最初出现于 18 世纪的法国,几个世纪以来,虽不断被歪曲与重构,但依然是当代社会科学的中心并构成日趋活跃的理论辩论的题材。意识形态研究的代表性著作主要有[英]约翰·B.汤普森:《意识形态与现代文化》,高铦等译,译林出版社,2012;[德]卡尔·曼海姆:《意识形态与乌托邦》,黎鸣、李书崇译,商务印书馆,2000。本书在分析"自由"驯顺性别主体的生产时,借鉴了阿尔都塞意识形态的"询唤"功能,在分析性别在阶级、种族等意识形态运行模式中的位置,即性别的表意机制时,则受汤普森对意识形态运行模式分析的启发。

体那样拥有反抗的记忆与历史？卢宾（Gayle Rubin）曾经用"性/社会性别制度"①、波伏娃用"整体的文明"②来解释，但并没有进一步说明性别制度与整体文明何以成为先在的前提？二者又如何生产并内化臣服的性别主体？女性臣服的激情怎样被发明为不证自明的先验存在？阿尔都塞的意识形态"询唤"功能为深入思考这一问题带来启示。

　　在阿尔都塞意识形态理论中，"询唤"是一种生产性操作，"意识形态是以一种在个体中'招募'主体（它招募所有个体）或把个体'转变为'主体（它转变所有个体）的方式并运用非常准确的操作'产生效果'或'发挥功能作用'的"③。"询唤"即如日常生活中的警察召唤："嘿，说你呢！"当被召唤的个体转过身来，他就变成呼应召唤的主体。意识形态召唤功能在日常生活中比比皆是，是一种习焉不察的物质仪式实践，"向我们保证了我们确实是具体的、个别的、可识别的和（自然是）不可替代的主体"④。意识形态的主要功能就是询唤主体，它只将具体个体构成为抽象主体，并剔除其对于社会的不满因素，使其产生强烈的归属感，从而服从既有的社会秩序。在意识形态询唤之下，个体"自由"地接受驱使，成为"自行工作"的臣服主体，自由意识亦被驯化为自动意识。

　　一般意识形态的询唤功能同样也是性别意识形态的功能。在敲门应答的例子中，人们隔门问："谁呀？"只要回答是"我"，主体认同就呼之而出。作为主体的"我"，在此瞬间无须解释，只要呼应了询问，即被内外普遍认可。需要注意的是，这个被询唤出的主体之"我"，内在的也是一个性别主体，性别询唤是定位主体的第一层要素之一。关于意识形态的性别主体询唤，劳里提斯举过填表格的例子，当我们把对号放入表格上 F 旁的小方框时，我

<hr />

①　一个社会的"性/社会性别制度"，是该社会将生物的性转化为人类活动的产品的一整套组织安排，这些转变的性需求在这套组织安排中得到满足。见[美]盖尔·卢宾：《女人交易：性的"政治经济学"初探》，王政译，载[美]佩吉·麦克拉肯主编，艾晓明、柯倩婷副主编：《女权主义理论读本》，广西师范大学出版社，2007，第 35 页。

②　[法]西蒙娜·德·波伏娃：《女人是什么》，王友琴、邱希淳等译，中国文联出版公司，1988，第 24 页。

③　[法]路易·阿尔都塞：《意识形态与意识形态国家机器》，载《外国电影理论文选》，生活·读书·新知三联书店，2006，第 729 页。

④　[法]路易·阿尔都塞：《意识形态与意识形态国家机器》，载《外国电影理论文选》，生活·读书·新知三联书店，2006，第 728 页。

们就正式进入性别差异体系、进入性别意识形态化的社会关系,有了性别,成为女人。① 填表格的例子看起来缺少询唤的具体发出者,但更凸显出主体询唤生产的日常性与匿名性,以及个体对于自身作为一个"自然"的性别主体的认同无意识。询唤不仅仅是权威者的强制性施与,更体现于受动者的臣服抑或抵抗。询唤操作过程类似一个小剧场,一个人们没有意识到也不情愿认识的强制性场景,阿尔都塞之所以喜欢用"场面调度""演员们""扮演"等电影术语来描述询唤过程,可能正是因为在意识形态的场面调度中,主体自动扮演着性别、阶级、种族等身份。

阿尔都塞的询唤—扮演故事被巴特勒重新阐释。在巴特勒看来,警察并非权力的象征,而只是个援引者,引用着难以断定起始的召唤传统,一个语言传统。街上的人不必转身承认就已经被召唤并塑造成主体,因为语言的作用超越了他的个人意志。由此,巴特勒建构起"性别操演"理论,性别即使被认为是天然的生理性别(身体),也是重重社会规范依赖社会强制反复书写、引用、表演自己的结果,即性别规范在个体中引用自己从而表演出性别。② 巴特勒的性别操演彻底掏空笼罩于性别、身体的本质主义认识,将性别的意识形态建构性推向极端:性别在所有意义上都是一种可以无限自我生产、再生产的意识形态。

性别作为一种意识形态,不但将每个个体询唤为性别主体,而且是一种持续性进行的社会实践。性别不是先验性存在,而是行动性实践,人们在扮演性别,而不是被赋予性别。因此,并不存在"真正"的男人或女人,男女是性别意识形态运作的非此即彼的角色。当然,扮演游戏并非独角戏,而是与他者一起或为他者而扮演,即使这个他者往往只是想象性在场。性别意识形态总表现为某种场景,在电影这种夸张的"扮演—观看"装置中,性别意识形态的表演性暴露无遗。

---

① [法]特里莎·德·劳里提斯:《社会性别机制》,载[美]佩吉·麦克拉肯主编,艾晓明、柯倩婷副主编:《女权主义理论读本》,广西师范大学出版社,2007,第215页。
② 关于巴特勒如何在语言、主体、性别三者的关系中建构她的性别操演理论的论述,可见倪湛舸:《语言·主体·性别——初探巴特勒的知识迷宫》,载《性别麻烦:女性主义与身份的颠覆》,宋素凤译,上海三联书店,2009,第3—5页。

(二)询唤的暴力性

从阿尔都塞的"主体询唤"到巴特勒的"性别操演",性别主体的形成看起来仅仅是一种话语行为,可以轻而易举地在彼此协商中自愿达成。其间隐含的问题是:为何话语询唤总会成功? 个体为何要接受这种询唤? 其中不存在对个体的压抑吗? 为什么不管个体是否应答、转身、划勾,意识形态询唤效应依然可以实现? 性别难道是一种可戴可摘的面具? 当阿尔都塞刻意区别强制性国家机器与意识形态国家机器时,是否对意识形态本身的强制性、暴力性重视不够? 为何意识形态在实践中要自我否定? 主体为什么不愿承认自己的意识形态性? 这些问题足够让我们正视意识形态的强制性,其运作的基础保障就在于垄断暴力。

在论述"意识形态把个体询唤为主体"时,阿尔都塞提出两个相互关联的命题:"没有不利用某种意识形态和不在某种意识形态之内的实践"与"没有不利用特定主体和排除个别主体的意识形态"。[①] 这两个命题结合起来可以表述为:无所不在的意识形态是通过排除来发挥意识形态功能的。不过,阿尔都塞没有论述"排除"结构,反而强调的是"担保"结构,即"当主体认识到自己的身份并恰当地做人、行事时,对他行动一切顺利的绝对担保"。在"顺从是绝对担保"的奖励之下,主体接受成为驯服主体的询唤,并自由地屈从主体的诚命。阿尔都塞没有指出"担保"亦是"排除"与"惩罚",它规定哪些个别主体是不符合主体规范的。从性别来看,性别意识形态排除不符合异性恋、男女二元结构、男性气质与女性气质界定的个体,这些异质性个体无法成为"正常"主体,甚至也不能成为客体与他者,他们不被承认,无法命名,无法存在。意识形态是一种在象征符号层面运作的暴力结构,但最终必将体现于身体政治与社会实践层面。

主体生产的暴力排斥原则被克里斯蒂瓦(Julia Kristeva)称为"贱斥"(abject)。"贱斥"意味着划界、分离、否定、拒绝,作为整体的身体被切割成局部的碎片,进而将内部的血液、精液、尿液、粪便等部分卑贱化,让人产生

---

① ［法］路易·阿尔都塞:《意识形态与意识形态国家机器》,《外国电影理论文选》,生活·读书·新知三联书店,2006,第 725 页。

恶心、厌恶、憎恨、排斥的情感。贱斥是一个通过自我否认而建立自我承认的主体认同过程。被贱斥之物既非主体也非客体,被贱斥之物就在自我之内,但自我通过拒绝承认而将之外化为客体。"排斥行为与社会或神的至高权力具有同样含义,但并不处在同一层面上:准确地说,排斥行为处在事物领域内,而不像至高权力那样,处在人的领域内。"①意识形态的询唤与贱斥功能同时运行,询唤让个体建立获得担保的主体认同,并唤起一种无限臣服于宰制的自由;贱斥则让个体在想象中切割异质性,从而与意识形态达成暂时的妥协。当然,我们总是乐得接受询唤,不愿面对卑贱,因为卑贱不在外面,不在他者那里,它就在自身之内,但"谁会接受说自己是卑贱物,是卑贱的主体,或受卑贱控制的主体呢"②?

对一个虚幻主体的迷恋,最终生产出驯顺主体。如果无法顺利成为主体,个体不会去质疑询唤它的意识形态,而是会指向无法祛除的内在卑贱性,贱斥作为意识形态暴力功能被再次唤起。作为一个女性同性恋者,巴特勒对性别意识形态在现实层面上的强制性与暴力性有深刻理解,这也是她希望消解性别这个压迫性机制、提出可行生活(livable)理念的原因。总之,一个"自行工作"的性别主体的生成,总是伴随着来自性别意识形态的暴力塑形,只是这暴力宰制不仅被抹除施暴的痕迹,而且也抹去意识形态的痕迹,变成自我对自身的规训与惩罚。

(三)询唤与反询唤

在讨论意识形态国家机器时,阿尔都塞过于强调意识形态的询唤功能,主体仅仅是一个被意识形态单向刻写出来的臣服主体,相对忽视个体面对意识形态询唤过程中的抗争意识。实际上,正是反询唤、反霸权的抗争实践的出现,才是让"自由"的主体得以诞生的关键时刻。作为一种意识形态的性别同样如此,在询唤并生产出臣服的性别主体的同时,亦不得不让那些内在的卑贱之物得以暴露,来自后者的对抗协商让性别界限底定下来,主体总

---

① [法]巴塔伊:《巴塔伊全集》第二卷,转引自[法]朱莉娅·克里斯蒂瓦:《恐怖的权力:论卑贱》,张新木译,生活·读书·新知三联书店,2001,第81页。

② [法]巴塔伊:《巴塔伊全集》第二卷,转引自[法]朱莉娅·克里斯蒂瓦:《恐怖的权力:论卑贱》,张新木译,生活·读书·新知三联书店,2001,第300页。

是生成于他者的挑战。

福柯(Michel Foucault)的权力观可以被用于理解意识形态的自反性。在福柯看来,权力不是"确保公民们被束缚在现有国家的一整套制度和机构之中"的"特定的权力",不是"一种奴役形式",不是"一套普遍的控制系统",而是"多种多样的力量关系,它们内在于它们运作的领域之中,构成了它们的组织。它们之间永不停止的相互斗争和冲撞改变了它们、增强了它们、颠覆了它们。这些力量关系相互扶持、形成了锁链或系统,或者相反,形成了相互隔离的差距和矛盾"①。福柯的权力观主要包括三个内容:首先,权力是一种关系,一种不平等的、变动中的、相互作用的关系;其次,权力关系内在于其他形式的关系之中,是对一种复杂的政经文化处境的命名;再次,权力的施与及抵制同时存在,权力始于压抑成于抵抗,抵抗让权力移形换影、自我完善。据此而言,意识形态主要是一种表征权力或权力表征,其在询唤出驯顺主体的同时生产出抵抗主体,意识形态必须承受主体的反抗意志并发生自我改变。

意识形态无所不在。作为阿尔都塞的学生,福柯的权力一如意识形态,也是"无所不在"的存在。不过,阿尔都塞的意识形态"无所不在",指的是每个个体即使在出生之前,就已经注定被询唤为主体,他强调的是意识形态的无远弗届,强调它自上而下的整合性、先在性特征。福柯谓之权力的"无所不在",则强调权力的弥散性、偶然性、内部性及自下而上的特点,"权力来自下层"②,是一个无限自反的动态辨证过程。不过,权力的自反性并不是一般意义上的反抗与革命,而是弥散的、日常的,"人们经常打交道的是一些变动的和暂时的抵抗点"③。福柯所说的抵制在斯科特(James · C. Scott)通过研究东南亚农民生活而发展出来的"弱者的反抗"理论中可见一斑。④ 另

---

① [法]米歇尔·福柯:《性经验史:农民反抗的日常形式》(增订版),佘碧平译,上海人民出版社,2011,第 60 页。

② [法]米歇尔·福柯:《性经验史:农民反抗的日常形式》(增订版),佘碧平译,上海人民出版社,2011,第 61 页。

③ [法]米歇尔·福柯:《性经验史:农民反抗的日常形式》(增订版),佘碧平译,上海人民出版社,2011,第 63 页。

④ 见[美]詹姆斯·C.斯科特:《弱者的武器:农民反抗的日常形式》,郑广怀等译,译林出版社,2011。

外,福柯是在话语中谈论权力及其抵制的,他认为,"话语不是一劳永逸地服从于权力或反对它",它"可能同时既是权力的工具和结果,又是障碍、阻力、抵抗和一个相反的战略的出发点"①。

福柯的权力论为想象能动的女性抵抗主体带来启示。对女权主义理论来说,如何处理性别与主体建构的被动与能动关系始终是一个棘手问题。性别、主体源于话语建构,已经成为女性主义的大致共识;但与此同时,坚持女性的主体性与能动性,又是女性主义运动的核心诉求。当主体陷入"话语"之中,很容易抹去主体的能动性,一切变革也将不再可能。巴特勒因此为意识形态注入福柯的因素,将意识形态的询唤改造为对意识形态规范的反复书写与引用,是性别规范引用自己从而表演出主体,而这个引用的过程也是学舌、挪用、戏仿的过程,它使得性别设定增衍、身份变得不稳定。巴特勒重新阐释性别主体被意识形态话语询唤—建构的意义,认为"被语言建构就是在一个给定的权力/话语网络中被生产,但这一权力/话语网络并非天衣无缝,而是有着内部的断裂及不经意的巧合,因此是有可能被重新意指、重新调用、从内部颠覆性引用的"②。

将性别意识形态或阳性逻格斯中心主义看成是充满裂隙的话语,为边缘女性和弱势群体提供了建构抵抗与解放的可能性空间。西苏与伊利格瑞提倡一种"女性写作",用以探求那被男权象征秩序贬斥的潜意识世界或黑暗大陆。劳里提斯提出女性主体的"隐形空间"(the space-off),其是"存在于霸权话语的边缘(或字里行间,或背面)的空间,存在于体制缝隙间、逆实践中和新形式社区内的其他话语和社会空间"③。周蕾认为,女性写作存在着"良性交易(virtuous transaction)",为了显得不具有威胁性,女作家看起来信守父权制及其写作规则,但她又在暗中微妙地挑衅这种书写霸权。④

---

① [法]米歇尔·福柯:《性经验史:农民反抗的日常形式》(增订版),佘碧平译,上海人民出版社,2011,第66页。

② [美]朱迪斯·巴特勒:《为了仔细阅读》,转引自胡缨、季家珍:《重读中国女性生命故事·导言》,游鉴明、胡缨、季家珍主编:《重读中国女性生命故事》,江苏人民出版社,2012,第9页。

③ [法]特里莎·德·劳里提斯:《社会性别机制》,载[美]佩吉·麦克拉肯主编,艾晓明、柯倩婷副主编:《女权主义理论读本》,广西师范大学出版社,2007,第234页。

④ Rey Chow, "Virtuous Transaction: A Reading of Three Stories by Ling Shuhua", *Modern Chinese Literature*, Vol.4, No.1-2, 1988, pp.71-86.

斯皮瓦克坚持"策略上的本质论",以使女权理论脱离从生理上界定女性的本质,但同时也避免解构主义对女性主体存在的做法。[①] 穆尔维(Laura Mulvey)则提出一种女性的观看方式——"好奇",以区别于"窥淫"式的男性观看,通过对潘多拉故事的重述,她还原女性好奇的批判性,用以瓦解菲勒斯巨镜的空洞权威。[②] 苏珊·格巴将"空白之页"与女性的创造力联系起来,将"空白"——父权制象征统治下的一片混沌、一个缺位、一个否定——看成是一个自我定义行为,一个危险而又冒险的对纯洁的拒绝,认为"空白之页"在空白中蕴含所有故事,妇女的创造力总是先于书写行为。[③]

"女性写作""良性交易""空白之页""隐性空间"等反询唤空间的建构,都试图再现被压抑的女性抵抗实践,重述被隐匿的女性生命故事。女权抵抗充满策略性,它是在复杂的处境中围绕权力展开的协商行为,"策略属于他者……在无根基的状况下充分利用一切,以便充分利用自身的长处,为自身的扩张作准备,根据语境保护独立性……它不断地操控事件,从而将之转变为机遇"[④]。易而言之,女权主义抵抗是在意识形态内部进行,因为不存在任何意识形态外部,声称性别是一种意识形态,即意味着性别主体的生成是一个交织询唤与反询唤的辩证进程。

二、性别是基础性表意机制

将性别看成是与阶级、种族并置的意识形态,为进一步讨论性别政治与阶级、种族等差序政治之间的关系搭建了一个理论接点。但欲打破阶级、种族研究对性别的遮蔽与涵括,仅仅思考作为一种意识形态的性别是怎样建构起来的是远远不够的,必须重估性别在社会运作、秩序建构、文化想象中的位置及功能。将性别看成一种基础性的社会表意机制,尤其是阶级、种族等宏大意识形态的表意机制,不仅有助于理解性别意识形态的运作模式,同

---

①　见张京媛:《当代女性主义文学批评·前言》,北京大学出版社,1992,第 13 页。

②　[英]劳拉·穆尔维:《恋物与好奇·中译本序》,钟仁译,上海人民出版社,2007,第 3 页。

③　[美]苏珊·格巴:《"空白之页"与女性创造力问题》,孔书玉译,载张京媛主编:《当代女性主义文学批评》,北京大学出版社,1992,第 178－179 页。

④　[法]米歇尔·德·塞托:《日常生活实践》,转引自[美]史书美:《现代的诱惑:书写半殖民地中国的现代主义(1917—1937)》,何恬译,江苏人民出版社,2007,第 231 页。

时也助于理解其他意识形态的运作模式以及性别、阶级、种族研究之间的理论关联性。

(一)性别如何表意

阶级、种族、性别是关于社会差序的三个主要分析范畴,也是维持并再生产不平等社会关系的三个基本意识形态。权力关系的运作、主体身份的形成基本围绕这三条轴线展开。但有意思的是,旨在揭示并推翻压迫性社会关系的这三种分析范畴,在学术研究领域却生产出概念等差关系:阶级＞种族＞性别。在关于阶级研究的一般性著作中,社会统治关系是根据阶级分析来阐释的,阶级是构成人类社会的核心结构,打破阶级压迫是人类解放的关键。不过,过分强调阶级关系,会忽视性别关系、种族关系、民族关系、个人关系、家国关系的重要性。种族分析的出现,改变了阶级分析一支独大的局面,各种反殖民、解殖民论述主要围绕种族范畴展开,在实践中则与反帝反殖民的民族解放运动紧密关联。但种族、民族与阶级范畴一样,也试图构成一种"霸权统识",凌驾于其他范畴之上。阶级、种族、民族往往被认为是公共性共同体,性别则被归属于私人性领域,要获得公共价值和普遍意义,只能作为次一级的身份认同范畴,加入到阶级、种族和民族议题之中。虽然女性主义者提出"个人的即是公共的,性别的即是政治的"新诉求,但如何将性别真正嵌入公共空间,能与阶级、种族范畴一样,成为更具广泛社会性的研究范畴,是女性主义一直试图解决的关键问题。

在将性别理论化为更具普遍性的研究范畴上,斯科特迈出极具想象力的一步,在社会关系、权力秩序与主体生成的框架中,她将性别定义为"组成以性别差异为基础的社会关系的成分"与"区分权力关系的基本方式"[①],明确了性别在社会关系构成与权力运作中的重要性,将主要指涉私人领域的性别分析扩大到整个公共领域。不过,构成社会关系的要素与指涉权力运作的方式,不仅有性别,还有阶级、种族、民族、国家、宗教等统摄性要素,而且代际、职业、身体、地域、教育程度等切身性要素也得到越来越多的关注。

①　[美]琼·W.斯科特:《性别:历史分析中一个有效范畴》,载李银河主编:《妇女:最漫长的革命——当代西方女权主义理论精选》,生活·读书·新知三联书店,1997,第168页。

因此,仅仅指出性别是构成社会关系的要素与指涉权力的方式是不够的,还需进一步分析性别在压迫性社会关系中的位置与作用。在这里,意识形态的运作问题,尤其是性别在意识形态运作中的功能、机制问题就凸显出来。

汤普森(John B. Thompson)认为,"研究意识形态就是研究意义服务于建立和支撑统治关系的方式",而这个意义是"包罗在社会背景中和流通于社会领域内的象征形式的意义"。① 性别作为一种意识形态的独特性,恰恰就在于它既与物质、身体结合紧密,同时又是一种文化与社会建构物,是由主体和他者皆承认其意义——包括行动、言辞、形象与文本——的一整套象征形式。这套性别象征形式在意义的生成与意识形态的运作中具有结构性的功能。被建构为自然化、身体化、永恒化的性别,具有阶级、种族也无法媲美的合法化、具体化、现实化的功能,一切意识形态机器往往要征用性别作为象征符号,以性别修辞与性别表象来隐喻、转换自身,将区隔、压抑体系自然化、合理化与普遍化。性别在意识形态运行中所具有的统合一切差序的结构性功能即性别表意机制。性别表意机制深嵌于阶级、种族等意识形态话语的运行基体之中,阶级、种族、民族、国家等霸权统识,不得不依赖于性别修辞的折射与置换功能进行运作,不是性别要依附于阶级、种族等统摄性话语存在,而是这些统摄性话语要紧抓住性别不放。正如法国人类学家戈德里尔所说的:"不是人类的性行为充斥了社会,而是社会占据了人类的性行为。人们一直认为肉体间的性别差异反映并证明了一种与社会关系和性毫不相干的现象。"②

作为意识形态表意机制的性别,是阶级、种族等意识形态获得合法性的源头与运行的主要方式,要对阶级、种族等进行意识形态分析,就不能不关注性别在象征意义形成中的结构性功能。与此同时,以性别为方法来进行意识形态分析,也将暴露阶级、种族的运作过程,性别由此又可成为破解压迫与统治关系的出口。但何以是性别而非阶级、种族,可以充当轴心性的意识形态表意机制?

---

① [英]约翰·B.汤普森:《意识形态与现代文化》,高铦译,译林出版社,2012,第 62、65 页。
② [法]莫里斯·戈德利尔(Maurice Godelier):《男性统治的起源》,转引自[美]琼·W.斯科特:《性别:历史分析中一个有效范畴》,1997,第 170 页。

(二)性别:差序结构的原型

性别之所以可以充当轴心性的意识形态表意机制,主要在于男女二元的性别结构在人类社会漫长的历史进程中已经发展为一种根基性的认识论图式。也就是说,人类对于社会差异的认知,往往是从性别判断开始,性别即是本质性差异,性别关系是一切社会关系的元关系,性别差序是人类社会差序结构的原型。[①]

即便被认为是一种社会建构,但与阶级、种族等范畴不同,性别以先在的自然差异为建构基础,比起流动易变的阶级、种族来说,具有相对的历史稳定性。性别以自然性征为标识物,对人类进行社会性分类,这导致其表征性极其显著,似乎拥有不可辩驳的真实性,性别判断近乎是一种真理判断,性别成为人类社会的基本差异结构,而性别认同则是个体的最初身份认同。从分类来看,男女性别是相对纯粹的二元对立结构,阶级、种族、民族却往往是多元、流动的,尽管它们往往被放置于一个二元结构中进行论述,比如无产阶级/资产阶级、白人/黑人、我族/他族,但无产阶级与资产阶级、白人与黑人之间的界限却并不像男女这样明晰,尤其是在混杂、流动的现代社会,收入多少算是无产阶级,皮肤多白才算是白人,绝对客观的甄别标准很难界定。男女性别差异即使在变性手术广为人知的今天,其界限也相对清晰。用相对单纯、明确的二元关系去固定意义与秩序,阐释相对混杂模糊的三元或多元关系,正是人类思维的基本特点,这也是阶级、种族等多元差异关系,往往被纳入到二元结构中来分析的重要原因。

从人类社会的发展来看,在早期人类社会中,因生产力低下与剩余财产缺乏,阶级分化并未出现,而部落聚居状况下也缺少人种的流动与碰撞,因此,种族也无法构成认知人类社会差异的参照。但是,性别差异却始终存

---

① 男女二分的性别差异的社会意义被抽象化,并提升为一种象征性结构,这是性别合法化功能的主要来源,也是性别成为意识形态内在表意机制的重要原因。性别差异既是女性主义理论的前提,同时也是它竭力批判的所在,因为性别差异本身包含本质主义的内核,且体现为对一种女性特质的贬斥,所以,追求性别平等、消解性别差异与性别,也是女性主义的激进政治诉求。但解构很难通过消除二元结构来解决,目前来看,男女二元结构的性别差异依然具有重要的认识论与本体论价值。我们既要看到男女二元的超历史压抑结构,同时又要看到它的建构性与历史性,斯皮瓦克的"策略的本质主义"的主张值得借鉴。

在,并体现于生产领域,人类劳动的最初分工便是性别分工。费孝通说:"我们若注意各社会分工的体系,不免会有一种印象:人们好像是任何差别都能利用来作分工的基础的:年龄、性别、皮肤的颜色、鼻子的高度,甚至各种病态,都可利用。性别可说是用得最普遍的差别了。到现在为止,人类还没有造出过一个社会的结构不是把男女的性别作为社会分工的基础的。"① 人类社会关系始自性别关系,性别构成人类认知、定义差异的最初形式之一。列维-斯特劳斯(Claude Levi-Strauss)认为:"从自然形态到文化形态的转变,以人类把生物学关系当作一系列参照物来观察的能力为标志;二元性、交替性、对立性和对称性,不论是以明确还是含糊的形式,与其说构成了需要解释的现象,不如说构成了社会现实的根本而直接的既定论据。"② 男女相对、同源共生的差异关系,就成为一切差异关系的原初投射,是"构成社会现实的根本而直接的既定论据"。

当然,生物学上的性别差异并不能解释女人何以成为他者,不能解释性别压迫关系的生成,"价值所能赖以存在的基础仍然不属于生理学;相反,生物学事实上所具有的价值要靠生存者去赋予"③,自然差异因此必须被社会等级化为差序。于是,波伏娃要在社会"处境"中讨论妇女受压迫的状况,卢宾则探讨导致"女人的驯服"的"系统性的社会组织",并将之命名为"性/社会性别制度"。二者在追溯妇女受压迫根源时,都注意到性别差异从生物学层面到社会层面,再到文化象征层面,再回到生物学层面的阐释循环。意即生物学意义上的性别二元论派生出社会、文化意义上的二元差序体系:阴/阳、左/右、高/低、昼/夜、日/月、光明/黑暗、大地/天空、自然/社会、感性/理性、肉体/精神。这些体系主要以语言为媒介运作并最终在语言中稳固下来,由此形成一整套与男女生物学性别差异相关的差序符号体系。④ 当然,这一切差序符号体系最终要再返回到生物学层面的性别二元论,在型构差序化的世界秩序的同时,又抹去了其中的权力运作痕迹,将不平等的社会权

---

① 费孝通:《生育制度》,华东师范大学出版社,2019,第 53 页。
② 转引自[法]西蒙娜·德·波伏娃:《第二性》,陶铁柱译,中国书籍出版社,1998,第 12 页。
③ [法]西蒙娜·德·波伏娃:《第二性》,陶铁柱译,中国书籍出版社,1998,第 40 页。
④ 关于性/性别符号体系论述,可见[加拿大]达琳·M.尤施卡:《性别符号学:政治身体/身体政治》,程丽蓉译,译林出版社,2015。

力关系与生物学意义上的自然性别差异绑定在一起。对社会差序关系的生产及再生产进行性别化翻译,正是意识形态机制能够有效运作的重要原因,也是性别可以表征阶级、种族等分析范畴的重要原因。

布尔迪厄(Pierre Bourdieu)认为,生物学表征被广泛地运用于社会统治的合理化:"基于男女之间的对立对(性或其他)事物与行为的划分,作为处于孤立状态的随意性,获得了进入一个同源对立系统的客观和主观必要性……这些对立在差异中表现出相似,在实践转换和引喻的无限游戏中,彼此协调,相反组成……我们看不到统治的社会关系如何能够出现在人们的意识中,统治的社会关系是这些思维模式的源头并通过彻底颠倒因果关系,表现为一个完全独立于力量关系的意义关系系统的应用之一……"[①]至于男性统治的根源,也在于"将一种统治关系纳入一种生物学的自然中,将这种关系合法化,而这种生物学的自然本身就是一种被自然化的社会构造"[②]。通过性别自我赋权因此是意识形态运作机制的轴心内容。

(三)解放亦生于性别

性别是意识形态最基础、最具轴心性的表意机制,这个判断包括两个层次:第一,性别是既有的、压迫性意识形态的表意机制,阶级、种族、宗教、国家等支配性意识形态往往借性别进行翻译与转喻,隐藏其压迫痕迹以及历史性与建构性本质,从而获得平稳运行的自然性、普遍性与永恒性的支撑;第二,性别也是具有解放性、进步性的意识形态,即诸多乌托邦设想的表意机制,[③]平等、独立、解放、自由,皆源于并需要通过性别来表意。

父权制是压迫性意识形态的性别表意机制的最好注解。作为一切专制统治的原型,父权制是父亲作为家长的社会结构,是家庭、社会和政治一体

---

① [法]皮埃尔·布尔迪厄:《男性统治》,刘晖译,中国人民大学出版社,2012,第5—6页。
② [法]皮埃尔·布尔迪厄:《男性统治》,刘晖译,中国人民大学出版社,2012,第29页。
③ 意识形态与乌托邦紧密相关,詹姆逊更强调二者之间的一致性,认为"意识形态即乌托邦,乌托邦即意识形态",而曼海姆则以与所处现实状况一致与否来进行区分,不一致的思想状况就是乌托邦,其在经验、思想和实践上都朝向于在实际环境中并不存在的目标,具有超越现实的取向,当其转化为行动时,倾向于局部或全部地打破当时占优势的事物的秩序。见[美]弗里德里克·詹姆逊:《政治无意识》,王逢振、陈永国译,中国社会科学出版社,2011,第284页。[德]卡尔·曼海姆:《意识形态与乌托邦》,黎鸣、李书崇译,商务印书馆,2000,第196页。本书倾向于曼海姆的看法。

化的意识形态体系,父子关系建立在父对母、男对女统治的基础上。男女而非父子才是统治关系的基础与象征符码,由男女—夫妇而及父子—君臣,叠合缠绕,形成一整套政教、伦理与美学体系。在中国,儒、法、道都把男女看成基本的表"意"之"象"。刘宗周《人谱·人谱正篇》讲"乾道成男,即上际之天;坤道成女,即下蟠之地。……至此以天地为男女,乃见人道之大"①;《韩非子·忠孝》说"臣事君,子事父,妻事夫,三者顺则天下治,三者逆则天下乱,此天下之常道也"②;《庄子·天道》云"男先而女从,夫先而妇从。夫尊卑先后,天地之行也,故圣人取象焉"。③ 以男尊女卑的男女关系表意政教意识形态,形成并固化了压抑女性的性别意识形态,同时也合法化了压迫性的政教意识形态。男女、政教与宇宙观三位一体,正是女权无政府主义者何殷震"所立政教,首重男女之防,以为男女有别,乃天地之大经"④所揭示的压迫性结构。当何殷震意识到贫穷妇女、年轻女孩、下层阶级男孩都可能沦落到"女"的悲惨境地时,"男女"就成为一个涵括阶级的新概念——"男女阶级"⑤。

　　传统的人道、天道与近代以来的阶层、族群等范畴都以男女性别作为基本表意机制,以此确立自身的合法性,而当道统倾颓,阶级、族群等身份认同发生变更时,其最直观外在的变化也首先表现于性别与身体修辞上。自由引导人民,而高举自由旗帜走在前列的人民是一个女性,还有什么能比用女性获得自由和主体性更能表征人民对自由的渴望与追求呢!"十七年文艺"中驾驭机器的无产阶级妇女形象表征的是反帝去殖平等的社会主义新中国,新妇女、新中国与社会主义三位一体。⑥ 阿 Q 对革命、阶级新身份的幻想,以睡地主的宁式床、摸小尼姑脸、大喊与吴妈困觉等恋爱/性事件加以表征。《罂粟之家》中典型的阶级斗争场景被男女欲望修辞重新书写,阶级"翻

---

① [明]刘宗周:《刘宗周全集》(第二册),吴光主编,浙江古籍出版社,2012,第 4 页。
② [战国]韩非:《韩非子新校注》,陈奇猷校注,上海古籍出版社,2000,第 1151 页。
③ 方勇评注:《庄子》,商务印书馆,2018,第 226 页。
④ 何震述:《女子解放问题》,《天义》第七卷,1907 年 9 月 15 日。
⑤ 刘禾以此认为何殷震的"男女"是一个比西方"性别"更有效的分析范畴,以批判跨国女权的西学东渐之说。相关论述可见[美]刘禾、[美]瑞贝卡·卡尔、[美]高彦颐:《一个现代思想的先声:论对跨国女权主义理论的贡献》,陈燕谷译,《中国现代文学研究丛刊》2014 年第 5 期。
⑥ 见马春花:《"女人开火车":"十七年文艺"中的妇女、机器与现代性》,《文艺争鸣》2014 年第 6 期。

身"以男女性交体位的变化加以呈现,当地主婆将半只馍作为对贫农陈茂性服务的奖赏时,阶级压迫通过味觉体验置换成性剥削。而通过探究导致性别形象生产的组织模式,以及维持自身机制不透明性的文本策略,革命、阶级、市场等诸多意识形态的运作痕迹也将最终呈现。[①]

因此,以性别为表意机制,实际上就是以性别为场域与方法,对意识形态进行的解码与破译行为。在此,"性别既是一个压抑之场,同时也是一个对抗与斗争之场"[②]。性别的重塑与消解、性别自由与解放的设想,也必将关乎生命、尊严、身份、暴力等政治哲学的本体性问题。如果说既有的主流政治哲学主要站在主体的位置上思考承认与欲望问题的话,那么像巴特勒这样的女性主义者却往往站在边界与他者的位置上思考生命如何可活的问题,即一种"可行生活"(a livable life)的诉求。正是在对生命/生活的本体性思考中,巴特勒从"性别麻烦"走向"消解性别"。消解性别不是说不存在一个有性别的肉体,也不是说身体上的性别差异不存在,而是说性别这个极具约束力的规范性分类概念,这个确立起一个人究竟是谁的切身性概念,也可能会消解一个人的人格,损害她/他以可行的方式继续生活下去的能力。消解性别,就是希望消解附着于性别概念之上的强制性与单一性内涵,让性别失去其单一、规范、稳定的分类意义。在《消解性别》一书中,巴特勒讨论了身份的"社会转化问题"[③],强调"多重主体论",甚至反对所有的性别身份主张,包括稳定的性别分配,比如男性、女性、异性恋、同性恋等稳定性的性别标签。这种多重性身份抛开单一、永久与连续性的自我,取而代之的则是可变、不连续与过程性的自我,是由不断重复和不断为它赋予新形式的行为建构而成。

女性主义对单一性身份产生暴力后果的揭示与批判、对多重性身份与选择的强调、对社会转化所带来的认知方式与生活方式的开放性与可能性

---

① 胡缨:《欲念无常:中国当代小说中的性政治》,马春花译,《中国现代文学研究丛刊》2018年第5期。

② [英]劳拉·穆尔维:《恋物与好奇·中译本序》,钟仁译,上海人民出版社,2007,第2页。

③ "一些所谓的男人可能比我更加女性化、更希望女性化……我面对的是可以被称为女性特质的可转移性。我从来没有拥有过女性特质",见[美]朱迪斯·巴特勒:《消解性别》,第218页。巴特勒拥有女性肉体,但自认为从未拥有过女性气质,她以自身的经验来论述性别的社会转化问题。

的构想、对他者生活的关怀等,实际上已经成为思考阶级与种族、主体与权力、身份与暴力等议题的重要思想资源。阿马蒂亚·森(Amartya Sen)认为迫害始于身份的强制,坚持人类身份认同的单一性会消弱人性的丰富性,并带来对抗、暴力和战争,他认为实现和谐的主要希望在于承认身份的多重性,多元文化必须建立在理性与选择自由的基础上,要拥有对我们所同时具备的不同身份决定优先次序的实质自由,没有自由选择的宿命式单一身份幻象是文明冲突与诸多矛盾冲突的根本原因。[①] 实际上,关于性、性别以及与此相关的个人生活与家庭生活的变革,影响到整个社会历史的文明进程。像吉登斯(Anthony Giddens)就认为,亲密关系的变革,对作为一个整体的现代制度有着颠覆性的影响。性别变革产生的影响是革命性的,而且意义深刻。[②]

总之,将性别看成意识形态的表意机制,既有利于凸显性别本身的意识形态性,凸显驯顺性别主体的生产与再生产的过程及其内在的询唤功能,同时也能揭示作为差序关系原型与元结构的性别,以此来表意阶级、种族等霸权统识的运作机制,暴露它们的压抑轨迹,从而将性别分析深深嵌入种族、阶级等意识形态分析之中。由此,性别将不再是被阶级、种族等支配性分类范畴遮蔽的次等分析范畴,而与其他分析范畴组成一个互相含括、交叉互动的矩阵分析结构。更为重要的是,将性别看成是轴心性的表意机制,也为想象、实践一个弱者也能有尊严地生活的世界提供了理论资源与实践路径。革命、解放、平等、人权、自由等关于人类可行生活的构想,也源于并需要通过性别来加以表意。作为压迫关系隐藏最深的象征符号体系,性别的自由与解放将会释放出诸多被压抑的力量,对性别的探讨将最终扩大对"人"这个概念的理解力与想象力。压抑与统治虽生于性别,但解放与自由亦将生于性别。

---

① 见[印]阿马蒂亚·森:《身份与暴力:命运的幻象》,李凤华等译,中国人民大学出版社,2009,第16—31页。
② 见[英]安东尼·吉登斯:《亲密关系的变革:现代社会中的性、爱与爱欲》,陈永国、汪民安等译,社会科学文献出版社,2001,第10页。

第二章　他者女性、历史记忆与新时期文学的发生

2007 年，王蒙出版四卷本自传，在第二卷《大块文章》中，他回忆了七八十年代时代交替之际文坛的一件轶事：

> 我永远不会忘记一位卓有成绩的著名同行、作家大哥亲口告诉我的话："'四人帮'倒的时候我还压在县里，我不知道发生了什么事，我口袋里装着两篇小说来到了北京探听情况，一篇是批'走资派'的，一篇是批'极左'的……你不管怎么变，你难不住咱们。"呜呼哀哉，难不倒的中国作家！①

王蒙看起来是讽刺了那位庸俗善变的作家，但按他所言，中国作家一贯是"惹不起锅就去惹笊篱"②，这里也可作如是观。70 年代的中国政治，诡谲莫测，而被政治化了的文学，也不能不相时而动，随时事变幻内容、形式甚至是风格。尽管充满各种不确定的变数，但经过近 30 年的训练，已具有相当政治敏锐性的中国作家，还是感到了一个日后被命名为"新时期"的"日子"即将到来。当时还远在边疆的王蒙读到了《人民文学》上刘心武的《班主任》，尽管时隔 30 年，他依然记得 1977 年那激动不已的时刻：

> 我的心脏加快了跳动的节奏，我的眼圈湿润了：难道小说当真又可以这样写了？难道这样写小说已经不会触动文网，不会招致杀身之祸？

---

① 王蒙：《王蒙自传·大块文章》，花城出版社，2007，第 6 页。
② "软弱的文学从来是惹笊篱的能手，文学常常只能敲打笊篱而适当思锅或避锅，例如文学家都是善于骂同自己一样软弱的同行的行家里手。读者不是总会明白的吗？读者就不会用一下自己的头脑，去想一想笊篱的悲惨处境吗？"见同上书，第 10 页。

难道知识分子因了社会的对于知识的无视也可以哭哭自己的块垒？天啊，你已经能够哭一鼻子？①

王蒙的感觉是对的。"可以哭一鼻子"成为"新时期"中国文学第一个引发广泛共鸣的文学、文化与社会思潮，而《班主任》因为重塑了一个高大的启蒙知识分子形象也成为"伤痕文学"与"新时期文学"的开端。但与刘心武等20世纪70年代开始创作，位于京津政治中心、能预先感知到政治空气的新作家不同，对于那些50年代就被打入另册发配边疆内地的作家来说，以什么样的文学面目复出文坛是一个更费思量的文学/政治问题。距《组织部来的年轻人》22年后，王蒙复出并发表于《人民文学》上的，是与其50年代标志性作品非常不同的《队长、书记、夜猫和半截筷子的故事》（1978年）。在这个很有些边疆风味的故事中，历史的罪责最终体现在一个"动作带一点女性味儿"的投机知识分子谢力甫和好逸恶劳的农民哈皮孜身上。后来获全国优秀短篇小说奖的《最宝贵的》（1979年）则将历史罪责推至一个只有15岁的孩子身上，用王蒙自己的话说那是因为"惹不起锅就去惹笊篱"。孩子、女性，更多是女性—孩子的二位一体，作为历史蒙昧的献祭者、盲从者或者愚昧大众的象征，相对于受迫害的男性老干部或知识者，成为初期"新时期"文学比较偏爱的社会关系的性别设置方式。

不过，"新时期"文学的复杂性在于，与王蒙等80年代主流作家复出时的选择不同，同是50年代被打入政治深渊的丁玲，经过慎重考虑还是选择了《杜晚香》而非《"牛棚"小品》作为复出之作。杜晚香这一无私忘我、奉献牺牲的女劳动标兵，正如蒋子龙的铁锹嫂（《铁锹传》1976年），本该出现于前一时代的文艺政治脉络之内，但她却作为丁玲的复出之作出现于"新时期"，这使杜晚香/丁玲显得颇为诡异。质朴单纯的杜晚香也成为晚年丁玲顽固不化、无法从苦难的政治经历中醒悟成为阿赫玛托娃式人物的重要佐证。但是"迟到"的杜晚香，这个依然还未与历史切割的人物，正如刘心武笔下那个还未"幡然悔悟"的谢惠敏，使试图与历史断裂的"新时期"文学的发生变得暧昧起来。"新时期"文学的发生，并非如文学史希冀描述的那样有

---

① 王蒙：《王蒙自传·大块文章》，花城出版社，2007，第9页。

清晰原点以及一个线性发展的脉络，而是混杂了多种声音，存在着多种理解历史、现在与未来的可能性。

　　本章将围绕新时期文学发生的性别表意机制展开，主要讨论性别、历史、记忆之间的关系。为此，选取了刘心武的《班主任》、丁玲的《杜晚香》与古华的《芙蓉镇》作为研究个案。《班主任》标志着新时期文学的开端，"班主任"作为启蒙知识者形象重登文学舞台意味深远。《芙蓉镇》是反思文学代表作，曾获第一届茅盾文学奖，被谢晋改编成同名电影，还被戴乃迭翻译成英文在海外流播，它是国家政权可以接受的对外讲述的"文化大革命"故事范本。两部小说都极具历史感与现实感，其中的女性形象令人印象深刻。革命女（小）将未老先衰，而（男性）知识者与（女性）小商品生产者却魂兮归来。人物性别与政治身份的颠倒反转，与新的历史意识与现代想象密切相关。而《杜晚香》却讲述一个被新时期视为"旧人"与"异化者"的女劳模的成长故事，杜晚香与"晚年丁玲"二位一体，既是"左右"难断的丁玲的"刺点"，也是"新时期"与20世纪中国文学的"刺点"。将《杜晚香》纳入"新时期"文学的发生学视野中来考察，在呈现一个暧昧莫名的复杂历史"开端"的同时，也将进一步思考前三十年的革命遗产问题。

第一节　暧昧的开端：《班主任》的性别与历史

　　1977年11月，《人民文学》头条刊发刘心武的《班主任》，引起巨大反响。1978年8月15日，《文学评论》编辑部召开《班主任》座谈会，参与座谈的，既有冯牧、孔罗荪、李季、严文井、许觉民、朱寨、林斤澜等文艺理论家和作家，也有青年工人和中学生，还有刘心武本人。会后，编辑部刊发《为文学创作的健康发展扫清道路——记〈班主任〉座谈会》与《青年工人和中学生谈〈班主任〉——座谈纪要》两篇会议纪要，同期还有刘心武《生活的创造者说：走这条路！》、冯牧《打破精神枷锁，走上创作的康庄大道——在〈班主任〉座谈会上的发言》和西来、蔡葵《艺术家的责任和勇气——从〈班主任〉谈起》。1985年，中国社科院当代文学研究室编写的《新时期文学六年（1976.10—

1982.9)》,确立了《班主任》在新时期文学中的开端位置。人们用"报春的新笋"①"报春的燕子"②来指称《班主任》,刘心武也因此被称为"伤痕文学之父"③与"新时期文学之父"④。

　　但近年来,《班主任》的开端地位却不断受到挑战:一说它艺术粗糙,难以担当"开端"重任;或说其结构、叙事、人物造型等方面与"十七年文学"有着千丝万缕的联系;而对《班主任》"知识考古学"的分析,则消解了它充当"开端"的"自然性"。⑤ 其实,《班主任》艺术上的粗糙并非不为当时的文坛老人所看到,⑥但它之所以最终得到肯定,与作为启蒙者形象出现的"班主任"密切相关。后来对《班主任》的重新评价,自然也并非只关乎文学性,而是与如何看待"新时期"文学的文化政治密切相关。"新时期"文学提法本身,强调的就是文学史的断裂性与断代感,而现在学界所用的"80 年代"文学则与 50 年代至 70 年代形成并列关系,意在解构断裂的"新时期"意识。正源于此,《班主任》与刘心武之前《睁大你的眼睛》等作品之间在结构上的相似性受到关注也就不足为奇了。⑦

　　不过,无论是文学性分析、系谱学考察,还是意识形态批判,以《班主任》为对象的新时期文学之发生学研究,自始至终都缺少一个必要的性别维度。《班主任》所设置的(男)班主任/知识权威与(女)学生/红小兵之间的新启蒙二元关系,隐含着新的代际、性别与政治关系的重构。一个"根红苗正"却"愚昧无知"、受"四人帮"蒙骗却自以为是"无产阶级接班人"的女学生谢惠

---

　　① 滕云、张学正等编著:《新时期小说百篇评析》,南开大学出版社,1985,第 1 页。

　　② 吴秀明主编,李杭春、段怀清副主编:《当代中国文学五十年》,浙江文艺出版社,2004,第 152 页。

　　③ 旷新年:《1976:"伤痕文学"的发生》,《文艺争鸣》2016 年第 3 期。

　　④ 李杨:《重返"新时期文学"的意义》,《文艺研究》2005 年第 1 期。

　　⑤ 可见谢俊:《可疑的起点:〈班主任〉的考古学探究》,《当代作家评论》2008 年第 2 期。

　　⑥ 唐弢、孙犁、冯牧等人都认为《班主任》"政治上很好,但艺术上不成熟,写得枝枝蔓蔓"。参见刘锡诚:《在文坛边缘上:编辑手记》,河南大学出版社,2004,第 215 页。

　　⑦ 对《班主任》与《睁大你的眼睛》之间联系的分析,比较早的可见瀬户宏:《试论刘心武——到〈班主任〉止》(《钟山》1982 年第 3 期),后来李杨的《重返"新时期文学"的意义》、祝勇的《刘心武:从英雄话语到话语英雄》(《名作欣赏》2014 年第 31 期)、李兆忠的《1977:〈班主任〉》(《六十年与六十郎:共和国文学档案》)、谢俊的《可疑的起点——〈班主任〉的考古探究》、夏正娟的《刘心武的双重情感态度》(《名作欣赏》2014 年第 30 期)等文章里也都提到过两篇小说之间的联系与人物位置的反转。

敏,正是蒙昧大众的性别表征,甚至是社会失序的替罪羔羊。男老师与女学生之间的新启蒙关系,在男/女二元性别结构中重构了社会权力体系,预示了一个历史转折时代的权势转移倾向。其实,以性别图景表征主流意识形态,本是中国文艺的常用策略,"铁姑娘""女闯将"等文艺造像,就意在发明并想象一种独立、平等、反帝、反殖的激进社会主义现代性。①随着革命落潮,"革命女闯将"在《班主任》中变身为"无知女学生",这个形象变换中的性别政治内涵意义重大。

一、"新父"的诞生

《班主任》的主人公张俊石是按照"英雄人物"来塑造的。在创作谈中,刘心武这样写道:

> 我虽然用"平平凡凡,默默无闻"这样的词汇来形容张俊石,但在我的心目中,在我通篇的立意中,我是把他当做一个英雄人物来对待的。不同的历史时期,不同的革命岗位,不同的具体情况下,无产阶级英雄人物虽然本质相同,却各有各的特点。张俊石老师虽然没有手托炸药包去炸毁敌人的桥头堡,也没有用自己的身体去堵住敌人碉堡的枪眼,但在清除林彪、"四人帮"流毒这场关系到我们党和国家的前途,在疗治被"四人帮"坑害的孩子,铸造丰富而美丽的革命灵魂的伟大事业中,他所发挥的特殊作用,其意义,难道不也是同炸毁敌人桥头堡、堵住敌人的枪眼一样重要吗? 平凡的是他那工作岗位,而不是他那工作的社会意义。②

刘心武强调班主任是个"英雄人物",与当时外界指责小说是"暴露文学""问题小说""批判现实主义"不无关系。将外界的关注点从谢惠敏和宋宝琦这些问题孩子转移到张俊石身上,强调其英雄身份,既是刘心武自辩的

---

① 见马春花:《"女人开火车":"十七年"文艺中的妇女、机器与现代性》,《文艺争鸣》2014年第6期。

② 刘心武:《生活的创造者说:走这条路!》,《文学评论》1978年第5期。

理由："我所刻划的主要人物既不是宋宝琦和谢惠敏,也不是石红,而是张俊石老师。我不是纯客观地把宋宝琦、谢惠敏的问题摆到读者面前,而是通过张俊石这个班主任的眼光,特别是通过他爱恨交织的感情和犀利的剖析,既向读者提出问题,也向读者提供我力所能及的答案。"①也是其他文坛老人为刘心武辩护的重要理由。② 那么,张俊石是一个怎样的英雄,与刘心武之前塑造的英雄形象有何异同呢?

《班主任》并非刘心武最初发表的作品。早在 1975 年,他就发表了《盖红印章的考卷》《睁大你的眼睛》两篇革命教育小说。前者写红卫兵周小琴在工人师傅的帮助下,成功制作烟筒拐脖,用实际行动证明教育革命的合理性,彻底打消了文老师等人的顾虑。后者则是一个"千万不要忘记阶级斗争"的故事:红小兵负责人方旗与大院革命群众一起,与资本家郑传善做斗争,最终取得了胜利。两篇小说具有鲜明的革命特征:红卫兵小将在工人阶级引领下,同资产阶级或保守的知识分子斗争,最后取得胜利。而《班主任》讲述的则是一个"革命反正"的故事:张俊石在挽救小流氓宋宝琦的过程中,发现团支部书记谢惠敏竟与宋宝琦一样,也是一个受"四人帮"毒害的"畸形儿",于是下决心拯救这些"病孩"。

敌我二元的斗争框架,正面必胜的光明结局,高大全的英雄人物,甚至包括英雄善于发现被忽视的斗争/拯救对象——班主任发现了谢惠敏,方旗发现了郑传善——的细节,《班主任》很大程度上延续了刘心武以前作品的叙事结构。但这种孟悦认为的发端于民间并在"阶级斗争文学"中发扬光大的叙事结构,却发生了价值内涵的颠倒。③ 英雄的位置和结构没有变化,但是占据这个位置的角色却发生了颠倒。这种颠倒和反转起码包括三个方面:一是政治身份的反转,"被动消极"的知识者成了英雄,担负起启蒙与拯救的角色,"积极主动"的红卫兵却成了"畸形儿"和"病孩子",沦落为被拯救

---

① 刘心武:《生活的创造者说:走这条路!》,《文学评论》1978 年第 5 期。

② 草明注意到《班主任》中的教师形象,并与作者刘心武曾经的教师身份联系起来,认为张俊石和尹达磊这两个教师的形象"使人信服,而且这么好",《班主任》并不限于揭露"四人帮"的罪恶,更重要的是塑造了班主任张俊石的光辉形象。见草明:《致青年作者刘心武》,《十月》1978 年第 2 期。

③ 孟悦认为《班主任》的叙事结构也有民间叙事结构的特点,即有一正一反两个冲突对峙的社会,有双方都在争夺的价值客体,有受命于正面社会去夺还沦入反面社会的价值客体的"英雄"。见孟悦:《刘心武论》,《当代作家评论》1988 年第 4 期。

的对象;二是代际身份的反转,少年英雄被中老年英雄替代,社会进步的主体不再是革命领袖念兹在兹的"早晨八九点钟的太阳"的青少年,而是复位归来的知识者与老干部;①三是性别身份的重构,这尤其体现在男性知识者和老干部地位的上升,并在后来的改革文学中进一步固化为开拓者形象。"班主任"由此成为"新时期"的一个信号和象征:他是学生的老/导师,充当父的角色;他是知识者,充当启蒙者角色;他是男性,充当历史(history)书写者的角色。在新旧交替时期,作为"崭新的英雄形象"的"班主任",实际上是一个"新父"的形象。历史似乎总是开端于一个"新父"的发明与想象,后来者喜欢将"班主任"/刘心武看作"新时期文学之父"与"伤痕文学之父",似乎也潜隐着这样一种复杂的性别化历史的政治无意识。

"班主任",光明中学里的这个缩微"新父",既是知识之父,也是文明之父,他就像"一架永不生锈的播种机,不断在学生们的心田上播下革命思想和知识的种子";他对中外古今的文明成果颇为了解,像《红岩》《青春之歌》《暴风骤雨》《茅盾文集》《唐诗三百首》《辛稼轩词选》《欧也妮·葛朗台》《战争与和平》《牛虻》《表》《盖达尔选集》《共产党宣言》《马克思主义的三个来源和三个组成部分》……正如七八十年代的小说喜欢罗列主人公的阅读书目,②《班主任》也开列了一个长长的书单,广泛涉及中外古今的文学与政治

---

① 李扬认为,青年位置与"文化大革命"政治理念有关。文化革命不是政治革命,也不是经济革命,按毛泽东的理解,旧的政治制度与经济结构中不可能产生出真正的革命者,在文化革命中,革命主体是一代新人,革命目标是造就一代新人,来实现共产主义理想。见李扬:《重返"新时期文学"的意义》。另外,蔡翔在《革命/叙述:中国社会主义文学—文化想象(1949—1966)》(北京大学出版社,2010)中也专门谈及社会主义革命与青年之间的关系。

② 刘心武在一篇重新讨论《班主任》的文章中就特别提出:"'文革'后期,从1973到1976三年里,从出版数量上来说,文学应该是相当'繁荣'的。那时候我所在的出版社文艺编辑室发稿量就很大,每个月都会有新书出版,而且印量都不小,人民文学出版社出版的长篇小说就很多,题材也多种多样。所谓'八个样板戏一个作家'的说法之所以有人不服,就是因为那只是'文革'前期的情况,到了'文革'后期,由于《磐石湾》《沂蒙颂》等剧目的加入,'样板戏'的数目有所增加,并且还有各省剧目进京汇报演出的'盛况',当时活跃起来的业余作者,也可开列出不短的名单。当时不仅《人民文学》《诗刊》恢复出版,上海更有定期的月刊和丛刊出版。那几年也拍出了不少新电影,如《难忘的战斗》等艺术水准也未必低。现在有的人要么对这几年的文化状况讳莫如深,要么用'他们生产了一些符合当时要求的东西'一语定论。作为一个过来人,我建议现在有研究者要来对'文革'后期的这些'文化产品'作严肃、客观、理性的研究。"在这里,刘心武实际上是指出了"文化大革命"后期与"新时期"文学之间的连续性,由此可以重新反思"文化大革命"十年内部的复杂性与冲突性。参见刘心武:《〈班主任〉里的书名》,《文汇报·笔会》,2009年1月8日。

领域。其中,19 世纪爱尔兰女作家伏尼契的《牛虻》在小说中有特别的意义,这部涉及信仰、革命与爱情的小说成为辨识学生是否受"四人帮"毒害的试金石。宋宝琦自然看不懂,还把小说插图中的所有妇女都画上胡子,谢惠敏"以前没听说过、更没看见过这本书,她见里头有外国男女讲恋爱的插图",就认为是应该批斗的"黄书"。正是把《牛虻》看成"黄书"的态度,让"班主任"看到两人之间的相似性。但小说并没有在何谓"黄书",对"黄书"青睐与拒绝截然不同的态度可能隐含着怎样的性、性别问题上驻足停留,①让"班主任""心里的火苗扑腾扑腾往上蹿,一种无形的力量冲击着他的喉头,他几乎要喊出来——救救被'四人帮'坑害了的孩子"的主要原因,不是宋宝琦的打架斗殴与偷窃,而是他"拒绝接受一切人类文明史上有益的知识和美好的艺术结晶"。在此,性/别政治问题悄然转换成"文明与愚昧"的问题。

　　但实际上,《班主任》却是以青春/性危机展开叙事的。小说一开始就抛出这样的问题,"你愿意结识一个小流氓,并且每天同他相处吗",然后通过女学生的过激反应——知道"小流氓"来插班都吓得纷纷不想来上课,放大了这个青春/性危机造成的困境。但是这个本能层面上的性别恐慌,被快速历史化与政治化,转换为社会是否文明、进步的问题。"班主任"认为,谢惠敏们对"黄书"性质的误读,显示了文明与愚昧的缠斗仍在继续,而他因为掌握了文明和知识的真谛,不但能够认识到《牛虻》的本质,而且将是启蒙宋宝琦和谢惠敏的"师父"。"班主任"对"父之名"的象征性占据,完成于对宋宝琦父亲的指责:他因为"缺乏丰富而有意义的精神生活"、对宋宝琦也"缺乏教育管束",实际上已经无法胜任"父亲"的角色。

　　愚昧无知的宋宝琦、只看"报上推荐过"的"好书"的谢惠敏、充满疑问亟待解答的石红等各色学生形象,建构起张俊石作为一个"启蒙之父"的形象。至于同事尹老师的急躁、单纯、容易冲动,"觉得一切不合理的事物都应该而且能够迅速得到改进……他愿意一切都如春江放舟般顺利,不承想却仍要

---

　　① 石天强认为小说以一种政治的、意识形态的语言,将个体本能层面的性问题转化成了个体政治生活上的问题,并因此获得社会的合法性支持,这种性与政治的转化分析新颖独特。见石天强:《后文革时期的性与阶级无意识——以刘心武〈班主任〉为例》,《文化与诗学》2013 年第 1 辑(总16 辑)。我在此更关注的是性/政治转化中政治的不同意涵。宋宝琦的性本能冲动在谢惠敏那里转化成阶级问题,她想通过批斗的方式来解决;而在"班主任"那里,它既不是阶级问题,也不是性本能问题,而是文明和愚昧的冲突问题。

面临一些复杂的问题",则衬托出张俊石的冷静、理性与勇于担当。接受别人都不愿意要的小流氓宋宝琦,发现别人都没有发现的"畸形儿"谢惠敏,在处理具体问题中,既能争取同事的理解,也能发动学生参与,不管是在学校还是去家访,在不同的空间中,班主任都是胸有成竹,一切都有条不紊,一切都在他的调度和控制之下,他思想深邃、洞悉时局、真理在握,他一身兼具知识、文明与理性之父。在这里尤为值得注意的,是张俊石作为班主任身份的独特意义,这个身份既能像一般老师一样"传道、授业、解惑",同时在学校这种现代教育体制中,班主任作为一个结构性角色,能够联结并协调学生、老师、家长与校领导等各方力量,对学生来说,他比一般老师更具有直接而切实的话语权威。在文中,是他接受"小流氓"宋宝琦,判断谢惠敏为"病孩",引导石红,最重要的当然还是他发出"五四"启蒙时代"狂人"式"救救孩子"的呐喊。实际上也正是这一"呐喊"角色,让这篇看来"艺术上不成熟"的作品,赢得了众多"归来"的老知识分子的认同、好感与支持,[①]以为"班主任"是"五四"启蒙传统的"魂兮归来"。《班主任》进入文学史,成为新时期文学的开端,直接关联于张俊石作为"启蒙之父"的形象设置。

　　然而"班主任"却并非一个接续"五四"启蒙传统的沉思者形象,尽管小说的叙述声音总是重叠于"班主任"的内心世界,他是如此坚定乐观而又清醒深邃,不像尹老师那样牢骚毛躁,也从不彷徨苦闷,他看起来如此爱憎分明、斩钉截铁,其品格更接近50年代至70年代的"无产阶级英雄"形象(正如刘心武自己所言)而非"五四"启蒙知识分子形象。以历史的后见之明,他不仅是知识之父、理性之父,同时也是实践之父,是即将展开的"实践是检验真理的唯一标准"的先知先行者。小说结尾虽定格于"班主任"的沉思,但沉思的是下一步的具体行动,为拯救宋宝琦与谢惠敏的"排兵布阵"以及频繁的家访等正是这一行动的表现:

　　　　"现在,是真格儿按毛主席的思想体系搞教育的时候了!"他正是要"真格儿"地大于一场啊,一定会得到组织支持的! 他心中又闪过了一些老师可能发出的疑问,于是,他决定,要争取在教师会上发言,阐述自

---

① 参见刘锡诚:《在文坛边缘上:编辑手记》,河南大学出版社,2004,第215页。

己的想法：现在，我们不仅要加强课堂教学，使孩子们掌握好课本和课堂上的科学文化知识，获得德、智、体全面发展；不仅要继续带领他们学工、学农，把理论和实践结合起来；而且，还要引导他们注目于更广阔的世界，使他们对人类全部文明成果产生兴趣，具有更高的分析能力，从而成为社会主义革命和社会主义建设的更强有力的接班人……

　　想"大干一场"并真正开始"大干"的，从光明中学的班主任到芙蓉镇里的谷燕山再到工业部里的张思远与王辉凡等，不一而足。新的历史实践即将展开，并最终落实于改革文学中那些既有专业知识又有实干精神的男性开拓者身上。为挽救宋宝琦、谢惠敏而运筹帷幄的"班主任"，正是日后归来的改革者，像《乔厂长上任记》中的乔光朴、《花园街五号》中的刘钊等的雏形。

　　然而有意思的是，这个以"班主任"象征的"新父"，却是一个没有前史、从天而降的英雄，他是如此干净、透明、空无，"作者没有留给这位 36 岁的壮年男子任何的私人空间"[①]。问题倒不在于刘心武有没有深入班主任的私人空间，写他婚姻、家庭的个人情感世界，而是他在之前的历史实践中处于一个什么样的位置。作为一个新旧交替时代的人物，一个"历史的中间物"，他如何能有效切割过去与现在，并让自己成为一个空前的时代典范？他平凡的外表、中等的个头、稍微有点发胖的身材、"每一个纽扣都扣得规规矩矩，连制服外套的风纪扣，也一丝不苟地扣着"，这个"无牵无挂"的新时代引领者，类似激进主义时代的革命孤儿/英雄，总是能够摆脱个人情感的羁绊，"忘我"地投入革命事业中去。将"班主任"视为鲁迅笔下狂人式的人物，显然是一个具体时代状况下的有意误读，因为"肩负黑暗的闸门"的"狂人"，是承认自己生于"吃人家族"的黑暗前史的，而且认为自己"未必无意之中，不吃了我妹子的几片肉"[②]。然而，刘心武的"班主任"却干净得如同上帝，总是在不断地发现、拯救"病人"，却从未认识到自己可能也是一个历史"病人"。"班主任"们无法言说的历史，正如有的研究者所言，隐藏在女学生谢

　　①　李兆忠：《小脚放开之后：重读〈班主任〉》，《名作欣赏》2010 年第 11 期。
　　②　鲁迅：《狂人日记》，载《鲁迅全集》（第 1 卷），人民文学出版社，2005，第 454 页。

惠敏身上,谢惠敏就是一个被遗忘了的张俊石。① 正是通过将启蒙前史移植到年幼无知者特别是年轻女性—学生身上,新时期中国的"新人"——"班主任"们,遗忘了自己可能曾经的"吃人"历史,从而可以作为一个干净得体的英雄"父亲"凭空出现。

对历史转折时代的中国知识者来说,他们虽然自我期许为新时期的引领者,但是其主体认同中依然游荡着革命权威的幽灵。可以看到,在《班主任》中,再造权威、发明一个引导启蒙实践"新父"的历史需要,远远超过了认识自我作为一个复杂的历史之中的人的需要。世事吊诡如斯,作为一个启蒙时代的新时期中国,居然不是开启于对自我的反思与批判,而是肇始于再造权威与中心。而权威来自臣服,主体源于他者。故此,一个绝对大写的男性主体——"班主任"的历史崛起,注定建立在对各色"异化"他/她者的发明与再造之中。

二、异化的"她者"

1977 年写作《班主任》时,刘心武刚调离学校不久。塑造一个以自身为模特、与叙述者高度吻合的班主任形象,似乎是一件自然而然的事情。说它自然,是因为刘心武自己曾做过 15 年的中学老师、10 年的班主任;说它应然,是因为其时"四人帮"被打倒,"文化大革命"结束,中国进入"新时期",这意味着曾以红小兵为正面英雄形象所象征的革命理念将发生某种变化,以教师视角塑造一个以教师为正面形象的作品将成为可能。这样,从自身经验出发,以文学创作契合政治需要,对刘心武一代作者而言是相当自然的集体意识。后来的历史和文学史证明,《班主任》的确生逢其时,它是一部"拨乱反正"的作品。但"拨乱反正"也是重构"反正",当"班主任"成为历史正面的时候,又由谁来扮演历史的阴面他者呢? 1982 年,《班主任》发表五年后,

---

① 石天强认为谢惠敏不过是一个被遗忘了的张俊石的自我形象。张俊石只有回望并反思那个文化大革命时候的自我,才有可能再一次发现谢惠敏身上所隐藏着的张俊石的秘密——即那个被遗忘的无意识(《后文革时期的性与阶级无意识——以刘心武〈班主任〉为例》)。李兆忠也认为张俊石和谢惠敏没有本质的不同,差别仅在于一个是纯然的无知,一个是自以为知的无知,都是值得救助的对象(《小脚放开之后:重读〈班主任〉》)。

刘心武再次谈到小说的构思：

> 我写《班主任》，构思了好久，从某种意义上说，也绕了好久。最初，我的脑中形成了宋宝琦的形象。然而那时人们已经普遍认识到"四人帮"造成了这一类畸形儿，倘若急于提笔来写，那么难免与别人立意相似。所以我就不甘心，脑子里继续绕，也就是往深处思考，这样就逐渐凸显了谢惠敏的形象。捕捉到这个形象以后，我才动笔写那篇小说。结果读者读那篇小说时，本以为出现团支部书记形象，是一个以前已经见识过的帮助小流氓下面的形象，没想到小说写到后面。却绕过了他所熟识的形象和猜想，展现出他未曾想到的意境：谢惠敏从某种意义上说，是更令人焦虑的畸形儿。①

最初进入刘心武写作视野的是男性小流氓，一种通常意义上的跨时代、跨区域、跨文化的坏学生形象，以这种学生为启蒙与拯救对象，既是"国民性批判"的应有之义，也是作家的切身经验。曾经的班主任刘心武自身就"曾为教育班上的小流氓付出了大量的精力"②，但是作为作者的刘心武马上意识到，当时"人们已经普遍认识到'四人帮'造成了这一类畸形儿，倘若急于提笔来写，那么难免与别人立意相似"，他不甘心这种"相似"，开始"往深处思考"，终于发现了团支部书记谢惠敏，一个思想僵化教条的政治"异化"③者。这样，促使刘心武最终写出小说并完成"班主任"这一"新父"形象再造的，就不再是宋宝琦这个"男流氓"，而是谢惠敏这个"女学生"，正是她"展现出他未曾想到的意境"，她才是一个真正新颖的人物形象。小说中，宋宝琦还没与"班主任"见面，就已由国家机器宣判为"小流氓"并已被拘留过，基本

---

① 刘心武：《绕》，《花溪》1982 年第 1 期。

② 刘心武：《生活的创造者说：走这条路！》，《文学评论》1978 年第 5 期。

③ "异化"是七八十年代转折时期的一个重要概念。马克思的"异化"概念，主要用来批判资本主义私有制下劳动的异化所造成的社会不平等。在中国当时的历史语境中，人们对"异化"概念的理解是革命、政治可能产生的对人性的异化。贺桂梅在《"新启蒙"知识档案——80 年代中国文化研究》（北京大学出版社，2010，第 62—71 页）对此有细致的梳理和分析。本章不讨论各种"异化"论说辞在转折时期的意识形态内涵，只想从性别维度，讨论人性与政治"异化"如何借助"性别"修辞来完成自身的表述，即政治"异化"表述背后的性别表意机制。

构不成"班主任"的对立面,他也在谢惠敏和石红之后正式出场。而谢惠敏才是班主任/刘心武逐步发现/发明的"他者",只有曾经的历史主流与现在受害者的她,才有资格真正成为"拨乱反正"的对象。

"班主任"对谢惠敏的认识,始于送麦穗事件。一粒小小的麦穗是不是非要在雨后泥泞的路上送回村庄,在"班主任"看来无关紧要,要紧的是小事中反映出来的"这个仅仅只有三个月团龄的支部书记"的"纯洁而高尚的感情"。后来即使谢惠敏成为"被'四人帮'那个大黑干将控制的团市委"培养的某种"典型",但是"谢惠敏对他们的'教诲'并不能心领神会,因为她没有丝毫的政治投机心理,她单纯而真诚"。班主任/叙述者极力强调谢惠敏的"纯洁""高尚""单纯""真诚",既是"阶级斗争为纲"的口号还未完全废除的反映,也与其形象定位有关。或许,正是本质纯正,才适合充当无辜受害者的角色。而正是对这一个"本质纯正"的"畸形儿"谢惠敏的发现与宣判,最终显示出班主任张俊石作为"启蒙之父"的洞见,也成就了"新时期文学之父"的刘心武。

《班主任》一发表就引起极大反响,老一代文艺批评者和作家有感于张俊石的启蒙者形象,而一般读者却往往与谢惠敏产生深切共鸣,在谢惠敏而非"班主任"身上,他们看到自我、亲人与周围人的影子。在创作谈中,刘心武特意提到三封读者来信:一个姐姐写来的关于她谢惠敏式的妹妹的故事,妹妹的观念依然停留于过去,不能适应现在的生活,于是先服毒后上吊,最终决绝自杀,这使刘心武"激动之余"想,如果她能早知道谢惠敏,也许能冷静下来;一个女青年写信承认自己曾经就是谢惠敏;一个中年科技人员"感到自己身上也有'谢味'"。与一般读者对谢惠敏的感同身受不同,文学批评者对谢惠敏的认可,则主要是她的文学史意义,"在我国文学创作中,出现这样的艺术典型,还是第一次,具有深刻的社会意义"[①];她是"新时期文学的

---

① 西来、蔡葵:《艺术家的责任和勇气——从〈班主任〉谈起》,《文学评论》1978 年第 5 期。

第一个典型"①;"如果《班主任》揭露的只是小流氓宋宝琦,即使它在文学史上有一定的价值,肯定也不会引起人们那么大的注目。《班主任》之所以在读者,特别是青年读者之间引起了强烈的反响,正是因为它描写了谢惠敏"②;"《班主任》之所以受到广泛的重视,是因为它率先提出不仅要挽救像宋宝琦这样的小流氓,而且要挽救左得出奇、纯若修女的谢惠敏,他们是蒙昧主义养育出来的一对精神畸形儿"③,"这个典型是千万个受到震动的读者选择出来,并由当时的评论家们协同创造出来的"④。

于是,谢惠敏在"新时期"成为一个历史镜像,一些人警醒于她与自身的重叠,而更多的人则把谢惠敏当成一个自我之外、亟需被"班主任"拯救的外在他者。谢惠敏的重要性因此就不仅存在于小说之内,亦延展于文本之外。有意思的是,这个亟需被切割的历史他者,却被有意描述为一个性别特征模糊的异化者形象:

> 个头比一般男生还高,她腰板总挺得直直的,显得很健壮。有一回,她打业余体校栅栏墙外走过,一眼被里头的篮球教练看中。教练热情地把她请了进去,满心以为发现了个难得的培养对象。谁知让这位长圆脸、大眼睛的姑娘试着跑了几次篮后,竟格外地失望——原来,她弹跳力很差,手臂手腕的关节也显得过分僵硬,一问,她根本对任何球类活动都没有兴趣。

谢惠敏一出场,就是一个缺乏女性特征、身体过于男性化,单调、乏味、

①　刘再复认为,"谢惠敏作为新时期文学的第一个典型,她的性格在'左'倾教条主义的重压下扭曲、变形,灵魂的活力被窒息,这是值得悲哀的,这种扭曲和窒息发展到了她本身并不感到痛苦和苦闷的程度,这是第二重的悲哀;然而,当她反过来在自己力所能及的范围内再去压抑扼杀另一个活生生的灵魂时,这就进入更深层的悲哀了","刘心武无意之中写出了一个深邃的灵魂时,唤醒和震动了或多或少有一些谢惠敏的潜意识的整整一代人,引起他们深沉的共鸣、激动、反省",并说"我开始意识到自己身上积淀着一种谢惠敏式的惰性的血液"。在刘再复看来,谢惠敏不仅是个受害者角色,同时也是一个加害者的角色,这种双重角色而又不为她甚至是作者自知,这才是悲剧所在。见刘再复:《他把爱推向每一片绿叶》,《读书》1985 年第 9 期。

②　濑户宏:《试论刘心武——到〈班主任〉止》,《钟山》1982 年第 3 期。

③　王纪人:《复苏期的文学潮流》,《文艺理论研究》1980 年第 1 期。

④　曾镇南:《刘心武论》,《社会科学战线》1986 年第 3 期。

无趣的形象。考虑到上面的描述是接在"他班上的团支部书记谢惠敏找他来了"之后,表面看来好像是客观中立的第三人称叙述,实际隐含着的却是班主任/刘心武之眼的凝视与判断,叙述者、"班主任"和作者的叙述互相重合、三位一体,凸显了这种叙述声音的权威性。僵硬的女性身体象征着思想的教条与僵化,在这里,政治思想上的异化通过性别的异化表征出来,异化"他者"转化为异化"她者"。

用反自然的女体来隐喻异化的政治,是 80 年代文学常见的叙事策略。刘心武的《大眼猫》是另一个典型文本。《大眼猫》发表于 1981 年,主人公钢华是高中的团支部书记,也是一个谢惠敏式的愚昧轻信的受害者形象,她"身材比较粗,臀部特别大,所以进出那样的座位,很不灵便","跳高和跳远,怎么也达不到标准"。钢华的粗壮、不灵活、缺乏弹跳力,正是僵硬的谢惠敏的翻版,只是其中的性别政治更为清晰。钢华,这个显然非常男性化的名字,让人联想起革命时代的"铁姑娘"形象。与谢惠敏不同,钢华对于自己的"非女性"特征已幡然悔悟:"这是当年我整你和高如松的报应!几乎没有一个男同志爱我!因为,多少年来,我简直也是一个男人,或者说,我是一个中性的人,人们可以敬佩我、羡慕我、忌恨我、厌弃我……然而,却不会爱我,不想像占有一个女人那样地占有我!"钢华在忏悔自己曾参与极左运动的同时,也一并否定了自身性别操演的非常面向,她曾经展示出来的性别多样性实践。因为否弃了"被占有"的她者/客体身份,所以在小说中也被认为是反自然、反女性的,至于正常的女性是什么,当然就是小说给钢华设计的她者化渴望:"像占有一个女人那样地占有我。"

于是,与非女性化的谢惠敏相比,被赋予刻板女性性征的石红,则成为刘心武塑造的正面学生形象。尽管"写得不够丰满",但作者"希望读者能从石红的形象上,多少感受到我们这个时代青少年的主流"[①]。与僵硬直板的谢惠敏不同,石红一出场就是一个青春美少女形象:"石红恰好面对窗户坐着,午后的春阳射到她的圆脸庞上,使她的两颊更加红润;她拿笔的手托着腮,张大的眼眶里,晶亮的眸子缓慢地游动着,丰满的下巴微微上翘。"在这个视觉定格中,张大眼眶、眸子游动的石红应该是一个在看着什么的凝视主

---

① 刘心武:《生活的创造者说:走这条路!》,《文学评论》1978 年第 5 期。

体,但叙述者却并没有给定凝视的对象,于是她就只能是一个被看的沉思客体,而潜在的总体性的观看者,实际上就是借数学老师隐藏起来的"班主任"与叙述者。与"班主任"眼中的谢惠敏不同,石红这个具有女性美感的女学生,象征的是自然美好的人性。一个柔和、浪漫的女性才是具有美感的正面女性形象,这是 80 年代重构自然化女性的开端。石红与反性别、非自然的谢惠敏,构成新时期文学中可以彼此映照的女性"双面兽",像《芙蓉镇》里的胡玉音与李国香、《天云山传奇》中的冯晴岚与宋薇。

以具不具有女性特征的自然化女性,来象征政治上的僵化与否以及是否具有自然的人性,这种性别叙事策略在小说中还体现在一个关于穿衣的细节上:

> 那一天热得像被扣在了蒸笼里,下了课,女孩子们都跑拢窗口去透气,张老师把谢惠敏叫到一边,上下打量着她说:"你为什么还穿长袖衬衫呢? 你该带头换上短袖才是,而且,你们女孩子该穿裙子才对啊!"谢惠敏虽然热得直喘气,却惊讶得满脸涨红,她简直不能理解张老师在提倡什么作风! 班上只有宣传委员石红才穿带小碎花的短袖衬衫,还有那种带褶子的短裙,这在谢惠敏看来,乃是"沾染了资产阶级作风"的表现!

女孩子穿裤子还是裙子、长袖还是短袖,在谢惠敏看来是一个"阶级作风"问题,阶级问题已经渗入她日常生活的方方面面,包括看什么书、穿什么衣等,作者显然是想以日常生活细节来象征谢惠敏生活的乏味与思想的教条程度,正如其缺乏弹性和灵活性的僵硬身体。不过,对于激进革命氛围下的中国妇女来说,像男人一样穿裤装意味着打破性别藩篱,是彰显妇女解放、男女平等的一种表意方式,而"小碎花短袖衬衫、带褶子的短裙",则是封建传统与"资产阶级作风"所强调的女性气质的体现,正是"解放"与"革命"妇女所应排拒的,性别问题即是阶级问题。但对"班主任"来说,"穿裙子"再次被还原为性别与美学问题,因此,正面学生石红也应该"穿带小碎花的短袖衬衫,还有那种带褶子的短裙"。

衣饰着装作为一种日常文化政治形式,当然同时具有性别与阶级双重的政治意涵,谢惠敏与"班主任"对于着装政治的不同侧重,实际上显示了"衣变染乎世情"的力量。前者尚沉浸于激进社会主义的主流意识形态之中,以刻板化的阶级政治来决定穿衣打扮;后者则否弃了压抑性的阶级政治,以另外一种刻板化的性别政治来确立时代文化主流;前者以拒绝女性气质来表明自己的阶级性与革命性,后者则将女性气质与女性身份构成唯一对应关系,强调一种自然化的人性。当然,对刘心武来说,设置师生之间关于裙子和短袖衬衫的小分歧,当然不是为了讨论性别与着装问题,而有其象征意涵,即政治、代际、性别关系的"拨乱反正"。曾经的红小兵成为被拯救的对象,而知识分子则"魂兮归来",被想象为一个大写的"主体与启蒙之父",这种新意识形态的初步构建正是通过性别与政治之间的转换机制完成的。"班主任"对谢惠敏怀着父亲般的疼爱,"他疼爱谢惠敏,如同医生疼爱一个不幸患上传染病的健壮孩子",而谢惠敏则被描述为一个在外表和日常生活细节等方面不自然的女学生。而正是通过这些不自然、不合适、不正确的性别细节,"班主任"终于发现,谢惠敏才是一个真正"在'左'倾教条主义的重压下扭曲、变形,灵魂的活力被窒息"[①]、被"愚民政策打下了黑色烙印"的异化他者。

　　主体成就于他者的发明,启蒙也意味着蒙昧的辨识与生产。与任何一个被称为"新"时期的启蒙年代一样,旧时代及其旧人也往往需要被发明为"新"时期的他者,而具体填充这个"他者"位置的,往往是这些人/类——农民、女性和孩子。被认为是新时期中国文学开端的《班主任》,通过塑造一个性别异化的女性学生谢惠敏,发明出一个既是女性又是孩子的"她者",重构了一个主体/客体、我者/他者的二元权力等级结构。故此,"新时期"文学其实开端于再造"新父"、发明"她者"。

三、"断续"的历史

　　1978 年,《班主任》获第一届"全国优秀短篇小说奖"第一名后不久,就被命名为新时期文学的开端。不过,质疑之声也始终存在。围绕《班主任》

---

　　① 刘再复:《他把爱推向每一片绿叶》,《读书》1985 年第 9 期。

的争议,反映了两种颇为不同的文学史观。一种是"断裂"说,其在 80 年代形成并延续至今,"断裂"说将 80 年代与 50 至 70 年代割裂开来,由此形成"新时期"的历史意识和文学意识,将《班主任》设为开端,即是"断裂"说的主要症候之一;另一种是"延续"说,其在近年形成,主要关注"新时期"与"五十至七十年代"的关联性,并由此形成一个接续前后三十年的当代中国文学的"整体观"。洪子诚对"当代文学"概念的厘定①、程光炜的"'八十年代'作为方法"②、贺桂梅"'新启蒙'知识档案"③等论述基本在这一脉络之内。

　　"断裂"说也好,"延续"说也罢,作为一种文学史叙述的策略,它们往往受制于特定的现实诉求与历史关怀。强调断裂者,未必没有意识到其中的延续性,而关注延续者,也不能忽略相似的叙事结构之下的价值颠倒,尤其是其中"告别"历史的时代诉求。然而所谓历史或文学的"开端",常常却是"告而未别、断而又续"的"断续"状况。表面看来,作为一部"拨乱反正"的小说,《班主任》完成了"新时期"中国与"革命"中国的象征性"断裂",把曾经被颠倒的社会价值系统给颠倒回来,理顺了教师/学生、知识分子/无知大众等二元关系,从而"接续"上五四的启蒙传统。就是这种"断续"——断裂"革命"中国,接续"五四"中国——的历史意识,让《班主任》获得广泛认可并最终确定了它的文学史地位。不过,如果将《班主任》置于"漫长的中国二十世纪"④的视野中进行考察,那么就会发现其性别政治的再现、现代性意识形态的论述,显然密切关联于一个更为宏观的有关现代中国的"断续"历史脉络。

　　为确立自己的历史正当性,新时期文学不得不以"断裂"的姿态完成对于 50 至 70 年代文学的革命,正如李扬所言,"新时期文学要建构自己的主体性,就不能不压抑着那些异物,那些意识形态和知识分子的自我想象中所

----

　　① 见洪子诚《"当代文学"的概念》,《文学评论》1998 年第 6 期。
　　② 见程光炜:《文学讲稿:"八十年代"作为方法》,北京大学出版社,2009。
　　③ 见贺桂梅《"新启蒙"知识档案——80 年代中国文化研究》,北京大学出版社,2010。
　　④ "漫长的二十世纪"是经济史学家阿瑞吉提出的一个概念,他认为 70 年代的危机所标示的乃是自 19 世纪以来的美国霸权周期,从物质扩张阶段到金融扩张阶段的转移。从"漫长的二十世纪"来看,80 年代构成了资本主义新的扩张阶段,即金融扩张。韩琛采用了"漫长的二十世纪"的说法,但意思不同,他是从东亚视域来看,认为 80 年代的改革/革命在中国并未完成,因为这个革命的无法完成与危机的反复出现,因此造成了漫长的 20 世纪。见韩琛:《"重写文学史"的历史与反复》,《中国现代文学研究丛刊》2017 年第 5 期。

要排斥的部分"①。但这些被"意识形态和知识分子"极力排斥、压抑的"革命"中国的历史与外在他者，却往往是构成新主体想象的"执拗的杂音"②，就像谢惠敏之于班主任。而没有各色他者的生产及其内化，所谓新时期文学的主体想象也是无源之水。那个由班主任/女学生、新父/旧人构成的二元社会结构想象，在颠倒的同时也承袭了激进革命时代的性别政治关系与意识形态构图。也就是说，革命结构依然"潜移默化"于后革命时代，不断质疑、挑战着那些"自以为新"的各样父权意识形态论述。

　　启蒙与蒙昧、主体与他者的主从论述，往往借由性别转换得以生成并巩固。"班主任"这一启蒙主体的诞生，是通过发明被启蒙的她者来完成的，但吊诡之处在于，这一主体与他者、父亲与孩子、男性与女性、老师与学生、启蒙者与畸形儿等二元的关系格局在文本中却并不稳定。以"异化"她者面目出现的谢惠敏，在支撑起"班主任"这个启蒙主体的同时，却也动摇着主体的地位。不同于后来"伤痕文学"中幡然悔悟或受到历史惩罚的姐妹们，像《大眼猫》中的钢华、《铺花的歧路》中的白慧、《伤痕》中的王晓华、《天云山传奇》中的宋薇等，谢惠敏这个只有十五六岁的团支部书记，在1977年的春天还浑然不知历史即将重启，尽管"班主任"对启蒙信心满满，但直到小说结束，我们也没有看到她的"幡然悔悟"。因而，"班主任"眼中的这个"异化"她者，自身其实一直也未服膺于其即将被安排的位置：一个关于"牺牲"的自然化的性别她者的位置。她的所作所为所思所想，显然还停留在那个被认为是过去的时代。过去（她的历史）与未来（他的历史）在1977年春天的某一时刻就这样混杂在一起，暧昧未明，她还可以与"班主任"发生正面冲突，而小说对这些冲突的设置、呈现与推进，无意之中暴露了"新时期"开端的含混性与不稳定性，一种既非断裂也非连续的"断续"状态。

　　这种"断续"状态，在文本中首先是张老师与谢惠敏冲突的再现方式及其背后隐含的意识形态断续。说是矛盾的再现，因其有明确的现实基础，在《班主任》创作谈中，刘心武曾谈到他在担任班主任工作时与学生干部之间的冲突：

---

① 李杨：《重返"新时期文学"的意义》，《文艺研究》2005年第1期。
② "执拗的杂音"是指相对于"历史的主音"的一切内外他者。见韩琛：《三城记：异邦体验与老舍小说的发生》，《文学评论》2017年第5期。

　　我在工作中还经常同班上的小干部发生矛盾。班主任同小干部产生矛盾本来是不足为奇的,但令我憋气的是,在张铁生的"事迹"和"一个小学生的来信和日记摘抄"出来以后,个别的小干部并不是因为我说错了什么话,做错了什么事才反对我,而是真诚地认为老师是革命的对象,因此必须"提高警惕",随时"注意阶级斗争的新动向",要"主动发起进攻战";倘若连续几天都想不出什么意见来,这样的小干部便会为自己"路线斗争觉悟不高"而苦恼。①

　　老师与学生之间的矛盾与冲突其实是一个跨越时代、地域、种族、阶级、性别的永恒问题,有点类似福柯的规训与反抗关系。但刘心武提到的班主任与小干部之间的矛盾却有些不同,小干部在中国的教育体制中是老师尤其是班主任的小助手,往往充当帮助老师管理同学的职能,其与同学之间的矛盾倒是常事,但与班主任有矛盾,"还经常发生矛盾",则是文化大革命政治的体现和遗留。刘心武提到的"张铁生的'事迹'"和"一个小学生的来信和日记摘抄",前者是"反知识"的典型,而后者则是当时闻名全国的黄帅,是"反师道尊严"的典型,两者都是 1974 年前后"两条路线"斗争中由"四人帮"树立的"反潮流"英雄人物,被政治利用的"马前卒"。1976 年粉碎"四人帮"之后,曾经的风云人物受到惩罚,张铁生被判刑 15 年,黄帅在中国科学院工作的父亲也因她而受到冲击。刘心武在 1978 年的创作谈中提到这两个事件,自是要说明谢惠敏式的小干部的政治来源及其"病症"所在,对知识和知识者的鄙视,才是被"当作重点培养对象"的小干部与班主任之间产生矛盾的根源所在。不过,这些让班主任"憋气"的小干部们,②终于在 1977 年成为班主任启蒙与拯救的主要对象,其被拯救的重要性与迫切性也远超小流氓宋宝琦。不过有意味的是,当谢惠敏被定性为政治异化的她者,并被陈述

---

①　刘心武:《生活的创造者说:走这条路!》,《文学评论》1978 年第 5 期。

②　刘心武与黄帅有所交集,据谢俊说,刘心武在创作《多么好的阳光》时,接受编辑部的建议去采访当时的小英雄黄帅,但在采访时被怠慢,这使他心情沮丧而放弃了对作品的继续修改。谢俊认为其中老师和学生的关系可以被看成福柯式的规训和反抗的关系,张老师和谢惠敏的关系可看作这种关系的变体,是启蒙与被启蒙者、教育与被教育者的关系,并由此认为刘心武的创作初衷是有一种不自觉的启蒙意识的,而那个被压抑的他者(黄帅或谢惠敏)和 80 年代"五七"族知识分子叙事压抑的红卫兵话语似乎有一种同构关系。见谢俊:《可疑的起点:〈班主任〉的考古学探究》。

其异化行状时,却也暴露了她在新的政治语境之中,因为继续坚持某种"革命立场",而获得了拒绝性别化的差异政治甚至是对抗"新父"权威的某种政治能动性。

这种政治能动性/僵化教条在其未完全出场就显示出来。当"班主任"对小流氓插班这件事还没采取行动时,谢惠敏就主动来找"班主任"反映情况商量对策了。当尹老师等任课老师怀疑埋怨"班主任"为何要接受这样一个坏学生、当班上的女同学因害怕小流氓骚扰而不敢上课时,当石红还在等待"班主任"指示任务解释疑惑时,谢惠敏已做好"阶级斗争"的准备了。当"班主任""感到格外需要团支部配合工作"时,谢惠敏毫无畏惧地站在"班主任"一边,这甚至让"班主任""心里一热"。但是,一个一直主动或说过分主动的谢惠敏,包括让"班主任"支持和欣赏的送麦穗事件(谢让同学送回去,发出命令,"班主任"判断)和在最后冲突中的痛苦离开,显然逾越了学生应在的位置,这打破了老师与学生、小干部与班主任之间应该相对明晰的权力等级秩序,他们之间矛盾的显现并逐渐升级,可以说是必然的。小说以这几个小事件来展示他们之间的冲突:

1.关于组织生活的方式问题。班主任:"为什么过组织生活总是念报纸呢?下回搞一次爬山比赛不成吗?保险他们不会打瞌睡!"谢:"瞪圆了双眼,几乎不相信自己的耳朵,隔了好一阵,才抗议说"爬山,那叫什么组织生活?"2.关于女孩子的衣着问题。大热天,谢还穿着长裤长袖衬衫,班主任:"你们女孩子该穿裙子才对啊!"谢:惊讶得满脸涨红,她简直不能理解张老师在提倡什么作风!3.对《牛虻》的态度。谢:"哎呀,真黄!明天得狠批这本黄书!"班主任"忍不住对谢惠敏开口分辩道",谢:"两撇眉毛险些飞出脑门,她瞪圆了双眼望着张老师,激烈地质问说","她痛苦而惶惑地望着映在课桌上的那些斑驳的树影。"4.对《表》的态度。谢:"激动地走出屋子,晚风吹拂着她火烫的面颊,她很痛苦,上牙把下唇咬出了很深的印子",班主任"疼爱谢惠敏,如同医生疼爱一个不幸患上传染病的健壮孩子;他相信,凭着谢惠敏那正直的品格和朴实的感情,只要倾注全力加以治疗,那些'四人帮'在她身上播下的病菌,是一定能够被杀灭的"。

谢惠敏与"班主任"的冲突看起来极其琐碎:组织生活怎么过,穿不穿裙子,宋宝琦是受封建思想还是资产阶级思想的毒害,《牛虻》和《青春之歌》等涉及爱情的书是不是"黄书",中学生能不能读等。但这些日常生活问题也涉及教育理念、价值体系与性别观念等重大问题。如果新时期真是一个与之前的一体化时代完全不同的崭新历史阶段的话,那么这些问题或许应该在一个更为开放的空间中,以民主、平等的方式予以充分讨论、回应,无论是"班主任"还是谢惠敏的主张与立场都能够在其中拥有一席之地。不过,被赋予历史权威的"班主任",显然拥有真理认识及其解释权,他作为一个时代"新父/师",在一个男老师/女学生的性别差序结构中,对这些问题的解决具有压倒性的权威。于是,"班主任"将这一切分歧的出现归结为"四人帮"的遗毒,将他们之间矛盾的起点设在谢惠敏"被'四人帮'那个大黑干将控制的团市委"培养为某种"典型"之后;刘心武在创作谈中,也笼统地归于张铁生和黄帅的影响。而唯有开启新时期的"班主任们",却能够一尘不染地从"文化大革命"历史中"归来",宣布以谢惠敏这个女学生为表征的"历史受害者"是需要拯救的"异化"她者,从而回避了对 50 至 70 年代革命政治激情的深入反思。许子东曾问,"所有谢惠敏式的行为,如果放在五十年代青春万岁背景下或出现在六十年代中学生齐抄雷锋日记的时候,又会得到怎样的评价呢?"[①]显然,刘心武并没有意识到这个问题的复杂性,只瞩目于政治权威的重构,而这个重构思想、政治、文化和历史权威的一体化叙事模式,显然也延续了前一时代的文化政治传统。

致力于在断裂历史中开辟新时期的《班主任》,却延续了前一时代的权威建构形式,也就是说,知识者"新父"与女学生她者的新设定,虽然颠倒了激进革命时代的二元关系,但二元权力结构本身并未发生根本改变。不仅"新父"的塑造延续了过去时代的传统,而且文本中那个处于历史转折时代的女学生谢惠敏,显然也延续了革命政治的传统。她动不动就"瞪圆了双眼",她的"惊讶""抗议"与"质问",她满脸涨红、撅起嘴、眉毛拧成个死疙瘩、上牙把下唇咬出了很深的印子等细节,描摹出她在与"班主任"产生分歧过

①　许子东:《刘心武论——〈新时期小说主流〉之一章》,《文艺理论研究》1987 年第 4 期。对许来说,需要反思的是追求政治进步的同时是否丧失了独立思考的能力,是否丧失了个人的价值,这是 80 年代颇有意义的追问,这个问题直到现在也没有完成。不过,我思考的却是这一革命遗产在 20 世纪 70 年代末的延续及其在后一个 30 年被边缘化过程中可能具有的抵抗意义,以此来判断两个 30 年之间的延展性。

程中产生的惶惑与痛苦。在谢惠敏那里,对"班主任"的怀疑、不满与抗议,是其成长时接受的革命政治理念的"自然"体现。罗丽莎认为,对"文革"代群来说,如何成为自觉的政治主体至为重要,其个人的主体性与能动性既不在于张扬个体价值,也不在于服从权威,而是以类群(比如青年、学生等)的形式对政治的主动参与、对各种等级权力秩序包括性别秩序的挑战与反抗。① 与作者/叙述者/班主任的设定不同,谢惠敏其实从未把自己放在"女一学生"这个新的性别化与阶差化的她者位置上。一个非女性化的、不像学生的谢惠敏,已构成一种与新权威协商、对话甚至质疑、挑战新权威的力量。集知识、理性、实践于一体的"新父",无法取代原来那个至高无上的"旧父","班主任"这一"新父"试图重构的老师/学生、父亲/孩子、男性/女性等性别、代际的二元权力结构体系很难稳固,那个依然充满了革命激情的谢惠敏,能否顺利进入"班主任"的启蒙框架中还很难说。在刘心武收到的读者来信中可以看到,谢惠敏的幽灵早已四处游荡,以其"旧革命意识"参与到新时期的政治、文化协商中。

当新时期中国意欲重构政治蓝图与社会秩序时,一个反潮流、非性别化的谢惠敏,必然被安置于一个异化者的位置,并成为承受历史创伤的启蒙对象。当然,谢惠敏的悲剧不仅在于"执迷不悟",还在于其挑战权威的革命本身,却来自对更高历史权威的臣服。置身新时期的谢惠敏们,作为革命历史的剩余物,还未长大成人却已未老先衰,变成"马列老太太",并与青春焕发的"班主任"形成对比。今天看来,《班主任》之所以被追认为新时期文学的开端,并不在于真的开启了一个新的"文学"时代,而在于表征出一个转折时代之暧昧莫名的"断续历史"状况。

阿伦特认为,历史的开端并非一种自然状态,"自然状态"不过是对它进行净化的一种释义,从而建立一种合乎自然道义逻辑的合法性论述。② 于是,所有开端的历史发明,往往以恢复某种自然状态为修辞,并断然否认开端之前的政经文化实践,将之论述为一种反自然的历史状况。被认为是新时期文学开端的《班主任》,当然也试图建构起一种自然状态,其表达为对某

---

① ［美］罗丽莎:《另类的现代性:改革开放时代中国性别化的渴望》,黄新译,江苏文艺出版社,2006,第166—186页。

② ［美］汉娜・阿伦特:《论革命》,陈周旺译,译林出版社,2007,第9页。

种自然的性别、师生关系的想象,而激进革命年代的所谓非自然状态则遭到否认,女学生谢惠敏反常的性别、代际认同,就是非自然状态的典型代表。实际上,并没有什么有关性别、代际的自然状态等待恢复,只有合乎特定政治意图的文化想象的刻板生产,开端的命名往往在打开历史的同时也封闭了历史。今天,当我们从性别视野重估《班主任》的时候,实际上就是试图重启被封闭的暧昧历史开端,召唤出作为革命幽灵的谢惠敏们,还有作为改革"新父"的"班主任们",以之作为展开对话历史、批判现实并想象未来的契机。

第二节　迟到的《杜晚香》与革命"遗托邦"状况

1979年5月16日,刘心武到北京西郊友谊宾馆看望丁玲并约稿。[①]当时,刘心武正因《班主任》蜚声文坛,丁玲却在为《杜晚香》的发表奔忙。因为《人民文学》的态度并不明朗,丁玲就将《杜晚香》给了刘心武所在的《十月》杂志。刘心武对《杜晚香》极为激赏,《十月》也已将小说排版,但在上级干预之下,《杜晚香》最终还是刊于《人民文学》,以示对丁玲复出的重视。《杜晚香》的曲折发表过程,亦昭示丁玲平反之路的艰难,至于小说的人物、内容和主题,也难以契合后革命氛围:这个20世纪60年代的北大荒女劳模,如同尾大不掉的历史剩余物,代表着革命年代的强悍余音。正是因为《杜晚香》在新时期的突兀出场,以及主题与时代潮流的乖离,使之成为丁玲研究的一个挥之不去的"刺点"。其实,对《杜晚香》及其作者丁玲的认识,仅仅局限在文本之内是无法完成的,应该将"她们"视为洞穿时代断裂的革命中间物,置于漫长的中国革命进程中予以历史性阐述。作为写作、发表过程跨越两个时代的小说,《杜晚香》与晚年丁玲二位一体,无论是"政治异化者",还是"完成的革命者",都无法涵盖"她们"的复杂性。《杜晚香》的命运不仅关联于当代文学的历史转折,更沉浮于当代中国社会的激荡转型,这部小说"在"而

---

① 刘心武:《〈杜晚香〉与丁玲的平反复出》,《羊城晚报》2009年4月11日。

"不属于"新时期的革命中间物身份,则带来重估中国社会主义革命实践及其历史遗产的契机。"春潮晚来急",看似简单的《杜晚香》,其实从来不简单,左右难辨的晚年丁玲,则有不拘左右的超越视界。

一、迟到的《杜晚香》

如果仅在文学视域内考察,1979 年发表于《人民文学》第 7 期的《杜晚香》,在丁玲短篇小说创作中,算得上是最简单的一篇。首先是人物简单,杜晚香是个普通的劳动妇女,"受过苦,会劳动,是党员,又有一个志愿军战士的丈夫",在其生活的时代,这是"出身好"的重要标准,不出意外,这些出身好的人若"不犯错误",是很容易成为丁玲所说的让人羡慕的"天生的革命家"和政治"幸运儿"的。① 而这也正是杜晚香打动那个南方大城市长大的转业海军妻子的地方。但杜晚香这样的"天生革命家",在丁玲笔下却并不多见。她创造的女性形象多一如其本人,都是"用两条腿一步一步走过来"的人物,知识女性莎菲、梦珂、陆萍,劳动女性陈老太婆、贞贞、黑妮,莫不如此。她们有过去、有故事,在历史暗影中挣扎着,"一步一步"走向光明。而出身好的杜晚香在阶级逻辑中,却具有出自天然的革命性。

人物简单也决定了情节的简单。小说一共 10 节,万把多字,平铺直叙杜晚香的成长。从幼年失母到做童养媳,从陕北小山村到北大荒垦区,从一个文盲农妇到能写会讲的妇女干部、劳动模范,丁玲皆以平淡语调娓娓道来。虽然杜晚香身世坎坷、受苦很多,但丁玲并不想在复杂的社会关系中展开革命年代的阶级叙事,或者新时期的伤痕叙事。小说在体裁上颇像是一篇人物速写,类似于丁玲延安时期的此类散文,如《袁广发——陕甘宁边区特等劳动英雄》《彭德怀速写》《永远活在我心中的人们——关于陈满的记

---

① 在《〈陕北风光〉校后感》中,丁玲说:"有些人是天生的革命家,有些人是飞跃的革命家,一下就从落后到前进了,有些人从不犯错误,这些幸运儿常常是被人羡慕着的。但我总还是愿意用两条腿一步一步地走过来。"载《丁玲全集》(第 9 卷),河北人民出版社,2001,第 50 页。

载》等。实际上，丁玲在创作谈中也曾明确将《杜晚香》定位为散文。① 不过，《杜晚香》最终还是被编入《丁玲全集》短篇小说卷，以凸显其叙事的虚构性。除了人物、情节的单纯，《杜晚香》的语言、修辞也朴素、简洁，既不同于早期丁玲作品的欧化倾向，也不同于她延安时代作品的革命抒情风格，与感伤忧郁的"伤痕文学"相比，则更是大相径庭。就小说本身来看，朴素的人物、平淡的叙事、简洁的文字、诚恳的修辞，都使《杜晚香》看起来过于单薄。然而，正是这篇万把多字的简单小说，却成为晚年丁玲的代表作，其难以代表丁玲的代表性，一直令丁玲研究者困惑不已。这意味着，《杜晚香》的典范性不仅在于文本本身，更生成于文本之外。

从开始构思到最后发表，《杜晚香》始终被寄望过多，个人的政治诉求、国家的政治要求与时代的跌宕起伏，皆在这部简单的小说中留下印记。对于丁玲本人而言，《杜晚香》是一部"亮相"之作。在此之前的 20 余年间，丁玲流放北大荒、进出秦城监狱、偏居山西农村，颠沛流离，受尽磨难，终于在"文化大革命"后回到北京，重返文化政治中心。对于急于政治平反的丁玲来说，简单的《杜晚香》自然意义重大。丁玲有两篇文章专门讨论《杜晚香》的写作，在与陈明、儿子儿媳、友人的通信中也多次谈及《杜晚香》。一篇相对简单的劳模速写，却如此兴师动众地被谈论，这在晚年丁玲的写作中并不常见。在《"牛棚"小品》获《十月》文学奖"的颁奖大会上，丁玲却就《杜晚香》的创作发表长篇感言：

> 一九七八年，我在山西农村正在写长篇小说《在严寒的日子里》。那时国内政治形势已越来越好，党的"十一大"会议开过之后，全国开展了实践是检验真理的惟一标准的讨论，报纸上出现了越来越多的老同志重新出来工作的消息。我感到自己的问题也可能有解决的希望，我很兴奋。我想自己离开文坛二十多年，与读者隔离二十多年……我将拿什么新的作品给读者作为见面的礼物呢？我想，我可以写对一些领导同志的回忆，也可以摘录正在写作的长篇小说中的几段。但都觉得

---

① 丁玲：《关于〈杜晚香〉》，载《丁玲全集》（第 9 卷），河北人民出版社，2001，第 262 页。"杜晚香是实有其人，是我们农场一个有名的女标兵，我在写这篇散文的时候，才给她改叫'杜晚香'的。"

不合适。想来想去，认为重写过的《杜晚香》比较合适。……中央领导
同志在"十一大"的报告中提到，文艺作品应少宣传个人，要多写普通劳
动者，那么《杜晚香》不正符合中央的精神吗？像杜晚香这样扎实、朴素
的人物是值得提倡的。①

　　用《杜晚香》作为"亮相之作"，是丁玲深思熟虑的结果。她本人认定，不
论将来政局发生什么变化，《杜晚香》的主题精神不会遭到非难。② 然而形
势比人强，《杜晚香》从一开始便不被丁玲周围的人看好，他们认为"不是时
鲜货，靠它亮相，怕是不行"③。1978 年 9 月 28 日，在写给儿子儿媳的信中，
丁玲说到《杜晚香》"也给四个人看过，反应都不很好。我并不是只愿听好
话"④。同年 10 月 9 日，丁玲在日记中写道："最使我高兴的是祖林来信，他
对《杜晚香》一文，赞颂备至。一是他怕我气馁，尽量鼓励我；二是他也的确
看出杜文的好处与不足。"⑤丁玲对《杜晚香》的重视，既有对小说文学价值
的焦虑，也有政治安全方面的考虑，而众人以为的"不合时宜"，则强化了她
的重视程度。

　　小说发表过程的曲折，倒也印证了周围人的看法。一开始，丁玲想借助
邓颖超的力量在《中国妇女》杂志发表，但以太长为由被拒；⑥后又投稿《人

---

　　① 丁玲：《〈"牛棚"小品〉刊出的故事——在"〈十月〉文学奖"授奖大会上的讲话》，载《丁玲全
集》（第 9 卷），河北人民出版社，2001，第 296－297 页。

　　② 在谈到《杜晚香》的写作经过时，刘慧英回忆："陈明先生曾向我谈及发表《杜晚香》的一些
缘由：一九七八年丁玲夫妇从"流放地"回到北京，有关编辑部向她约稿，在写什么的问题上她曾左
思右想了很久，最后认定不论将来政局发生什么变化，《杜晚香》这样的主题精神是不会遭到非难
的。"见刘慧英：《走出男权传统的樊篱——文学中男权意识的批判》，生活·读书·新知三联书店，
1995，第 55 页。

　　③ 丁玲：《〈"牛棚"小品〉刊出的故事——在"〈十月〉文学奖"授奖大会上的讲话》，载《丁玲全
集》（第 9 卷），河北人民出版社，2001，第 296－297 页。

　　④ 丁玲：《致蒋祖林·李灵源》，《丁玲全集》第 11 卷，河北人民出版社，2001，第 261 页。

　　⑤ 丁玲：《一九七八年十月九日日记》，《丁玲全集》第 11 卷，河北人民出版社，2001，第 447
页。

　　⑥ 1978 年 12 月 10 日，《杜晚香》尚未完工时，丁玲就在给陈明的信中谈到发表问题："我的意
见不一定等问题全部解决后再发表，无妨先发表。既然帽子已摘，就可以发表，没有人敢不开绿灯，
最多提些意见，推推拖拖而已。因此我想最好能于明年二三月见报。在《中国妇女》发表，我可以直
接寄邓，给邓写信。只有由邓或康决定。"见《丁玲全集》（第 11 卷），河北人民出版社，2001，第 272－
273 页。

民日报》，也被要求删改；①于是丁玲再投《人民文学》，但也被要求删改结尾。② 最后，由于时任《十月》编辑的刘心武约稿，《杜晚香》就到了《十月》。但当《杜晚香》在《十月》编好待发之际，葛洛找到刘心武，说是中央指示，丁玲复出首发之作，必须由《人民文学》发表。③ 于是经过各方协调，《杜晚香》最终在《人民文学》发表。为了补偿《十月》，丁玲把刚写就的《"牛棚"小品》给了《十月》，并于 1979 年 9 月刊发。《"牛棚"小品》后来获"《十月》杂志文学奖"，并成为丁玲研究者批评《杜晚香》与"左"倾的"晚年丁玲"的主要参照对象。

　　被丁玲寄望深远的《杜晚香》，其实并没有达到"亮相"目的。小说发表在国家级刊物《人民文学》，价值象征意义不可谓不重大，但是发表过程之曲折迂回，也表明丁玲"复出"的艰难。《杜晚香》的不合时宜，亦是丁玲的不合时宜。其实，以某篇文学作品作为政治复出的"亮相"之作，在七八十年代的中国，丁玲不仅不是个例，而且在时间上也落后于她的"新老同志"。将《杜晚香》讽刺为丁玲的一份"政治证明"④的王蒙，早在 1978 年就于《人民文学》发表"亮相"之作《队长、书记、野猫与半截筷子的故事》。在这篇小说中，王蒙同样出于政治考虑，将历史小丑设置为一个略显女性气质的知识分子干部。其实，"亮相之作"在那个新旧转换的特定历史时刻，注定意识形态考量要超过文学价值判断，往往"亮"过即弃而不会成为作家代表作。然而，何以《杜晚香》这部亮相之作，却成为"晚年丁玲"的代表作，并一再被质疑为是"表忠心"的作品呢？

　　一个原因是即时性的，劳动标兵杜晚香的故事与新时期的整体文化氛

---

　　① 　1979 年 5 月 1 日，丁玲对《人民日报》编辑建议删改《杜晚香》答复说："《杜晚香》一稿，最近因故，尚未修改。"见《丁玲年谱长编（1904－1986）》，王增如、李向东编著，天津人民出版社，2006，第527 页。

　　② 　丁玲：《〈"牛棚"小品〉刊出的故事——在"《十月》文学奖"授奖大会上的讲话》，载《丁玲全集》（第 9 卷），河北人民出版社，2001，第 299 页。

　　③ 　见刘心武：《〈杜晚香〉与丁玲的平反复出》，《羊城晚报》2009 年 4 月 11 日。亦可见丁玲：《"牛棚"小品刊出的故事》。

　　④ 　在《我心目中的丁玲》（《读书》1997 年第 2 期）一文中，王蒙写道："她的对手过去一再论证的就是她并非真革命、真光荣、真共产主义者，她的生死存亡的决定因素是她必证明她才是真革命的；这有杜晚香为证，有她的复出后的一系列维护党的权威、歌颂党的领导以及领导人的言论为证。"

围有所背离,另一个原因则是关键,《杜晚香》在丁玲那里并非仅是一个"亮相"的瞬间,而是成为几乎贯穿她整个晚年言行的一条主线。丁玲在新时期虽然也创作过众多"时鲜货",像《"牛棚"小品》《风雪人间》《魍魉世界》等,她在新时期创办民办刊物《中国》,也曾推出残雪的《苍老的浮云》、刘恒的《狗日的粮食》、格非的《怀念乌有先生》等先锋小说,但是这些文学实践活动往往被忽略,因为晚年丁玲的文学立场始终被聚焦于《杜晚香》,证据就来自她在《"牛棚"小品》的颁奖会上的讲话:

> 难道真的我个人不了解我自己的作品吗? 不过,昨天,今天,我反复思量,我以为我还是应该坚持写《杜晚香》而不是写《"牛棚"小品》。自然,这里没有绝对相反的东西,但我自己还是比较喜欢《杜晚香》。是不是由于我太爱杜晚香,人民更需要杜晚香的这种精神呢?①

人民需不需要杜晚香其实难以确定,丁玲需要《杜晚香》却是言之有据。晚年丁玲俨然也是一个杜晚香,以推重劳动、人民、社会主义为己任。丁玲访美期间称,"养鸡也很有趣味";②对于问题"这二十多年是怎么过来的",她的回答是"我可以说一点,就是二十多年来,我很少感到空虚";③关于文艺与政治的关系,她声称"文艺为政治服务,文艺为人民服务,文艺为社会主义服务,三个口号难道不是一样的吗? 这有什么根本区别呢",认为"创作本身就是政治行动,作家是政治化了的人"④;在会见加拿大作家代表团的讲话时表示"我首先是一个共产党员,其次才是一个作家"⑤;其他还有《讲一点心里话》《谈谈文艺创作》《文艺创作的准备》等文章,无不与杜晚香演讲中

---

① 丁玲:《〈"牛棚"小品〉刊出的故事——在"〈十月〉文学奖"授奖大会上的讲话》,载《丁玲全集》(第9卷),河北人民出版社,2001,第297页。

② 丁玲:《养鸡与养狗——访美散记》,载《丁玲全集》(第6卷),河北人民出版社,2001,第149页。

③ 丁玲:《我这二十多年是怎么过来的》,载《丁玲全集》(第8卷),河北人民出版社,2001,第93页。

④ 丁玲:《漫谈文艺与政治的关系》,载《丁玲全集》(第8卷),河北人民出版社,2001,第121—122页。

⑤ 丁玲:《会见加拿大作家代表团的讲话》,载《丁玲全集》(第8卷),河北人民出版社,2001,第196页。

的表白相得益彰："党呵！英明而伟大的党呵！你给人世间的是光明！是希望！是温暖！是幸福！我们将永远为你、为共产主义事业战斗，我们是属于你的！"①属于党的"杜晚香"与晚年丁玲交相辉映、难分彼此，皆是社会主义革命的历史剩余物，《杜晚香》成为晚年丁玲的代表作也就不算意外。与晚年丁玲形成鲜明对比的，则是以忏悔反思著称的晚年周扬，后者通过主张马克思主义的人道主义，再次让自己侧身时代主潮之中。一直"不合时宜"的丁玲，与始终"尽合时宜"的周扬，或者正代表了中国革命作家的两个不同类型。

1980 年，《杜晚香》被翻译成法文，题目是《大姐》。② 从人物原型邓婉荣到小说主人公杜晚香，再到法文小说题目的"大姐"，名字的改变在此并非无关紧要。小说中的杜晚香替代现实中的邓婉荣，在出于文学虚构的需要之外，亦以"晚香"之名，寄托了坎坷经年的丁玲对自己晚年生活的美好愿望。把杜晚香翻译为"大姐"，则是对杜晚香所代表的一类革命女性形象的抽象概括。在社会主义革命中国的语境中，"大姐"具有强烈的政治象征意义，往往指的是那些年轻时就追随革命，并因此拥有较高革命资历、党内声誉和政治地位的革命女性。小说中的杜晚香年轻时虽然没有参加革命战争，只是北大荒垦区一个"平凡又不平凡"的劳动标兵，但在延续社会主义革命精神这个实质问题上，建设时期的杜晚香与战争年代的革命女性并无本质不同。"大姐"之名无论对于杜晚香还是丁玲，就他们始终坚持社会主义革命理念来说，可谓名有所值、名实相符。

不过，革命"大姐"在新时期中国却处境微妙。当革命理想主义的光环褪尽之后，曾经的牺牲奉献似乎丧失意义，"大姐们"被塑造为"马列老太太"或革命献祭者。与此同时，她们乌托邦式的女性革命故事，又强烈吸引着新时期女性，成为她们融入新的现代性项目的精神激励。谌容小说《杨月月与萨特之研究》③，便铭记下这样一个"新旧交集"的微妙时刻：一个参加"拨乱反正"工作的女作家，遇到坚持践行社会主义革命理想的杨月月，后者令前

---

① 丁玲：《杜晚香》，《丁玲全集》（第 4 卷），河北人民出版社，2001，第 313 页。

② ［法］尚塔尔·格雷西埃：《〈大姐〉（法文版丁玲选集）前言》，阿苏译，孙瑞珍、王中忱编：《丁玲研究在国外》，湖南人民出版社，1985，第 160 页。

③ 谌容：《杨月月与萨特之研究》，《人民文学》1983 年第 8 期。

者感到困惑、迷恋与敬畏。杨月月与萨特共生的存在主义状况，是 80 年代的一道诡谲风景，始终无法抛却的革命遗产，其实一直影响着新时期的生成，杜晚香、杨月月等革命"大姐"的在场，即是一个突出历史平面的性别"刺点"，不断捕捉着人们那游移不定的目光。

二、"她们"作为刺点

与"知面"（studium）相对的"刺点"（punctum），是罗兰·巴特在《明室》（*Camera Lucida*）中使用的概念。在照片中能够被娴熟认知的东西属于"知面"，刺点涉及的则是莫名的差异。照片的意义由可识别的知面构成，刺点则突兀如"一支箭"，一旦观者被击中，照片的意义就会发生反转。作为一个偶然性瞬间的刺点，唤起的却是永恒的创伤。在去世母亲的一张少时照片中，巴特察觉到刺点的强烈存在，母亲的全部过去在一瞬间曝光，构成她曾经作为存在的一切可能性。① 召唤起难以形容的异议与痛苦的"刺点"，亦可用于描述新时期的杜晚香和丁玲，作为革命女性的"她们"，在后革命时代延续着革命精神，一如凸出时代"知面"的异样"刺点"，带来难以名状的差异性与延宕感。

这个"刺点"可以从以下几个层面理解。首先，杜晚香构成了丁玲作品及其创作生涯的"刺点"。在丁玲看来，杜晚香是"共产主义思想和社会主义制度培养出来的新人"②，这个新人形象不仅是 20 世纪 50—70 年代社会主义的文学塑造，也存在于现实生活之中。据丁玲说，杜晚香实有其人，原名邓婉荣，是丁玲所在农场一个女标兵，她们相识于 1964 年③。在《"牛棚"小品》中，丁玲再次写到邓婉荣/杜晚香，写"她在场院奔走忙碌""霞光四射"的样子，使丁玲也"感到劳动的愉快"④。每当丁玲遭遇屈辱困难时，邓婉荣的

① ［法］罗兰·巴特：《明室——摄影纵横谈》，赵克非译，文化艺术出版社，2003，第 67－82页。

② 丁玲：《〈"牛棚"小品〉刊出的故事——在"〈十月〉文学奖"授奖大会上的讲话》，载《丁玲全集》（第 9 卷），河北人民出版社，2001，第 297 页。

③ 丁玲：《关于〈杜晚香〉》，载《丁玲全集》（第 9 卷），河北人民出版社，2001，第 262 页。

④ 丁玲：《"牛棚"小品》，载《丁玲全集》（第 10 卷），河北人民出版社，2001，第 171 页。

"影子便走出来,鼓励我"①。"文革"时,邓婉荣也因丁玲受到冲击,丁玲最后一次看到她,是在广场跳"忠字舞"的人群中,她不协调的动作定格于丁玲的脑海。② 但这个可能会将她汇入伤痕叙事的场景并未写入小说,小说结束于 1965 年杜晚香成为标兵之后的一次讲演。这个"表忠心"式的直白结尾,正是小说最让人反感之处。在发表过程中,刊物编辑均要求删改这个结尾,但丁玲却执意保留了它。③ 纵观丁玲一生,从上海到延安,从"昨天文小姐"到"今日武将军"④,从《梦珂》《莎菲女士日记》到《我在霞村的时候》《在医院中》,她笔下的女性形象都以复杂性和内在性见长,而无我利他的劳动模范杜晚香,在那个以自我为中心的女性形象谱系中显得极为突兀,这构成了丁玲作品女性形象谱系中的"刺点",一个文学"刺点"。

"共产主义新人"杜晚香,原本属于丁玲最初构思小说的 20 世纪 60 年代初期,但有意味的是,在政治局势已然变化的 1978 年后,等待复出的丁玲却决定继续完成被中断的写作。她续写杜晚香的故事并将之作为自己"政治亮相之作",将这个 60 年代的旧"新人"形象强行带入"新时期",并在不同的场合屡屡高调宣扬,在历史遽然调头转向的那一时刻,丁玲却选择在革命的旧方向上直面现代的新潮流,坚持以《杜晚香》作为个人"亮相之作",声言喜欢《杜晚香》胜过《"牛棚"小品》,都是她在转折时刻立旧当新的表现。《杜晚香》就此压倒其他"时鲜货",近乎成为晚年丁玲的文学标签,在被认为时势转移不可阻挡的那一历史时刻,丁玲却吊诡地用一篇《杜晚香》表明:有些人将永远停留于革命年代。此一时刻的丁玲,就像一个执着于过去的不合时宜之人,暴露出时代转向本身所潜藏的其他路径的可能性。当代中国的新时期转向是一个重大的历史事件,在文学创作上体现为"伤痕文学"的兴起,在作家群体上则表现为"五四"老作家们作为"报春之燕"的回归,然而归来的丁玲却执意以红色形象示人,这使《杜晚香》成为激荡在"伤痕文学"潮

---

① 丁玲:《关于〈杜晚香〉》,载《丁玲全集》(第 9 卷),河北人民出版社,2001,第 266 页。

② 见丁玲:《关于〈杜晚香〉》,载《丁玲全集》(第 9 卷),河北人民出版社,2001,第 264 页。

③ 对于丁玲提到的编辑们不喜欢结尾一事,刘心武在拿到《杜晚香》后,给丁玲写了一封信,表示自己"最欣赏的是最后一段",认为"真有'一锤定音'之效"。这封信一直被丁玲保存,后由陈明交现代文学馆保存。参见王增如:《刘心武与丁玲的〈杜晚香〉》,《书城》2009 年第 8 期。

④ 毛泽东:《临江仙·给丁玲同志》(1936 年 12 月),载《毛泽东诗词选》,人民文学出版社,1986,第 148 页。

流中的不谐之音。丁玲及其"杜晚香"作为二位一体的革命旧"新人",以其"顽固不化"而构成告别革命、重写历史的"新时期"的时代"刺点"。

其实,与"新文化""新文学""新中国"等概念一样,"新时期"及其文学仅从命名来看,也是建立在希冀重新开始的"断裂论"历史意识之上的,"新"时期的确立是以对"旧"时代的指认和否定为前提的,因此"伤痕文学"思潮成为新时期文学的开端其实并不出人意料,它通过指认历史创伤、反思控诉历史之罪,从情感结构、社会关系等方面试图确立面向未来的"新时期"的合法性,并以此重构新的历史主体、权力秩序与历史必然性。在这种忘却与断裂的历史实践中,在倡导大写、有性的个人的文学潮流中,无私、忘我、无性的劳动模范杜晚香,与倾心劳动、人民、共产主义的丁玲本人,则被指证为虚伪意识形态的人造物或牺牲品,成为不合时宜的革命剩余物。在社会急剧转向中,人们总是急于追赶时潮,而丁玲和她的《杜晚香》却无法或者不愿即刻跃入这一新时潮之中。其实,每当新旧易代之际,攘攘趋时者之外,也总会有寥寥几个遗民在场,这些前代遗民在证明政治更迭、社会转型的合理性的同时,也在持续否认着新旧分断的绝对性与必然性。而正是这些革命剩余物的执拗在场,时刻提醒着已置身"新时期"的人们,所谓"时间又开始了"的断裂不过是一种意识形态发明。刻意被遗忘的过去依然游荡于当下并质询着当下,丁玲及其"杜晚香"作为历史连续性的表征,构成以革故鼎新为必然趋势的当代中国的"刺点"。

进而言之,若剥离来自某一特定时代意识形态的烙印,将她们放置于漫长的 20 世纪中国革命历史之中考察,就会发现"杜晚香们"的高光出场也是昙花一现,不是被注定趋于官僚化的政治机器所吞噬,就是在社会的世俗化转向中被抛入历史尘埃,然而他们却以源自劳苦大众革命本能的超越性光芒,映照着革命的成功与失落、转机与危机。其实,即使在 60 年代的革命中国,杜晚香之所以能成为劳动模范,也不是她能够代表普遍的多数,而在于她从来都是一个无私忘我的异类,人们"奇怪她为什么有那末多使不完的劲,奇怪在她长得平平常常的脸上总有那末一股引得人家不得不去注意的一种崇高的、尊严而又纯洁的光辉"[1]。而更有意味的是,杜晚香最终摆脱

_____

[1]　丁玲:《杜晚香》,载《丁玲全集》(第 4 卷),河北人民出版社,2001,第 306 页。

外在的话语规训,获得在公共空间自由表述的能力,这意味着她作为一个主体的最终完成。实际上,杜晚香即丁玲所谓的"天生革命家",那些体现无我、利他、牺牲精神的行动,源自追求尊严、平等、正义、互助的人类道德本能。"杜晚香们"的革命,不是为主义、思想所激发并主导的革命,而是以主义、思想为理性媒介释放出来的本能革命,这种本能革命的激情不断以行动和实践催生出革命的经验与思想。虽然20世纪的革命运动以平等、正义和尊严作为最终的追求,但就其结果而言,却是一个不断进行而未能最终完成的方案,性别、阶级、身份的压抑虽有变化但并未消除。女性农民杜晚香以及无限倾向于她的女性作家丁玲,是20世纪中国革命的结构性"刺点",不断提醒着那些曾经存在的革命承诺。

　　这些叠加的"刺点",召唤起人们对杜晚香、丁玲、社会主义革命甚至革命本身的诸种难以形容的复杂感受,以致人们不得不对此作出解释,从而引出"两个丁玲"与"一个丁玲"的对立。张永泉认为丁玲在新时期未能摆脱思想负累,继续用阶级解放代替人性解放,《杜晚香》是丁玲创作观念上的一个倒退。[①] 陈建华认为拒绝莎菲、拥抱杜晚香的晚年丁玲已被革命彻底异化[②]。秦林芳也认为杜晚香体现出"非常陈旧的道德观念和传统女性的特征"[③]。李美皆则从派系斗争、丁玲心态尤其是与周扬的关系等方面回应晚年丁玲的问题[④]。这些学者都希望在"真实"的莎菲所代表的个性、自我、女性的视域中,去批判无私、无我、无性的"虚假"的杜晚香,希望在莎菲与杜晚香、早期丁玲与晚年丁玲、文学与政治、新时期与旧时代之间划定界限,通过否定并驱逐后者来重新肯定并恢复一个自由、现代与女性的"莎菲/丁玲"。对杜晚香/丁玲的这种二元论与二分法阐释方式,体现出一种告别革命、返归"五四"的新时期历史意识。而近年来,随着革命历史资源的重新发掘与肯定,"杜晚香"不再是应该从丁玲文学与历史中祛除的污点,而是革命进化

---

　　①　张永泉:《走不出的怪圈:丁玲晚年心态探析》,载汪洪编:《左右说丁玲》,中国工人出版社,2002,第242页。
　　②　陈建华:《"五四的女儿":爱情、传记与经典》,《随笔》2009年第6期。
　　③　秦林芳:《丁玲〈杜晚香〉:政治功利与道德诉求的聚合》,《文教资料》2007年12月号下旬刊。
　　④　参见李美皆:《〈杜晚香〉的写作对于晚年丁玲的复杂意义》,《集宁师范学院学报》2012年第2期。

论逻辑下自然延伸的终点。"政治异化者"杜晚香/晚年丁玲成为"完成的革命者形象",其"外在的革命之光全部转化为个人的内在修炼。至此,革命者终于可以超越革命体制而独立存在了:她不是革命体制的附属品,而是革命信念的化身"①。革命不再是强加于个体之上的外在压制力量,而是转化为革命者的内在需要,从个体身上"孤独地生长"②出来。这种论述肯定了杜晚香作为革命者的自主性,在这种革命进化论逻辑中,莎菲不再是被革命所驯化的杜晚香的自然原初的"前"状态,而成为革命者杜晚香的"未完成形态",因而不是杜晚香/丁玲需要重返莎菲/丁玲,而是莎菲/丁玲终将走向杜晚香/丁玲,其进一步的表述就是"一元论":"没有'两个丁玲',只有'一个丁玲',一个克服重重困难,不断扬弃自我,向着'人民文学'前进的丁玲。"③

"刺点"召唤幽灵,将逝者带回此在,它捕获凝视,刺痛观者,观者欲缓解不安,就亟需抹平突兀"刺点",使其成为可辨识理解的"知面"。无论将丁玲一分为二还是合二为一,二者的视角、观点、立场即使截然不同,却都是将"刺点""知面"化的知识生产。其实,"刺点"同时表征危机与转机,暴露问题并带来回应。晚年丁玲及其"杜晚香"的亮相也同样如此,她们作为无法彻底祛除的结构性"刺点",与其他执拗存续的革命话语一样,顽强地展示着20世纪中国革命的起伏兴落、绵延不绝,并尝试用失落的革命精神化解国家转型过程中的新问题,从而创造出一个将革命传统再嵌入后革命时代的遗托邦状况。

三、革命的"遗托邦"

乌托邦是反衬荒诞现实的理想之地,异托邦是有悖于规范空间的异质空间,异托时乃是纠缠常态时间的另类时间。④ 遗托邦承续这三个概念,融汇时间与空间、想象与现实、历史与乌托邦,意在概括这样一种思想状况:某些历史遗产因为对抗性地置身于当下世界而呈现出具有现实批判功能的乌

---

① 贺桂梅:《丁玲的逻辑》,《读书》2015年第5期。
② 贺桂梅:《丁玲的逻辑》,《读书》2015年第5期。
③ 鲁太光:《对一种"切分"丁玲的观点之反思》,《中国现代文学研究丛刊》2013年第3期。
④ 关于异托邦的论述,可参见[法]M.福柯:《另类空间》,王喆译,《世界哲学》2006年第6期。

托邦面向。从"遗留"来说,它是一个定格时间,就"托邦"而言,它是一个异质空间,由此合二为一的遗托邦,则指涉滞留在时空当下的过去时空,表征一种历史性的别样空间存在,其在质询世变界转趋于同质之余,又因一意执旧抵新而别生乌托邦憧憬。至于革命遗托邦,是用来表述一种普遍存在的革命后状况,一方面指革命理念在革命实践中的有限建制,不断提醒着革命运动的未完成性;另一方面又指某些革命产物滞留于后革命时代,在所谓历史终结之后延续着革命理想。据此言之,作为新时期文学"刺点"的晚年丁玲及其《杜晚香》,其实就是一种文学形式的革命遗托邦,并与其他类似的事物一道,构成贯通革命中国与新时期中国历史裂隙的革命低音。

　　晚年丁玲及其《杜晚香》在新时期的出场,暗示着一个被忽略的客观状况:社会主义革命遗产在后革命时代依然普遍存在。那么,社会主义革命如何在场及其意义何在呢?这个问题需要从革命人在新时期文学中的出场谈起。在"伤痕文学"中,"社会主义新人"的他者化是普遍的在场形态,像《伤痕》中的王晓华、《班主任》中的谢惠敏、《芙蓉镇》中的李国香,曾经的革命主体被再现为异化的革命剩余物,需要经过精神忏悔、思想改造来重建身份认同。作为一种走向异化状态的社会主义革命,在新时期中国首先是一个被否弃的存在者。不过,携《杜晚香》亮相新时期的晚年丁玲,却展示出新时期中国转折的另一面向,类似杜晚香这样的"天生革命家",即使在新时期,也不会因为时代变迁丧失其革命本色,因为她们本来就是通过克服各种外在否定而自我成长为革命主体的,其中甚至包括来自主流权威话语的疑虑与否定,新时期不过给这些真正的革命者们带来了真正需要面对、克服的新课题而已。作为一种不断自我扬弃的社会主义革命,其实一直内在于新时期的历史场域之中。无论是被绝对否弃的革命异化者,还是突兀现身的天生革命家,其实都是不同形式的社会主义在场者,二者以相反相成的结构性关系共同在场,从不同方向映照出新时期中国的革命遗托邦状况。

　　实际上,人们对于晚年丁玲及其《杜晚香》的惶惑不安,并不仅仅在于历史错位造成的独特性,更在于它突出了一种普遍的现实状况:革命遗托邦在新时期中国并非是寥寥不可见者,只能在某些特殊状况下偶然惊鸿一瞥,反而可能因为触目皆是而显得习焉不察。而正是这些习焉不察者的广泛存在,造成一种影响深远的遗托邦氛围,当代中国人的日常生活始终浸润其中。从时间来看,尽管纪念、庆典的神圣化功能被不断弱化,国家节日的属性更倾向于世俗化的休闲功能,但基本不变的法定节日、假日安排,让革命底定的日历秩序延续下来,由各种革命节点组成的节日安排循环往复,成为个人生活时间的结构性内容,节假休闲皆与革命的历史节点息息相关。至于在广播、电视中持续不断出现的钟点报时,更让与北京、中央结合的钟点时间,渗透到日常生活的每时每刻,嫁接了革命意识的物理钟点,也变成了一种革命造就的科学钟点。新时期的人们依旧踩着革命的钟点作息起居。在 1984 年出品的电影《黄山来的姑娘》中,片头就始于北京火车站用乐曲《东方红》发布的七点报时,"黄山来的姑娘"代表的新打工阶层,便在这革命钟点里登场于新时期中国。[①] 国家节日、北京钟点、工时制度等在革命时代奠定的时间秩序,不但继续规范着中国人的作息规律、生活节奏,而且仍潜在影响着人们的心理时间与历史时间,使之呈现为一种断续而非断裂的形态。《杜晚香》文后署有写作时间:"一九六五年始作,一九七七年重作。"[②]这个断而又续的时间脉络,既是公共纪年、物理时间的客观记录,也是心理时间、历史时间的主观再造,丁玲及其《杜晚香》的去而又来,乃是意指革命时间的连续不断。

时间层累终要体现于空间变迁,但社会空间的相对稳定性,却又往往抗拒着历史巨变。在《杜晚香》中,革命主体的进化既依循时间逻辑,又被丁玲表达为社会空间的不断打开。伴随着杜晚香实现从做媳妇到做标兵,再到做干事的身份转换,她进行劳动实践、革命表述的社会空间,也完成了从家属院到生产队再到文化宫的转移,主体认同最后在文化宫礼堂的讲台上获得终极升华,她在那个位置上,用"自己理解的字词,说自己的心里话"[③],在一定程度上展示了公开运用自己理性的自由。作为杜晚香完成革命实践的不同空间层次,家庭空间、生产空间和公共表达空间,组成了社会主义革命

① 参见马春花:《"黄山来的姑娘":雇佣劳动的性别化寓言》,《南开学报》(哲学社会科学版) 2018 年第 4 期。

② 丁玲:《杜晚香》,载《丁玲全集》(第 4 卷),河北人民出版社,2001,第 314 页。《杜晚香》最初发表于《人民文学》时,以"附记"形式标记了这两个时间节点:"一九六六年的春天,我以东北垦区一位女标兵为模特儿写了《杜晚香》这篇散文……粉碎'四人帮'以后……提笔重写《杜晚香》。一九七八年八月。"但收入《丁玲全集》时,这两个时间点前移了一年,并被编入小说卷。

③ 丁玲:《杜晚香》,载《丁玲全集》(第 4 卷),河北人民出版社,2001,第 311 页。

空间的基本结构。及至新时期中国,诸种革命空间并未立刻消散,而是被赋予新的意识形态内容,继续规训着当代历史实践。"五四"以来,广场、礼堂就成为主要的公共空间,一直是中国革命运动的重要政治表演舞台,其代表人民主体的空间政治象征性,在社会主义革命时期得到进一步强化[①]。这些公共空间在新时期中国的政治生活中依然极为重要,20 世纪 80 年代文学就被陈思和称为"广场上的文学"[②]。与公共空间相比,劳动空间的转型更为急剧,人民公社等集体劳动空间迅速解体,国营工厂的责任主体则发生颠倒,就像《乔厂长上任记》再现的机电厂改革,这篇小说与《杜晚香》发表于同一期《人民文学》。有意味的是,改革者乔光朴重新带回 1958 年以前的作风,劳模杜晚香的故事则结束于 1965 年,两篇小说殊途同归,都试图跨越某个异化扭曲的历史阶段,返回特定时刻之前的社会主义生产空间。实际上,恢复正常理性的革命建设实践,是早期改革文学的主要叙事策略。家庭空间的情感重建是"伤痕文学"的主调,昭示着当代中国思潮的个人主义转向,而重新厘定公共领域与私人领域的界限,也是新时期政经改革的重要诉求。由个人、家庭革命通向社会、国家革命,构成宏观现代化运动的基本实践逻辑,杜晚香的革命主体自觉之路始于重构亲属关系,《伤痕》中王晓华的主体重建之旅也始于再造亲子关系,家庭始终是中国革命抑或改革的空间原点。当世俗现代性成为新时期中国的选择,诸种革命空间皆面临着去神圣化的命运,但这并不意味着革命运动及革命空间的消失,改革不过是一场以世俗现代性为目标的保守革命,家庭空间、劳动空间和公共空间依旧是上演这场世俗革命的主要场所。

　　作为存留于当代的历史性时空,革命遗托邦既是实体性的存在,也是一种结构性的存在,个别实体或许会一时湮灭,但结构性的影响却稳定恒久。革命遗托邦实体以各种形态在场,既有物质性的广场、礼堂、纪念碑、厂房、光荣家庭,也有影音性的照片、电影、录音、录像,还有话语性的文学、理论、档案,当然也不能缺少劳模、先进、烈士等人物典范。这些革命遗托邦实体处处皆是却往往寂然无声,只有在纪念、重估甚或贬抑革命的情况下才能得

---

①　钟靖:《新中国成立后人民广场作为政治符号的确立——以上海人民广场为例》,《新闻与传播研究》2020 年第 1 期。
②　陈思和:《民间的还原——文革后文学史某种走向的解释》,《文艺争鸣》1994 年第 1 期。

到凸显。当人们在新时期再次发动试图改变现实世界的创造性运动时,便要请出它们,以此来证明自己的改革依然保持在社会主义革命的延长线上。改革文学借用革命理想主义为改革运动正名、为知识分子干部赋权的叙事就是按照这一逻辑展开。而《杜晚香》的不同,则在于以重返 1965 年之前的革命年代,来体认社会革命、人民主权的历史正当性。丁玲在创造了一个自觉的革命主体形象的同时,更召唤出一种原初形态的社会主义革命精神:作为大众围绕平等、独立、尊严而无限展开的自主创新运动,社会主义革命以人的自我完善并消除一切阶差为终极诉求。然而,即使在革命年代,原初的革命精神与既成的革命事实之间也充满矛盾,革命的建制亦在不断地背离革命的初衷。于是,杜晚香的自主革命始终体现为对革命现实的不断克服,并最终从既成的革命现实中脱颖而出并重建了一个新的开端。"天生的革命家"杜晚香,成为一个试图恢复原初形态的社会主义革命精神的文学凝结物。实际上,在革命内部的原初理想与现实理性、乌托邦与意识形态、开放性与必然性、创新与建制之间一直存在着结构性的张力,前者始终在抵制着革命运动走向不可避免的平庸,以维系现代革命那无与伦比的历史创新精神。革命遗托邦的结构性存在就是指维系这一革命创新精神的超越性张力的永恒保留,它是革命精神传统在当代世界得以传承不息的关键所在。

　　无论是实体存在还是结构性存在,革命遗托邦的意义既源自历史连续性,又在于时空错位造成的强烈现实感,特别是革命精神在其中的结构性存续,给新时期的历史展开带来深远影响。首先,革命遗托邦在新时期的普遍存在以及不时凸显,意味着之前时代主流意识形态的历史延续,而且有可能继续营造个人与现实之间的想象性关系。人们对晚年丁玲及其《杜晚香》的不安和惶恐,或者便在于她们在时代转折之际的突兀现身,释放出人们潜藏于新时期精神里的旧意识形态之影,挑战了人们试图通过历史失忆建构起来的新时期认同。其次,革命遗托邦也是革命危机意识的持续显影,它将革命未曾真正解决的危机从历史中召唤出来,将事关人类普遍的平等、正义、自主和尊严如何实现的根本性问题,带入新时期中国的现代性实践中,革命遗托邦的不可磨灭即代表了相关质询的永恒在场。戛然而止于主人公首次登上公共政治舞台的《杜晚香》,留下了一个需要持续不断回应的开放性尾声:劳模杜晚香及其代表的工农大众阶层,在当代中国社会的频繁转向中将何去何从？最重要的是，革命遗托邦召唤出一个由必然性乌托邦创造性转换而来的可能性乌托邦，其质疑新时期社会秩序并造成一种革命回潮的别样趋向。中国的社会主义革命运动及其思想创造，作为一种具有现实批判性的乌托邦革命实践，得以在中国社会转向之际重现政治活力。就杜晚香个人的革命实践而言，她对"另一个世界""另一种生活""另一种人与人的关系"①的幻想，固然通过融入一个自上而下的必然性乌托邦工程而得到初步实现，但与此同时，来自扎根基层社会的"杜晚香们"的独特革命经验，又创造性地自下而上地敞开了这个必然性的乌托邦，使之可以包容更为复杂多元的未来可能性。事实上，杜晚香的朴素经验和表述也的确给人们带来了冲击，人们"从她的讲话中看到了、听到了、感触到了自己还没有看到、没有听到、没有感触到的东西，或者看到过、听到过、感触到过却又忽略了的现实生活和一些有意义的、发人深思的人和事"，党委书记也欣喜地说："你确实给我上了很好的一课。"②而当必然性乌托邦工程随时代转向而衰落之时，"杜晚香们"在社会主义革命实践中创造的"另一种生活"经验，却作为可能性的乌托邦精神被保留在各种革命遗托邦之中。

1949年解放前夕，丁玲回忆起她在河北宋村土改工作时结识的朋友陈满。陈满是宋村土改时自发涌现的积极分子，她出身贫苦，一生坎坷，对自身苦境与周围世界甚至正在到来的革命都有明白的认识，虽然她暂时没能成为贫农团的小组长，但假以时日，她有可能成为一个杜晚香式的模范，因为叙述者丁玲实际上已经把她看成了带头人："咱们一条心，要把宋村翻个个儿。要宋村的穷人们都能像大娘一样，心里明明白白，自己做主人。"正是在陈满这个外来、边缘、底层的女性身上，丁玲"看出一颗坚强的智慧的心，我看出我们互相的无比的信任。我爱她，我在她的身上发现了新世界"③。陈满身上的"新世界"与杜晚香幻想的"另一个世界"不正是一切现代革命乌托邦精神的真正来源吗？而陈满、杜晚香这些被阶级、性别、族群所压抑的女性，希冀在"新世界"与"另一个世界""自己做主人"的情感与诉求，也正是

---

① 丁玲：《杜晚香》，载《丁玲全集》（第4卷），河北人民出版社，2001，第312页。
② 丁玲：《杜晚香》，载《丁玲全集》（第4卷），河北人民出版社，2001，第313页。
③ 丁玲：《永远活在我心中的人们——关于陈满的记载》，载《丁玲全集》（第5卷），河北人民出版社，2001，第275页。

历史不会终结的能动力量。"永远活在"丁玲心中的陈满与"杜晚香们",因之也应该"永远活在一切人们的心中"。

第三节　《芙蓉镇》与后革命性/别

《芙蓉镇》是 20 世纪 80 年代的重要作品。[①] 关于小说名的由来,还有个小小的插曲。据编辑龙世辉回忆,《芙蓉镇》原名《遥远的山镇》,《当代》快发稿时,古华送来了一张纸,上面开列了十多个他考虑过的名字,主编秦兆阳从众多的名字中一眼认定《芙蓉镇》最好。他觉得,以地名概括丰富、复杂内容的作品,不乏先例。后来的影响证明,"这个名字是恰当的,而且越来越觉得确切和响亮"。[②]

"芙蓉镇"的名正言顺,隐含了权力与欲望的双重无意识:一个是权力交错的芙蓉镇,地处三省交界,"古来为商旅歇宿、豪杰聚义、兵家必争的关隘要地",是一个逞强使气之地;一个是欲望暗流的芙蓉镇,一镇风水皆在芙蓉,满镇木芙蓉,一河水芙蓉,使得"这五岭山脉腹地的平坝,便颇像个花柳繁华之地、温柔富贵之乡",并充满"危险的愉悦"[③]:

　　人说芙蓉树老了会成芙蓉精,化作女子晚上出来拉过路的男人。有人曾在一个月白风清的后半夜,见一群天姿国色的女子在河里洗澡,忽而朵朵莲花浮玉液,忽而个个仙姑戏清波……每个仙姑至少要拉一

---

① 《芙蓉镇》发表于《当代》1981 年第 1 期,文中的引文均出于此。1981 年人民文学出版社出版单行本,并连续 2 次印刷,其畅销程度仅次于《第二次握手》。1982 年获首届茅盾文学奖。1983 年,作为中国文学杂志社的熊猫丛书系列之一,由戴乃迭译成英文在国外出版,成为国家政权可以接受的对外讲述的"文化大革命"故事范本。1986 年,由谢晋导演、阿城改编,刘晓庆、姜文等主演的同名电影,在电影票还是几毛钱的年代票房过亿,创下内地电影在香港最高票房纪录,而且竟然"创造"出一个至今游客不绝的旅游地"芙蓉镇"。其后,电影在国际国内亦屡获奖项,甚至成为海内外华人社会文化中家喻户晓的"文化大革命"故事。

② 龙世辉:《关于古华和〈芙蓉镇〉》,《编创之友》1983 年第 4 期。

③ 关于女/性与危险、愉悦的关系,可见[美]贺萧:《危险的愉悦:20 世纪上海的娼妓问题与现代性》,韩敏中、盛宁译,江苏人民出版社,2003。

个青皮后生去配偶。难怪芙蓉河里年年热天都要淹死个把洗冷水澡的年轻人。搞得镇上那些二百五后生子们又惊又怕又喜，个别水性好、胆子大的甚至想：只要不丢了性命，倒也不妨去会会芙蓉仙姑。

　　月夜、流水、女子和死亡，让芙蓉仙子的神话欲望四射，充满男性对女/性的迷恋、幻想与恐惧。小说即以此神话为原型，虚构了一个芙蓉仙子般的"豆腐西施"胡玉音，在革命历史与政治的洪流中历尽爱恨情仇，辗转于各色男性中间，终而在后革命时代苦尽甘来，成就了商品/性的不死魂灵。至于革命历史的暴力，在《芙蓉镇》里竟也化身为一个国色天香的李国香，其作为肩负革命意识形态的女闯将，是让男人为之色变的"阉割手"，却在后革命时代恢复"女性本质"，草草嫁人，变为革命/性终结的历史注脚。

　　从《遥远的山镇》——对远方的乌托邦向往，到《芙蓉镇》——一个不乏情色意味的女儿国，《芙蓉镇》的易名，可以看成是后革命中国性别化、身体化渴望的无意识流露，而这种无意识与对"文化大革命"政治批判的有意识是紧密联系在一起的。《芙蓉镇》志在"寓政治风云于民俗风情图画，借人物命运演演乡镇生活变迁"①，它的特色在于通过对人物的道德批判来完成对历史的政治批判，但是这种"政治与道德置换"②的复杂性还在于，"与政治身份的道德评价相联系的是对两性关系的道德评价"，而且芙蓉镇里"构成社会组织中的两性关系、经济、政治系统几乎完全是相互重叠、交错、相互渗透的"。③　因此，要理解《芙蓉镇》中政治与道德的置换，就要理解其中的性别，性别不是对男女生理性别差异的反映，而是性别差异的知识化、体制化和社会化，其"意"的建构源于自然性征差异、血缘亲属关系，却完成于按性别分层的劳动市场、教育体系、国家政体的再生产。④　因此，性别不仅仅是关于男人和女人的，它又是关于政权、国家、社会主义和资本主义的。《芙蓉镇》既是性别的变迁，是两个女性的权力移位，以及与之相关的性别构成和

---

① 古华：《话说〈芙蓉镇〉》，《芙蓉镇》，人民文学出版社，1983，第236页。
② 汪晖：《政治与道德及其置换的秘密：谢晋电影分析》，《电影艺术》1990年第2期。
③ ［美］尼克·布朗：《社会与主体性：关于中国情节剧的政治经济学》，《上海大学学报》2009年第3期。
④ 参见［美］琼·W.斯科特：《性别：历史分析中一个有效范畴》，载李银河主编：《妇女：最漫长的革命——当代西方女权主义理论精选》，生活·读书·新知三联书店，1997，第168—169页。

性别关系的变化，更指涉商品经济与性别政治之间的交易。革命中国与后革命中国概不例外，都对主流意识形态的"道成肉身"充满渴望，而《芙蓉镇》即是这种渴望的隐秘呈现，这既隐藏又凸显了政治与性别之形影颠倒的乖离状况。

一、"米豆腐西施"与永恒的商品/性

《芙蓉镇》中的"芙蓉镇"既是故事发生的背景，也是叙述的焦点与空间中国的象征。小说开头第一章即是"一览风物"，从"芙蓉镇"的地理历史、四时风物、民俗人情讲起，笔致明净澄澈，很容易让人想起那个写湘西"边城"的沈从文和他造的"理想"而"永恒"的"人性"小庙。[①] 在《芙蓉镇》和《边城》中，美丽善良的女子形象提供了一种美、自然、人性的人生样式和社会形态，但这种合乎人性的形态最终走向毁灭。如果《边城》中的这种外来的"毁灭"力量尚不明确的话，那么经历过各种各样"运动"的"芙蓉镇"，尤其在外来者、极左政治代表的李国香闯入后，这种毁灭性的力量则变得极为明确。在此我不想深入讨论政党/政权对当代民间生活和地方风景叙述的改写，蔡翔曾在《革命/叙述》中精彩地论述过两种地方风景的描写与不同革命想象之间的表征关系。[②] 我更关心的是，这种自然的风景叙述与自足的生活形态与女性互相指涉所产生的性别意味。芙蓉镇、芙蓉神话与芙蓉仙子彼此关联，自然是要强调一种自然、神话与女性之间的换喻关系，或者就是沈从文频频谈及的"希腊小庙"——边城、白塔与翠翠的三位一体；至于"玉音"与大慈大悲的观世音之间的内在关联，则将创伤记忆一举消溶于一个女性神话上。80 年代的《芙蓉镇》，续写的是 30 年代的《边城》，与溪流、白塔彼此映衬的翠翠，便是"芙蓉仙子"的前世。然而，小说伊始就用一场早夭的爱情摧毁了桃花源想象，让芙蓉仙子坠落人间，变成市场上的"米豆腐西施"，而其

①《芙蓉镇》明显有《边城》的影子，不过古华在关于《芙蓉镇》的说明中并没有提到沈从文给他的影响，反而说的是 19 世纪的狄更斯等，当然这可能有策略上的考虑，毕竟当时是 1981 年，沈从文在文学史上的位置还没有重新厘定。后来，在《一代宗师沈从文》（《新文学史料》，1989 年第 2期）中，古华回忆了沈从文与他之间的交往以及为何当时没提沈从文对自己影响的历史原因。

② 蔡翔：《革命/叙述：中国社会主义文学—文化想象（1949—1966）》，北京大学出版社，2010年，第 25—36 页。

一生的爱恨情仇、命运跌宕,无不与作为商品的米豆腐息息相关。一个起伏于市场上的小小"豆腐西施",居然成为后革命中国交织匮乏与欲望的历史象征,并密切关联有关政经改革的宏大叙事。

胡玉音与她的米豆腐摊子出场于 60 年代,《芙蓉镇》里明确标示为 1963 年。60 年代初期,国家在政治、经济、社会生活上实施退却的"调整"政策,农村中还极为短暂地出现过"包产到户"的实验,一度废弃的集镇贸易也有所恢复。正是在这种相对宽松的社会氛围中,"米豆腐西施"胡玉音"性感"出场:

> 近年来芙蓉镇上称得上生意兴隆的,不是原先远近闻名的猪行牛市,而是本镇胡玉音所开设的米豆腐摊子。胡玉音是个二十五、六岁的青年女子。来她摊子前站着坐着蹲着吃碗米豆腐打点心的客人,习惯于喊她"芙蓉姐子"。也有那等好调笑的角色称她为"芙蓉仙子"。说她是仙子,当然有点子过誉,但胡玉音黑眉大眼,面如满月,胸脯丰满,体态动情,却是过往客商有目共睹的。镇粮站主任谷燕山打了个比方:"芙蓉姐的肉色洁白细嫩得和她所卖的米豆腐一个样。"她待客热情,性情柔顺,手头利落,不分生熟客人,不论穿着优劣,都是笑脸迎送:"再来一碗? 添勺汤打口干?""好走好走,下一圩会面!"加上她的食具干净,米豆腐量头足,作料香辣,油水也比旁的摊子来得厚,一角钱一碗,随意添汤,所以她的摊子面前总是客来客往不断线。

不同于 80 年代承受苦难的女知识分子或地母形象,胡玉音的出场将女性与商品结合起来,构成了一种人/物交映的商品/性景观。她是美丽的,"过往客商有目共睹"。在边地圩场这个小小"市场"中,胡玉音显然处于各色人等的凝视之下,她的美貌/身体与其所售卖的商品/米豆腐间,有一种奇妙的换喻关系:"芙蓉姐的肉色洁白细嫩得和她所卖的米豆腐一个样。"这样直白的譬喻,具有相当的情色意味。但是,作者有意让为人正派,而且丧失性功能的老干部谷燕山说出这个"秘密",目的是为消除其中的情色意味,不想却欲盖弥彰:(女性的)性感总是以(男性的)无能为衬底。在芙蓉镇"圩场"这个特定空间中,人际关系中的商品性是大于政治性的。1986 年的同名电影以熙来攘往的圩场、周旋于各色人等中的女老板胡玉音开场,恰好凸显了这种商品关系。在此,顾客既消费商品——米豆腐,也消费性——胡玉音。胡玉音与主顾间的打情骂俏,在呈现民间温情的同时,也蕴含着商品、政治与性别的隐秘关系。因此,李国香看了胡玉音的米豆腐摊子后,马上就明白其生意兴隆的原因,原来"'米豆腐西施'的脸模长相,就是一张招揽顾客的广告画","这些该死的男人一个个就和馋猫一样,总是围着米豆腐摊子转"。男人馋的是米豆腐,更是米豆腐样的胡玉音,女性成为商品/性的实体,而米豆腐不过是表征。"她"不仅是商品售卖者,也是商品。

其实,商品、消费与女性的这种关联,是市场社会的常态。鲁迅《故乡》中的杨二嫂,年轻时就是个薄施粉黛的"豆腐西施",整天坐着,招徕顾客。30 年代经济萧条时,上海许多大百货公司也纷纷雇用女店员,并将其包装成"奶包西施""康可令皇后""绢头美人"等来推销商品。① 80 年代后,文艺中突然出现很多漂亮的女售货员或女服务员形象,像刘晓庆扮演的《瞧这一家子》中的售货员张岚,王安忆《荒山之恋》中的果品店里的女孩儿,余华《许三观卖血记》中的"油条西施"许玉兰等,皆隐晦表征了现代商品与女性的密切联系。胡玉音,这个芙蓉镇上的"米豆腐西施",如此奇妙地将两个时代联结起来,暗示着即使在革命时代,也依然流动着交织革命与身体、女性与商品的欲望潜流。但是,商品/女性在带来食/色愉悦的同时,又是极为危险的,可能引起男性的道德腐化与政治变质,好在革命干部谷燕山早已在战争中失去性功能,黎满庚与胡玉音有兄妹情的民间伦理约束,秦书田早在政治上去势,成为"癫子",王秋赦此时还是个流氓无产者,暂时没有占据权力的位置。因此,胡玉音的商品/性不仅不会破坏芙蓉镇的秩序,还自然地将谷燕山、黎满庚、秦书田等联结起来,女性在此虽是带来愉悦的客体,然而并无危险,因为所有男性早被革命阉割过了。女性、商品与权力融洽相处,各得其所,构成芙蓉镇永恒自在的民间社会图景。

不过,与那些和待售商品结合在一起的女性不同,胡玉音不仅是商品的销售者,同时还是商品的生产者。小说一再强调她会做生意,有经营手腕,

---

① 连玲玲:《"追求独立"或"崇尚摩登"?——近代上海女店职员的出现及其形象塑造》,《近代中国妇女史研究》第 14 期,2006 年 12 月。

甚至很懂得顾客吃米豆腐的潜意识。她周旋于不同顾客之间，与主顾打情骂俏却不猥琐下流。芙蓉镇是三省交界之地，贸易发达、物流便利、民风淳朴的另一面却是"逢好赶集，跑生意做买卖，鱼龙混杂，清浊合流，面善的，心毒的，而面善心也善的，面善心不善的，见风使舵、望水弯船的，巧嘴利舌、活货说死、死货说活的，倒买倒卖、手辣脚狠的，什么样人没有呢？"但是，胡玉音却能发挥其性别优势，游走其间。镇上最有权势的谷燕山和黎满庚是主顾，给她提供了政治保护；右派分子秦书田和二流子王秋赦竟也是主顾。从这点来说，胡玉音很有些阿庆嫂"垒起七星灶，铜壶煮三江"的精明劲儿。不过，革命意识形态赋予阿庆嫂既能周旋于敌人之中，又能逆转男性/敌人色情观看的能力，而没有革命庇护托身于市场的胡玉音，就不能不是肉身性的存在，以被看而赋予商品额外的价值。当然，这肉身化也未必全是被动与牺牲，在胡玉音这里毋宁是商品推销的一种策略。对革命时代的阿庆嫂来说，甄别顾客的政治身份是极为重要的，但对市场上的胡玉音来说，不论其政治身份和社会地位如何，顾客都是"衣食父母"。胡玉音遵循的"家训"是商业原则，而非阶级原则。这种商品交易而非政治形态构成的伦理价值在80 年代被重新挖掘出来，"把政治的个人转化为非政治色彩的个人，实则是建构更适宜于'现代化'的'经济个人'"①。从这点来说，"米豆腐西施"作为一个新人在 80 年代的出场，就不仅仅是一个"自然性/情人"的出场，同时也是一个"经济/商品人"的出场。

　　而胡玉音在革命社会主义中的悲剧，显然有"性别人"与"经济人"的双重因素，是性别、经济与政治重叠与交织的结果。"米豆腐西施"甫一出场，小说即马上转入关于李国香代表的饮食店（国营经济）与自由市场（个体经济）之间的较量，并将其直观化为一种空间/性别政治：

　　　　芙蓉镇街面虽小，国营商店却有三家：百货店、南杂店、饮食店。三家店子分别耸立在青石板街的街头、街中、街尾，光从地理位置上讲，就占着绝对优势，居于控制全镇商业活动的地位。饮食店的女经理李国香，新近才从县商业局调来，对镇上的自由市场有着一种特殊的敏

---

　　①　贺桂梅：《"新启蒙"知识档案——80 年代中国文化研究》，北京大学出版社，2010，第 80 页。

感。每逢圩日,她特别关注各种饮食小摊经售的形形色色零星小吃的兴衰状况,看看究竟有多少私营摊贩在和自己的国营饮食店争夺顾客,威胁国营食品市场。她像个旧时的镇长太太似的,挺起那已经不十分发达了的胸脯,在圩场上看过来,查过去,最后看中了"芙蓉姐子"的米豆腐摊子。她暗暗吃惊的是,原来"米豆腐西施"的脸模长相,就是一张招揽顾客的广告画!更不用讲她服务周到和笑微微的经营手腕了。"这些该死的男人!一个个就和馋猫一样,总是围着米豆腐摊子转……"她作为国营饮食店的经理,不觉地就降低了自己的身份,认定"芙蓉姐子"的米豆腐摊子,是镇上唯一能和她争一高下的潜在威胁。

代表国营经济的三家国营商店"耸立"于芙蓉镇街面最重要的位置,对全镇的商业活动起着"控制"作用,芙蓉镇街道上的这种空间分布与社会主义计划经济体制是紧密联系在一起的。但是零星散落其间的私营摊贩,却以其灵活的商业化经营,减弱了计划经济的主导作用,特别是私营摊主不惜以情色来包装商品的策略,自然让假正经的计划经济相形见绌。饮食店的大部分顾客于是都跑到了胡玉音的米豆腐摊子了,靠着卖米豆腐,胡玉音盖起了镇上最气派的新楼屋,打破了芙蓉镇原来相对稳定的政治经济学空间。在这里,更复杂的是,空间的政治经济学意义与性别叙事是交叠在一起的,李国香发现私营摊贩原来是一个"米豆腐西施"!于是,两种经济形式的斗争、小摊贩与饮食店的较量,就转化成两个不同身份的女人之间对男人的争夺,性别之争具象化了政治经济斗争。当然,在一个以"阶级斗争"为中心的、"去性别化"的革命社会主义国家里,注定不会有一个"豆腐西施"的位置。但是,在后革命中国,"她"必将卷土重来。

通过讲述一个有女性魅力、勤劳致富的"米豆腐西施"因商品/性的过度而获罪的故事,《芙蓉镇》表达的是一种后革命时代的普遍社会情绪:勤劳致富何罪之有?一个女人对幸福生活与爱情的追求为何总被轰毁?个体工商业主身份在社会主义秩序中处于何种位置?《芙蓉镇》以一个"米豆腐西施"去而复还的故事,直指社会主义革命意识形态和实践的内在吊诡,并表达了对世俗生活与市场经济、被压抑的情欲与自然化女性气质的渴望。

二、"女阉割手"与革命/性的终结

粮站主任谷燕山因为卖给胡玉音大米，"丧失阶级立场"，被"停职反省，交代问题"。反省期间，他想了很多，有革命战争、大跃进、"右倾翻案"、彭德怀的冤屈，当然还有胡玉音：

> 讲良心话，自己虽然对妇女没有什么邪念，一镇的人也都晓得自己是个正派的人，可是，自己是有些喜欢那个胡玉音，喜欢看看她的笑脸，特别是那双黑白分明的大眼睛，喜欢听听她讲话的声音。一坐上她那米豆腐摊子，自己就觉得舒服，亲切。漂亮温柔的女人总是讨人喜欢啊，男人喜欢，女人也喜欢啊。

"停职反省"并没有使谷燕山真正思考指控他与胡玉音形成的所谓"左右芙蓉镇政治经济"的"反动小集团"的有无，他想的只是自己对胡玉音这个女人的情感。对他来说，胡玉音的身份很单纯，就是一个漂亮温柔的女人，是一个让男人喜欢女人也喜欢的女人。其实，不光谷燕山，芙蓉镇上的黎满庚、秦书田，甚至那个"鸡毛飞上天"的王秋赦，大概都是这个看法吧。小说，尤其在后来的电影中放大了胡玉音的这种看起来是天然、人性的"女性"身份，突出放大其柔弱、可怜的一面，像谷燕山说的"全芙蓉镇只有一个女人最可怜"，秦书田虽然 1957 年就被打成"右派"，后来又被判刑 8 年，也用"我可怜的女人"来指称胡玉音。而胡玉音与黎桂桂在一起表现出的决断、坚强、冷静、有主见，她的商业头脑和经营手腕，她在漫长屈辱的"扫街生涯"及独自抚养孩子过程中的承担与柔韧，也就是她的能动性和主动性，显然都被《芙蓉镇》中的男人们以及叙述者有意无意地忽略并抹去了。因此，呈现于《芙蓉镇》尤其是电影中的胡玉音几乎是一个"无言"的角色，除了不断重复羞涩、偏头、抿嘴等女性特征外，"她"的扮演者刘晓庆再也无所作为。胡玉音这个更为"柔弱""可怜"的"女人"，成了芙蓉镇上那些被身体和政治去势的精英男性确证自身"男性气质"的他者，这种通过塑造"女人"来追寻中国的男性气质的性别政治在 80 年代的文学作品中相当普遍。这样，从一开始

"来往客商有目共睹"的"芙蓉仙子",到最后平反昭雪时的"还我的男人",胡玉音这个形象被局限于刻板化的二元性别框架中,婚姻、家庭、生育、身体是建造其女性主体的主要场所,后革命中国通常以凸显女性气质来经营一种"自然化"的性别意识形态。

不同于主角胡玉音的"正常"女性气质,配角李国香却显得性别"反常"。同样从谷燕山的角度看,李国香同志复杂而无聊,令他鄙视又钦佩:

> 谷燕山只是冷漠地朝李国香点了点头。他对这个女组长有着一种复杂的看法,既有点鄙视她,又有点佩服她,还有点可怜她。可是偏偏这么一个女人,如今代表县委,一下子就掌握了全镇人的命运,其中也包括了自己的命运……人家能耐大啊,上级看得起啊,大会小会聊家闲、数家珍似的,一口一个马列主义,一口一个阶级斗争,"四清""四不清"。讲三两个钟头,水都不消喝一口,嗽都不会咳一声,就像是从一所专门背诵革命词句的高等学府里训练出来的。

李国香的"复杂"主要在于:她是女人,又不是女人。一方面她又老又丑,30多岁了,还没有家庭与男人庇护,而拥有完整婚姻和家庭,恰恰是后革命中国定义女性的关键,从这点来看,李国香显然天生缺陷,是一个无法实现其真实"女人性"的女性。然而,李国香又不是个一般"女人",而是个能力突出的革命政客,即使老革命谷燕山也不能不承认这一点。因为"自从国营饮食店来了个女经理,原先本镇的权威人物谷燕山已经黯然失色",而现在,"她"已完全取代了"他",成为县委的代表、镇上的新权威,而他——谷燕山,一个革命老干部,却不得不在"她"面前痛苦地承认"去势"的事实。"他是不是阴阳人? 有时变成女的,有时变成男的?"实习生可笑的问题恰好隐喻了政治、权力是通过自然化的性别来运作的,政治运动中的"去势"才是对男性的真正"阉割"。而这个代替至高无上的"父"/党的意识形态来行使"阉割"行为的"女阉割手",在芙蓉镇中就是李国香。因此,李国香的身份,主要不是在性别场域内而是在政治场域内获得,她僭越了谷燕山等芙蓉镇人所以为的性别界限,体现了革命时代女性主体身份的获得不在于"如何成为女人",而在于她因拥有革命真理而站在了历史的"阳面"。

　　作为商业局的干部,李国香在1958年就成了全县批资本主义出名的女将,上了报,入了党,提了干。后来搞"四清"运动,将芙蓉镇的权威谷燕山打倒,将胡玉音打成"富农婆",一跃而成为公社书记。虽然"文化大革命"刚开始时有过短暂被打倒的"灾难",但很快又重新复出,成了县革委会主任。后来搞建设,再后来落实"四清"运动的冤假错案、落实知识分子政策,几十年来,李国香基本是屹立政治潮头不倒的弄潮儿。如果说胡玉音天生善于经营商业,很有经济头脑,甚至善于利用自己的女性气质,使谷燕山、黎满庚等政治权威人物也能为其卖米豆腐的个体经济行为保驾护航,那么李国香显然有政治天赋,她善于把握政治动向,讲究斗争策略,能将运动根子王秋赦之类为其所用,"女人算账"和"活靶"两节充分展示了李国香的政治才能。对胡玉音卖米豆腐起屋的政治经济学分析,对所谓阶级斗争新形势的透辟理解,尤其在芙蓉镇圩场戏台前土坪上召开的运动大会上的那场政治秀,可谓张弛有度、有理有节,致使"会场出现了一派嗡嗡的议论声和啧啧的赞叹声",而其结束政治秀之前也不忘"姿势优美地掠了掠头发"。通过对政治权威和政治话语的模仿,李国香从一个外来者,终于成为"操着一本镇上生灵的生死簿"的芙蓉镇上的"武则天、吕后","爬到男人头上拉屎撒尿"的"骚娘们"。

　　激进的革命女性一直是社会主义政权着力塑造的新人形象之一种。她们或者以积极参与社会主义大生产而晋身为劳动模范,或者以坚定的政治信念和革命热情而跃为革命闯将,这些女英雄形象的塑造,意在达成去殖民、去阶级、永远革命的社会主义另类现代性想象。[①]　不过,与《芙蓉镇》中李国香的复杂性不同,革命时代的女英雄形象则相当"纯粹",其本身是通过"去性别化"和"去身体化"的修辞来完成的。"去性别化"在戴锦华看来,是"男性与女性间的性别对立和差异在相当程度上被削弱,代之以故事与故事情境的阶级与政治上的对立和差异。同一阶级的男人和女人,是亲密无间的、纯白无染的兄弟姐妹;他们是同一非肉身的父亲——党、人民的儿女"。[②]　"去身体化"是指革命女性必须是一个脱离肉身桎梏,在革命和建设

---

　　① 马春花:《"女人开火车":"十七年"文艺中的妇女、机器与现代性》,《文艺争鸣》2014年第6期。

　　② 戴锦华:《性别中国》,麦田出版社,2006,第53页。

过程中获得升华的主体。女性与身体的分离能够在最大程度上显示出革命的力量，因为在传统的认识中，女性正是由于与其身体的亲近造成了理性的匮乏，而女性通过投身革命改变了这种作为单纯的感性客体的身份状况。通过"去性别化"和"去身体化"的修辞策略，摆脱了身份桎梏和沉重"肉身"的女英雄们，因此得以成为极端忘我、高度纯化的革命意识形态符号。

然而，革命"女闯将"们在后革命时代却仿佛泥足深陷，不得不与"胡玉音们"一样，经历"再性别化"和"再身体化"的"开放"，与"芙蓉仙子"胡玉音一样，"女闯将"李国香的名字意义特别，按革命时代的政治逻辑来说，李国香该叫李革命、李卫东、李要武才合适，然而如此革命无止境的"女阉割手"，不但"国色天香"，而且"活色生香"，其阉割的权力居然还是被降格为她的女性气质：

　　　　每到吃饭时，就要脱下米黄色丝光卡罩衣，只穿一件浅花无领无袖衫，裸露出一对圆圆滚滚、雪白粉嫩的胳膊，细嫩的脖子下边也现出来那么一片半遮不掩的皮肉，容易使人产生奇妙的联想呢。高耸的胸脯上，布衫里一左一右顶着两粒对称的小纽扣似的。

同是"雪白粉嫩"，但与"尤物"胡玉音不同，"女闯将"的"再性别化"与"再身体化"叙事，却隐藏着"厌女症"的焦虑，"她"的情欲因为权力的覆盖而透露着淫荡的气氛。过分的女性特征虽然使男人产生"奇妙的联想"，但更充斥着可能反客为主的权力欲望，女性气质的过度同样会带来阉割的恐惧。如果在胡玉音身上，更多体现出的是女/性的"愉悦"，那么在李国香这里，显然更偏重女/性的"危险"。原来，女性的血肉之躯并不驯服如斯，仅仅是欲望目光凝视的客体，它同样也拥有欲望的动力与食色的权力，假借革命意识形态的权威投射，李国香即将这种女性的权力凝结为观看的权力，并以此"扫描"众"生"：

　　　　杨书记的外甥女究竟是位见过世面的人，落落大方，一双会说话、能唱歌似的眼睛在民政干事的身上瞄来扫去，真像要把人的魂魄都摄去似的。黎满庚从来没有被女同志波光闪闪的眼睛这样"扫描"过，常常脸红耳赤,笨手笨脚,低下脑壳去数凳子脚、桌子脚。

复员军人黎满庚与李国香的初次相逢,和他与胡玉音的再相逢,形成有趣的对照。那个充满了男性气质、把胡玉音看得"绯红了脸"的黎满庚,在李国香的"扫描"下,竟也"脸红耳赤,笨手笨脚,低下脑壳去数凳子脚、桌子角"。借助政治权威,李国香得以成为欲望主体,在其凝视之下,不光黎满庚,芙蓉镇上的男人们,包括谷燕山、王秋赦,实际上都被"女性化"了。作者反复书写李国香的情欲,当然是为了将其定位为道德败坏者,突出其下流意识和污秽行迹,从而否定其政治的合法性,以对人物道德批判的形式完成对历史的政治批判。很明显,《芙蓉镇》中的政治与道德是互相交叉的,而且"构成社会组织中的两性关系、经济、政治系统几乎完全是相互重叠、交错、相互渗透的"①,李国香这样违背自然的女人不仅带来了性别秩序的混乱,而且扰乱社会秩序,造成民族衰败。但这样描写的吊诡之处在于,作者越有意强调李国香的淫荡与情欲,越是暴露其作为一个欲望主体的身份,反而质疑了后革命时代形成的关于"文革一代""牺牲和丧失的前现代故事"的闭合性叙述,当然也质疑了革命时代的革命清教徒的故事:却原来,克服了女性肉身的革命精神的凝结物,那个革命的"恋物体"——女英雄——的内心意涌动着无穷的欲望。

革命时代与后革命时代对女性身份的定位完全不同。作为一个革命时代的"女阉割手",李国香是不能置于男/女二元的性别结构内来理解的,但是作为后革命时代的产物,她却必须被打回这种二元结构中,并被这种结构所塑造。而正是对革命时代之性别越界的后革命还原,构成了"女闯将"形象的自相矛盾,并最终导致了革命与欲望、革命/性与改革/性之间的失衡,让小说有流于新的政治刻板化的嫌疑。实际上,这种叙事失衡在 80 年代的中国小说中随处可见,它总是一方面用欲望叙事、人性想象代替马克思主义政治经济学的理性建构,释放了 50—70 年代遭受革命压抑与驱逐的"性本能";另一方面则是普世性的"情欲"之门打开的同时,也遗弃了马克思主义

① ［美］尼克·布朗:《社会与主体性:关于中国情节剧的政治经济学》,《上海大学学报》2009年第 3 期。

政治经济学的批判性内涵,只将之视为扭曲人性的历史魔障。与表里如一的胡玉音不同,李国香的马列主义政治表征之下所涌动的无尽欲望,显然让她显得极端虚伪,但她的"女性本质"注定要在革命退潮之后被揭露出来,变得跟胡玉音一样表里如一。

尤其值得注意的是,在释放"情欲"的后革命时代,女性并没有获得"解放"的新路径,反而重新被"妖魔化"①。此时的李国香未老先衰,"就像个旧时镇长太太似的,挺起那已经不十分发达了的胸脯"。"旧时镇长太太"宣判的是其政治上的"反动",而"不十分发达了的胸脯"宣告的则是肉体的衰老。曾经英姿飒爽的"女闯将",伴随革命终结而迅速老去,变成"马列老太太",而"米豆腐西施"却生命之树长青,成了人见人爱的大众情人。李国香与胡玉音之间的权势易位,表征着新的现代性对于女性主体的召唤。

三、性别政治与新的现代性项目

据古华说,"《芙蓉镇》最初发端于一个寡妇平反昭雪的故事","故事本身很悲惨,前后死了两个丈夫,这女社员却一脑子的宿命思想,怪自己命大,命独,克夫",女社员的"宿命思想"与"文化大革命"后国家对历史的诠释并不一致,但这个故事最终没有写成"双上坟""寡妇哭坟"之类《故事会》里的通俗故事,是因为"三中全会的路线、方针,使我茅塞大开,给了我一个认识论的高度,给了我重新认识、剖析自己所熟悉的湘南乡镇生活的勇气和胆魄"。于是他决定,"以某一小山镇的青石板街为中心场地,把这个寡妇的故事穿插进一组人物当中去,并由这些人物组成一个小社会,写他们在四个不同年代里的各自的表演,悲欢离合,透过小社会来写大社会,来写整个走动着的大的时代"②。因此,《芙蓉镇》基本遵循了国家关于"文化大革命"的权威故事,既要将"文化大革命"塑造为毫无意义、充满暴力的时代,同时也必须有一个能清楚地划分过去和现在的结尾,它必须是一个清晰地关于进步与救赎、牺牲与丧失的故事。

---

① 可见刘宾雁《人妖之间》、朱仲丽《女皇梦》等作品。
② 古华:《话说〈芙蓉镇〉》,人民文学出版社,1983,第 241 页。

在 80 年代的中国,《芙蓉镇》之所以广受赞誉,是因为其"不仅揭露了极左路线之摧残人性、违反人道,还反映和赞美了党的三中全会路线之顺乎民情、合乎民心"①。在此,历史清晰地断裂成"极左路线"与"三中全会路线"两段,李国香给芙蓉镇造成性别秩序紊乱,胡玉音与李国香之间的"人妖之争",即是反人性的极左路线的荒谬后果,而复苏人性与人道、恢复自然性别秩序,则成为芙蓉镇"回春"的唯一可能。于是,小说的第四章就题为"今春民情",是为在记忆重构中告别"文化大革命"严冬。然而关于"文化大革命"的记忆,却往往因人因时而异,不同记忆版本之间必然存在竞争,新主流意识形态做出选择之后,最终的胜利者将同化失败者,并将所有的意义归为己有,而新的社会主体、精英阶层,便在记忆/历史的重组过程中被再生产出来。

对于胡玉音来说,告别革命不是问题,因为革命在她生命中,即是人生灾难的根源,告别革命就是恢复人生本意。然而就李国香而言,革命的终结就是生命的终结,唯有在革命政治运动中,她才能感受到生命的意义。实际上,"文化大革命"的结束并未给李国香带来灭顶之灾,然而她还是感受到了一种强烈的丧失感:

> 难道真的到了四十几岁,在政治运动的大课堂里学到的一套套经验、办法,浑身的解数,过时了?报废了?还得像小学生那样去从头学起,去面壁苦吟,绞尽脑汁,苦思熬熬地啃书本,钻研农业技术,学习经济管理?对于这个问题,她连想都不愿意想,毫无兴趣,并有一种本能的反感。一个隐隐约约的可怕的念头钻进了她的脑子里:变了,修了,复辟了。她白天若无其事,不动声色,晚上犯了睡觉磨牙齿的毛病,格格响。讲得好听,什么全党工作重点的转移!

从"政治运动"到"农业技术"与"经济管理",现代性项目发生了极大的

---

①　徐启超:《成就与不足:试评〈芙蓉镇〉的人性表现》,《南充师院学报》(哲学社会科学版)1984 年第 3 期。

变化,中国从一个德里克所说的"激进革命的全球先锋"①到主动契入全球资本和劳动力网络的市场经济,经济改革与发展神话取代阶级斗争与革命神话。面对社会历史的巨大转折,李国香"毫无兴趣""本能反感",如果白天她还能装作"若无其事",但晚上,当她面对自己时,这种"反感"就自然转化成身体上的对抗——"睡觉磨牙齿",她也是个有血肉、身体的人,而身体不会说谎。因此,李国香实际无法像以前一样,在历次政治运动中迅速完成转变,她将被历史和新的现代性项目所淘汰。尽管看起来,她坐上更好的小汽车,从芙蓉镇开到省里,但实际上,作为一个投身权威政治而成为现代革命女性的李国香是彻底失败了,她必须嫁人,而且是嫁给一个革命老干部——那个她曾经挑战并战胜的政治权威,她必须回到她不以为意的婚姻和家庭中去,重新成为一个真正的"女人"——像胡玉音那样的女人。与小说不同,电影《芙蓉镇》让李国香与秦书田再次相逢:一个是即将离开的革命女将,一个是平反回乡的知识分子;一个说:"你的平反材料还是我签的呢。"另一个说:"你还没成家吧。"以后"学学过点老百姓的日子";一个固执于革命身份,一个谈的是自然人性。二者的对话既关乎女性身份的重新定义,也关乎权力秩序的重构,同时也表征着新现代性项目的确立,而这个与"老百姓"的"日子"相关的新现代性项目,将重新自然化性别,作为建立自身合法性的重要策略之一。

　　新的现代性项目强调经济发展高于一切,但是这种"经济"话语不可能与支持它的政治话语或意识形态分开,即什么样的主体和社会关系被认为是适合于发展的。② 像李国香这样以阶级斗争、不断革命确立的革命/性主体自然是不适于芙蓉镇"经济"发展的,事实上,李国香从来也不属于芙蓉镇,一开始是"外人",后来即使是搞"四清"及以后的"蹲点",她都是暂时住在饮食店的宿舍里,最后她离开芙蓉镇自然也不意外。而胡玉音这样的商品/性主体,则不但代表了芙蓉镇的过去,也必将代表芙蓉镇的未来。因此,李国香只是芙蓉镇的闯入者,是一个必然消失的历史之点,而胡玉音才是芙

---

① 转引自[美]罗丽莎:《另类的现代性:改革开放时代中国性别化的渴望》,黄新译,江苏人民出版社,2006,第25页。

② [美]罗丽莎:《另类的现代性:改革开放时代中国性别化的渴望》,黄新译,江苏人民出版社,2006,第29页。

蓉镇的原住民,注定是芙蓉镇历史的全部。当然,这只是历史的后革命版本,在革命历史叙事中,李国香才是历史的主体。在追求世俗现代性的后革命中国,只有"豆腐西施"胡玉音及围绕她形成的团体,才有可能成为国家经济发展的主体性阶层。胡玉音天然的女性气质、商品气息,正契合后革命中国的现代化、性别化渴望,而她在革命时代之成功的商业化行为,不过在说明社会主义时代其实也内生着市场化潜流,并注定在后革命时代蔚为大观。"文化大革命"后,胡玉音重建家庭,而且还有儿子传递香火。

　　考虑到黎满庚有5个女儿,胡玉音与农民丈夫黎桂桂六七年没有孩子,谷燕山没有性功能,李国香、王秋赦既没结婚,也没有孩子,胡玉音的儿子就具有了特别的象征功能,它似乎在暗示只有作为知识者的秦书田与作为经济人和性别人的胡玉音,即知识精英与商业精英的结合,才有可能生出自然之子。而政治精英谷燕山则通过救助胡玉音母子,象征性地成为了丈夫和父亲。"文化大革命"后他重新成为芙蓉镇的权威,开始着手处理经济发展中出现的新问题。看来他并没有面临革命终结的困惑,作为一个经济体制的设计者和主管者,他可以自动生成为新的现代性项目的主体之一。当然,唯有知识与经济的联姻才能建构一个符合人性的世俗乌托邦,这种设计自然是作者的一厢情愿,但也与80年代知识分子极端膨胀的自我想象有关。这里值得注意的是80年代刚显露雏形的新的现代性项目的真正主体,芙蓉镇里的小男孩秦谷军,他有知识分子的亲生父亲、老干部的义父、(小)商品生产的母亲,他必将在90年代中期以后的中国成为一个具有男性气质的现代性想象的主体,而事实也的确如此,政治资本、知识资本和经济资本三者合流,形成了当下的市场经济体制。①

　　革命意识形态瓦解之后,芙蓉镇里真正无法承受历史/政治后果的其实只有两个人。一个是黎桂桂,从事的是最男性的职业——杀猪,他虽然身体强健,但竟然是出名的"胆小怕事",与胡玉音结婚七八年没有生育,无繁衍后代的能力,"四清运动"刚一开始就自杀身亡。黎桂桂的自杀意味深长:一

---

　　① 关于胡玉音产子的象征意义,基普尼斯在《反毛主义性别:〈芙蓉镇〉移植邓时代的性/性别/亲缘系统》中认为,"只有坚定的反毛主义者胡玉音、秦书田才能生出儿子",而"毛主义导致谷燕山阳痿,胡玉音和桂桂不能怀孕,李国香和王秋赦没有生儿育女的愿望,或者黎满庚和妻子只有女孩。参见杨俊蕾:《海外谢晋电影研究的东方主义症候》,《文艺研究》2010年第7期。

是小生产者若要成为主体就必须剥离自身的胆小怕事与优柔寡断,从而衬托真正市场人胡玉音非凡的生命力与历史主体性;二为将性/资本自然地从农民那里转移到知识分子身边,黎桂桂的自杀是一种象征性去势,只有如此,遵循传统伦理道德的胡玉音才有可能从农民那里辗转到知识分子身边。①

　　另一个就是王秋赦。据编辑龙世辉回忆,王秋赦这个人物初期的大部分故事都发生在黎满庚身上,黎满庚和王秋赦原是一个人,王秋赦是后来增加的人物,黎满庚干的种种坏事都移植给王秋赦,揭发芙蓉姐的事由充满妒意的黎满庚的妻子"五爪辣"来承担。他认为,这样的添加拯救了黎满庚这个人物。② 黎满庚是得救了,这个"正直的复员军人、党支部书记"因此可以在"文化大革命"后重新复出,成为主体,但对王秋赦这样不爱劳动、总想投机的农民来说(甚至说不上是农民,他就是延安改造新人运动中的被改造对象——二流子,或叫流氓无产者——的新中国版),却无法成为新现代性项目的主体,他被重新打回原形,所谓"凤还是凤来,鸡还是鸡"。黎桂桂的自杀与王秋赦的疯似乎表明,农民无法像老干部、知识分子和经济人一样,在新的现代性项目中自动获得主体身份,他必须剥离掉农民的胆小和懦弱,也必须去掉农民的投机和对政治权力的觊觎,他必须像个农民(爱劳动),又必须不像个农民(魄力和胆识),而这种种规定,隐含着曾经在意识形态领域拥有荣耀的庶民在后革命时代的失落。当然,这并不意味着庶民在革命时代就真的是主人阶层,而是说无论怎样革命、改革,庶民阶层最终都是作为被榨取到干瘪的牺牲品的价值而存在的。不过,王秋赦的疯狂正如李国香的磨牙一样,都是抵抗的身体政治学的表现。疯了的王秋赦一如那个阿 Q,是一个四处游荡的历史幽灵,拒绝闭合"文化大革命"的历史叙事。

　　在关于"发展"的现代性项目中,相比于老干部和知识分子的失而复得,是农民作为庶民的失落。尽管 80 年代农村经济改革后,农民的生活得到了巨大的改善,但是作为新意识形态的主体来说,农民重新成为落后的象征,改造国民性的话题再次重现。相对于男性来说,是女性在意识形态领域内

---

① 相关论述也可见张帆:《"经济人"的生成与限度——〈芙蓉镇〉与"新时期"人性论的起源》,《福建论坛》2013 年第 5 期。

② 龙世辉:《关于古华和〈芙蓉镇〉》,《编辑之友》1983 年第 4 期。

的失落,与生理上的男性相关的男性气质重新成为一个国家的现代性诉求,而婚姻、家庭、母性等重新成为女性获取其性别身份的最有意义、最自然的场域。芙蓉镇的胡玉音更多承担的是受苦受难的地母和美丽柔媚的大众情人的角色,她的主动性与能动性只有与胆小懦弱的农民黎桂桂在一起时才能表现出来,并最后从工农兵的黎满庚和黎桂桂那里辗转到知识分子秦书田身边。而对造反革命女性的驯服就是让她(李国香)结婚嫁人,而且是嫁给一个"老干部"。《芙蓉镇》实际上是80年代性别政治变迁的一个隐喻,无性的"铁姑娘"与"革命女闯将"变成了性感的"芙蓉仙子",被阉割/驱逐的老干部/知识分子则变成了归来的"男子汉","他"不但填补了被"父神"曾经盘踞但如今空置的核心位置,而且拥有了被"父神"象征性占有的"革命女闯将"。

　　性别关系的重构并不仅仅是其本身的结构调整,而是互动于其他范畴——阶级、国族、地域身份的重组。革命时代终结之后,曾经作为革命中国之象征性主体的工农兵,在新的现代性项目中被打入另册,老干部、知识分子、企业家则彼此联合,成为改造社会、经济发展和想象未来的主体。农民作为被封建传统一直影响着的蒙昧群体、工人作为被社会主义大锅饭宠坏的阶层,重新成为阻碍整个国家追求现代性的障碍。于是,改造国民性话语变身为"提高人口素质"的口号,在后革命时代风行一时。当然,这些需要被提高素质的"人口"之中,肯定不会包括血统自然纯正、注定天赋大任的"秦谷军们"。

　　围绕胡玉音组成的新的"核心家庭"注定意义非凡,因为它不但构成了芙蓉镇——中国的主流群体,而且也生产出一个具有真正男性气质的男孩儿,其身上聚集着关于一个未来中国的混沌想象——一个与权力、欲望和现代性相关的80年代中国梦。即便追求男性气质重新成为一个国家的现代性诉求之一,但也同样需要女性作为劳动力再生产的原始资本时刻在场,婚姻、家庭、母性等重新成为女性获取其性别身份的场域。"女闯将"随革命终结而消逝,唯有永恒的"芙蓉仙子"能够跨越革命与后革命之间的裂隙,作为历史市场上最为坚挺的"原始(的激情)股"而青春永驻。

　　《芙蓉镇》起于圩场,终于圩场。圩场是市场,也是历史"戏台",既有永恒的商品/性展示,也有短暂的革命/性表演。革命历史虽然短暂,却有别样的人性关怀间杂其中,商品经济或者永恒,但时时带来非家的吊诡,难以概括人生在世的全部意义。后革命的芙蓉镇和谐如昨,历史好像从来也没有中断过,种种革命不堪,也好像从来没有发生过。在电影《芙蓉镇》最后一幕中,疯子王秋赦一路敲锣来到胡玉音的米豆腐摊前,仿佛革命运动风云再起,让芙蓉镇人一时错愕不已。然而,这不过是疯子的闹剧,癫狂/革命就像王秋赦一样,最终在人们的视野中消失。紧接着王秋赦背影的,是一组反打镜头:谷燕山、黎满庚和妻子、"米豆腐西施"一家三口,依次以近景出现在镜头中,这个镜头段落直观再现了后革命时代所发生的权势转移与主体重构,聚集在胡玉音这商品/性肉身周围的男人们,将主导芙蓉镇这个权力市场空间。其实,以女/性为媒介建构新意识形态权威,是 80 年代男权回潮叙事的典型特征,其不仅是用欲望化的世俗语言取代反欲望的革命语言,而且要通过对于妇女肉身的象征性占有,来宣示一个新权力系统的有效生成。女性在这场权力转移秀中,从革命/性"她者"变身为商品/性"她者",其身体的城头王旗变换,似乎永远是男权中心主义的权力系统朝暮意淫的幻觉空间。然而,如果没有胡玉音、李国香这些呼风唤雨的女性,历史及其转折将毫无意义可言,《芙蓉镇》由此而成为 20 世纪 80 年代中国的性别政治寓言。

本章小结

与既往研究往往瞩目于"新"主体的生成与"新"时期的确立有所不同,本章将目光投向那些拖着历史长影进入新时代的不合时宜者、革命历史的剩余物、被主体指认为蒙昧的他者,以此质疑各种以"新"为应然状态的线性、断裂的宏大叙事模式。革命与传统之间、后革命与革命之间,往往以断裂叙事来确立自身"新"的合法性与天然性。但吊诡的是,"新"叙事不期然间却反复着"旧"历史的结构,这不仅体现于作为"新父"权威的(男性)知识者、老干部的再造方式上,更体现在新主体得以确立的他者形象的发现/发明之中。谢惠敏、李国香、杜晚香,是转折时代主客易位的他者典型。"革命女(小)将"谢惠敏与李国香是"文化大革命"政治的产物,女劳模杜晚香则是"解放"革命的产物,前者以挑战既成的政治权威来获得国家青睐与政治能动性,后者则以牺牲奉献、忘我劳动而获得国家的承认与自我的身份认同。两种女性主体性的获得方式不尽相同,却都不在传统的男女二元性别框架之中。这些历史中的社会主义"新人"在新时期却必须被重新评估,性别上的非自然性和反常性成为其人性异化、政治异化最直观的体现,时代的"拨乱反正"最直观地表现为性别上的"拨乱反正"。身体僵硬、非女性化的谢惠敏必须重新进入男性知识分子/女学生的新启蒙二元格局之中,李国香则必须重新被性化并进入男女与家庭体系之中,成为一个"女人",甚至要嫁给她曾挑战的"老干部"。但一个彼时并未服膺于班主任的谢惠敏,与一个涌动着无穷欲望的革命女闯将,却模糊了革命与后革命、阶级斗争与潜意识、政治与性之间的划界。在这里,也许更令人不安的是杜晚香,这个被革命女作家丁玲念念不忘的平凡劳动女性,与谌容笔下堪与萨特存在主义并列的杨月月,是另一种革命剩余物,她们的无私、无我、忍耐与奉献,则与传统文化着力塑造的理想化女性、一种受虐的母亲形象互相叠合。这提示着我们,激进革命文化与传统文化也并非互不相容,其皆以女性的自我牺牲获得支撑性的力量。实际上,新时期文学正是肇始于对各色女性他者/牺牲者的发明,新意识形态的确立不得不借助于对于牺牲女性的重构来完成。但也正是这些牺牲的女性他者,在支撑起新秩序的同时也动摇着关于新时期自然化、封闭性的叙事,表征出一个转折时代之暧昧莫名的"断续"历史状况。从女性位置来考察新时期文学的发生,并非为了另起炉灶,重建一个与既有历史叙述完全相反的更为客观真实的起源叙事,而是为了打开已有的那个单维度的历史叙述空间,揭示新时期合法性建构中女性的结构性功能,呈现革命与后革命、现代与传统之间混杂、流动与冲突的复杂状况。

第三章 男性气质、发展主义与改革的文学想象

引言:"明天他更忙"

> 他不是诗人,他再没有时间抒情、缅怀和遐想。他必须像牛一样地、像拖拉机一样地工作。
>
> ……
>
> 他谢了部长,放下电话,走向写字台。最急需看的文件、信件和资料,秘书已经送到了这里。秘书开列了一个立刻要处理的事项的清单。他拿起粗大的铅笔。他开始翻阅这些材料,一下子就钻进去了。他觉得有那么多人在注视他、支持他、期待他、鞭策他。
>
> 明天他更忙。①

这是王蒙小说《蝴蝶》的结尾,主人公张思远官复原职,即将开始新的抑或是回归曾经的生活,而庄周梦蝶时的"不知周之梦为胡蝶与,胡蝶之梦为周与"的"抒情、缅怀与遐想",不过是历史中的短暂一梦,将伴随对创伤的记忆/失忆而成为过去。他由此也否定了感时忧怀的必要,终而"化蛹为蝶",毫无负担地走向明天。作为"伤痕文学"的典型作品,《蝴蝶》代表了一个时代的结束与开端,表征了80年代中国的诡谲状况:一个纠结着记忆与失忆、死亡与新生、历史与未来的伟大开端。书写伤痕是为重建主体,钩沉历史则

---

① 王蒙:《蝴蝶》,《十月》1980年第4期。

是为了展望未来。在各样"伤痕文学"文本中,通过讲述创伤记忆、诉说政治苦难,"张思远们"完成了个人主体身份的重构,确立了展开新的现代性实践的历史合法性。至于新的现代性实践到底是什么,"伤痕文学"只是点到为止,我们只知道"明天他更忙",至于"忙什么""怎么忙",显然并不是"伤痕文学"能够关注的问题。

关注明天"忙什么"的是改革文学。当张思远们告别过去,终于可以重新"像牛一样地、像拖拉机一样地工作"时,他们就变为《沉重的翅膀》中的郑子云、《乔厂长上任记》中的乔光朴、《花园街五号》中的刘钊,甚至是《新星》中那个年轻的县委书记李向南。改革者抑或是开拓者,成为"归来者"新的形象称谓。他们不必再通过"抓革命"来"促生产",而开始直接以"经济建设为中心","忙"于企业管理、生产效益、职工生活以及企业用工制度与分配制度等的改革,当然,也"忙"着与一切阻碍改革的力量斗争。与曾经被打入底层、沉落民间而"有时间抒情、缅怀和遐想"的创伤者为主角的"伤痕文学"不同,"改革文学"体现出完全不同的叙事节奏、美学风格与价值诉求。尽管人物好像还是那些人物,但他们在政治结构中的位置、与周围人的社会关系,包括与女性之间的性别关系,却发生了极大的改变。如果说,缅怀过去的"伤痕文学"需要通过牺牲的女性他者形象来重构历史记忆,因此往往被一种浓厚、舒缓、伤感的阴柔美学所包围的话,那么,崇尚速度和力量、充满激情与躁动的"改革文学",则与雄心勃勃的男性气质的形构紧密联系在一起。"改革文学"出现伊始,就被认为"揭开了'男性文学'的序幕,发出男性的呐喊","刮起了气势磅礴的雄风","改革的热情、铁的手腕与男子汉的气魄紧密地胶粘在一起"①。

新时期的"男子汉话语"在"改革文学"中体现得尤为强烈,几乎所有的改革者同时也被塑造为具有强烈男性气质的"硬汉"形象,男性气质与改革意识形态、新的现代性实践之间,存在着直接的对应关系。因此,当我们重新考察80年代的"改革文学",男性气质必然是一个有效的分析范畴。实际上,就致力于反映社会转型时刻的历史诉求的"改革文学"来说,形塑新的男性气质就是重建新的政体意识形态,并在新的世界格局中再造中国主体镜

---

① 王干、费振钟:《"男性"的声音——新时期小说漫谈》,《文艺评论》1986年第4期。

像。因此,本章对"改革文学"思潮的考察,将集中在对以下问题的思考与分析:"改革文学"形塑了怎样的男性气质,在怎样的空间与社会关系中塑造,调用了哪些文化资源,传达了怎样的关于改革的新意识形态,而当时普遍存在的男性气质焦虑——"寻找男子汉"——与改革实践之间有怎样的关联等。总之,理解男性气质重构在新时期中国社会转型中的文化政治机能,是本章要解决的中心问题。

第一节　"男干部"及其社会关系图景

一、归来的"男干部"

1979 年 7 月,《人民文学》发表了蒋子龙的小说《乔厂长上任记》。小说发表后,引起广泛关注和好评,认为其"最可贵之处,在于通过工作着重点转移到四化建设以后工业战线的矛盾斗争,塑造了体现时代精神的英雄人物"[1],乔厂长有能力"扮演时代的'主角'"[2],"他同许许多多老干部一样,虽然满头白发,但心头却燃烧着青春的火焰"[3],"新的长征需要有带着队伍向前冲的新的带头人,带头人如何,是人们都关心的"[4]。1979 年 9 月 3 日的《人民日报》发表署名"宗杰"的评论文章,题目就是《四化需要这样的带头人——评短篇小说〈乔厂长上任记〉》。《人民日报》《光明日报》《红旗》等各大党报党刊,都肯定并强调小说主人公乔厂长作为一个"新时代"的"新人物"的意义,他作为"英雄""主角"和"带头人",预示着一个新时代的到来。由此,《乔厂长上任记》历来也被认为是"改革文学"的发轫之作。

---

① 《鼓励业余创作,端正文艺批评—〈文学评论〉和〈工人日报〉联合召开优秀短篇小说〈乔厂长上任记〉座谈会》,《工人日报》1979 年 10 月 15 日。

② 马献廷、方伯敬:《工业战线上的新人谱——蒋子龙作品新人形象琐议》,《红旗》1982 年第14 期。

③ 马威:《为献身四化的个别塑像——短篇小说〈乔厂长上任记〉读后》,《光明日报》1979 年 9月 12 日。

④ 吴济时:《工业题材小说创作的新发展——谈蒋子龙工业题材小说创作的成就》,《武汉大学学报》(社会科学版)1982 年第 4 期。

　　但实际上,文学中的乔厂长形象,并非像当时人们认为的那样好像是横空出世。在《乔厂长上任记》之前,蒋子龙就在1976年《人民文学》复刊号上发表了《机电局长的一天》,小说"写了一位大刀阔斧地兴利除害,同'四人帮'破坏生产的极'左'谬论斗争,为中国工业的现代化而奋发努力的机电局长霍大道"[①]。两篇小说的时代背景稍有不同,《乔厂长上任记》写于十一届三中全会以后,《机电局长的一天》写于邓小平复出"整顿"时期,但是作为实干的工业改革者形象,乔光朴与霍大道这两个人物,不管在性格还是在实践行动上,却都有着内在的一致性。他们抓生产的热情、工作的能力、忘我的态度、强者的毅力以及面对阻碍和困难的勇气和力量,都如此相似。实际上,《乔厂长上任记》的出炉,与《机电局长的一天》关系密切,《乔厂长上任记》本身就是发表过《机电局长的一天》的《人民文学》的约稿,编辑的意图是"现实题材","生活中(碰到)的阻力"及其克服,[②]而蒋子龙为了表示与《机电局长的一天》的这种延续性,甚至直接将霍大道放置在《乔厂长上任记》中,让他成为乔光朴的领导及其改革实践的强有力的支持者。另外,两篇小说的写法也极为相似,《机电局长的一天》以霍大道的手记开头,《乔厂长上任记》则以乔光朴的发言记录为题记,而改革者与阻碍者之间斗争与较量的叙事模式也延续下来,后来甚至成为蒋子龙以致几乎所有"改革文学"共同采用的叙事结构。

　　但与《乔厂长上任记》给蒋子龙带来的巨大声誉相比,[③]《机电局长的一天》的遭际却一波三折,刚发表时受到"热烈欢迎",后来政治形势发生转变后受到严厉批判,被冠以"唯生产力论"及"阶级调和论"等罪名,被视为"右倾翻案风"的代表作,蒋子龙也被迫在1976年第4期《人民文学》上作公开检查,并在同一期刊物发表反映同走资派作斗争的小说《铁锹传》,为读者贡献了一个整天拿着一把铁锹抓阶级斗争的铁锹嫂的"英雄"形象,才得以勉

---

　　① 涂光群:《五十年文坛亲历记(1949—1999)上》,辽宁教育出版社,2005,第278页。
　　② 蒋子龙:《〈乔厂长上任记〉的生活账》,载《不惑文谈》,上海文艺出版社,1984,第51—52页。
　　③ 《乔厂长上任记》发表后也受到过批判,主要在天津方面,但北京方面却对这个作品持肯定意见,并加以保护。参见张伟栋:《"改革文学"的"认识性的装置"与"起源"问题》,《当代作家评论》2009年第3期。

强过关。① 受到批判的《机电局长的一天》日后重获文学史的关注,而《铁锹传》则埋入历史深处。蒋子龙这三篇小说的历史沉浮,与当代中国政治风向的变化息息相关。关于文学与政治之间的关系、政治气候给作家及作品评价带来的影响等,学界多有论及。而我感兴趣的却是在历史中"消失"的《铁锹传》,其在《机电局长的一天》与《乔厂长上任记》之间出现所传达出来的微妙性别政治意涵,则构成重估"改革文学"的参照系。

《铁锹传》在蒋子龙的小说中是一个异数,这不仅因为它本身是被迫进行政治表态的应景之作,而且还因为作为一个长期生活在工厂、以工业题材见长的工人作家,写的却是他并不熟悉的农村的阶级斗争生活,并且塑造的还是一个女英雄形象。事关农村、女性、阶级斗争的《铁锹传》,与蒋子龙作品标志性的工业、男性、生产管理,形成有趣对照。蒋子龙擅长塑造"体现时代精神的英雄人物",但是什么性别、身份的人凭借何种实践可以登上"英雄"的位置,却因时代而不同。《机电局长的一天》塑造了一位"老干部英雄",而为响应批判而创作的《铁锹传》,则以"新生力量"的"小将"为时代主体,②并性别化为一个农村女性。革命激进主义年代以"女性小将"为历史代言,而改革时代却必须由一个重担现代化重任的"男性干部"引领,社会主体的历史转移在性别话语的建构中悄然完成。从机电局长霍大道开始,"男干部"形象出现在《乔厂长上任记》以及之后几乎所有的改革小说中,包括乔光朴、车篷宽、丁猛、郑子云、陈咏明、刘钊等,还有后来年轻的县委书记李向南,他们形成中国当代文学史中的"改革者"家族系列。新时代的"新人物"——改革者,必是一个男性(老)干部,确切地说,基本上是从"伤痕"历史中"归来"的男性(老)干部,"改革文学"因之也是关于"男干部"们如何重整男性气质、进行改革实践的文学。

用"干部"而非"领导"或"经理"等称谓,来突出新时期改革者的主体身份,与"干部"在当代中国政治中特殊的位置有关。"'干部'既是一个特殊的

---

① 参见张文联:《〈乔厂长上任记〉与新时期文学的文化政治》,《文学评论》2010 年第 3 期。
② 蒋子龙说:"人家的文艺作品里主人公都是'小将'、'新生力量',《机电局长的一天》的主角是个老干部';人家文艺作品里的正面人物都是'魁梧英俊',《机电局长的一天》里的正面人物却是个'瘦小枯干的病老头'。"见蒋子龙:《道是无情却有情——〈蒋子龙选集〉自序》,上海文艺出版社,1984,第 21 页。

群体,也是一个特殊的结构,更是一个重要的系统性和制度性的体系"①,干部对中国政治和社会结构的影响巨大,以致有学者以"干部国家"来指称当代中国。改革文学中的主角,可能有企业领导干部与政府领导干部、知识分子背景干部与革命干部之分,但都是社会政治体制内的干部,而非90年代中后期以来的私企老板。实际上,延安文学以来的社会主义文学,相当多都是关于干部的文学。徐剑艺比较早地从干部角度来研究当代城市小说,认为作为政治的制造者和实施者,干部是当代中国城市社会的结构点。② 用"干部"来突出改革者身份的另一个原因,与七八十年代的改革背景有关。当时的城市改革主要在国有企业和党政机关中进行,国有企业私有化还没有提到改革议事日程,企业家、老板等与市场经济运行相关的称谓还未出现,更没有普及,改革者身上依然清晰可见的是"干部精神",即"干部是献身于革命目标和革命理想的人"③,这是革命年代对干部的认识。有鉴于此,强调"归来"的改革者的干部身份就十分必要。但同时,考虑到干部的外延相当广泛,对干部的划分和分类也都没有一个统一的标准,何种干部以及具有哪些素质的干部可以自动成为改革这种新历史实践的主体,即对改革者干部内涵的考察,是首先需要厘清的问题。

"改革文学"前史的《机电局长的一天》中的霍大道,是"党培养的第一批工业干部"④,小说虽然并没有交代其在新中国之后政治上的起伏,却特意插入一节介绍霍大道的革命小史:

老霍十二岁那年秋天,听说红军从草地上过来了。他在野洼里把

---

① 王海峰:《干部国家与中国建设:一个新的分析概念和框架》,《上海行政学院学报》2012年第4期。

② 徐剑艺:《城市的结构——当代城市小说干部形象的文化社会学研究》,《文艺评论》1987年第6期。

③ [美]莫里斯·梅斯纳:《毛泽东的中国及其发展——中华人民共和国史》,张瑛等译,社会科学文献出版社,1992,第148页。

④ 小说在《人民文学》最初发表时是这样写的,"你我都是革命战士。过去,跟着毛主席南征北战;现在,跟着毛主席移山填海。"后来编入选集时则改成"你我都是'老工业',党培养的第一批工业干部"。见蒋子龙:《蒋子龙文集》(第8卷)中的《乔厂长上任记》,人民文学出版社,2013,第8页。从强调"战士"到后来的强调"工业干部",小说两个版本的变化可以看出从革命话语到改革话语的调整与转换。

地主的三头牛拴在树上，用镰刀割断了牛脖底下的气管，跑到大道边上，拦住了红军队伍，把赶牛鞭子咔嗤一撅两半，往地下一扔，对一位红军营长说："我要跟你们走！地主的牛全叫我宰了，反正你们不收下我，我也活不成了。"①

实际上，霍大道的"大道"之名，就是红军营长给起的，以表示"大道上参军，永远跟着共产党，在胜利的大道上前进"之义。对霍大道革命小史的交代，既强调了他参加过红军的老革命身份，同时也让读者了解他倔强的性格、彻底的革命精神以及永远跟党走的忠诚的由来。他现在的工作热情、忘我的精神以及提高生产的决心，无不与其老革命的身份和经历有关，而他也总是将现在的生产与"四化"事业比作"新长征"与"战斗"，这是一个战斗的革命老干部的形象。"红小鬼"出身的"老干部"身份，无疑是霍大道能"归来"并领导新的改革实践的政治资本，对这种政治资本的有意无意的强调也贯穿于整个"改革文学"之中。

不过，与强调霍大道老革命家的政治资本不同，之后稍年轻一代的改革者，则强调其在"文化大革命"以及前期社会主义实践中所受的政治苦难：乔光朴被揪斗并关进"牛棚"，妻子也死于"文化大革命"；《花园街五号》中的刘钊，40 年代还是个国高生时就参加了革命，为了营救同志，甚至背叛了自己的出身和家庭，大义灭亲，将土匪出身后来做了日伪警察局长的父亲送上黄泉路。1958 年全民大炼钢铁时坚持自己的看法敢于说真话，表示"愿意顶着花岗岩脑袋进棺材，去见上帝"，"文化大革命"中更是被关进监狱，妻子也另嫁他人。乔光朴与刘钊的这些"创伤故事"无疑是"伤痕文学"所着重表现的，它们在这些改革小说中的再次出现，既证明了他们重新"回归"权力结构的政治合法性，同时也表明他们作为改革实践者的合法性，因为在"文化大革命"中他们已经在践行着"后文革"时代所倡导的一切。不过，这种政治合法性的历史建构对于像李向南这样年轻的干部来说，显然要费一番周折。一方面，新干部李向南也有着不容怀疑的"革命血统"，他的老革命身份的父亲在"文化大革命"中是受迫害受冲击的对象，在"后文革"时代，他们自然就

---

① 蒋子龙：《机电局长的一天》，《人民文学》1976 年第 1 期，以下引用均见此。

代表了政治上正确的一方,改革的"合法性"是建立在对"文化大革命"的非合法性认定的基础之上的,所以李向南具有参与改革实践的政治合法性;但另一方面,他又曾是"文化大革命"中的红卫兵,不具有从事改革实践的政治合法性,所以他在"文化大革命"中的表现甚至其"知青"的历史必须受到审查,小说第四十章写的就是改革的阻碍派利用他的经历大做文章,当然事实证明,对他政治上的指控都是不实之词。① 李向南式的人物在"改革文学"中的政治合法性确立,再次重复了"伤痕文学"中对于红卫兵/知青的书写方式。而"伤痕文学"中讲述的无数老干部、老革命受迫害的创伤故事,足以让他们成为旧政治历史实践的单纯受害者,从而与历史切割,而那些阻碍改革的守旧者则大多与"文化大革命"或错误路线有着某种联系,比如与刘钊相对的丁晓、许峰,与李向南相对的冯耀祖、潘苟世,与郑子云相对的田守诚、孔祥,与乔光朴相对的冀申、郗望北等。

　　实际上,主导改革实践的天然合法者似乎只能是曾经被迫害的"男干部",这在"改革文学"的发轫之作《乔厂长上任记》中已经表露得非常明显。乔厂长重回电机厂后,厂里并存着三种干部、"三套领导班子":一是刚被任命的乔光朴,"文化大革命"前的"老厂长",小说原来的题目就是《老厂长的新事》,典型的"归来的老干部"的故事;一是还在任上的冀申,是"文化大革命"刚结束后任命的新干部,在"文化大革命"中他既不是"走资派",也不是"造反派",而是干校的副校长,当"老干部"开始"归来"时,他也搭上了"老干部"的顺风车,这是一个政治投机者的形象;第三种是刚被解职的"火箭干部"郗望北,"文化大革命"中的"造反派",曾经斗争过乔光朴,是童贞的外甥,将童贞的不嫁看成是乔光朴的错,这样的设置实际上将"老干部"乔光朴与"火箭干部"郗望北之间存在的新/旧干部、管理者/工人之间的斗争私人化、情感化与道德化了。不懂业务的官僚干部冀申是乔厂长改革的对立面,而"火箭干部"郗望北在被冀申解职后很快又开始工作,这里面与乔光朴的私人情感有关,也与其业务能力强有关,当然也与当时"揭批查"运动的结束以及工作重心转移的政治背景有关。不过,"火箭干部"必须通过自己熟练

---

　　① 关于李向南作为改革者的合法性论述可见杨庆祥:《〈新星〉与体制内改革叙事——兼及对"改革文学"的反思》,《南方文坛》2008年第5期。

的业务能力、能上能下的工作态度,来证明自己可以继续加入新的现代化实践项目,但不能作为领导者,而只能作为辅助者角色出现。即便如此,郗望北的再次使用,不仅在文本之内受到乔光朴曾经的领导班底的质疑,在文本之外,也受到了批判和质疑。① 在小说中,蒋子龙让郗望北表达了这种不满:

中国到什么时候才不搞形而上学？文化大革命把老干部一律打倒,现在一边大谈这种怀疑一切的教训,一边又想把新干部全部一勺烩了。当然,新干部中有"四人帮"分子,那能占多大比例？大多数还不是紧跟党的中心工作,这个运动跟得紧,下个运动就成了牺牲品。照这样看来还是滑头好,什么事不干最安全。运动一来,班组长以上干部都受审批,工厂、车间、班组都搞一朝天子一朝臣,把精力都用在整人上,搞起工作来相互掣肘。长此以往,现代化的口号喊得再响,中央再着急,也是白搭。②

受迫害的历史虽然赋予"归来的老干部"政治上的合法性,但要成为改革实践的主体,他们还必须具有专业知识,是具有专业知识的工业干部而非从事政工的干部。机电局长霍大道是老革命工业干部,虽"对组织机电工业生产有着丰富的经验和广博的专业知识,有时使工程师们竟也感到自愧不如",但毕竟"他的某些专业知识并不精深"③,而乔光朴则已是留学苏联专门学习机电生产和管理的专业工业干部了,他"精通业务,抓起生产来仿佛每个汗毛孔里都是心眼,浑身是胆",在 50 年代回国伊始就"把电机厂搞成了一朵花"。《花园街五号》中的刘钊"血管里也流动着剽悍不训的气质",一开始虽被认为是"土匪""胡子"爹的原因,但他后来在大炼钢铁中"说真话"

---

①　参见召珂:《评小说〈乔厂长上任记〉》,《天津日报》1979 年 9 月 12 日第 3 版。宋乃谦、滑富强:《乔厂长能领导工人实现四化吗？——评小说〈乔厂长上任记〉》,《天津日报》1979 年 9 月 19 日第 3 版。

②　蒋子龙:《乔厂长上任记》,《人民文学》1979 年第 7 期,以下引文均见于此。

③　小说最初在《人民文学》发表时并无此句,后来收入文集中添加了这句。这种添加有更强调乔光朴才是新现代性项目的实践者之意。见蒋子龙:《蒋子龙文集》(第 8 卷),《乔厂长上任记》,人民文学出版社,2013,第 17 页。

的"犟骨头",在韩潮看来却更是"一种要不得的臭知识分子坏习气",他大学的专业是土木工程,"文化大革命"没正式恢复工作之前,他还自费到一所大学旁听了企业管理课程。《新星》中的李向南一到古陵就订了《经济战略学》《中国经济问题研究》《经济动态》《中国社会科学》等书刊,他对经济社会知识的关注态度让更关注于政治的老革命顾荣颇为懊恼。

　　从老革命式的工业干部霍大道,到具有专业知识和管理经验的中年干部乔光朴、刘钊,再到年轻的县委书记李向南,"改革文学"越来越强调改革者的知识分子气质、专业技术能力与现代管理背景,这成为他们可以进入新的改革实践的基本条件。张洁的《条件尚未成熟》(1983年)中政治圆熟为人稳重可靠的岳拓夫,在副局长一职的角逐中最终不敌连党也没入上的大学同学蔡德培,主要原因在于蔡德培是具有专业能力的工程技术人员,而岳拓夫早已扔掉专业多年。由此看来,归来的干部、改革实践的开拓者,必是具有现代管理经验和专业技术能力的知识型而非行政型男干部。他们身居国家现代化所倚重的工业尤其是重工业企业的要职,或是可以推行企业经济体制改革的政府部门要职,拥有权力,却没有个人权力欲和金钱欲,他们还不是后来市场经济真正降临后追逐财富的企业家商人,而是一心想改造社会、使国家民族富强、为百姓谋福利的、具有浓重理想主义与浪漫主义色彩的英雄式干部。

　　更有意味的是,这些英雄式干部几乎无一例外,都被性别化为具有强烈男性气质的男性。这至少体现在两个方面:从人物设置看,"改革文学"的主角几乎清一色是男性,开拓者家族几乎也可以说是男干部家族;从开拓者活动的实践场域来看,他们主要集中于城市而非被符号化为女性的农村,集中于城市里被男性化的重工业部门,而非被女性化的纺织轻工业部门以及商业部门,如果在地方政府,那也是位高权重需要决断力与操控力的第一二把手这样的男性位置。不过也有例外,蒋子龙的《赤橙黄绿青蓝紫》中的主角解净,却是一个女干部,而且是一个年轻的政工干部。但当她敏感于时代的变化,决定跟上改革实践的步伐,离开办公室,放弃政工工作,下到车间干实事以证明自我时,选择的部门竟是钢厂中的汽车运输队,一个几乎清一色男性的部门与空间。这似乎暗示着,要成为改革者或有资格加入改革实践,必须首先进入男性世界,一个粗鲁的征服与服从的世界,一个排斥女性和女性气质的世界。进入这个男性化世界中的女性，像叶芳，一方面不得不通过抽烟、喝酒以及粗鲁的举止和语言使自己男性化以获得这个男性世界的认可；另一方面又必须展示自己的女性化，比如打扮、化妆、对男性臣服与温顺等以获得男性的青睐。小说中的解净正如她的名字一样干净或者说乏味，既不男性化，也不女性化，当她以队长身份进入这个男性世界时，女性身份消解了她的领导权力，而要获得拥有男性特权的司机们的认可，她就必须学会开能体现男性力量的重型卡车[①]，而且要比一般男性更有智慧、勇气和毅力，当她冲上即将爆炸的油罐车时，才最终获得了以刘思佳为代表的男性世界的认可。但即使解净最后终于拥有"赤橙黄绿青蓝紫"的多彩性了，即既有男性的力量和勇气，又有女性的智慧和美丽，但她还是被大多数评论者排斥于蒋子龙的开拓者家族之外，倒是男性的刘思佳一般被认为是开拓者家族的年轻成员。[②]

　　小说女主人公解净的遭遇再次说明，只有具有历史权威的"男干部"，才能成为改革实践的主角。如果不是个"男"干部，那她必须通过证明自己具有男性气质，才有可能成为改革时代的参与者。作为新时期政经改革项目的文学表征，"改革文学"在其伊始就被极端男性/男权化了，至于集历史权威、理性精神和雄性气质于一身的"男干部"，则成为文学创作刻意聚焦的对象。而且，围绕着"男干部"这一形象，"改革文学"亦想象性地建构起一个新的社会关系图景。

二、对手、女友与同志

　　"改革文学"的基本主线是改革派与保守派之间的较量，两派的代表在文本中几乎全是男性，"改革文学"也因之主要是男性之间互相欣赏与厌憎、结盟与斗争的故事。与"伤痕文学"隐在而普遍的"知识分子（干部）落难，民

---

　　① 卡车、轿车是塑造男性气质的媒介，但其意义不同。卡车代表力量，是工人阶级男性气质的体现；轿车代表速度与权力，体现的是中产与特权阶层的男性气质。在新时期文学中，小轿车是干部权力的体现，像张洁的《爱是不能忘记的》中的老干部乘坐的小轿车是无声地停在钟雨的身边，张贤亮的《绿化树》中的知识分子章永璘在平反后也要坐着小轿车重回受难地。

　　② 但也有例外，女性主义研究者刘思谦就明确地将解净作为开拓者家族成员。见刘思谦：《蒋子龙的小说创作》，《当代作家评论》1984 年第 3 期。

间女子拯救"叙事模式更注重在异性关系框架中结构创伤故事不同,"改革文学"更注重搭建男性与男性之间的社会关系与情感结构。当然,这不是说"改革文学"就不关注男性与女性之间的关系,因为塑造男女有别的两性关系、温柔贤惠的女性气质是建构男性气质的基础,只是相比于以异性关系为叙事主线的"伤痕文学","改革文学"明显是双线并置。男性之间的连纵合横,即男人之间的故事和由此形成的男性气质是叙事主干,而男女之间的浪漫情爱,往往是串联男男之间并凸显改革者男性气质的枝干。具体而言,改革者的男性气质是在与对手、同志、女友之间的关系中形成的,三者既是形塑男性气质的参照对象,也是实践场域。

对手是展示改革者男性气质最主要的参照对象和实践场域。政治对手与改革者的权力位阶基本对等,但在政治理念、个人生活、外在形象等方面却与改革者互相对立。对手的设置,确立起"改革文学"想象的符合历史进步要求的男性气质标准,并最终建立起改革者是男子汉、男子汉也是改革者的性别化叙事。于是,几乎所有的"改革文学"都有两两对照的人物设置,比如冀申之于乔光朴、丁晓之于刘钊、田守诚之于郑子云、顾荣之于李向南等等。而不同的改革者与保守者形象,虽在不同的文本中,但相似度很高,形成与"开拓者家族"相对应的"保守者家族"。根据这个叙事模式,要确定"改革文学"致力于塑造何种男性气质,最直接的办法就是确定其否定了哪种男性气质。这是乔光朴的对手、原机电厂长冀申:

> 他在政治上太精通、太敏感了,反而妨害了行动。他每天翻着报刊、文件提口号,搞中心,开展运动,领导生产。并且有一种特殊的猜谜的酷好,能从报刊文件的字里行间念出另外的意思。他对中央文件又信又不全信,再根据谣言、猜测、小道消息和自己的丰富想象,审时度势,决定自己的工作态度。这必然在行动上迟缓,遇到棘手的问题就采取虚伪的态度。诡谲多诈,处理一切事情都把个人的安全、自己的利益放在第一位。

这是刘钊的对手、临江副市长丁晓:

这个人患有严重的官场病。譬如拉帮结伙啦！寻找靠山啦！嫉贤妒能啦！谋取私利啦！虽然不到恶迹昭彰的程度，……像他这样的人，眉宇间，隐隐约约可以看出，官僚之气，私欲之气，狭邪之气，多了一点。相反，正气，公气，为人民服务的忠诚勤恳之气，少了一点。他是属于那种把马列主义放在书柜里，而不是放在头脑里的共产党员"，他"在官场厮混得虽说不上炉火纯青，也够圆通练达"，是"精通送来迎往的专家"。①

这是李向南的对手、县委副书记顾荣：

他有了一整套习惯性的经验，有着一整套政治章法和条件反射。他总能恰如其分地适应各种环境。……如果问他有什么特点，几乎很难说他有什么突出的特点。（特点就是棱角，有那么多棱角对于搞政治是并不适宜的！）或者说他很全面，或者说他没有任何特点。既有一定的文化（有，但并不太多。这个分寸对于一个真正的领导干部形象是很重要的！）；又有相当的经验。适度的耐心，适度的果断，适度的和蔼，适度的严厉，适度的原则性，适度的灵活随和。一切都是适度的，可以说他是个标准的领导干部。万事适度，这不是政治上最老练的标志吗？②

冀申、丁晓、顾荣，都是典型的官僚形象：政治老练，为人圆滑，工于权术，善用关系，他们盘根错节，构成巨大却隐蔽的关系网络，他们是善搞政治阴谋、暗中操盘的权术家、政客，计较的是权力的得失与个人生活的享受。而改革者则是志怀高远、忧国忧民、光明正大的实干家。权术家善柔身术，个个圆通灵活，一切皆讲究中庸之道，这些特质在中国传统文化符号中是阴性的象征。对手们似乎个个深谙权术之变的阴/隐性之道，循规蹈矩，甚至包括其个人生活，"家庭和睦，夫妻融洽"。反倒是改革者，或因历史政治原因或因个人主义追求而处于感情和婚姻的困境。对手们生活精致，"善于珍

---

① 李国文：《花园街五号》，北京十月文艺出版社，1984，第154—155页。
② 柯云路：《新星》，人民文学出版社，1985，第93—94页。

摄、注重调养、陶冶性情、延年益寿等等养生之道方面"①（丁晓），而改革者大都生活潦草马虎。对手们一般会画画儿，养养花儿，打打太极拳，而改革者更喜欢具有身体对抗性的现代体育运动，比如打篮球、打冰球等。总之，保守派男性主要呈现出一种与中国传统文化和政治方式相关的男性气质中相对阴柔的一面，善于以柔克刚，以退为进，以静制动，以无形、不可见的关系网络缠绕改革者有形、可见的改革实践。

改革者与其对手的不同，有两个有趣的譬喻："郑子云与田守诚，一个好比是打守球的，软磨硬泡；一个好比是打攻球的，一个劲儿地猛抽。田守诚会时不时地给郑子云吊上几个小球，然后冷眼地瞧着郑子云毫不吝惜地消耗着自己的精力"②；"丁晓是各种球类比赛最热烈的观众，而刘钊是各种球赛的一个尽管不是最好，但也不是最孬的运动员。他俩的区别恐怕就是一个在场内，一个在场外；一个真刀真枪实干，一个指手画脚评论而已"。③ 一个强攻，一个软守；一个旁观，一个参与；一个重在破局，一个重在循例，这两个关于运动的譬喻，说的其实也是两种不同类型的男性气质，雷金庆用"文武"④、宋耕用"阴阳"⑤、康奈尔用"支配性、从属性、共谋性与边缘性"⑥等概念来指称这两种不同的男性气质。学者们所用的概念虽有不同，但他们同样认为，男性气质是多元的，最起码也是二元的，它不是固定的性格类型，而是在变化的结构、特殊情形下产生的性别实践形构。对本书而言，用哪组概念来指称"改革文学"中的男性气质类型并非重点，我更关注的是，何种男性气质类型才被认为是80年代改革者应具有的男性气质。

改革者几乎都是工作狂形象，对工作本身的热爱有一种类似宗教的情感，他们勇于担当重任，在困难面前百折不挠，乔光朴"这位大爷就是给他一座山也能背走，正像俗话说的，他像脚后跟一样可靠，你尽管相信他好了"；刘钊"不论你放上多重的砝码，他似乎总有潜力。一个没有底的人，怎么也

---

① 李国文：《花园街五号》，北京十月文艺出版社，1984，第59页。

② 张洁：《沉重的翅膀》，人民文学出版社，1981，第149页。

③ 李国文：《花园街五号》，北京十月文艺出版社，1984，第29页。

④ ［澳］雷金庆：《男性特质论：中国的社会与性别》，［澳］刘婷译，江苏人民出版社，2012，第6页。

⑤ 见皮兴灿、王曦影：《多元视野下的中国男性气质研究》，《青年研究》2017年第2期。

⑥ ［美］R.W.康奈尔：《男性气质》，柳莉等译，社会科学文献出版社，2003，第104－110页。

没折腾垮的人，多重担子也敢挑的人"。他们肩负着使国家富强、民族腾飞的历史责任与使命，而民族主义总是与男性气质紧密联系在一起的。另外，不同于政治对手很重要的一点在于，他们都具有打破常规的勇气与大刀阔斧的作风，乔光朴"泼辣大胆，勇于实验和另辟蹊径"，郑子云"老象个运动场上的新手，横冲道撞，不懂得规则，也不理会裁判员的哨子"①，刘钊则有"力破迂腐陈旧观点，不被世俗的庸人哲学所囿，而有逸出常规的勇气和敢于别闯一格的作法"②，而这些正是改革破局之时最需要的品格，因此也被认为是具有更高价值的男性气质。

男性气质最终也将落实到被自然化的身体上，因为真正的男性气质几乎也被认为是从男人身体里自然产生出来的，"真正的男人""自然的男人"等说法就是这一观念的表达。"改革文学"中具有男性气质的改革者，往往也被身体化和自然化了。《新星》主人公李向南的"铁腕"，即是自然而真正的男性形态，他"腕子很粗，关节很大，强硬地凸起着；手掌很大，手背青筋裸露着，手指瘦长干硬，像钢筋棍一样。没有一丝柔和的地方。让人想起'铁腕'"二字，"他的手很热，很强硬，铁一般有力地一握。小胡当时觉得自己很薄很小的手被握得生疼。他尽量不龇牙咧嘴地赶紧把手抽回来，心中一下就有些恼火，觉得自己男性的尊严受了凌辱。男性相握手，本来就有一种微妙的力量上的相互测量和较量"③。以自然之名，"改革文学"中的政治对手之间的较量，于是往往被转化为身体的较量，变成大手与小手（李向南与小胡），高大魁伟与五短身材（刘钊与丁晓）的对比。将改革者塑造成高大魁梧的硬汉，始于乔光朴："这是一张有着矿石般颜色和猎人般粗犷特征的脸：石岸般突出的眉弓，饿虎般深藏的双眼；颧骨略高的双颊，肌肉厚重的阔脸……饱满的嘴唇铁闸一般紧闭着，里面坚硬的牙齿却在不断地咬着牙帮骨，左颊上的肌肉鼓起一道道棱子。"知识干部乔光朴，竟近似美国西部电影中的牛仔肌肉男！在此，身体状况与精神力量和政治潜能互相指涉，从而建构起"改革者是硬汉，硬汉是改革者"的刻板化男性想象。

当然，在与对手周旋、较量、斗争中爆发出的男性气质，最终需要在两性

---

① 张洁：《沉重的翅膀》，人民文学出版社，1981，第 379 页。

② 李国文：《花园街五号》，北京十月文艺出版社，1984，第 62 页。

③ 柯云路：《新星》，人民文学出版社，1985，第 393 页。

关系结构中得以确证。与保守派甚少在男女关系框架中观照不同,几乎每个改革者身边都有一个红颜知己、一个女友①(女朋友或女性的朋友),像叶知秋之于郑子云、童贞之于乔光朴,吕莎之于刘钊、顾小莉、林虹之于李向南等。男性气质形成的基础是两性关系结构,其与女性气质被定位于性别结构的两个相反的极端。男性气质的形构主要有两个策略:一是将男性自身也具有的感伤、软弱、任性、依附等定义为女性气质,通过将其安置于女性身上而将其排斥于男性气质之外;二是通过书写女性对改革者的仰慕与崇拜、改革者对女友的专断与克制,来确证其理性自制的男性气质。改革家的女友,除女作家张洁笔下去女性化的丑女叶知秋外,大都是具有强烈女性气质的现代女性形象:漂亮聪明、开朗大方、独立自信,与"伤痕文学"中温柔善良、奉献牺牲的创伤女性形象截然不同。改革者的红颜知己,其另一个自我,也必是个性十足、特立独行的强势女子。几乎没有例外,这些优秀的女性都深爱着改革者:童贞为乔光朴不嫁,守"童贞"20多年;吕莎从少女时代就爱着刘钊;而林虹之所以压抑自己的情感,不是不再爱李向南,而是自身的污点……。何以如此?因为这些女性眼中的改革者都是"男子汉",一个充满雄性气质、进取精神的现代中国男人。

> 她掠了他一眼,还是她熟悉的、也是她欣赏的男子汉性格。像他在冰球场上闪电般直扑猛攻的架势一样,总会燃起她心头的一股热力。她不由得想起早年间,他带她到冰球场去看他们比赛的情景,这种纯粹属于男性的运动,是多么吸引她呀!每当他进攻一球,回过头来在看台观众里搜寻她的时候,她心里好像总有一个滚烫的东西在涌上来,使她恨不能跳到冰场中间去亲他一下。②(吕莎眼中的刘钊)

> 以前她爱上乔光朴,正是爱他对事业的热爱,以及在工作上表现出来的才能和男子汉特有的雄伟顽强的性格。现在的乔光朴还是以前她

---

① 虽然童贞在乔厂长上任第一天就被乔光朴单方面宣布为妻子,但二十多年来,她一直是女友身份,即使结婚后,她也主要是作为乔的搭档、下属和知己的面目而非妻子的面目出现。改革者的妻子在"改革文学"中的形象大都不太好,像郑子云庸俗空洞的妻子夏竹筠,刘钊爱慕虚荣、背叛丈夫另攀高枝的前妻罗蔓等。

② 李国文:《花园街五号》,北京十月文艺出版社,1984,第113页。

爱的那个人,但她却希望他离开他眷恋的事业。难道她爱不上战场的
英雄,离开骏马的骑手? 她像是自言自语地说:"没见过五十多岁的人
还这么雄心勃勃。"(童贞眼中的乔光朴)

在女友眼中,刘钊、乔光朴这样的改革者都是男子汉,虽都 50 多岁,却
依然"雄心勃勃",充满了激情和力量。有意思的是,女友眼中的改革者虽老
犹有雄心,而改革者眼中的女友,却已经被描述为未老先衰。40 多岁的童
贞在乔光朴眼中"已有了白发",眼神也"温润绵软"了,乔光朴"从童贞的眼
睛里看出她衰老的不光是外表,还有她那棵正在壮年的心苗,她也害上了正
在流行的政治衰老症",以致乔光朴感慨"雄心是不取决于年岁的,正像青春
不一定就属于黑发人,也不见得会随着白发而消失","这使他突然意识到自
己的责任。他几乎用小伙子般的热情抱住童贞的双肩"。不是更年轻的童
贞使乔光朴焕发了青春,却是相反。看来改革者永远年轻,或者说权力、权
威是男性气质的春药。而吕莎,这个个性十足也任性而为的漂亮女子,在与
刘钊的关系以及个人的婚姻生活上却几乎完全听命于他的安排。在男女情
感关系中,刘钊、李向南等改革者比其女友更有理性精神和自我控制能力,
而不受情感和自然世界的控制,一直是定义男性气质的基础。

女友形象的设置,一方面指认并肯定了改革者的男性气质,说明只有改
革者/男子汉才能获得众多女性的仰慕与崇拜;另一方面因为高干或高知身
份,吕莎是市委前书记的女儿、现任市委书记兼代市长的儿媳,顾小莉是省
长的女儿、县委副书记的侄女,女友们成为改革者与其上级和对手这些男性
之间关系联结的重要纽带,她们与改革者之间的情感纠葛、对改革者的支持
欣赏,往往可以使改革者的想法直接反映到高层,并获得更高层的支持。另
外一个不能忽视的细节是,改革者的女友们往往是记者或作家,正在写关于
改革者的报告文学或通讯。这种身份设置,既可以看成是那些男性改革者
的另一个被压抑的感性冲动的自我,一个与实干家/企业家相对的务虚者/
知识者,正如其知识分子型干部身份;同时也可以看成是小说作者在文本中
的代言者,表达了改革年代的作家在文本内外介入改革的强烈政治冲动。

不过,改革文学中的男女情爱叙事其实并不指向情爱本身,对要建功立
业的英雄们来说,功业美人孰重孰轻,根本不用考虑选择,就像《三国演义》

与《水浒传》中的古典英雄们一样，他们其实更关注的是兄弟间的手足之情，因为江山事业总是兄弟们的事业。总体上，改革文学也不脱这个英雄兄弟的叙事传统。乔光朴与童贞 20 多年的情感纠葛，乔在第一次回厂时就单方面宣布结婚了，根本无须考虑童贞的感受和要求，因为这样可以堵住影响其改革计划的闲言碎语；刘钊一再拖延吕莎的情感要求，既是不愿伤害韩潮夫妻，更是怕分心，两人江边散步一场如此漫长不安，根本不及他与韩潮掰手腕、与高峰"半夜里爬起来喝白干、嚼狗肉"的同性革命情谊来得自然动人。在古典文学中，那些男性"千古风流人物"，往往在同性同道的"谈笑间"树立起"雄姿英发"的浪漫形象，[1]"改革文学"也是如此。女友即生活，同志则是历史。如果说女友们的存在确认了改革者的男性气质，那么对手、同志的出现，则促成了这种男性气质的最终生成。《乔厂长上任记》始于会议室中霍大道观看乔光朴以及乔与石敢的重逢，终于三人对坐喝茶，乔唱"包龙图，打坐在开封府"。男性的同志之情贯穿小说始终。

同志革命情谊写得最多最动人的是《花园街五号》，小说中大量文字是关于韩潮与刘钊各自回忆他们之间革命战斗情谊的文字，比如：

> 刘钊自从那年冬天——一个在记忆中最温馨的暖冬——在冰封的江面上，头一次见到满腮短硬胡茬的韩潮，就很快喜欢上他。从那以后，经历了如火如荼的岁月，急风暴雨的生涯。尤其是当刘钊一蹶不振，在坎坷崎岖的道路上挣扎时，韩潮，这个不曾抛弃朋友的布尔什维克，始终像兄长似的关怀着他。
>
> 有的人根据需要来结识朋友，通过价值规律来调整友情的浓淡亲疏，现实主义使得他们趋利避害，近则如胶似漆，远则狗彘不如。但刘钊和韩潮、吴纬的友谊，既有罗曼蒂克的色彩，还有上古遗风；不但有战友的忠贞，还有亲人间的骨肉情深。所以，他们的情谊一直维系了四十年，始终是那样。[2]

---

[1]　见［澳］雷金庆：《男性特质论：中国的社会与性别》，［澳］刘婷译，江苏人民出版社，2012，第51页。

[2]　李国文：《花园街五号》，北京十月文艺出版社，1984，第44页。

　　小说中刘钊和韩潮维系了 40 多年的革命情谊,实际上远远超越了血缘亲情,甚至一开始必须以斩断血缘亲情的方式来建构革命情谊,刘钊以革了警察局长老子的命奠定了与韩潮的同志情。不过,在 80 年代,当刘钊重新回顾与韩潮的友谊时,这种曾经的革命同志情就混合了现代的罗曼蒂克与上古遗风,战友的忠贞和亲人间的骨肉情深等因素,与革命时代强调的"革命"情谊有所不同了。其实"同志"一词,春秋时期已有,《国语·晋语四》中说"同德则同心,同心则同志",后来《后汉书·刘陶传》也有"所与交友,必也同志",《红楼梦》中有"乐得与二三同志,酒余饭饱,雨夕灯窗,通消寂寞"。道德相同、志趣相投之人可称为同志,同志之义在古代似变化不大。同志称谓的广泛应用,始于近代政党意识及政党团体的兴起,革命党人相互以同志称之,以示具有共同的政治理想和革命诉求,同志一词强调的是革命者之间的情谊。[①] 新中国成立后,"同志"成为那个时代的时髦用语,一切称谓似乎都可以统一于"同志"称呼之下,但实际上,随着阶级斗争的政治运动之弦越绷越紧,"有情"的"同志"往往被"无情"的"阶级斗争"所取代并破坏。80 年代文学否定"文化大革命"、否定阶级斗争的一个重要表现是要重新恢复"革命"与"同志"的"有情",重建被"文化大革命"甚至是革命本身所破坏的社会关系和情感结构。"改革文学"继续以类似 50－70 年代"两条路线"的斗争与较量来展示改革的必要性、迫切性与艰难性,同时也以改革者与其同道、同志的互相欣赏、理解与支持,来重建男性改革者之间的兄弟情谊,在这种男男之间的情感互动中建构男性气质。于是,每个改革开拓者身边都缺不了一个提拔、重用他的上级,心有灵犀的同僚以及拥护爱戴的下级,就像乔光朴缺不了霍大道与石敢,刘钊离不开韩潮和高峰。

　　通过制造对手、设置女友与召唤同志,"改革文学"围绕作为改革者的"男干部",建构起一个"虽新犹旧"的社会关系构图,进而不断放大改革者的男性气质。"渡尽劫波兄弟在",男性气质的再生产也是男权结构的再生产,当代中国的男性同志们历经革命磨砺之后,在改革时代再次相遇、分化或联

---

　　① 　见林红霞:《同志称谓的语义流变探微》,《神州》2012 年第 18 期。

手,上演了一场新男权争霸戏剧。"改革文学"似乎再一次证明"不论是富人还是穷人,是精英抑或平民,男人之间的纽带在中国历史上从来都是成功和生存的关键"①。与此同时,女性在这场关于主导改革权力的男性角逐战中,却再次扮演了一个(男性)历史的联接点与他者角色,她的存在似乎只是为了证明:只有这个具有支配性男性气质的男子汉,才有资格成为改革时代的历史主体。

第二节　改革者男性气质的驳杂源流

"改革文学"致力于生产的改革者/男子汉形象,是新时期男性气质想象与重塑的基础。但这种男性气质形塑,往往被置于新时期与 50—70 年代相对立的二元关系结构中,被认为是对 50—70 年代"集体主义、民族国家意识形态产物"的男性革命英雄的肉身化补偿,是对被迫中断的"五四"(男性)个人主体话语的延续与重建。② 这种对新时期文学中男性气质的认识与断裂的"新时期历史意识"相关,通过将新时期男子汉的主体性建构与"五四"现代(男性)个体主体性建构的历史传统对接,否定了 50—70 年代的男性主体性建构,也否定了新时期男性气质建构与革命男英雄形象之间的历史关联性。近年来对新时期与 50—70 年代关系的重新理解,为认识"改革文学"男性气质的建构打开了新的视野。在我看来,"改革文学"形塑的男性气质既非对革命时代英雄形象的简单否弃,也非开放时代中国对西方现代资本主义男性气质的一味横移,新时期改革者男性气质的文学形塑,起码来自以下三个文化资源:一是对革命社会主义塑造的男英雄形象所隐含的男性气质

---

① ［美］曼素恩:《中国历史与文化中的兄弟义气》,转引自［澳］雷金庆:《男性特质论:中国的社会与性别》,［澳］刘婷译,江苏人民出版社,2012,第 4 页。

② 参见王宇《新时期之初的"男子汉"话语——一个性别政治视角的考察》,《文艺研究》2006年第 5 期。

的继承与转化;①二是对西方现代资本主义文化中的雄性风格的接纳和吸收,其影响方式主要来自欧美与日本大众文化影像中的男性形象;三是中国儒教传统文化中"天行健、君子以自强不息"的男性精神的潜在影响。因此,分析男性气质在 80 年代的文化重构,不仅需要在从革命到后革命的当代中国背景中来考察,也应该在一个全球本土化、历史现实化的视野中来衡量。

一、社会主义的英雄典范

从苏联的保尔到"十七年"中国的雷锋,世界范围内的社会主义文化实践向来注重塑造男性英雄典范。实际上,对英雄/模范的发明与生产,一直是革命政权建构社会主义意识形态最重要的组成部分。工农兵身份的战斗英雄与劳动模范是革命社会主义时代两类最主要的英雄形象,王进喜、焦裕禄、雷锋、董存瑞等是从现实生活中再造的英雄典范,其经过电影等视觉化影像的转化,已经介入真实和想象之间。而朱老忠、杨子荣、梁生宝等文艺作品中的英雄,也借由演员的肉身表演使其男性气质最终得以落地生根,并影响了那个时代人们对男性气质的想象与认同。高壮魁梧的身材、刚勇质朴的气质、无私奉献的精神以及对党和领袖的无限崇拜与忠诚,就是那个时代男性气质的体现。② "十七年文艺"工农兵表演场域中极具代表性的演员崔嵬,塑造了工农兵英雄朱老忠、窦二鹏、宋景诗等形象,崔嵬的形象和气质是"中国传统文化系统中的'忠、孝、仁、义、信'的集中体现,是中国式的阳刚之美的化身"③。不过,那个以朱老忠父子为代表的手执铡刀,极具男性阳刚暴力气质的男性英雄形象,以及以梁生宝为代表的"头脑被先进的理论武装

---

① 革命时代不强调性别差异,但并不等于性别差异不存在,妇女解放致力于消除体现了性别不平等的女性气质,但也并不等于女性气质不存在。男性气质、女性气质在革命时代只是在话语层面处于隐的状态,并非没有相关的男性气质、女性气质的想象和塑造,革命男英雄与革命女英雄在文化象征系统中,尤其是视觉影像中也必须通过具体的肉体得以呈现,从而体现出别样的性别气质。痛感男子汉的丧失,应看成是新时期的政治后设,以性别化的渴望来批判无处不在的国家权力机器造成的个体性与主体性的丧失。

② 参见丁宁:《政治光环下的明星——崔嵬"十七年"银幕内外的表演》,《北京电影学院学报》2009 年第 6 期。

③ 戴锦华:《由社会象征到政治神话——崔嵬艺术世界一隅》,《电影艺术》1989 年第 8 期。

着,胸怀宽广、老成持重、善于思考"①的农村"新人"形象,在后革命时代的文化书写中却被集体阉割。《芙蓉镇》中以杀猪为业的农村屠夫黎桂桂,被塑造得胆小如鼠;"文化大革命"中登上公社书记位置的流氓无产者王秋赦,在电影中是一个有些流里流气的"女性气质"的扭捏形象。电影《二嫫》中的二嫫丈夫,昔日曾经风光无限的老村长,在电影开始就被宣判性无能了。被革命赋予强烈男性气质的工农形象,在后革命时代被知识分子"男干部"所取代,改革时代的男性气质将拥有新的特质。

男性气质的变化事关社会结构的调整。基梅尔认为"新的男性特质的出现……暗示着更大的结构变化正以各种方式触发那些导致女性重新界定自身角色的微观社会进程和引起男性特质历史性'危机'的关键事件"。②知识分子男干部取代工农英雄,成为此一时代男性气质的主流载体,预示着社会权力转移的趋势,以及新的社会差序结构的再生成。不过,"颠倒"的历史却有其内在连续性,男性气质的重构也不脱这个历史的"断续"机制。"改革文学"虽然将改革者塑造为具有男性气质的主体,但是关于男性气质的生产内容及其生产方式,却在很多方面汲取了其意欲断裂的革命时代遗产。与革命年代的清教主义英雄典范一样,改革英雄亦具浪漫主义激情、民族国家情怀以及克制自我情感的清教精神。改革者往往以"战士"身份自诩,而其对手却往往是那些褪去革命激情失去革命理想的官僚。当乔光朴劝其好搭档石敢回厂帮助自己遭拒时,他嘲讽道:

> 这真是一种讽刺,"四化"的目标中央已经确立,道路也打开了,现在就需要有人带着队伍冲上去。瞧瞧我们这些区局级、县团级干部都是什么精神状态吧,有的装聋作哑,甚至被点将点到头上,还推三阻四。我真纳闷,在我们这些级别不算小的干部身上,究竟还有没有普通党员的责任感?我不过像个战士一样,听到首长说有任务就要抢着去完成,这本来是极平常的事,现在却成了出风头的英雄。谁知道呢,也许人家

---

① 李杨:《50—70年代中国文学经典再解读》,山东教育出版社,2003,第155页。

② [美]基梅尔编:《男人的变化:男人和男性特质研究的新方向》,转引自[澳]雷金庆《男性特质论:中国的社会与性别》,[澳]刘婷译,江苏人民出版社,2012,第132页。

还把我当成了傻瓜哩！

"像个战士一样"，也是另一有名的改革者形象《花园街五号》中刘钊的自我指认，面对各方对自己的责难，他痛苦地自问："难道，我们这个时代，不需要激情，不需要浪漫主义，不需要冲锋陷阵的战士了么？"①他认为"革命本身，是充满了浪漫主义色彩的，必然会产生许多长着翅膀的幻想②"，他经常对其女友吕莎说的一句话是"你能说改革不是一场革命么？③"既然改革本身就是一场革命，那就同样需要充满了理想主义与浪漫主义激情的战士精神。改革小说中往往充斥着大量对于理想、激情与浪漫主义的思考，李国文借刘钊之口说："人要是积极地去追求什么的时候，生命的活力会更强盛些。社会大概也是如此，失去了激情，失去了浪漫主义，失去了一批冲锋陷阵的战士，必然会老化，会死气沉沉，会停滞，甚至会死亡。但要是相反，整个社会充满了活力，时刻不停地在追求，在进展，在新陈代谢，在攀登，在冲刺，那么，它必然是永远年轻，充满了希望的。"④将新时代的改革者比作冲锋陷阵的战士，不仅是小说中改革者的自指，同时也是评论者甚至整个社会对具有男性气质改革者的期待。张洁笔下的郑子云作为"首次亮相的改革者，是一个相当成功的高级干部的艺术典型。他刚正不阿、坚定睿智、头脑清醒、思想解放，从历史的曲折与严峻的现实中，他逐渐成熟为一名马克思主义的战士，一名立志改革的"中国脊梁式"人物"。⑤对新时期改革者郑子云的这些评价，放在农民新人梁生宝身上也并无不可。

具有理想主义与浪漫主义品格的男性气质，不仅是那些曾经历过"文化大革命"政治灾难的老干部、革命者的自我认同，甚至也是年轻一代的改革者所继承的品格，《新星》中的李向南，作为改革的"新星"与"开拓者家族"的年轻成员，在面对西方的一对社会学家夫妇访问时，也自认为"我们这代人都是理想主义者，始终在为建设一个理想的社会努力，在实践，在读书。这

---

① 李国文：《花园街五号》，北京十月文艺出版社，1984，第169—170页。
② 李国文：《花园街五号》，北京十月文艺出版社，1984，第131页。
③ 李国文：《花园街五号》，北京十月文艺出版社，1984，第219页。
④ 李国文：《花园街五号》，北京十月文艺出版社，1984，第170—171页。
⑤ 江少川：《改革的时代呼唤"改革文学"——评三部反映城市改革题材的长篇小说》，《华中师院学报》1985年第2期。

就造就了我们富有想象力的品格"。革命传统塑造了改革者的男性气质,新时期之初文学所形塑的男性气质最主要的内在品格就是理想主义、浪漫主义,是冲锋陷阵的战士应具有的勇气、激情和力量。《花园街五号》中的韩潮、刘钊、吴玮一次次深情回忆起革命年代那些理想与激情、牺牲与奉献、真诚和友谊,刘钊一次次用当年"战士"的革命品格来要求现在的自己,实际上是在当下的改革实践与过往的革命实践之间架起一座桥梁,改革的资源和动力正来自对被认为是失落的革命传统的复兴,而男性气质的生产也如此。只不过谁是可以拥有这些男性气质的主体发生了变化,曾经为社会主义革命和建设理想而忘我奋斗的工农兵英雄切换成为社会主义改革事业而忘我奉献的具有知识者背景的干部。在《工业题材、工业主义与"社会主义现代性"》中,李杨看到了《乔厂长上任记》对草明创作于50年代的《乘风破浪》的某种"颠倒"结构,《乘风破浪》中的负面典型宋紫峰厂长就是改革英雄乔光朴,甚至故事主干、结构情爱的方式都类似。[1] 乔光朴是归来的宋紫峰,而正面工人形象李少祥则蜕变为吊儿郎当的青年工人杜兵。

二、西方现代资本主义的雄性风格

虽然以革命话语为重要资源,但是新时期中国男性气质的重构,更有其现实性的背景。这些致力于经济改革的知识分子男干部,实际上极不同于工农兵英雄,前者甚至需要通过策略性地贬低后者而确立自身的历史主体性。70年代中后期,中国社会的重心由阶级斗争转向经济建设,在引进西方技术、资本、经验,逐步融入全球市场的同时,亦在文化观念等层面以西方社会为范本,一种在市场丛林中冒险开拓、追逐财富的个人主义男性想象,也一并被接受并认同下来。改革者与其对手最重要的不同之处在于改革者的激情,这种激情既来自对曾经的革命理念的执着,同时也来自其本人所具有的冒险与开拓精神,而这种个人主义,显然不同于革命时代的集体主义,

---

① 参见李杨:《工业题材、工业主义与"社会主义现代性"——〈乘风破浪〉再解读》,《文学评论》2010年第6期。

也不同于传统儒家的"公"①。韩潮在临江市未来接班人问题上踌躇不定，"是交给居家守业、不图发展、可也不出大错的人好呢？还是交给敢闯敢干、有进取之心、不免要担风险的人好呢？"这个问题已经隐含了传统/现代、中/西等的二元对立，而新时期的改革者必是后者，刘钊如此，李向南如此，郑子云也如此。"盲从、驯服、工具这等旧观念已不能纳入当今改革家的性格内涵之中"②，改革者对常规的逾越，对现存积弊的主动出击以及"铁腕"手段，完全不同于传统儒家的中庸之道，也不同于革命时期政治上的忠诚与驯顺，而他们的开拓之举不外乎引进（资本主义）外资、引进（市场）竞争，以市场为导向等，其实践行为与全球资本市场的要求是合拍的。他们大刀阔斧的开拓精神有时显得专横、独断，神似《子夜》中的资本家吴荪甫。他们之所以被广泛地称之为"开拓者"而非革命者，也是因为独立、叛逆、竞争、效率、开拓等新观念深入人心，文学中的改革者于是往往是时代的冒险家。

　　冒险与开拓精神是现代男性气质的核心内涵。在《男性气质》一书中，康奈尔认为，在以北大西洋为中心的核心地带，现代资本主义经济与现代性别秩序的成型几乎是同时进行的，对男性气质的社会实践的形成而言，四项发展相当重要：一是文化变迁，它导致了欧洲大城市对性和人格的新理解；二是跨洋帝国的建立，帝国作为男性职业——从军和贸易——的产物，从一开始就带有性别的特点；三是作为商业资本主义中心城市的成长，企业家文化和商业资本主义的工作场所将男性气质形式制度化；四是大规模欧洲内战的肇始以及职业军队的建立。③康奈尔指出现代资本主义经济与男性气质的复杂关联，也将马克思·韦伯提出的"资本主义精神"性别化了。康奈尔性别化资本主义的研究对讨论"改革文学"中的男性气质生产具有启发意义。当中国逐步重回全球资本市场，将"改革"作为第二次革命，当"改革文学"意在塑造敢于冒险、敢闯敢干的开拓者形象时，其男性气质的想象和生产也就不能不带有与现代资本主义精神相契合的地方。于是我们看到，乔

　　①　关于公与私关系，见［日］沟口雄三：《作为方法的中国》，生活·读书·新知三联书店，2011，第60—62页。

　　②　江少川：《改革的时代呼唤"改革文学"——评三部反映城市改革题材的长篇小说》，《华中师院学报（哲社版）》1985年第2期。

　　③　见［美］R.W.康奈尔：《男性气质》，柳莉等译，社会科学文献出版社，2003，第260—265页。

光朴的脸部肌肉和表情神似美国电影中的西部牛仔,刘钊爱的是对抗性的冰球运动,李向南喜欢听的是贝多芬的《命运交响曲》,郑子云被讥为"洋务派"和"异教徒"。凡此种种,似乎都暗示着改革者的男性气质与西方现代资本主义男性气质之间的联系。

正是由于对这种现代资本主义精神的钦羡,从"改革文学"开始,正面形象的西方男性开始出现。乔厂长上任第一天,就发现了正在加夜班的一个叫台尔的德国小伙子,他是西德西门子电子公司派来解决技术问题的,只有23岁,"他的特点就是专、精。下班会玩,玩起来胆子大得很;上班会干,真能干;工作态度也很好"。"能干会玩"与"工作态度好",正是乔光朴也是新的工业化改革所需要的劳动者(劳动力),同时也是一种与资本市场相符合的新的男性气质的表现。于是,乔光朴马上让人把青年们都叫来,尤其不要忘了那个上班哼小曲的有些流气的"鬼怪式"杜兵,"去看看那个二十三岁的西德电子专家,看看他是怎么干活的"。当乔厂长大刀阔斧实施改革时,来自外国而非中国、是西德而非东德的小伙子台尔成为乔光朴开展革新的"尖刀"与样板。《赤橙黄绿青蓝紫》中那个开拓者家族的年轻成员刘思佳,若除去杜兵玩世不恭的"鬼怪"——这在小说中被认为是革命创伤记忆在青年身上的遗留——实际上就是一个"能干会玩"的台尔。另一个有意思的外国人形象是《花园街五号》中的澳大利亚商人奥立维,他是白俄后裔、花园街五号老主人的孙子,一个财团的投资经理,精明的商人,他的存在不仅在于牵连起花园街五号的过去,同时也是对资本主义竞争关系的现身说法:他起先是父亲的雇员,后来,父亲又成为他的雇员,他的公司吃掉父亲的公司。而刘钊的一个重要的举措就是要跟奥立维做生意,把临江市的矿泉水卖到国外。

"改革文学"中,台尔这样的技术专家、奥立维这样的商人,在小说中虽都一闪而过,但他们能干会玩、精明以及竞争等品格成为中国改革所需要的男性气质的西方参照。实际上,自70年代末以来,西方资本主义国家的电影在前社会主义国家电影之外,也被大量译介进国内,西方电影中的硬汉形象对中国男性气质塑造也产生了直接的影响。《追捕》中的高仓健、《第一滴血》中的史泰龙、《佐罗》中的阿兰·德龙等硬汉形象,直接影响了中国大众的男性气质想象。西方正面男性形象在"改革文学"中的出现,至少体现了如下几个层面的意涵:一是中国逐步进入全球化之中,一个全球化中国始露端倪；二是资本主义精神开始逐步本土化；三是经济改革已经出现市场化的倾向；四是一个想象中的现代西方对改革时代的中国产生巨大影响。因此，改革时代中国的男性气质的重构，在很大程度上就是塑造一个中国的"鲁滨孙"，在一片空白的经济荒原中再造现代中国。

三、儒教中国文化传统中的男性精神

改革是介于激进与保守之间的一种革命形式，复古往往也会在改革中拥有一席之地。因此，在指出西方那种线性现代性造成影响的焦虑之外，改革时代中国男性气质的再生产中，也不能忽略来自儒家文化传统的潜移默化。雷金庆曾比较过西方"硬汉"与中国"好汉"的不同，他认为，在当代西方的硬汉范式当中，男人的力量是从蛮力和沉默寡言中展示出来的，但把这一范式放在中国并不恰当。这是因为，尽管中国传统上也曾崇尚过男子气概，但它并不占主导地位，而由才子、文人所代表的温和而理性的男性传统抵消了由英雄、好汉所代表的具有男子气概的英雄传统。不同于当代西方，在中国，理性智慧型的男性典范往往主宰勇武健壮型的男性典范。[①] 在中国儒家文化传统中，虽要求文（文化修养）武（勇武之气）兼备，但基本上是文胜于武，文常常是更为精英的男性形式，而武很多时候与粗鲁、底层的非精英男性特质联系在一起，而且即使体现了"武"的男性气质的"武将"，其最高境界也是"儒将"，否则的话只能沦为"一介武夫"。这种以文为本的男性气质，往往混杂了女性气质与阴柔格调，比如会强调仪表、礼仪的儒雅、文采等。中国历史中女扮男装替父从军或进京赶考成为女状元的故事源远流长，一方面反映了女性囿于性别规范不得不化妆为男性以僭越性别规范的现实，另一方面也隐晦地表达了雌雄莫辨、阴阳混合的男性气质的理想。

但是这种文胜于武的理想型男性气质，在革命时代发生了极大的变化。"武"的男性气质在劳动阶级英雄身上得以转化并承继，而主要体现在知识分子身上的"文"的男性气质，在很大程度上则受到贬抑。其实，一个时代理

[①] 见［澳］雷金庆：《男性特质论：中国的社会与性别》，［澳］刘婷译，江苏人民出版社，2012，第13页。

想的男性气质的塑造,往往与阶层、阶级密切相关。改革时代是"把被颠倒
的重新颠倒过来",阶层身份在新的政治秩序中得以重新调整,理想的男性
气质也发生了根本的变化,"文"的男性气质随知识分子的"归来"而重新被
肯定,雷金庆就认为改革者都"非常具有儒家风范:受过教育、有官方职位,
有孩子"①。实际上,受过良好的教育,有文化素养,被称为或自称为知识分
子,正是改革英雄与革命(劳动)英雄的重要区别,甚至也是改革派与保守派
一个重要区分点。② 当然,在80年代的历史语境中,事情显然要更为复杂
一些,理性智慧的"文"的传统,其另一面就是"人情练达",而这显然是与改
革者的"冒险"与"开拓"精神不相符合的,所以主要表现在保守派男性身上,
是与新的历史实践不相符合的权变术。

　　但是在较为靠后的改革文学《新星》中,作者则更多肯定了这种政治传
统,并将其看成是理性智慧的表现。当西方社会学家向李向南提问:"既富
有理论力量,又富有实践力量,你的这些才干是如何造就的呢?"李向南总结
了三点,前两点都与革命时代有关,第三点则是历史:"在这样一个复杂的几
千年来就充满政治智慧的国家里,不断地实际干事情,自然就磨炼出了政治
才干。"③在此,李向南肯定了中国传统"文"的男性气质的现实意义。另外,
对李向南这个"铁腕""硬汉",老百姓称其为"青天"——古代廉洁公正的官
吏。对改革者男性气质的想象和重塑,其实还是在中国传统的"清官"脉络
里,某种程度上,这正是传统儒家理想男性气质的复归,一个在"格物致知"
中"修齐平治"的文人典范,而李向南、郑子云、陈抱帖等都是具有儒家"文"
的风范的男子汉。因此,"改革文学"塑造的男性改革者形象一方面具有激

---

　　① ［澳］雷金庆:《男性特质论:中国的社会与性别》,［澳］刘婷译,江苏人民出版社,2012,第
133页。
　　② 具有"武"的男性气质的工农出身的干部在"改革文学"中一般是反面形象,像《沉重的翅
膀》中的冯效先:"从穿着打扮来看,冯效先似乎和刚进城时差不多的样子。没有穿过皮鞋,永远是
一双小圆口的千层底布鞋。一套中山装,原先是灰布的,尔后是蓝卡叽的,再后是蓝涤卡的,当然,
也有蓝色毛哔叽的。夏天,他喜欢敞开衬衣扣子,把里面的背心一直卷到胳肢窝底下。一双手掌,
像洗澡的时候,往身上搓肥皂那样,在毛茸茸的胸脯上搓来搓去,于是,便有细的小泥卷掉落下
来。如果不搓胸脯,那就把裤腿儿捋到不能再高的地方,搓那双毛茸茸的腿。到了冬天,当这一切
活动都变得不大方便的时候,他就脱了鞋子——他不穿皮鞋,有带子的鞋他不喜欢,穿脱起来都很
麻烦——搓脚指头缝,好在天冷,他才没脱去袜子。"见张洁:《沉重的翅膀》,人民文学出版社,1981,
第42页。类似形象还有《新星》中的公社代理书记潘苟世。
　　③ 柯云路:《新星》,人民文学出版社,1985,第692—693页。

进冒险的开拓精神，另一方面也不乏文质彬彬的知识者气质。"武志既扬，文教亦熙"，"一张一弛，文武之道也"，这个"文武双全"的当代中国男性气质想象，还是相当不同于鲁滨孙之类的西方拓殖者形象的。实际上，现代中国在理解西方世界时，往往会刻意强调其工具理性、功利主义的一面，而忽略现代资本主义精神中的基督教普世关怀，而后者恰恰与中国儒家知识者的家国天下情怀有内在相似之处，[①]"文治天下"即是一种普世主义的中国传统理性精神的张扬。

最后值得一提的是，理想男性气质的想象与塑造还与作者的性别有一定的关联。改革小说的作者大多为男性，对改革者支配性男性气质的过分夸张与作者自身的性别期待有关。但《沉重的翅膀》有所不同，女作家张洁笔下的改革者郑子云，似乎还保留着"伤痕文学"中那些知识分子型干部的特点："衣着是那样的落拓，可他一举一动，都会招人猜想：他是牛津，还是剑桥出身？根据贺家彬的介绍，当然都不是。人很瘦，握起手来却很有劲。……他的眼睛很大，在瘦削的脸上，大得似乎有点不成比例。而且不知为什么使她想到，他小的时候，一定是个非常漂亮的男孩儿，剪着短短的头发，穿着翻领的白衬衣，一双眼白发蓝的，像星星一样闪烁的眼睛。"[②]这个大眼睛的郑子云身上带着点儿不同于硬汉式改革家的感伤，这种感伤指向童年、过去与历史，而这恰恰是面向未来大刀阔斧的改革者所要清除的情感，正如乔光朴对其老搭档石敢说的，"你少来点感伤情调好不好"。乔光朴要清除的女性化感伤在郑子云这里却无须受到指责，这自然与小说中的观看视点有关，在独立、自信、成熟、坚强的女记者叶知秋的视点中，"硬汉"返回到"童年"，叶知秋对郑子云的凝视，兼具同志与母亲的视点，既有赞赏，也有怜惜，故郑子云明显区别于其他改革硬汉形象，带有感伤与阴柔之气。

塑造充满男性气质的改革者形象，是新时期"改革文学"的主旨之一，显示了一个追求变革的转折年代对于某种时代"新人"的意识形态召唤。不过，这个"男干部"主体的男子汉并非横空出世，而是由来有自。革命年代的无畏战士、西方世界的市场硬汉与传统中国的彬彬文士，是建构这个男子汉

---

① 余英时曾撰书讨论过中国的儒、释、道三教的伦理观念对明清的商业发展曾发生过推动作用。见余英时：《中国近世宗教伦理与商人精神》，联经出版事业股份有限公司，2004。

② 张洁：《沉重的翅膀》，人民文学出版社，1981，第58页。

形象的三个主要文化资源。当然,改革时代中国建构男性气质的驳杂源流,也凸显出"改革"本身的复杂性:现代与传统、革命与保守、西方与本土等背反因素皆混杂其中。

第三节　"男子汉"与发展主义的雏形

在《维多利亚时代"男子汉"观念的建构与帝国的事业》一文中,程巍提到一种对文学的政治阅读方式。例如《简·爱》,它既可以被读成一部爱情小说,是一个貌不惊人的家庭女教师与一个同样貌不惊人且举止粗鲁的中年男子之间的爱情故事;还可以换一个视角读出爱情之外的其他内涵:简·爱与罗切斯特都不是贵族出身,在政治上都有辉格党人的倾向。小说中,高雅的贵族们受到嘲弄。可是放在二十年前,即1800—1830年的摄政时代,像简·爱和罗切斯特这样的人物不大可能成为一部爱情小说的主人公,标准的主人公是贵族纨绔子弟以及对他们充满爱恋的资产阶级小姐们,例如简·奥斯丁发表于1813年的小说《傲慢与偏见》。爱情故事,通常被看作一个男人和一个女人之间的私事,但一部流行的爱情小说还体现了某个特定时代对于"理想的男人和女人"的一种构想和呼唤。为什么罗切斯特这种粗鲁的汉子在维多利亚时期被赋予理想的色彩,而在摄政时代受到追捧的却是《傲慢与偏见》中达西先生一类高雅的贵族绅士呢?程巍对此作了政治性的阅读,认为这种人物的变化,新的男性气质的出现,与1837年登基的维多利亚女王的政治抱负构成了一种支持关系。雄心勃勃的年轻女王为重振英帝国的国力,需要一大批实干家,即工业家、商人、殖民者、海外传教士、战士,是能将帝国的势力扩展到海外的帝国雄鹰,而不是摄政时期那种宁愿待在伦敦或乡下、一天到晚研究和表演高雅的谈吐和举止并对工业和商业充满阶级鄙夷的贵族纨绔子弟。[①]《简·爱》中的罗切斯特这样充满激情和工作欲、雄心勃勃的"男子汉",与维多利亚时代帝国的拓殖事业紧密联系在一

---

①　程巍:《维多利亚时代"男子汉"观念的建构与帝国的事业》,《中国图书评论》2012年第1期。

起,正源于此,摄政时代的贵族成了"无用的东西",而中产阶级及下层则成为国家的柱石,这种男性气质的易位,是政治经济领域的斗争在文化领域的反映。

从《傲慢与偏见》中的贵族纨绔子弟,到《简·爱》中的罗切斯特,男性气质的文化变迁折射出政经领域的变化。这种研究思路对我们解读"改革文学"也具有启发意义。从革命年代到改革时期,男性气质在时代变迁中的移形换影,深刻反映了主流意识形态的历史转换。"改革文学"中的企业管理者形象,其实早在 50 年代工业题材的小说中就已经出现,只不过是作为革命年代的"落伍者"身份在场。草明小说《乘风破浪》中的厂长宋紫峰,就是这样一个人物典型。在《工业题材、工业主义与"社会主义现代性"》中,李杨曾比较过《乔厂长上任记》与《乘风破浪》之间的联系与区别,其重点在于分析草明创作于 1959 年的长篇小说《乘风破浪》所内含的文化政治困境,尤其是其中所蕴含的社会主义现代性的焦虑、克服及其危机。而我比较的目的在于探讨"改革文学"建构的那种大刀阔斧、敢于冒险、深谙现代管理的铁腕式"男子汉"观念,与改革时代之间的关系。如果说负面的宋紫峰(厂长/管理者)与正面的李少祥(工人/劳动者)形象反映的是 50 年代社会主义现代性的焦虑,那么宋紫峰的王者归来/乔厂长的再上任与李少祥/杜兵成为改革应消除的负面形象,支持的又是何种意识形态诉求? 何以具有冒险精神、个人激情以及拥有科学精神与专业知识的实干家成为一个时代所呼唤和想象的理想男性? 更进一步的问题是,从历史中归来的"男干部"的改革实验,到底是在一种怎样的"新意识形态"的基础上,去解决中国追求现代性的"旧焦虑"呢? 在《男性气质》一书中,康奈尔认为,男性气质与女性气质这些性别的特征本身,是随历史而变化的,其本身充满了政治性。日常生活是性别政治的舞台,而不是远离它的避难所。[①] 对与现实实践密切相关、具有强烈政治诉求并引发广泛关注的"改革文学"来说,塑造什么样的男性气质、如何塑造,既是性别问题,更是关于改革实践、关于中国应向何处去的政治问题。

在对《乘风破浪》的分析中,李杨认为被描写为负面典型的宋紫峰,反映的是现代科层官僚制在 50 年代中国引发的文化政治冲突。一方面,必须实

---

① 　[美]R.W.康奈尔:《男性气质》,柳莉等译,社会科学文献出版社,2003,第 3 页。

现现代化,其核心内容是工业化,而要实现工业化,就必须建立一套适合现代工业发展的科层制度;另一方面,要实现的现代化与工业化必须是社会主义的,但与工业化相伴生的官僚制,由于强调集权主义,强调下级对上级的绝对服从,又抑制了工人的积极性和创造性,其结果不仅有可能再度拒绝群众进入"政治生活及历史",更重要的危险,在于会消解"政治生活"本身。[1]与一般将"文化大革命"甚至 50－70 年代的历史实践定位于"封建蒙昧主义"的"新时期历史意识"不同,李杨将这一时期的历史实践定位于"社会主义现代性",并认为这一时期的文学与历史实践体现出社会主义现代性的焦虑及其克服。

　　不过,还需要指出的是,这个社会主义的内生性危机不仅仅是上层建筑的危机,还是社会主义实践更深层危机的一个表征。激进社会主义实践更为核心性的矛盾或者在于其手段与目的之间的矛盾:它无法通过政经制度的激进革命而达成"超现代性"的目的。罗丽莎认为中国的社会主义革命同样也是一种"另类的现代性",它"远非希望抛弃现代性,社会主义运动是在现代性的下面,即现代马克思主义的名义下进行的一场斗争",而德里克甚至认为正是社会主义使中国得以将自己定位为激进革命的全球先锋,因而是超前于而不是落后于腐朽的欧洲。[2]这就意味着,除却通过制度、文化层面的社会主义改造而试图形成一个更为平等、民主的社会之外,社会主义中国还必须在经济进步、社会发展层面完成对资本主义的全面超越,以成就自己"超现代性"的历史诉求。因此,"抓革命"——阶级斗争、思想改造、妇女解放、政治学习——的最终目的还是"促生产"——经济发展、社会进步、工业化、现代化。塑造"铁姑娘"典范的激进社会主义性别政治想象的根本诉求,还是在于鼓励妇女参与到社会大生产中去,从而全民动员促进中国的现代化建设。也就是说,如果不能达成更快地促生产、获发展、得进步的"现代化"目的,社会主义革命就无法从根本上确立其建立在线性进步历史观基础上的合法性。实际上,激进社会主义时代的"铁人""铁姑娘"的性别意识形

---

　　[1]　李杨:《工业题材、工业主义与"社会主义现代性"——〈乘风破浪〉再解读》,《文学评论》2010 年第 6 期。

　　[2]　转引自[美]罗丽莎:《另类的现代性:改革开放时代中国性别化的渴望》,黄新译,江苏人民出版社,2006,第 25 页。

态建构，在展示出一系列空前的社会主义新人形象的同时，也隐约表达了一种"未能达成的超现代性焦虑"。即如小说《乘风破浪》在其开端就提出的问题是：如何进一步增加钢铁产量。至于整个小说，则完全围绕着"增产多少"的数目字问题展开矛盾和推进叙事。

青年炼钢工人李少祥是《乘风破浪》中的主人公。这个英雄人物集工农兵身份于一体：曾经的渔村农民、海防民兵，如今是炼钢工人。李少祥得以成为时代工人典范的原因，在《乘风破浪》中主要集中在两个叙事节点上：一是为抢救钢水而烧伤；二是带领工友最终超额完成钢产量。这里需要指出的是，有关钢产量的数目字焦虑是推动这部小说发展的核心动力，而李少祥自我牺牲的目的也是为保证钢产量能够超额完成，因此小说最后需要结束于"比预定指标还超额500多吨"的祝捷大会的召开。以李少祥为代表的无产阶级钢铁工人的智慧、勇气与牺牲，是这个社会主义钢产量大跃进得以完成的关键。小说结尾处，工人们坐上大卡车，在"数目字"的引领下，驶向报捷大会现场：

> 深夜一点了，他们坐上了大卡车，打头的大卡车摆了大幅的红纸黄字的捷报，上面写着："七天完成55,000吨。"[1]

《乘风破浪》中的工人男子汉们最终完成了钢产量大跃进的目标，这一叙事想象性地达成了社会主义历史实践与其超现代性目的之间的"圆满"，至少在意识形态层面有效地缓解了社会主义国家之"未能达成的超现代性焦虑"。有意味的是，与激进社会主义时代的工业题材小说相比，虽然"改革文学"中的男子汉典范发生了颠倒，从英雄主义的钢铁工人变成开拓进取的知识干部，但是那种聚焦于效率、产量等"数目字"的"现代性焦虑"却延续了下来，只不过从"未能达成的超现代性焦虑"转换成"被（'革命'）延迟的现代性焦虑"。于是，与《乘风破浪》中狂热追求增产的工人老大哥们一样，几乎所有"改革文学"中的改革者人物，无不痴迷于辩证时间、数字与效率的发展主义想象：

---

① 草明：《乘风破浪》，作家出版社，1959，第441页。

时间和数字是冷酷无情的，像两条鞭子，悬在我们的背上。

先讲时间。如果说国家实现现代化的时间是二十三年，那么咱们这个给国家提供机电设备的厂子，自身的现代化必须八到十年内完成。否则，炊事员和职工一同进食堂，是不能同时开饭的。

再看数字。日本日立公司电机车，五千五百人，年产一千二百万千瓦；咱们厂，八千九百人，年产一百二十万千瓦。这说明什么？要求我们干什么？

前天有个叫高岛的日本人，听我讲咱们厂的年产量，他晃脑袋，说我保密！当时我的脸臊成了猴腚，两只拳头攥出了水。不是要揍人家，而是想揍自己。你们还有脸笑！当时要看见你们笑，我就揍你们。

其实，时间和数字是有生命、有感情的，只要你掏出心来追求它，它就属于你。

紧迫的时间设定、悬殊的数字对比以及强烈追求"国家现代化"的渴望，成为改革者力排众议甚至独断专权的合法性依据。霍大道说："老乔，搞现代化并不单纯是个技术问题，还要得罪人。不干事才最保险，但那是真正的犯罪。什么误解呀，委屈呀，诬告呀，咒骂呀，讥笑呀，悉听尊便。我在台上，就当主角，都得听我这么干。我们要的是实现现代化的'时间和数字'，这才是人民根本的和长远的利益所在。""时间和数字"作为一种事关现代经济理性的想象，赋予现代化以抽象的可感知性，谁能掌控这个抽象"时间和数字"的想象、规划与设计，谁就最具有说服力，谁就可以掌控以科学发展为名的权力："统计数字是最有说服力的。它和那些吹牛皮、卖狗皮膏药的文章的最大不同之处，就是实实在在。三年工夫，不仅欠账还清，而且，在企业自有资金方面，成了临江首户，真正的百万富翁。"①（刘钊）"2000 年的奋斗目标，必须分在年、月、日里面"，"要让城市必须在一年内就叫它有变化"（陈抱帖）。② 李向南到古陵第二天用半小时的时间解决了吴嫂上访了几十次没

---

① 李国文：《花园街五号》，北京十月文艺出版社，1984，第 23 页。
② 张贤亮：《男人的风格》，《小说家》1983 年第 2 期。

有解决的问题。①

　　与激进社会主义时代对于产量的单纯痴迷不同,改革时代有关"时间和数字"的经济现代化实践,需要进一步落实到"货币"这一抽象数字符号上,物质奖励、金钱刺激成为推动工人劳动的最大动力,而出口创汇、市场效益则变成生产的根本目的。这个以货币为最终衡量标准的经济发展导向,被小说中的保守主义者视为对马克思主义的"背叛":"我真害怕,要像你们这样搞下去,会不会被外国人的钱迷得连姓什么都忘了? 咱们姓马,马克思的马;咱们还姓共,共产党的共,别把老祖宗给丢了。"②通过两个时代之文艺作品的比较研究可以看到,虽然都以经济数目字的想象、设计与实现为衡量发展的指标,但革命时代与改革时代的最大不同在于,前者可谓"时间和数字就是产品",后者则是"时间和数字就是金钱"。

　　作为现代化之目的性指标的"数目字"性质的变化——从产品数量到货币数量变化,实际上就是让产品与工人、劳动彻底分离,变成在市场关系中用货币衡量的商品。也许正是这个原因,导致了中国当代文学再现中的另一个转变的出现:工人及其政治斗争、生产劳动的退场与干部及其权力运作、经济管理的张扬。激进社会主义时代文学极力表现的工人政治革命、生产劳动场景,在"改革文学"中变成了难得出现的稀有景观,而知识者干部启蒙大众、运筹帷幄、改革发展的曲折历程,则成为此一文学思潮表现的核心主题。"抓革命,促生产",社会主义革命试图用政治运动的方式来解决发展问题,这种解决方式在改革时代遭到否定。在 1976 年发表的《机电局长的一天》中,"抓革命、促生产"的动员方式依然存在:"矿山机械厂更像开了锅。装配工靳师傅正往车间东墙上贴标语。鲜红的大标语似雨后彩虹:'把丢掉的时间抢回来!''把落下的任务补回来!'"而到了《乔厂长上任记》和《花园街五号》,这种政治动员方式已经是改革者讽刺批判的对象,乔厂长说:"靠大轰大嗡搞一通政治动员,靠热热闹闹搞几场大会战,是搞不好现代化的"。在改革者看来,"以革命促生产"是应被摒弃的形式主义,改革在很大程度上

---

　　①　柯云路:《新星》,人民文学出版社,1985,第 393 页。
　　②　韩潮的焦虑在改革时代已经遭到嘲讽,韩潮妻子吴玮批评他:"所有主张闭关锁国的人,都爱把老祖宗抬出来,大清慈禧就是一个。你是三中全会以后才担任市委书记的,讲这样的话,泼这样的冷水,合适吗?"见《花园街五号》,北京十月文艺出版社,1984,第 50 页。

就是分离政治和经济、生产与商品、思想与身体。因此，乔光朴要用评比考核、减员增效、物质奖励等措施造成竞争气氛并促进发展。

我们看到，虽然乔光朴一定要把老搭档石敢从干校拉回来，但在乔光朴上任后的改革举措中，石敢的作用实际上并没有真正显现出来，倒是"文化大革命"中的"火箭干部"郗望北，既懂业务，又能搞乔光朴不屑于搞的关系，实际上成为乔光朴改革的有力帮手，"用四化的实践检验了郗望北的诚意，尽管他过去犯过错误，现在也还有缺点，仍然把他作为组阁对象"。石敢的调查虽然显示"电机厂工人思想混乱，很大一部分人失去了过去崇拜的偶像，一下子连信仰也失去了，连民族自尊心、社会主义的自豪感都没有了，还有什么比群众在思想上一片散沙更可怕的呢？这些年，工人受了欺骗、愚弄和呵斥，从肉体到灵魂都退化了"，但如何解决工人"肉体和灵魂的退化"问题，显然并不是乔光朴所关注的，他要用大评比、大考核、减员增效、物质奖励等措施造成竞争的气氛和生产的提高。经济改革强调的是实用主义与科学理性，是"实践是检验真理的唯一标准"，几乎所有的改革者都被塑造为实干家而非政治家的形象，《围墙》（陆文夫）则直接提出改革必须解决"清谈多误事，实干招是非"等不正常现象问题。80 年代"改革"建构的"现代"世界，是以"资本、技术、效率、专业化、数目字管理为代表的现代世界"[1]，"在'结束过去、朝向未来'的时间意义中，横空出世的'改革'具有了鲜明的现代性，'改革文学'首先以此确立改革的合法意义，并使自身成为一种'现代'叙事"[2]。

但是这个以"现代叙事"建构起来的"现代世界"，虽然表面看来制造出政治和经济的分离，但实质上它同样也是一种政治话语，一种"去政治化的政治"，正如罗丽莎所言，"发展的结果是创造出一系列的想象，这些想象使经济话语不可能与关于什么样的主体和社会关系被认为是适合于发展的政治话语分开"。[3] "改革文学"中具有知识者背景且体现了理想的男性气质

---

① 黄平、金理、杨庆祥：《改革时代：文学与社会的互动——80 后学者三人谈》，《南方文坛》2012 年第 3 期。

② 韦丽华：《"改革文学"的现代性叙事反思》，《南京师范大学文学院学报》2004 年第 2 期。

③ ［美］罗丽莎：《另类的现代性：改革开放时代中国性别化的渴望》，黄新译，江苏人民出版社，2006，第 29 页。

的归来（老）干部成为改革主体，正是这种政治话语的表现。关于"发展"的新意识形态需要的不再是敏感于政治运动的政治人，政治人在新时期文学中要么成为应被历史必然性——此时被表述为经济现代化——淘汰的改革派的对立面，像冀申、丁晓、顾荣等人，要么就是成了疯子或精神病患者，像《芙蓉镇》中的王秋赦与《花园街五号》中的韩大宝。发展意识形态需要的也不再是工人阶级的阶级意识、政治觉悟与创造精神，而是合格的劳动力，《乘风破浪》中的李少祥变成了《乔厂长上任记》中的杜兵，曾经的社会主义现代化的主力变成了改革中的"编余"人员。发展意识形态需要的是能打开局面、勇于尝试、提高生产、获得经济效益的经济人与冒险家，是能落实"让一部分人先富起来"的商人、技术能人、现代管理者、经理人、创业者，他们敢于"摸着石头过河"，敢于打破原有的规范。有意思的是，80 年代这些体现新意识形态的主体，不管是农村里的能人还是城市的企业家或政府官员，无一不是具有男性气质的男性，①他们是后来新意识形态体现者"成功人士"的雏形，为发展意识形态提供形象和话语支持，"改革文学"对改革者男子汉形象的塑造，也出于同样的性别表意机制，正如《简·爱》中的罗切斯特能够成为主角与维多利亚时代的帝国事业不无关联。其实，改革者的男性气质与改革意识形态之间的关联或者说改革的男性特征，已被许多研究者注意到，像张伯存认为改革英雄充当的"正是新的国家意识形态的代言人"角色，"1980 年代的男性气概话语实在表征了当时的现代性意识形态和强烈的国族意识"；②钟雪萍认为理解文学与电影中描述的男性主体对理解正在进行的中国对现代性的追求至关重要③；杨庆祥也认为"想象体制内的'改革英雄'通过铁腕权力来发起和推动改革，并通过具体事务的操作来一步步达成目标，这种改革想象使其'改革叙事'不可避免的带有男性特征和浪漫主义

---

①　农村的技术能人比安心农事的普通农民更具有男性气质，只有他们才能生育出孩子。可见贾平凹 80 年代前期的一些作品，比如《鸡窝洼人家》《浮躁》等。

②　张伯存：《1980 年代"男子汉"文学及其话语的文化分析》，《上海师范大学学报》（哲学社会科学版），2009 年第 1 期。

③　参见钟雪萍：《被围困的男性气质——20 世纪晚期中国文学中的现代性问题与男性主体》，杜克大学出版社，2000。XuePing Zhong, *Masculinity Besieged：Issues of Modernity and Male Subjectivity in Chinese Literature of the Late Twentieth Century*. Duke University Press，2000.

色彩"①。

　　男性气质与发展意识形态之间的这种对应关系,还在于经济发展与政治革命所对应的不同的性别表意机制。政治革命在话语层面往往是作为理想远景而非人的天性出现,政治革命话语自晚清以来就与改造话语相连,从改造国民性到知识分子改造、社会主义改造,种种改造话语不一而足。改造是一种非天然甚至是非自然的话语,不能自然而然地生长出来,只能通过外力的施加来达成,而将女性去女性化,塑造去性别化和去自然化的新女性,正是政治革命以及种种改造话语内在激进性的性别化表达。而经济、资本、效益、身体等则被认为是更符合人性的自然话语,正如自然化、性别化的男性气质、女性气质一样,"改革开放时代中国性别化的渴望"正与此相关,如罗丽莎所言,"在人类天性的说法下塑造的新的社会性别身份与对社会生活其他领域的自然化重叠在一起。在将经济发展规律描绘为具有自然的节奏和机制而应该任其不受干扰地自行运作方面,后毛时代话语与后GATT的资本主义经济话语遥相呼应。因此经济改革部分地是为了制造一种政治和经济的分离。"②

　　总之,在"改革文学"中,具有知识者背景的男干部被赋予了一种理想的男性气质,并理所当然地成为主导改革进程的历史主体,其强悍的男子汉气质使他成为可以发号施令的人,而由对手、女友和同志构成的新社会关系完全以他为中心。这是一个不热衷于政治生活的主动政治人,因为其所汲汲以求的经济发展,在新时代就是最大的政治。至于革命年代的历史主体——工人阶级,在改革文学中则被消除阶级意识、政治觉悟与创造精神,变成了被物质金钱驱动的去政治化的被动经济人,是被改革者的魔棒任意驱使的无主体性个人,而且是作为一个数目字存在的经济单位——劳动力。这里需要说明的是,虽然历史地位发生了彻底的颠倒,但无论是革命工业题材小说中的工人英雄,还是改革文学中的男干部,他们都共享一种发展主义的现代性意识形态,理想主义、工具理性和民族主义是二者共同的特征,而

---

　　① 杨庆祥:《〈新星〉与体制内改革叙事——兼及对"改革文学"的反思》,《南方文坛》2008年第5期。

　　② [美]罗丽莎:《另类的现代性:改革开放时代中国性别化的渴望》,黄新译,江苏人民出版社,2006,第30页。

"现代性焦虑"则构成了二者共同的追求进步发展的历史动力。至于二者的根本不同之处则在于,工人老大哥是一个集体主义的男性气质的表征,而改革男干部则是一个个人主义的男性气质的代表,后者实际上更类似于那个海外冒险、荒岛殖民的资本主义的个人主义文学典范——鲁滨孙。这些改革时代的中国"鲁滨孙"集权力资本、知识资本与经济资本于一身,势必成为时代的主导者。

　　作为一种具有历史限定性的社会发明,男性气质往往被修饰为一种自然状态,这是男权社会证明"天赋男权"的意识形态策略,其试图通过男性/女性、男性气质/女性气质的二元关系的刻板化设定,确立男性主导整体性的社会关系的历史合法性。男子汉话语在80年代初期的兴起,或者正反映了"改革开放时代中国性别化的渴望"。改革者是男子汉,男子汉也是改革者,性别化的男子汉/改革者实际上是重新融入世界资本体系的中国对自我的重新想象和定位,而男性气质与发展主义意识形态也在此互相塑造并互相成就。

　　在小说《新星》的开篇,改革新星李向南参观古陵的千年木塔。九层木塔喻意绵延不绝的中国历史,"如今,他决心要来揭开它的新的一页","这是几十年来要揭都没真正揭开的艰难的现代文明的一页"[①]。立志"揭开现代文明"历史新篇章的李向南,在80年代的"改革文学"中具有相当的代表性。通过将几十年来的社会主义革命隐晦地表达为没真正揭开现代文明的"前现代",《新星》及"改革文学"建构起一种"时间重新开始"的历史发展意识,从而为正在展开的改革实践提供意识形态支撑。与历史上那些男权叙事一样,《新星》伊始就建构起一个"塔状"的费勒斯中心主义的历史图景,[②]并认为李向南这样的男子汉将注定创造出更高层次的现代性历史。这将"改革文学"男性气质想象推向极致:过去、现代和未来都将是由"他"来主导并书写的"他的历史"(His-tory)。然而,即便在最乐观的时刻,新时期中国的改

---

　　① 柯云路:《新星》,人民文学出版社,1985,第8页。
　　② 塔作为父权费勒斯的象征,在中国有着久远的文化渊源,塔是镇压逸出社会与文化象征秩序之人,尤其是镇压女性的物件、工具和象征。民间神话传说中的白娘子最后被镇压于雷峰塔下,陈忠实的《白鹿原》中叛逆的田小娥的骨灰被烧三天三夜,最终也要被压于"六棱砖塔"之下。层级而上的塔,是等级秩序的象征,也是父权秩序的象征。

革实践及其男子汉文化表征也面临着难以克服的内在悖论:建立在发展基础上改革政治的合法性总是面临着发展停滞的挑战,似乎可以无限膨胀的男性气质终归具有其历史性限度和想象力极限。

本章小结

本章以男性气质作为主要研究范畴,通过考察"改革文学"中的"男子汉"形象的历史建构及其驳杂源流,分析当代中国的性别建构、发展主义与文学表征之间的复杂关系,并进一步探讨改革意识形态的性别表意机制,以期最终形成一个批判性反思中国现代性的女性主义视野。作为 80 年代中国的一个重要文学潮流,"改革文学"塑造的一系列男性改革者形象,密切互动于现实世界中的中国改革实践,并建构起社会个体与改革时代之间的想象性关系。"改革文学"对于新时期中国男性气质的文艺生产,既表征了一种被延迟的现代性渴望,确立了改革意识形态的历史合法性,又建立了一种男权政治的国族身份认同,重塑了中国在世界格局中的主体位置,从而形成一个内外同构的中国现代性新想象。

对男性气质的关注与焦虑是 80 年代重要的大众文化心理现象。① 这种男性气质焦虑被认为主要来自"文化大革命"政治危机带来的(男性)主体性危机。而在考察了"改革文学"男性气质的型塑之后,我认为 80 年代中期以后的男性气质焦虑与改革困境也有一定的关系。"改革文学"的几个典型文本基本都写于 80 年代中前期,其时的"改革文学"不仅反映并模仿正在展开的改革实践,同时作为一种想象,它实际也参与到改革项目的规划之中,

---

① 《中国青年》杂志在 1983 年就开始讨论"一个真正的男子汉"应具有的内涵,如《兄弟,愿你具有男子气》《审度你心中的现代男子汉》《男性美与男子汉》《许还山谈男性美》等文章。电影则有《来了个男子汉》(1984 年,剧情片),《自信的男子汉们》(1985 年)等。1985 年,《男子汉》创刊,首期封面就是一裸体男子屈膝弯腰射箭的雕塑,封底则是 1984 年世界健美锦标赛冠军麦克·科里斯顿的侧面及正面照,两幅图片都极力展示男性身体的力量和美。但对男性美、男子汉气概的热烈讨论,却无法掩盖对男性气质缺失的焦虑与阴盛阳衰的哀叹,这不仅表现在文本中女性对男子汉缺失的哀叹,也表现在对男性气质的相关学术研究中,像范扬《阳刚的隳沉:从贾宝玉的男女观谈中国男子气的消长轨迹》(1988 年)、孙隆基《中国文化的"深层结构"》(1983 年)等都谈到中国传统文化结构中男性的"恋母情结"、女性化甚至婴孩化倾向,从而得出"阳刚的隳沉"或中国没有男子汉的结论。

通过在作品中创造改革"新人",从而在现实中也生产出这种"新人"。其时的改革实践及其想象,虽"翅膀""沉重",但总体而言,改革的共识已在政府、知识分子与民众之间形成,并初步建构起一种关于"现代""进步""美好"的改革愿景和发展意识形态。但 80 年代中后期,改革在释放出巨大经济效能的同时,其带来的结构性问题也逐步凸显。其实,这些问题在《乔厂长上任记》《赤橙黄绿青蓝紫》就已经出现,只要我们变换一下视点就可以看到。如果不是从乔厂长而是从那些被优化组合排斥在外的工人的角度来看,比如从杜兵或被辞退的来自农村的企业后备人员的角度,就可以体会到改革引发的"阵痛"(邓刚《阵痛》,1983 年)。如果说"改革文学"解决的是改革的合法性问题,那么 80 年代中后期,改革向何处去就提到议事日程,此时"改革的目标已不像初期那么简单明了。在这纷乱而又充满了诱惑力和生机的历史时刻,各种传统的二分法——私有/国有、市场/计划、中体西用/全盘西化、改革/保守——似乎都失去了它们刻画现实、想象未来的效力"。① 这也是改革文学风光不再的原因。那个混杂了革命气质、资本主义精神与儒家传统的雄心勃勃的改革者——归来(老)干部,已无法承担继续改革的重任,人们渴望能表征某种新权威、新秩序、新规划的新的男性主体形象的出现。文学与大众中普遍存在的"寻找男子汉"心理,表面看是婚恋与性别的重塑,实际也是对克服改革危机的某种新权威的呼唤。

"寻找男子汉"一语来自沙叶新的同名话剧,女主人公舒欢虽在寻找男子汉的旅程中不断失望,但通过排除"恋母症者"——依附母体(传统、体制?)者、"缺钙儿"——畏惧权势者、西崽——全盘西化者、小市民——安于现状者,最终还是找到了"真正"的男子汉——一个正要去参加企业管理考试的小企业经理江毅。这个新的男子汉是只有六七个人的小厂的厂长,厂长身份使其与"改革文学"的开拓者形象一脉相承,但普通人的身份却使那个"改革文学"中的开拓者形象普泛化了,改革已成为"寻常百姓家"的"街谈巷语",甚至男女青年择偶的重要议题。从这点来说,这个文本与其说是女性对"男子汉"的寻找,不如说是大众对一个继续改革的男性主体的询唤。

---

① 崔之元:《制度创新与第二次思想解放》,载翟晓光编:《田野来风》,中国电影出版社,1998,第 63 页。

而这个男性主体,可能不再是那个政府体制之中过于成熟(衰老)的身居高位者,而是年轻、独立、能参与公平竞争的市场主体,他是中国的,但却是"中华民族深刻的自我意识的又一次觉醒"①。实际上,这又是一个理想、完美的改革者形象,不过,这已是一个中产阶级的市场主体了。

---

① 　沙叶新:《寻找男子汉》,《十月》1986 年第 3 期。

第四章 性别、流动与乡土中国的现代性追求

重新融入以欧美为中心的全球化市场,是"新时期"对现代化中国的基本想象。"改革文学"的男性气质形塑,正是这个新现代性项目的性别表征。不过,"改革文学"中的开拓者/男子汉形象体现的基本是自上而下的、城市—工业—现代化三位一体的现代化道路,广阔的农村与边缘地区在这种现代发展的框架之中失之阙如。而实际上,新时期的改革却始自农民自发形成的联产承包责任制,农村变革及其影响在时代交替之际并不逊于城市,甚至可以说,正是农村的变革为 80 年代的城市改革提供了动力、基础与想象空间。那么农村变革的活力来自哪里呢?联产承包责任制在提高农民劳动的主动性与积极性方面功不可没,但其本身还是一种偏重自给自足、农业与手工业相结合的亚细亚式的小农生产方式,它在快速释放出被压抑了近 30 年的农民的生产能量之后,很快就达到饱和,劳动力过剩的问题日益突出,而城市的建设与发展则需要大量廉价、自由的劳动力。城乡、地区、国家之间的劳动力与资本的自由流动,才是经济发展的源泉与基本动力。"问渠那得清如许,为有源头活水来",诚哉斯言。

其实,城乡之间的流动,即使在户籍制度严格的 50—70 年代也从未停止过。以招工形式进入城镇企业的农村劳动力与城市家庭妇女,是彼时城市工业化所需要的劳动力蓄水池的基本构成。《创业史》(柳青,1959)中的改霞与《如愿》(茹志鹃,1959)中的何大妈是这一劳动力蓄水池的两种基本象征形式。不过需要强调的是,这种劳动力流动方式在前三十年并不普遍,而且也很难获得政治支撑,何大妈走出家庭参加的是里弄生产组的劳动——社会主义大生产的补充,家庭生产空间的延展,其意义也只能在社会主义妇女解放框架中得以体现,而无法与新的劳动方式和社会主义工业化道路联系在一起。改霞虽以招工形式进入城市,参加了社会主义大生产,但

她离开正在进行的农村合作化运动,尤其是抛开梁生宝,却使她的流动面临道德上的指责与否定。柳青对改霞人生道路选择的矛盾性处理,也反映了这一城乡流动方式并没有获得历史的合法性。而从城市到乡村、从中心到边缘,实践一种社会主义在地化的乡土现代化道路,才是乡土中国社会主义现代化的基本实践路径。《山乡巨变》(周立波,1958)中的团县委副书记邓秀梅奉命来到僻远的清溪乡领导农民建立合作社,《芙蓉镇》中的"革命女闯将"李国香到芙蓉镇领导公有制商业经济,皆是社会主义乡土现代性实践的文学形态。知青上山下乡运动是这一流动路线的高潮,《棋王》(阿城,1984)中王一生坐火车离开城市到农村是知青群体基本的人生经验。

而 80 年代则是一个逆向流动的过程。知青回城是大规模人口流动的开始,"本次列车终点"(王安忆:《本次列车终点》,1981 年)是都市上海,而非边疆农村。另一种形式的人口流动是农村劳动力涌入城镇,将自制的农产品与手工业品在城乡接合部的集市交易,像陈焕生进城卖油绳。"上城"既是现实实指,也具有寓言功能。从城市知识青年"下乡"到农民"上城","上下"之间,中国现代化实践道路发生了极大变化,这也是《陈焕生上城》(高晓声,1980 年)引发关注的重要文化政治原因。当然,人口流动的根本变化在于僻远农村的劳动力开始驻扎城市,在建筑、制造、服务、城市保洁等行业务工,90 年代的"中国制造""都市里的农家女"与"打工妹"等皆可追溯至 80 年代。由此,在一个历史与现实交叠的双重视野中,考查 80 年代文艺再现中的这种人口流动现象及其由此表征的现代化机遇与危机,就显得尤为重要。

本章以电影《黄山来的姑娘》(张圆导演,1984 年)与小说《人生》(路遥,1982 年)为个案,探讨来自农村的男女青年在进入城市之后面临的希望与挫折。姑娘/保姆来自黄山,最终又返回黄山,知识男青年雄心勃勃进入城市却一无所有被打回原乡,这样的设置是如何借助性别修辞完成的?作者将一个公共性的时代、社会问题转变为一个关于道德、美学的个人化叙事的目的是什么?作者如何在性别框架中呈现乡土中国现代化的可能性与无法完成性?在一个机遇与风险并存的人生/时代的十字路口,来自底层的、个人的欲望与挣扎如何构成时代前进的不懈动力?本章探讨的是流动与性别、个人欲望与现代化实践之间的互动关系,而革命时代与改革时代之间的

"断续"则构成讨论问题的内在基础。

第一节　"黄山来的姑娘"：雇佣劳动力的女性化寓言

这是早晨 7 点的北京火车站。巨大的钟表，分针指向 12，雄壮的音乐响起。音乐声中，长安街熙攘喧闹，人流、车流纷至沓来，涌向镜头。镜头平移，画面离开街道，进入某居民楼，垂直的旋转楼梯上，匆匆而下的是一个朴素的姑娘，两条小辫，黑色平底布鞋。她，就是"黄山来的姑娘"，一个到北京寻生活的小保姆玲玲。电影《黄山来的姑娘》①讲述的，就是玲玲在北京 3 个家庭做保姆的故事。影片的初始场景，既是充满期冀的早晨北京，也是 80 年代初期的抽象中国。然而这个朝气蓬勃的开端，却建立在略显诡谲的背景之上：提醒时代重新开始的钟声竟然是《东方红》。新时期的希望与旧革命的遗产，如此奇怪地交织在一起。更有意味的是影片主角，这个在《东方红》乐曲中现身的"新女性"，竟是一个来自乡村的小保姆——都市的打工妹与农家女的前身。

横向来看，80 年代初期文艺中的主角多为老干部、知识分子或是活动于乡村空间的农民，像玲玲这样跨越城市与乡村，作为私人雇佣劳动力出现的女性形象并不多见。纵向来看，玲玲既接续了民国文艺中的女佣形象塑造传统，又不失社会主义新妇女典范的单纯气质，与此同时，她还是新时代召唤的新劳动主体。这个辗转于乡土与都市间的姑娘，集性别政治、城乡差异与阶层区隔等于一体，穿越民国、50－70 年代与新时期，映照出一个转折年代之莫名所以的现代性想象。正是缘于这个"黄山"来的"姑娘"的特殊身份，及其流转于都市三个家庭、最后却重返"黄山"的人生故事，使这个"老"电影虽旧犹新。目前，关于城市里的打工妹与农家女研究，早已成为一个跨

---

① 《黄山来的姑娘》，1984 年长春电影制片厂摄制，导演张圆、于彦夫，编剧彭名燕。该片获 1984 年文化部优秀影片二等奖，1984 年金鸡奖最佳编剧提名，吉林省小百花奖，文化部全国优秀影片奖，主演李羚获第五届（1985）金鸡奖最佳女主角奖，丁一获最佳女配角奖。

学科、跨区域的国际学术热点。^①但是诸多研究并未由此上溯到 80 年代中国，探讨这个新女性劳动主体的时代缘起。本节试图通过分析这个"老"电影，追溯作为新雇佣劳动力的打工妹的发生政治，进而揭示新现代性意识形态如何通过形塑各种"黄山来的姑娘"来自我赋权。

一、"黄山姑娘"的前世今生

作为一种雇佣劳动，保姆行业由来已久，其主要职责是洒扫庭院、打理家务、照顾老弱。保姆又称家政服务员，根据具体分工不同，又细分出看护、月嫂等。而保姆这个职业，最早可上溯至古代社会的婢女，其没有人身自由，与主人具有依附关系，此即中国的奴婢制度。^②近代以来，随着商品经济的发展和奴婢制度的废除，女佣取代婢女，成为一种相对中性化的职业称呼，其劳动也逐渐商品化，可以相对自由地在雇主间流动，女佣成为雇佣劳动力。不同于一般的社会劳动，女佣的劳动不在公共场所，而是在家庭之内，其劳动内容主要是家务，大致上是母亲和妻子角色的替代。对来自乡村、身无长技的女性来说，女佣是一种比较便捷的谋生方式。同时，由于对家务劳动意义的忽视和婢女前身的卑贱记忆，女佣被认为是一种低贱的工作，只能是下层阶级女性不得已的出路。近代以来，乡土衰败、城市兴起，女性也纷纷由乡村走向城市，女佣、女工与性工作者，成为乡土女性流动到城市谋生存的三种主要工作。

中国现代文学从来就不乏女佣形象，最有名的女佣是鲁迅《祝福》中的祥林嫂。祥林嫂是一个被侮辱被损害的传统中国女性，深受传统"父权、夫权、族权、神权"之害，是反映"五四妇女史观"^③的最佳文学版本。不过，相比于置身乡村、被父家与夫家交换、奴役的处境，到鲁镇做女佣的祥林嫂，虽然也做很多家务，甚至年节时需一人顶两人，扫尘、洗地、杀鸡、宰鹅，彻夜煮

　　① 此一课题的研究，最值得一提的有潘毅的《中国女工：新兴打工者主体的形成》，任焰译，九州出版社，2011。潘毅凭借此书获美国 C.Wright Mills 2005 年最佳书籍奖项，成为自 1964 年奖项创立以来的首位亚洲得奖者。此外还有[澳]杰华：《都市里的农家女——性别流动与社会变迁》，吴小英译，江苏人民出版社，2006。

　　② 参见褚赣生：《奴婢史》，台湾华成图书出版，2004，第 130 页。

　　③ 参见[美]高彦颐：《闺塾师：明末清初江南的才女文化》，李志生译，江苏人民出版社，2005。

福礼，"然而她反满足，口角边渐渐的有了笑影，脸上也白胖了"①。暂时逃脱父权家庭，自由出卖劳动力，到鲁镇做女佣，虽是祥林嫂不得已的选择，但也是一种有效的谋生方式，甚至因其勤勉，而赢得了相对的尊重。当然，她最终还是无法摆脱父权制家庭的支配，最终被婆婆抓回卖掉。但是，设若祥林嫂可以保持其雇佣劳动者身份，一直自由出卖自己的劳动力，像她这么不惜气力、温顺肯做的人，也许会像鲁迅的长妈妈一样，不仅可以谋生，而且也可赢得雇主的尊重吧。② 从这个角度看，《祝福》也可看成是乡土中国女性被束缚于父权制家庭，无法成为一个自由雇佣劳动力的故事。

　　无法自由支配和出卖自己身体、劳动的祥林嫂，在近代社会和现代文艺中毕竟还是少数，多数女佣可以以此自食其力，并获得比父权家庭更多的自由。与祥林嫂一样，鲁迅作品《阿金》中的阿金也是女佣，但是比起前者温驯如待宰羔羊的形象，身为外国人女佣的阿金看来相当骁悍，吃饱穿暖自不必说，竟然也"颇有几个姘头"，而且叫嚣"弗轧姘头，到上海来做啥呢"。阿金"青皮式"的女佣生活，不仅不是一个被侮辱被损害的女性形象，其强势姿态甚至让倡导妇女解放的鲁迅，也颇吃不消，甚至"摇动了我三十年来的信念和主张"，以致赌气说出"愿阿金也不能算是中国女性的标本"之类的话来。③ 因自食其力而异常剽悍的阿金们，并不符合启蒙精英对（受害）女性的想象，这导致现代文艺中的女佣形象以受害者居多。祥林嫂是一种典型，《雷雨》中的四凤和侍萍是另一种，前者被古典父权压垮，而后者则是资本主义父权制的牺牲品，说到底只能是资本家父子掌中的小玩意儿。像侍萍和四凤这样年轻貌美的女佣，出卖的不仅是劳动力，还有性、身体、情感和想象，资本家不但盘剥劳动的剩余价值，还有情感/性的剩余价值，并想象性地重构了一个新父权体系。在现代作家的文学想象中，受害的女佣/女性形象既是一种自我隐喻，也是成就启蒙者主体认同的想象性他者。

　　与现代文学相比，"十七年"文艺作品中缺少女佣形象。若有，也是像

---

① 鲁迅：《祝福》，载《鲁迅全集》（第 2 卷），人民文学出版社，2005，第 11 页。

② 鲁迅在《阿长与〈山海经〉》中这样写道："长妈妈，已经说过，是一个一向带领着我的女工，说得阔气一点，就是我的保姆。我的母亲和许多别的人都这样称呼她，似乎略带些客气的意思。"载《鲁迅全集》（第 2 卷），人民文学出版社，2005，第 250 页。

③ 鲁迅：《阿金》，载《鲁迅全集》（第 6 卷），人民文学出版社，2005，第 205－209 页。

《红色娘子军》(谢晋导演,1960)中的琼花,女佣生涯不过是通向阶级解放的革命前史,她们注定随革命的胜利而成了人民群众中的光荣一员。文艺作品中女佣形象的消失,与新中国追求平等的社会主义意识形态的确立以及对私有制经济的全面废除密切相关。作为私有制经济和阶级剥削的体现,建立在市场雇佣关系基础上的有酬家务劳动失去了合法性,但这并不意味着女佣在社会主义中国彻底消除,而是以家庭保姆的名义一直存在着。社会主义中国保姆职业约有两种类型:一种与旧社会生产关系和生活方式牵连,一些前资本家和著名艺人家里依然有保姆;一部分则与新阶级的形成相关,很多革命老干部家就有来自农村老家帮助处理家务的保姆,这些保姆大多与之有地缘或亲属关系。安徽无为就被称为"红色保姆"之乡:一是因为在革命战争年代,无为妇女抚养、保护了很多革命后代;另一个原因是新中国成立之后,一些无为妇女被革命者带入家庭。当然,新中国保姆不同于旧中国女佣之处主要在于,她们的家务劳动虽也计酬,但人员一般不自由流动,劳动似乎没有被商品化,雇佣关系也不那么明显,但也更接近于人身依附关系。

　　直到80年代,社会主义中国的保姆才作为一种职业显露,出现于诸多社会主义显贵及其后裔的回忆录中。章诒和在她的文章中多次提到,在民主党派的主要领导人家庭中,都有中央政府配给的保姆、司机、秘书之类的家政服务员。80年代文学中最有名的保姆形象,则是王蒙《坚硬的稀粥》中的那位"比正式成员还要正式的不可须臾离之的非正式成员──徐姐"。徐姐"在我们家操持家务四十年,她离不开我们,我们离不开她",家中老小上下,一律称之为"姐",因为"天赋人权,自然平等"。[①]在一部分当代文学叙述中,革命干部家庭中的保姆,因其服务对象的身份与权力,也因时代意识形态的宣传,女性保姆在很大程度上也分享了劳动与阶级的光荣,王蒙笔下的徐姐,就是一个典型。但这并不能说明社会主义保姆就完全摆脱了"伺候人"的卑贱地位,像王安忆的小说《富萍》(2000年)中的富萍在60年代从乡村来到上海时,宁愿出苦力也不愿伺候人,因此要离开"淮海路"到"梅家桥"安身。

---

① 王蒙:《坚硬的稀粥》,《中国作家》1989年第2期。

改革开放的 80 年代,保姆形象不仅从历史与文学中归来,而且也在现实生活中现身。不过有意味的是,作为职业身份的保姆的历史性回归,在最初的文学书写中,竟然被表达为雇主(雇佣劳动力市场)对理想保姆的深情呼唤。霍达的小说《保姆》(1983 年),虚拟了一个理想的保姆形象小凌,她工作高效,任劳任怨,而且始终能认清自己保姆的"身份",对雇主的傲慢和挑剔不以为意。小凌之所以足够理想(在雇主眼里),因为她并非来自乡村,来自乡村的保姆大多"又笨又懒",在雇主眼里是一堆"死肉疙瘩",小凌却是城市人,而且确切地说是披着保姆外衣的年轻知识分子,最了解作为雇主的城市人的需求。小凌的出现,既呼应了时代对于家务劳动的巨大需求,也是对当时知识女性不堪职业与家庭双重负担的社会讨论的另一种回应。不过,小凌毕竟是对所谓理想保姆的想象性虚拟,城市居民从事保姆职业在80 年代并不常见,因此屈身为保姆的城市女工更不用说女性知识分子,在彼时算是天方夜谭。

霍达的"保姆"虚构与其说是呼唤理想的保姆,不如说是对城市知识女性命运的反讽,而真正理想的保姆只能实现于乡村来的女性中间。电影《黄山来的姑娘》中的保姆玲玲,具有乡土女性所指涉的一切美德:淳朴、善良、勤快,而且还能恪守本分。来到北京后,其他小保姆都模仿都市时髦的生活方式,穿高跟鞋,烫发,可她依然保持朴实本色。她本分勤恳,雇主对其不仁,她却从无不义,城市雇主的傲慢与偏见、家务劳动的琐碎与艰辛,最终都被李羚塑造的玲玲以其农村女性特有的美德一一化解。影片结束,当她踏上南下的列车,再回黄山时,已是学艺在身,等待她的不仅有诱人的工作,还有美好的婚姻,都市保姆的经历将使她成为乡村新生活的改造者。与霍达的《保姆》不同,《黄山来的姑娘》中的乡村和乡村女性具有不同的象征功能,前者落后、呆板,后者却聪明、灵活,而且还善于学习,可极大地满足城市的需要。当然,两部作品对农村的态度尽管有些不同,但都表现出城市雇主对理想的家庭雇佣劳动力的呼唤。

从祥林嫂到侍萍,从徐姐再到小凌/玲,中国女佣/保姆的形象随时代转移而变化巨大。无论是旧中国的父权牺牲品,还是新中国的历史隐身人,保姆实际上从未与一种新的现代想象联系在一起,但是 80 年代的中国文艺改变了这种状况。小说《保姆》、电影《黄山来的姑娘》以及其后的电视剧《田教授家的28个保姆》等，①都探讨了农村女性如何才能成为城市需要的理想保姆的问题，这其实也可以看作是对一种新雇佣劳动力的呼唤。那么，保姆形象的历史性回归与变化，尤其对理想保姆形象的呼唤，对正处于社会转型中的中国意味着什么呢？

二、想象的新雇佣劳动力

《黄山来的姑娘》始于北京火车站，终于北京火车站。电影开始于历史重新开端的钟声，而结束于对即将出发的列车时间的强调，从而构成一种在线性时间链条上无限进步的历史想象。80年代，火车和车站频繁出现于各种文本，像《本次列车终点》《春之声》《哦，香雪》等，以投射正在蓬勃展开的新现代性项目。那么，新的现代性意识形态需要询唤出何种主体？谁才有资格登上这辆高速向前的时代列车？营造现代主体是20世纪中国的核心课题之一，各种"新人""新国民""新女性""高素质人才"等被不断建构出来。在这里，"新"既指示一种结果，也表示一种过程，现代首先是指人的现代与更新。

在50─70时代，社会主义新人多是普通劳动者，工人老大哥、农村铁姑娘等是社会主义历史主体的文学化表征。在蔡翔看来，这种对劳动的乌托邦叙述，蕴含着一种强大的解放力量，使中国下层社会的主体性得到肯定，并延伸出一种事关劳动尊严的社会主义政治实践。② 徐刚也认为："对'劳动'的道德化和政治化，并由此而生的'劳动崇拜'倾向，几乎奠定了社会主义文学和文化的基本劳动观，这不仅是传统民间伦理中的'劳动美德'的创造性'接续'，更是一种新的阶级意识和情感形式的呈现。"③不过，在黄子平看来，劳动在彼时并非单一的价值评判标准，而是需要政治和政权的支撑。在劳动这个抽象概念里，本身就蕴含着劳心与劳力、集体劳动与私人劳动的

---

① 关于保姆题材的文艺作品主要有：纪录片《远在北京的家》(1993年)、电视剧《田教授家的28个保姆》(1999年，上海电影电视(集团)公司)、《保姆》(24集电视剧，2007年)、霍达的《保姆》(《当代》1983年第6期)等。

② 蔡翔：《革命/叙述：中国社会主义文学──文化想象(1949─1966)》，北京大学出版社，2010，第240─260页。

③ 徐刚：《想象城市的方法：大陆"十七年文学"的城市表述》，台北新锐文创，2013，第261页。

等级分化,劳动在符号秩序和客观世界中的意义并不一致,劳动与尊严有时互相拆解。[①] 实际上,不管是肯定"劳动乌托邦"叙述的当代批判价值,还是指出其意识形态虚幻性,都大体上承认对于"劳动/力"的价值重构,是社会主义意识形态实践的重要组成部分。

80 年代后,随着新的现代性项目的开始,关于劳动力的意识形态叙述发生了巨大变化。从"改造国民性"主题的再出现,到"人口素质"的大讨论,(体力)劳动与劳动者失去了意识形态的庇护,成为需重新改造的落后群体,而老干部、知识分子、专业技术人员、经济管理人士则魂兮归来,成为开放时代的历史主体。先是知识、技术,后是市场、资本,其实始终是权力,代替了劳动力,成为社会发展和个人实现的基础性动力。但是,新的历史主体和发展动力的意识形态塑造,并不意味着劳动与劳动者的真正退场,与曾经的社会主义革命与建设一样,市场与资本也需要大量廉价、温驯的劳动力,罩在劳动与劳动者身上的所谓"尊严政治"光环褪去后,其作为一个"被剥削阶级"的实质就暴露出来。在这个社会转型过程中,国家"劳动者"变成市场"劳动力",政治意义上的"光荣劳动"变身为经济意义上的"雇佣劳动",但通过盘剥劳动力获取剩余价值的本质则从未改变。电影《黄山来的姑娘》即体现了这个有关劳动的意识形态的新旧转型过程。这部电影的重点也不再是劳动者如何通过劳动获得尊严,而是未来的改革开放中国需要一个什么样的劳动力的问题,而这不仅涉及生产关系的重塑,也事关阶层、城乡、地域、性别等其他社会关系的重新构想。

在《黄山来的姑娘》的第一个场景中,小保姆玲玲急匆匆走进肉食店,央求服务员重新称肉。其时,两个年轻的男服务员正在聊球赛,对玲玲的请求爱搭不理,而一个女服务员出于同情,重新给玲玲称肉。通过这一段落,电影将两种形式的劳动呈现出来:一种是肉食店里的集体/国营劳动,其服务态度差,效率低下,劳动者明显缺乏劳动热情;一种是保姆玲玲的个体雇佣劳动,明显劳动效率高,劳动态度端正,而且劳动量也大,玲玲要买菜、买米、做饭,还要洗衣、烫衣,而且最重要的是能忍受雇主苛刻的要求。在这个叙事中,集体/国营劳动失去了曾有的道德、政治合法性,不仅不能赋予劳动者

---

① 黄子平:《当代文学中的"劳动"与"尊严"》,《当代文坛》2012 年第 5 期。

以尊严感,反而成为阻碍社会发展的落后生产力。实际上,80 年代文艺中出现了很多不安心劳动、服务态度很差的劳动者形象,轻喜剧《瞧这一家子》(王好为导演,1979 年)中的售货员张岚就是这种形象。当然,遭到厌弃的不仅是服务性劳动,还包括社会大工业劳动。电影中的齐家女儿不爱劳动,一心想离开工厂,柳红荣的丈夫终于凭借写稿子离开了工厂,且一离开工厂就抛弃了妻儿,体力劳动已经失去曾有的吸引力,工人已成明日黄花,不再是先进生产力的代表。改革开放时代,首先被边缘化的就是城市工人。

一方面是曾经被高度政治化、道德化的社会主义劳动力,被刻意去政治化和去道德化,在文艺再现和现实生活中逐渐被边缘化和污名化;另一方面则是对个体雇佣劳动力的再道德化和再政治化生产,并将之作为指责、批判社会主义集体劳动的比对物。比起社会主义无个体责任的集体劳动,个体雇佣劳动被赋予了高效、积极、有责任等正面特征。而且就像社会主义时期劳动的道德化生产一样,作为保姆的雇佣劳动者玲玲也是一个道德典范。她有情有义,朴实能干,从不唯利是图。在每个家庭,她都尽心尽责,从在齐家买米买菜、洗衣做饭,到在柳家照顾妇孺,再到做周家爷爷奶奶的好学生、周家孙女的朋友,玲玲总能满足不同雇主的不同层次的需要。而且在这些雇佣劳动关系中,雇主与雇佣者之间可以双向选择,雇主不满意雇佣者,可以将其辞掉,齐家就换了无数个保姆;而被雇佣者也可以离开雇主,自由地出卖劳动力。玲玲辗转了三个家庭,每次离开,虽都有不得已的苦衷,或是出于雇主的挑剔,或是出于对更高薪酬的需求,或是出于自责,但基本来说,她可以较自由地出卖自己的劳动,并以此获得薪酬,劳动在此其实已经商品化了。劳动力的商品化与货币化,可以自由买卖劳动力的雇佣劳动市场的建立,无人身依附关系的原子化劳动力的出现等等,实际上正是资本主义工业生产与商品市场经济得以展开与实现的基本条件。

从一开始在齐家的种种不适,到最后在周家成为技艺精湛的厨师和干脆利落的家庭管理者,玲玲辗转 3 家不同雇主的故事,其实也是一个逐步适应都市和市场需要、从而走向成熟的雇佣劳动者的成长故事。由此看来,小保姆玲玲的出现意义非凡,她象征着崭新的雇佣劳动主体在 80 年代中国的想象性生成。有意思的是,这个想象的理想的雇佣劳动者主体,其形塑之初却是一个"黄山来的姑娘",一个从僻远乡村辗转到都市的跨城乡流动的青年女性。其中,乡村、青年与女性之间互相转喻,最后都要通过性别化加以整合,理想的雇佣劳动力似乎必然是一个来自乡村的青年女性。当然,一旦劳动力成为进入市场的商品,就不可避免地就被女性化和他者化了,而年轻则意味着其充盈饱满的劳动价值。在《黄山来的姑娘》中,知识分子和老干部都由男性充当,而工人和保姆多由女性充当,正是这一性别表意机制的体现。"黄山来的姑娘"的出现因此意味深长,"她"表明雇佣劳动主体在 80 年代的出现,一开始就被性别意识形态化了,其指涉的劳动力在本质上是一种天然存在,而不是一种后天的社会生产。正如潘毅所言,"在后社会主义中国,劳动力不再被当成是非性化身体,而是被视为性别化主体,这个主体更多是将自身呈现为一种'性的存在(sexual being)'而非'阶级存在(class being)'"。①

新雇佣劳动力的去阶级化的性别化塑造,还意味着它必然是一个像女性般温驯可控的自然主体。历史上,普通劳动阶层在上流社会看来往往具有两个基本特征,一是保持着原始的淳朴——实际上是粗俗——的自然人性,二是它像一个女性一样,天生能够孕育/生产出各种产品。"黄山来的姑娘"也不例外,既能保持淳朴善良,勤劳肯干的农村人本分,又能遵循基于契约精神的雇佣劳动伦理,她看上去简直就是一个天生的劳动者。"替别人做事,一分钱也不能马虎,这是信用",这既是齐家妈妈对初入保姆行业的玲玲的要求,其实也是时代所呼唤的雇佣劳动者所应具有的职业道德。而且最重要的一点在于,"她"可召之即来、挥之即去。虽然保姆玲玲在京城已经生活了很长时间,学会了北京话,似乎也融入了北京人的生活,做得一手好菜,连知青饭店的经理也要邀请她去撑场,可是她永远是一个"外地人""农村人",她不能像一个真正的城市人一样享受城市的待遇。她只能做城里人不愿意做的工作,不管有没有能力,只能是现代化北京的匆匆过客,虽然将最美好的年华、最廉价的劳动奉献给了都市,但她最终却不能落脚于都市,进而完成其城市化抑或无产阶级化的身份转换。

在 50—70 时代,农业是进行工业资本积累的不竭源泉,而农村、女性也是重要的劳动力蓄水池,80 年代后,虽然现代性项目已发生了极大的变化,

---

① 潘毅:《中国女工:新兴打工者主体的形成》,任焰译,九州出版社,2011,第 143 页。

但农村、女性作为城市劳动力蓄水池的功能,其实并没有发生根本的改变。其中关键的一点是,无论是哪个时代,进城务工农民几乎都无法完成其城市化也就是无产阶级化的过程。现代化道路只愿意剥夺她们的劳动,却不愿意剥夺其农村身份。"黄山来的姑娘"不仅是对一个理想的保姆形象的呼唤,更是即将展开的特色市场经济,对某种身份制雇佣劳动力的意识形态询唤。

三、社会再差序化的性别生产

拍摄于 1984 年的《黄山来的姑娘》,既与之前霍达的《保姆》(1983)有区别,也不同于之后的电视剧《田教授家的 28 个保姆》(1999)、《保姆》(2007)等作品,它没有在标题上直接指涉保姆议题,而是用"黄山来的姑娘"取代"黄山来的保姆"。一方面,电影颇为浪漫地塑造了一个来自美丽风景地的、理想完美的雇佣劳动者的形象,其美学效果似乎可以有效掩盖其政经倾向;另一方面,又刻意回避了保姆这一职业的历史再现所造成的意识形态危机:雇佣劳动在社会主义社会是否合法?联系到保姆/女佣曾经的消失以及社会主义政治对于阶级剥削的"革命性颠覆","黄山来的保姆"在 80 年代的出现并非不言自明,"她"的再现与政经体制的转型、社会阶层的分化是紧密联系在一起的。不同于其他职业,因为保姆与其雇主之间的等级分明的差序结构,随之而来的身份冲突也往往表现得更为激烈,故而能够深刻地凸显一个时代的阶层状况与社会危机。

80 年代中期,农村的经济改革已在全国展开,家庭联产承包责任制全面推行,安徽作为一个相对边远的内地省份,其农村的经济改革却走在全国前列。早在 1978 年,安徽凤阳县小岗村村民签下分田到户的"生死状",被认为是中国经济改革时代的一个伟大开端。1982 年 1 月 1 日,中共中央关于农村工作的一号文件正式出台,明确指出包产到户、包干到户都是社会主义集体经济的生产责任制。农民就此逐渐拥有生产经营自主权,生产积极性提高,农业产出迅速增加,农民生活水平提高,城乡差距有缩小的趋势,这是新中国历史上少有的农业黄金时期。但是到 1984 年前后,农村改革基本停滞,农业经济陷入瓶颈,大量农村剩余劳动力向何处去,就成了一个巨大社会问题。与此同时,中国经济体制改革的重心开始向城市转移,随着城市经济的发展与繁荣,对劳动力的需求也大幅增加。此时,允许农村劳动力跨城乡跨区域流动,不仅是农民的迫切愿望,而且也是经济发展的客观要求。1984年1月1日,中央《关于1984年农村工作的通知》提出"允许务工、经商、办服务业的农民自理口粮到集镇落户",这标志着城乡二元区隔体制自50年代形成以来首次被正式修正。[①] 就像安徽凤阳县小岗村村民的分田到户是中国农村经济改革的开端一样,那个从安徽"黄山来的姑娘"的进城务工,也在象征性地开启着一个前所未有的农民工时代。

　　城乡二元体制导致了新身份政治、阶层关系的形成,城市居民与乡村农民被人为地构建为两个阶层,前者因为能够获取较多的社会福利,而生发了对后者的身份歧视,因此城乡二元分离其实也是城乡二元对立。80年代基本延续了城乡二元体制,因此也必然继承其造成的后果,但是政经体制改革也在相当程度上冲击了这个制度,并因为经济发展的需要而撬动了城乡二元关系。就像这个电影所展示的,大量"黄山来的姑娘"涌入北京,在不同中产家庭之间流转,可以自主出卖自己的劳动力,但同时又不得不忍受来自城市雇主的歧视,其实就是城乡二元体制在80年代延续又动摇的历史状况的表征。《黄山来的姑娘》这部电影的出现约略表明,到80年代中期,中国农民大规模流动到城市务工的社会条件已经基本具备。这些条件主要包括如下几个方面:一、农村剩余劳动力的大量出现;二、城市发展需要大量的劳动力;三、城乡二元体制的官方调整。但是,驱使农民不计代价涌入城市的主要原因还在于:一、相对于城市来说,乡村一直极端贫困,是贫困导致农民进入城市,从事城里人不愿意从事的工作;二、农业一度繁荣后便陷入瓶颈,土地已无法给农民提供更多的收入。[②] 这样看来,作为新雇佣劳动力美学表征的"黄山来的姑娘"跃上影像,是历史与现实交叉作用的结果,是建立在城乡二元体制基础上的政经改革发明出来的时代"新人"。

　　正如改革开放始终伴随着对其社会主义性质的质疑一样,市场化、商品

---

　　① 参见王萍:《中国农村剩余劳动力乡城转移问题研究》,东北财经大学出版社,2008,第44—48页。

　　② 参见黄平:《当代中国农民寻求非农活动之根源初探》,载翟晓光编:《田野来风》,中国电影出版社,1998,第185—202页。

化的雇佣劳动力的出现,也同样面临着矛盾与挑战。一方面,新经济形态呼唤能自由出卖劳动力的劳动者,要求劳动力的商品化、货币化。从城市自身发展来说,需要大量的劳动力从事家庭服务行业及其他繁重的体力劳动,例如北京的保姆市场在 1982－1988 年间发展迅速,家庭佣工已达 5—6 万人,而这依然无法满足城市的需要。① 众多关于保姆的文艺作品的出现,正说明了雇佣劳动及其未来发展,是一个能引发持续关注的社会话题。但另一方面,在劳动力市场化、商品化的同时,雇佣者与被雇佣者之间的阶级分化与剥削关系也趋于明显,这显然与社会主义劳动的尊严政治及平等诉求明显背离。《黄山来的姑娘》围绕着玲玲这个理想的雇佣劳动者形象,展示了普遍存在的种种不平、不公与不义。齐家姆妈、女儿与玲玲之间的等级关系看来相当明确,虽然可以同桌吃饭,但玲玲却不能吃好的,不能跟她们一起看电视。玲玲的保姆姐妹们大多也不能跟主家一起吃饭,大多数雇主对她们也是态度傲慢,充满歧视。即使后来两家雇主有所不同,信任玲玲,尊重玲玲,甚至建立起一种亲密的类家人关系,但是不管柳红荣与玲玲如何姐妹情深,周家爷奶如何平易和蔼,周星星如何倾吐心事,那种雇佣与被雇佣者之间的等级关系依然清晰可见。

电影虽然试图用个别人的道德缺陷来掩盖等级关系的生成,但是人们依然可以清楚地觉察到一个差序结构的普遍存在,其中不仅仅是雇佣者与被雇佣劳动力之间的等级与剥削关系,还存在其他各种社会等级关系。首先,城乡之间的等级关系是电影最为着力经营的方面。城市人与农村人之间存在无法逾越的体制鸿沟,不管玲玲如何能干,如何善良,她也无法取得城市人的身份、享受城市人的福利,她的最终返乡因此是一个必然的结果,而不是一个自愿的选择;其次,不同劳动形式之间存在着等级差异。脑力劳动与体力劳动,家务劳动与公共劳动、第三产业与第一产业等等,玲玲所从事的服务性的家务体力劳动,显然是其遭受歧视抑或同情的重要原因。另外,《黄山来的姑娘》也暗示了父权家庭内部的等级关系。不管是在城市还是乡村,父权观念都根深蒂固,雇主齐家哥哥的代父形象,玲玲出来务工是

---

① 严海蓉:《"知识分子负担"与家务劳动——劳心与劳力、性别与阶级之一》,《开放时代》2010 年第 6 期。

替哥哥还赌债、为弟弟挣学费,这一切都表明父权主导的核心家庭依然是中国社会的主要结构性元素。最后需要指出的是,在各种阶差关系构成的社会差序结构中,来自乡村、从事保姆工作的青年女性玲玲,显然处于这个结构的最底端。围绕"黄山来的姑娘",电影呈现了在历史和现实的交错中建构起来的差序社会结构,但同时又试图利用一种刻板化的性别图景掩盖这种差序结构的普遍存在。"黄山来的姑娘"的外来女性身份"自然化"了阶级、城乡、脑体等差序关系,底层大众在 80 年代中国精英阶层的最初想象中,就是一个温驯、善良、勤劳的姑娘,"她"是剩余价值的自然主义源泉,而且毫无危险。

实际上,这种社会差序结构的性别化生产毫无新意,50－70 年代文艺就擅长把人民大众描述为妇女老弱,五四时期启蒙文学的首要启蒙对象就是妇女,《黄山来的姑娘》不过是这个性别叙事传统的自然延续。其实很难确定,是固化的性别差异影响了社会差序结构的再生产,还是新的社会体制发明出新的性别关系,因为"自然"的性别差异往往在社会大转型时代扮演催化剂的角色,能够赋予社会结构的调整以合法性;新社会差序结构看上去就跟性别结构一样自然而然。这当然只是一种意识形态修辞术,与"性别"一样,"自然"亦是社会建构,因而需不断生产出"而然"下去的理由,以应对其根本"不自然"的内在危机。从这个角度来看,"黄山来的姑娘"既敞开了一个时代的希望,也暴露出难以克服的历史悖论与困境。一方面,社会主义意识形态的遗产促使电影站在雇佣者的立场上,但又不愿看到深层的阶级分化及其历史根源,于是只能将矛盾归咎于个人,比如小市民习气等等。另一方面,电影把宏观的社会差序结构问题变成家庭内部问题,小保姆玲玲的进城与还乡于是都被叙述成乡土家庭的需要,她的命运与乡村、与父权家庭紧密联系在一起,而进城成为一个相对自由的雇佣劳动者,只是她姑娘人生暂时的经历。更有意思的是,"回到黄山"成为姑娘展开新生活的开端,她带着技术、现代的生活方式以及文明的语言(普通话)回乡,至于她能否适应城市和乡村这二者断裂的生活,显然不是电影愿意去考虑的。

姑娘从黄山来,又回黄山去,这个圆满的旅途中间,唯一不曾缺少的,就是莫名所以的希望。通过塑造一个完美的乡村女性雇佣劳动力,《黄山来的姑娘》不无诗意地再现了社会差序结构的当代再生产。然而,"黄山来的姑娘"最终必然返回黄山的结局说明,作为来自乡土中国的女性雇佣劳动者,"打工妹"这个群体在 80 年代初登历史舞台时,似乎就已经预示着"她们"永远无法完成城市化乃至无产阶级化的悲剧命运。至于 80 年代初期的中国,在其重返全球资本主义体制的进程中,就像《黄山来的姑娘》一样,乐观得简直有些残酷。

四、抵抗的女性政治学

新时期中国在建构新的现代性想象的同时,也试图塑造出契合这个新项目的新雇佣劳动力,"姓资姓社"的争论在精英阶级中间或者还有存在空间,但广大底层大众早就用实际行动回应了时代的召唤。实际上,他/她们一直具有抵抗、克服城乡、阶层等体制樊篱的无穷动力,改革开放只不过为这种抗争带来了更多可能性。故此,《黄山来的姑娘》既体现着体制对底层大众的询唤,也是一种抵抗潜文本的浮现,完美的"黄山姑娘"在电影中不得已地来而复去,或者恰恰反映了主流政治对于某种抵抗潜能的忧惧。作为中国打工妹 80 年代的镜像,"黄山来的姑娘"涌入都市中国,接受城市现代性的洗礼、考验与折磨,终而成为中国现代化的底座与基石,那些指示经济增长的 GDP 数字中,从不缺少打工妹群体的血与泪,当然更隐含着她们时刻都在进行的反讽与抵抗。

毫无疑问,《黄山来的姑娘》制造了一个极其温驯美好的打工妹形象,但是同样也透露出其处身社会底层的"可怜的人的位置"[①]的现实,而基于城乡、阶层和性别等差序结构形成的意识形态压抑,或是"她的表演"不得不温驯如斯的主要原因。当然,日后不断出现在各种新闻报道、电视镜头中的打工妹,永远都是默默无言地忙碌在生产线上,熟练而机械的动作显示着极致的效率,"她的表演"居然总能够与时代合拍,或者说,如"黄山来的姑娘"一样的打工妹,一直是新时期中国关于完美雇佣劳动力的梦想,故而"她的表演"要以各种形式,不断地现身于各种意识形态镜像之中。在这里我想指

---

① 见[澳]杰华:《都市里的农家女——性别流动与社会变迁》,江苏人民出版社,2006,第 11 页。

出的是,"黄山来的姑娘"在总体上是一个主流意识形态营造的"臣服的主文本",作为一个完美雇佣劳动力的显而易见的"她的表演",是这个主流历史文本的主要内容,但是在臣服于社会差序结构的"她的表演"之外,尚有一个不可见的"抵抗的次文本"的存在。在这个"抵抗的次文本"中,打工妹演绎的不是温驯的臣服,而是隐在的抵抗。

启示来自潘毅、斯皮瓦克和斯科特的研究。在《中国女工:新兴打工者主体的形成》一书中,潘毅对打工妹进行了社会人类学的研究。在指出打工妹深受国家、跨国资本和父权制家庭三重压迫的同时,更看到了她们作为历史实践主体的政治能动性,她们在臣服之中往往隐含着抵抗的激情,并不断通过梦魇中的尖叫,开创出一种"抵抗的次文本"。[1] 斯皮瓦克则辨析属下发声的努力与实践,提出属下能够自我发声的可能性。[2] 斯科特用"隐藏文本"或"弱者的武器"指代属下的声音,认为任何社会底层群体都能创造出这种文本,"它不是正式的、组织化的政治活动",而是一种"日常形式的斗争","平凡的反抗形式","利用心照不宣的理解和非正式的网络,通常表现为一种个体的自助形式","避免直接地、象征性地与权威对抗",从而消解支配者的权力。[3] 具体到电影《黄山来的姑娘》,它的意义在今天看来或者还在于,其有意无意地呈现了一个试图跨越社会差序结构的乡土女性所体现出来的协商与抵抗的力量。

与后来的打工妹主要进入劳动密集型产业不同,早期乡村女性主要到城市从事保姆等家庭服务工作,这意味着女性必须以个人身份面对整个雇主家庭,很难形成一种基于集体劳动的群体力量。不过,《黄山来的姑娘》的主要场景虽然都在家庭之内展开,但这个以女性为主创人员的电影创作群体,却细腻生动地演绎了女性之间的姊妹情谊。大体言之,这个姊妹情谊在电影中主要有三个层次:一是小保姆之间建立在同乡、同职基础上的类似同乡会或同业会的一种群体身份认同关系;二是雇主家庭女性成员与小保姆

---

① 见潘毅:《中国女工:新兴打工者主体的形成》,九州出版社,2011。

② 见[美]佳亚特里·斯皮瓦克:《底层人能说话吗?》,载[美]佳亚特里·斯皮瓦克著,陈永国等编:《从解构到全球化批判:斯皮瓦克读本》,北京大学出版社,2007。

③ [美]詹姆斯·C.斯科特:《弱者的武器:农民反抗的日常形式》,郑广怀等译,译林出版社,2011,第2—3页。

之间跨越城乡身份差异形成的姊妹情谊,这是在父权家庭内部处于同样位置的女性,出于对共同的女性命运的理解建立起来的友谊;三是因年龄相仿而即使身份、地位不同的女性之间在日常相处中产生的情感纠葛,这是一种基于代际基础的青年亚文化认同。三个层次的女性社会关系网络形式彼此交叉,构成了一种虽不甚稳定却一直存在的女性共同体,为处于社会差序结构的属下位置的女性雇佣劳动者提供了物质及精神上的支持。这种跨界构成的姊妹情谊将身份不同的女性联合起来,实际上已经构成了一种可以与各种父权制及其变体进行协商对抗的"亚联盟"。

　　首先,小保姆之间基于同乡关系建立的女性情谊在电影中展开得最充分,这主要包括类似母女和姐妹的两种情谊关系。其中,电影中的大妈在北京当保姆多年,已经建立了相当多的社会关系网络,她介绍玲玲和其他黄山姑娘来北京,教给她们如何当保姆以及如何与雇主对抗的经验。大妈也许不是一个理想的保姆形象,但实际上却充当了小保姆们的情感母亲、精神导师与工作指导的角色。"黄山来的姑娘"们以大妈为中心,形成了一个彼此联系紧密的乡土母系族群。电影中的年轻小保姆之间则另外建立起姐妹情谊。她们定期见面,一同出游,互诉心事,甚至互相学习对付苛刻雇主的办法。正是由于这种基于阶层、地域、性别、血缘等的族群认同关系,为"黄山来的姑娘"们抵抗社会压抑和劳动剥削提供了支持。第二个层次姊妹情谊的形成极为艰难,因为她们之间存在着城乡和阶层鸿沟。电影中的柳红荣是个被知识者丈夫抛弃的女工,她作为父权家庭和新阶级区隔的受害者,与小保姆玲玲近乎同病相怜,使二者能够穿越身份差异建立姊妹情谊。第三个层次的女性情谊其实相当不稳定,雇主家庭的年轻女性与小保姆在对抗、对话中最终建立理解,前者让后者领会到成为一个城市女性的技能与可能,而后者则将一种原初的朴素人性代入到前者的生活中,二者的姐妹情谊似乎能够跨越身份鸿沟,从而形成一种理想的兼具现代化与乡土性的中国女性存在。

　　通过不同层次的姊妹情谊建立的集体认同,的确为"黄山来的姑娘"克服身份区隔、释放政经压抑、协商文化处境等抗争活动提供了支持。但需要指出的是,那个完美的小保姆玲玲其实不属于保姆群体,她在保姆中间显然有些鹤立鸡群、格格不入,因为她在很大程度上只是一个理想的雇佣劳动力符号,而不是一个现实的雇佣劳动力主体,所以她总是制造各种人际和谐,而不是社会对抗。其实,在一个完美的女性雇佣劳动力的主流身影旁边,一直隐藏着无数个略显"邪恶"的"次文本"——偷奸耍滑、虚荣自私、木讷呆板、世故俗气的"黄山来的姑娘"们,"她们"悄悄侵蚀并颠覆了那个想象的理想主义版本。其实,面对无所不在的城乡、地域、性别、身份的区隔与压抑,"她们"不会、同时也不能像"她"那样温驯可控,而是每日都在上演着"弱者的反抗"。大妈每日要"扣它三毛四毛的",玲玲乖巧地要了主家的画去卖。齐家的几个前任保姆都绝非理想:一个呆头呆脑,整天不说话;一个不久就学城里人烫发、穿高跟鞋,失去农村姑娘的本分;一个偷东西;一个整天呼朋引伴,把雇主家当成了自己家。齐家女儿的抱怨,既是好保姆难找的现实反映,也是保姆与雇主斗法的真实状况。与霍达的《保姆》不同,《黄山来的姑娘》没有完全站在雇主的立场上,而是游移于雇主与保姆之间,雇主抱怨的坏保姆的形象并未现身,而保姆抱怨的坏雇主形象则在齐家母女身上时时暴露。看来在雇佣劳动市场上,雇主与受雇者都不满意。改革时期这种雇佣关系的矛盾在严海蓉看来,正是"挥之不去的社会主义遗产在民间社会的影响与雇主们对改革时期市场乌托邦的想象之间的冲突"。①

雇主、市场往往通过性别化的意识形态再生产,使雇佣劳动力接受自己"第二性"的身份,商品化的雇佣劳动力是被赋予了性别的,"它"是一个女的！既能高效完成工作,又温驯听话,"保姆就应该有保姆的样子""农村姑娘就应该有农村姑娘的样子"的规训里,对理想雇佣劳动力的设计与对农村、女性的想象互相重叠,市场雇佣关系被有效转化为城乡关系和性别关系,劳动力的商品化则被叙述为"黄山来的姑娘"感动中国。但是电影中的小保姆却一直强调这种劳动关系,并将其重新置于社会主义劳动关系中加以理解,保姆被其归为服务性行业,并阐释为"你伺候我,我伺候你""我为人人,人人为我"的社会主义劳动伦理,从而抗拒等级化的雇佣劳动关系,强调自己劳动的价值和尊严,就像玲玲所说"我在你们家不是白吃饭的"。在此,社会主义劳动意识形态亦被转译为一种有效的抵抗的次文本,新雇佣劳动

----

① 严海蓉:《"知识分子负担"与家务劳动——劳心与劳力、性别与阶级之一》,《开放时代》2010年第6期。

主体通过利用社会主义遗产,赋予自身的抵抗以政治合法性。除此以外,
"黄山来的姑娘"们还试图以日常生活实践,打破新社会差序结构的限制,玲
玲偷偷试穿齐家女儿的上衣、小保姆们兴奋地互相试穿高跟鞋的细节,显示
出她们同样渴望成为现代消费主体。电影结尾,玲玲脚蹬高跟鞋、戴着手
表、操着一口标准的普通话,与周家孙女一同登上列车返乡,这个情景既是
一个现代消费主体生成的时刻,同时也是城乡、阶层等区隔被消费主义弥合
的幻象。《黄山来的姑娘》摇摆于社会主义与新时期之间,并试图利用前者
对后者进行批判而达成某种折中,正如电影始于《东方红》乐曲所隐喻的,80
年代中国的现代化憧憬中从不缺少社会主义的幽灵。

　　在当代中国现代性历史展开的过程中,每个雇佣劳动者也许皆不例外,
都是一个抵抗的次文本,在经济崛起、发展进步的大历史叙事之外,悄然展
开一个志在抵抗的个体小历史。《黄山来的姑娘》就是一个交织大历史与小
历史的典型文本,既表征了当代中国的新社会差序结构的形成,也呈现了新
雇佣劳动力主体追求平等、正义与尊严的政治激情。其中,女性情谊为打工
妹带来情感支持与经验分享,追求劳动尊严与身份平等的社会主义伦理,则
成为她们为数不多的思想政治资源之一,"黄山来的姑娘"借此得以与父权
制的新现代性项目展开协商。

　　在《黄山来的姑娘》中,"黄山"从未出现,"北京"则时刻在场:火车站、长
安街、颐和园、北海、商场、公园,市民家庭、工人家庭与老干部家庭,北京青
年的工作、恋爱与生活等等。"黄山来的姑娘"串联起来的,其实是现代都市
生活。从未被视觉化呈现的黄山,作为乡土中国的象征,一方面指涉的是农
村在以城市化为核心的现代性项目中的缺席,另一方面又意味着农村是不
可或缺的现代化源泉。"黄山来的姑娘"所代表的农村廉价劳动力,是当代
中国实现其经济积累的基础。一直以来,对于致力于工业化、城市化和现代
化的中国来说,农村充当的也许永远是一个有待征用的原始的、女性化廉价
劳动力蓄水池的角色,"黄山来的姑娘"因而得以成为 80 年代中国之雇佣劳
动关系再生产的性别化寓言。

第二节 《人生》与乡土中国的现代/性选择

　　《人生》是路遥的成名作,据说脱胎于其 70 年代末处于构思中的短篇小说《刷牙》,小说由"刷牙"这一日常卫生习惯在农村的出现,来隐喻改革时代农村对现代文明的想象和实践。之后,由于受胞弟王天乐进城故事的影响,短篇《刷牙》扩展成了中篇《沉浮》,开始讲述高中毕业生高加林离返土地的人生故事。《沉浮》后来经中国青年出版社编辑王维玲建议改成《人生》,在《收获》(1982 年第 3 期)发表。① 从《刷牙》到《沉浮》再到《人生》,小说题目由具体细微而终至抽象空茫,倒也暗合了那个人人思考"人生的路究竟应该怎么走"的所谓转折时代的社会问题。② 对《人生》的关注,也从文坛、知识界扩大到众多普通读者,一时间,关于高加林与刘巧珍的爱情悲剧、高加林人生选择的是与非等,众说纷纭。很多读者甚至将作者路遥看成"掌握人生奥妙的导师",向其求教"人应该怎样生活"的问题。③ 1984 年,小说《人生》被导演吴天明搬演到银幕上,周里京塑造的高加林,冷静内敛、儒雅刚毅,又不乏身体的性感,其男子汉形象与中国即将展开的新的现代/性想象正相匹配。

　　《人生》中高加林离返乡村的人生出路的困境,是转折时代乡土中国特有的现实问题,但其之所以引起国人如此大的共鸣,很大程度上源于这个乡村知识男青年身上凝聚的时代焦虑与困惑,高加林留在乡村还是奔赴城市的个人主义奋斗,与其爱情抉择——背弃农村/刘巧珍还是接受城市/黄亚

---

①　参见王天乐:《苦难是他永恒的伴侣》,载李建军编:《路遥十五年祭》,新世界出版社,2007,第 192 页。

②　1980 年 5 月,一封署名"潘晓"的读者来信《人生的路呵,怎么越走越窄》在当年第五期《中国青年》杂志发表,刊发不到一个月,杂志社就收到了两万多封参与讨论的回信,随即展开了一场轰动全国的关于人生意义的大讨论——"潘晓讨论"。

③　路遥:《早晨从中午开始——〈平凡的世界〉创作随笔》,《早晨从中午开始》,北京十月文艺出版社,2012,第 5 页。

萍——所带来的道德审判紧密相连,同时也与转折时代中国乡村向何处去的现代想象相关,现代化道路通过性别关系的构建而得以体现,而在高加林这个"城乡交叉地带"的知识男青年身上,承载的正是转折时代乡土中国现代/性的焦虑与希冀。

一

80 年代初,路遥从乡村进入城市,面对北京新建的立体交叉桥,震撼之余,他敏锐地意识到,这种新生事物"几乎象征了我们当代社会生活的面貌"①。《人生》中的高加林身处的正是这样一个"立体交叉桥"。从空间来看,他出生于一个"城乡交叉地带",介入农村与城市之间,"城市生活对农村生活的冲击,农村生活对城市生活的影响,农村生活城市化的追求倾向,现代生活方式和古老生活方式的冲突,文明与落后,现代思想意识和传统道德观念的冲突等等",在此地"构成了当代生活的一些极其重要的方面";②从时间来说,高加林"人生"起点的 80 年代初,中国正处于社会转型时期,国家的政经改革已经展开,而经济改革首先在农村试点,"城乡交叉地带""整个农村生活经历着一种新的改变和组合"③。虽然高加林所在的农村因书记高明楼的抵制还未实现联产承包责任制,但即便如此,高明楼也知道人民公社与生产队大势已去,包产到户势在必行。《人生》以现实主义笔触展现了一个变动中的孕育着生机与希望的农村:"县城南关的交易市场热闹得简直叫人眼花缭乱,一大片空场地,挤满了各式各样买卖东西的人","到处充满了庄稼人的烟味和汗味"。这时的商品经济已经复苏,农民与土地的关系出现了多种可能。经济因素逐渐在乡土空间内活跃起来,农村各路"能人"纷纷崛起,分解着曾经的政治权威对乡村的支配。

---

① 路遥:《面对着新的生活——致〈中篇小说选刊〉》,《早晨从中午开始》,北京十月文艺出版社,2012,第 102 页。

② 路遥:《关于〈人生〉与阎纲的通信》,载《路遥文集》(第 5 卷),人民文学出版社,2005,第 364 页。

③ 路遥:《关于〈人生〉的对话》,《早晨从中午开始》,北京十月文艺出版社,2012,第 144 页。

正是在这样的历史情境中,高加林因其民办教师职位被大队书记的儿子顶替而不得不重返农村,其人生命运看来不得不再次与出生的农村连在一起,但此时的农村看来已为高加林的人生发展提供了几种可能:一、他可以成为村里的政治权威,像大队书记高明楼一样,在"公社、县上都踩得地皮响"。尽管他爹在村里窝窝囊囊,他也是一无所有,但凭借知识、见识以及男人的狠劲儿和雄心,这条路看起来并不遥远。高明楼虽然把他的民办教师拿下了,但心里很怵他,怕他复仇。二、成为经济能人,像巧珍的父亲刘立本那样,凭借"走州过县做买卖"的本事发家致富,成为村里仅次于高明楼的"二能人",人人羡慕的"财神爷","穿一身干净的蓝卡叽衣服""戴白瓜壳帽",成为"文明新贵"。虽然高加林挎篮卖馒头失败了,但这并不意味着他不能或不愿做生意,而是因为到县城集市上卖馒头的行为,与乡村/女人的身份联系在一起,而这威胁并羞辱了高加林的男性气质。其实从其回乡不久就"养了许多兔子,想搞点副业"来看,他不会是商品经济大潮的落伍者。三、他可以像"做庄家和搞买卖都是一把好手"的青年马栓一样,成为技术能人,贾平凹《鸡窝洼人家》中烧窑、养鱼、卖豆腐,并成功地将手扶拖拉机、压面机等新鲜玩意儿带进山村的禾禾,《天狗》中凭打井本领站稳脚跟的手艺人李正等,其实都是高加林的农村兄弟。可以想象,高加林即使留在农村,也有实现自我的多种可能。他也会像高明楼和刘立本那样,建起一线五孔的大石窑,圈围墙,盖门楼,虎踞龙盘,成为大马河川里的一道风景,然后娶乡村里数一数二的好姑娘刘巧珍,领着她一起刷牙、给水井撒漂白粉,改变乡村落后的卫生习惯,实践一种虽不同于城市但依然现代的生活方式,我们暂且将之称为乡土现代性实践吧。

可路遥为什么偏偏不给高加林成为农村能人的机会,而一定要千方百计让他的人生重新从城市开始呢? 一个农村知识青年进入城市的人生道路可能联结着怎样的历史、现实与未来? 若在六七十年代,高加林也许会成为一个梁生宝式带领农民走集体富裕道路的英雄人物,其个人的理想和抱负必须以集体主义的形式才能落实。但 80 年代是个人主义浮现的时代,个人不必再依附于集体,潘晓的"任何人,不管是生存还是创造,都是主观为自我,客观为别人"①之所以引起广泛共鸣,也与高加林的个人主义奋斗一样,是这种时代精神的反映。

受过现代教育的高加林热切向往着县城、省城、大都市甚至国外现代都市,虽然"从来也没鄙视过任何一个农民,但他自己从来都没有当农民的精神准备",对他来说,不管是政治能人、经济能人还是技术能人,都还是农村人,而他对未来现代生活的设想,却无法在农村自动生成,他渴望的是一种城市现代生活方式或者说城市现代性,在城市、文字中而非在农村和土地上,他更能感觉到自己人生的意义和价值,那是一种干预社会与生活、兼济全球的个人主义式的雄心和抱负。而相比于城市,农村还是太落后太贫困了,即使是在被称为农村"黄金时代"的80年代初期。其实,中国的现代化进程一直以对农村的剥夺为基础。城乡隔绝体制通过二元户籍制得以实现,农村人的命运被紧紧束缚于土地之上,很难公平享受到现代化的收益,无法得到与城市均等的发展机会。青年一代对农村的逃离自民国时期以来就相当普遍,胡适就曾感叹,民国时期,连小学毕业生也不愿再回乡耕种,出身乡里的孩子一旦受过教育,就变成一种"特殊阶级",不屑于"种田学手艺","宁作都市的失业者而不肯做农村的导师了"。② 现代化过程看来一直是一个城市化的议题。新中国限制农村人口向城市流动、让知识青年下乡改造农村等举措,看来都无法实现农村的现代化,反而进一步加剧了城乡的差距,以至于哪怕有一线机会,没有哪一个农民会甘心被束缚于乡土社会。更何况,男儿读书的目的自古以来就是"朝为田舍郎,暮登天子堂",高加林"十几年拼命读书,就是为了不像他父亲一样一辈子当土地的主人(或者按他的另一种说法是奴隶)"。

因此让高加林进入城市而非留在乡土,有着深层的历史、现实和文化因

---

① 潘晓:《人生的路呵,怎么越走越窄》,《中国青年》1980年第5期。1980年,《中国青年》发表署名潘晓的文章《人生的路呵,怎么越走越窄……》,并以此为开端,在刊物上组织读者开展《人生的意义究竟是什么?》的问题讨论。1984年第1期,《中国青年》编辑部又发表陈志尚、金可溪的文章《"主观为自我,客观为别人"错在哪里?》,对人生大讨论"在青年中造成了不良影响"进行自我批评。《中国青年》对"人生"问题讨论态度的前后变化,某种程度上也体现出一种回转的姿态。

② 胡适:《教育破产的救济方法还是教育》,载胡适:《个人自由与社会进步》,北京大学出版社,2013,第225—226页。

素,即使经济改革使 80 年代的乡土中国有了在地实现现代化的可能,依然也难以阻挡农村知识青年走向城市的步伐,像高加林这样雄心勃勃的于连式男性知识者,离开乡村流动到城市就具有了相当的历史合理性与必然性。如果说高加林奔赴城市的决绝与热情在 80 年代初期还只存在于个别知识精英身上,那么在 90 年代后,当农村经济改革基本停滞,以市场为导向的城市现代性项目全面展开之时,奔赴城市几乎就是全体青壮年农民的集体行动了,高加林式个人主义的"人生"发展故事,也就变成千千万万农民工无可选择的生存故事。

二

《人生》中高加林的身上有路遥胞弟王天乐的影子,路遥自己曾说过,对于高加林这个人物,他是怀着"兄长般的感情"[①]来写的。其实,像高加林这样雄心勃勃离开农村在城市寻找发展机遇的"于连"式个人主义者,在 80 年代中国相当普遍。高加林的原型如此,新时期许多农民出身的作家像莫言、贾平凹包括路遥自己也是如此,他们以写作、当兵、高考等方式,一个个离开农村,在某种程度上,哪个不是高加林呢? 一旦获得进入城市的机会,无不决然离去,不再回头。莫言自己曾直言,作为一个地地道道的农民时,对故乡是充满仇恨的,所以《欢乐》(1987)中五次高考失败的永乐说:"我不赞美土地,谁赞美土地谁就是我不共戴天的仇敌;我厌恶绿色,谁歌颂绿色谁就是杀人不留血痕的屠棍。"农村之于知识青年,就像《白狗秋千架》(莫言,1985 年)中被扎瞎眼睛的暖与哑巴,即使多年后还乡,带来的依然还是惊惧与恐怖。只有逃离出生之地,才能获得尊严、自由与幸福。

高加林也是如此,进入城市,一路春风得意,"他的各种才能很快在这个天地里施展开了":在地区报和省报发表通讯稿,在省刊发表描绘风土人情的散文;胸前挂个带闪光灯的照相机,潇洒地出没于稠人广众面前;穿一身天蓝色运动衣,英姿勃发地出现在篮球场上。高加林"简直成了这个城市的

---

① 路遥:《关于〈人生〉的对话》,《早晨从中午开始》,北京十月文艺出版社,2012,第 147 页。在访谈中,路遥说:"我抱着一种兄长般的感情来写这个人物。因为我比高加林大几岁,我比他走的路稍微长一点,对这个人物身上的一些优点,或者不好的东西,我都想完整地描写出来。"

一颗明星","他内心里每时每刻都充满了一种骄傲和自豪的感觉,自尊心得到了最大的满足",他有更大的抱负和想法,甚至不能满足于在这个县城所达到的光荣。而更重要的是,他进入城市与才华的施展,再次激起高中同学黄亚萍炽热的爱情。但正当高加林的现代生活如火如荼地进行时,路遥却当头一棒,阻断了高加林的城市人生。克南(高加林的情敌)妈妈解开了高加林进入城市的秘密,高加林不得不被组织退回农村。而与此同时,挚爱着高加林却被他无情抛弃的农村姑娘巧珍也已赌气般地匆匆嫁人,这无疑切断了高加林在乡土生活的最后一丝温存与希望。这时的高加林既失去了城市发展的依托,也失去了心爱的农村姑娘,最终两手空空一无所有。高加林有才华、有抱负,能吃苦,也低调,他是如此珍视来之不易的人生机会,与现代城市生活又是如此匹配,即使他是通过"走后门"进入了城市,但难道他不应该拥有进入城市的通道吗?那么,路遥又为何一定要将高加林打回农村?在高加林这个农村知识男青年身上负载了转折时代何种现代(个人)发展的困境呢?

80 年代初,中国社会正处于新旧交替的转折时期,新的社会结构与经济秩序无疑为现代化建设带来了新的可能,但与此同时,权力腐败、赢者通吃、道德沦落等也成为一种新的历史之恶。像高加林的民办教师被高明楼动用私权拿掉后,他虽然决心要凭自己的实力跟高明楼拼个高低,但事实上他进入城市争取个人发展的方式却只能重复高明楼的方式,"走后门"的行为使他同样成为某种"不义"的践行者,他无力甚至也从未想过如何去改变这"恶"的链条,而是不折不扣地延续了普遍存在的弱肉强食的"丛林法则"。当然,要求高加林以微茫的一己之力去改变整个权力的运作机制,尤其是去实现城乡之间的自由流动,则既不现实,又太过苛刻。而路遥对高加林的批评或者说惩罚,不在于他对户籍制度的局限性与权力滥用的揭示与批判,而是聚焦于高加林在个人主义奋斗历程中对传统伦理道德的背弃,具体而言就是他对农村姑娘巧珍以及她所象征的故土的抛弃。在进城向上流动的路上,高加林扮演了"陈世美式"的负心汉角色。面对与乡村截然不同的生活与交往空间,加上现代女性黄亚萍主动炽热的精神示爱与利益诱惑,高加林毅然与巧珍分手。大马河桥头一别,不仅是其与巧珍的诀别,更是与生养他的黄土地的诀别。作为转折时代的前奏,高加林的个人主义奋斗无疑与时代要求相合,但伴随其中的传统伦理道德的沦丧,则无疑又是路遥这样身处时代转折关口的知识者的焦虑之源。高加林身上反映着时代和其自身的双重局限,"如果说他觉醒了的追求意识闪烁着时代光芒,那么,他的追求方式则映现了时代的阴影部分。时代画面的明暗调子都集中到了他的身上"。[①]高加林在被塑造为新时期个人奋斗先驱的同时,也承载了转折时代的历史之"恶"与伦理道德的困境。

　　除此之外,还有一个背弃乡土的知识者对故乡的复杂情感问题。乡土社会在现代化和都市化的进程中,实际上遭受着日渐猛烈的冲击。"当代社会的文化危机和道德危机已经不能简单地视为中国传统的衰败(因而有人反过来说这些问题是传统的失落的结果),因为许多问题恰恰产生于现代化的过程中。"[②]农民世代依附的土地和农业资源开始卷入商品化过程,几千年农业文明中的那些永恒的因素在商品市场的冲击下面临着巨大的威胁。路遥,这个生长于陕北黄土地的农民作家,其字里行间无不透露出深深的"恋土情结"。他经常说自己是"农民的儿子",同时期农民出身的作家对故土似乎很少有"路遥式"狂热的爱恋。《人生》中,作者通过巧珍和德顺爷爷这两个近乎完美的农民形象,为读者构建了一个亘古不变的充满爱与温情的道德化的乡土"乌托邦"。巧珍美丽善良,多情温柔,对落难时期的高加林献出了无私的、全身心的爱,即便被抛弃后,仍然不计前嫌,到处为高加林说好话。而德顺爷爷在路遥笔下也绝不只是一个"满身补丁的老光棍农民",他宛如一位"热血沸腾的老诗人","又像一个哲学家",每每用自己在黄土地上打磨出的人生经验为对生活感到失望的高加林讲述深奥的人生课题。对于这两个人物,路遥曾表示,他们"表现了我们这个国家、这个民族的一种传统的美德,一种在生活中的牺牲精神……不管发展到任何阶段,这样一种美好的品德,都是需要的,它是我们人类社会向前发展最基本的保证"。[③]

　　路遥笔下的巧珍和德顺爷爷俨然成为传统美德的化身,他们热爱并驻守着这片路遥已然无法回归的西北黄土地,与高加林这个背弃乡土的负心

---

　　① 李劼:《高加林论》,《当代作家评论》1985年第1期。
　　② 汪晖:《当代中国的思想状况与现代性问题》,载汪晖:《死火重温》,人民文学出版社,2000,第46页。
　　③ 路遥:《关于〈人生〉的对话》,《早晨从中午开始》,北京十月文艺出版社,2012,第149页。

汉形成鲜明对比。其实在某种程度上,路遥也是高加林,而乡土正成为离开乡土的知识分子巨大的道德焦虑之源,正是通过营造道德化的乡土"乌托邦",路遥们缓解了充斥于文本内外的那种"精神上升与道德下滑构成的历史转折期的尖锐矛盾"①,从而转移了自身离弃乡土的焦虑与不安。高加林扑伏跪在陕北高原,"两只手紧紧抓着两把黄土,沉痛地呻吟着"的场景类似一种"仪式",此时的高加林已然成为转折时期现代中国焦虑的载体,而那个原乡的乌托邦,不过是注定要背离它的知识者甚至现代中国的慰藉和想象而已。

三

转折时代"人生"的个人主义式发展焦虑,黄土地上"子一代"的农村知识者对城市文明与现代化的追求,是通过高加林与农村姑娘刘巧珍和城市姑娘黄亚萍的爱情纠葛得以展现的。高加林徘徊于乡土/巧珍与城市/亚萍之间的"人生"性爱故事,实际上转喻了转折时代乡村中国向何处去的可能与困惑:是选择巧珍/乡土,在地践行一种乡土现代/性,还是跟亚萍远走高飞来落实一种城市现代/性的发展方案。转折时代乡土中国的现代化想象与实践还是以性别作为其基本的表意机制。

乡土空间中的加林哥与巧珍,颇有些"才子落难、佳人搭救"式的中国传统爱情故事的色彩。乡村佳人刘巧珍是"川道里的头梢子",有着不似普通农村姑娘的精致面孔与白杨树般挺拔的窈窕身段,她虽没有上过学,但"天生的多情",天然向往知识与文化,"决心要选择一个有文化而又在精神方面很丰富的男人做自己的伴侣"。他嫌马栓"没文化、脸黑",爱"吹拉弹唱,样样在行;会安电灯,会开拖拉机,还会给报纸上写文章"的高加林,爱他"飘洒的风度,漂亮的体型和那处处都表现出来的大丈夫气质"。高加林第一次被迫返乡为两人的爱情创造了机缘,在与巧珍的交往中,高加林一直扮演着对乡村/女性进行现代启蒙的角色,他骑车带着巧珍逛县城,领导巧珍在村里进行"卫生革命",从穿衣到刷牙等日常生活细节处,引导巧珍过文明现代的

---

① 程光炜:《关于劳动的寓言——读〈人生〉》,《现代中文学刊》2012 年第 3 期。

生活。正是这种引导和启蒙的过程，使高加林即使重返乡村，也并未因人生的挫败而丧失其男性/现代气质，农村姑娘巧珍全身心的爱情反而凸显了他的男性/现代气质。

对巧珍来说，加林的出现，补偿了她没有受过现代教育一直困守农村的缺憾，与加林哥在一起，巧珍既尝到了一种现代恋爱的滋味，又体验了文明的生活方式，"才子佳人"这种中国传统、上流阶层的爱情方式，正是 20 世纪转折时代乡村姑娘巧珍想象与渴望的现代/性生活。尽管最后加林弃她而去，再次上演了一场"痴情女子负心汉"的传统剧目，但切不可因此而把巧珍看作是这一爱情空间中的被动与牺牲者。其实，在与高加林的爱情过程中，巧珍表达了一个女子、农村女子所能表现出的所有勇敢、胆量和智慧，从这点来说，看起来温柔善良的传统乡村女子同样具有现代爱情的自由精神。她对父亲与乡村传统伦理的反叛，在在让人想起五四那个"我是我自己的，谁也没有干涉我自由"的子君。

对没受过任何教育的农村姑娘巧珍来说，与高加林的爱情和她对现代/性的想象是一致的。但对在县城接受过高中教育、在县文化馆宁静明亮的阅览室里读过书、在学校篮球场意气风发地进过球的高加林来说，与农村/巧珍的爱情，显然与他想象和渴望的城市现代/性生活并非一致，乡土爱情需要经过转化或幻化方能达成。高加林一开始并没有注意到巧珍，当巧珍帮他卖了馒头俩人一道从县城回家时，他才注意到了巧珍的美：

> 高加林突然想起，他好像在什么地方见到过和巧珍一样的姑娘。他仔细回忆一下，才想起他是看到过一张类似的画。好像是幅俄罗斯画家的油画。画面上也是一片绿色的庄稼地，地面的一条小路上，一个苗条美丽的姑娘一边走，一边正向远方望去，只不过她头上好像拢着一条鲜红的头巾……"

"鲜红的头巾"在加林与巧珍的爱情中是一个极有意味的细节，恋爱伊始，巧珍缺少这样的头巾，后来高加林进城后给她的礼物就是一条"鲜艳的红头巾"。通过把巧珍想象和改造成戴"鲜红的头巾"的俄罗斯农庄姑娘（对农村的高加林来说，苏联无疑是现代/性生活的模板，美国这时还未进入他的视野),高加林在乡土空间里的爱情才能与其对现代/性的想象一致起来。
但是这种想象性的转化其实是相当脆弱的,一旦他进入城市空间,狗毛褥
子、十二个猪娃之类与农村相关的亲切话题就马上变得"乏味",让人"烦
躁",即使巧珍真的戴上了俄罗斯姑娘标志性的红头巾,也无济于事了。大
热的夏天,巧珍戴着加林哥亲手围上的红头巾,不仅不让人感到爱的愉悦,
反而有无尽的哀伤。巧珍与加林爱情的失败"根源正在于双方因知识所形
成的心理、身份乃至职业的分歧已经超出了双方情感可以调适的范围"①。
这种分歧既是知识形成的,更是因知识视野而产生的对未来现代/性的想象
的差距所造成的,巧珍对爱情和现代生活的想象终点,不过是高加林的起点
而已。

　　高加林对现代/性的想象,只能与黄亚萍这样的城市/现代的女性在一
起才能落实。在广播站工作、操着一口标准普通话的黄亚萍,父亲是县委常
委,她见过世面,人又聪敏大方、不俗气。在黄亚萍的眼中,与原先恋人克南
的庸常、无趣不同,"加林的性格、眼界、聪敏和精神追求都是她很喜欢的",
他"颀长健美的身材,瘦削坚毅的脸庞,眼睛清澈而明亮,有点像小说《钢铁
是怎样炼成的》里面保尔·柯察金的插图肖像,或者更像电影《红与黑》中的
于连·索黑尔",连高加林发火都具有一种独特的男性魅力,"我就喜欢你这
种性格!男子汉,大丈夫,血气方刚"。巧珍不爱老实能干的马栓,亚萍也不
爱城市暖男克南,因为在克南身上她也无法落实对现代/性生活的渴望,尽
管他们门当户对,身份相当。农村姑娘巧珍和城市姑娘亚萍,在高加林身上
都能寻找到自己渴望的未来现代/性生活,这当然与作者路遥让"知识"与
"性"这两个现代因子同时在高加林身上完美展现有关,而这种型构也影射
了中国未来的现代/性道路,它似乎注定与城市相关,正如改革文学中那些
强力、独断、具有支配性男性气质的开拓者。

　　基于高中时代建立起的笃深情谊,以及志同道合的精神追求,高加林和
亚萍之间更多的是因共同的知识结构和精神追求所形成的现代/苏俄式的
两性关系。在乡土中国现代化的进程中,这种志同道合的爱情模式象征了

---

① 董丽敏:《知识/劳动、青年与性别政治——重读〈人生〉》,《南开学报》(哲学社会科学版)
2014年第6期。

一种向上发展的时代可能。与乡村姑娘巧珍相比,亚萍因其城市出身、父亲地位等背景,无疑掌握着更多的现代性资源,既能向高加林提供丰厚的物质支持,使其在生活方式上更现代,更重要的是,她还能帮助高加林去南京,进入到一个更为广阔的现代都市空间。因此,在乡村与城市、县城与帝都间,孰高孰低,立下分明,乡村能人的漂亮女儿终究不敌县委常委的千金。因此,与其说传统温柔善良的巧珍终究不敌现代霸道的亚萍,是知识战胜了传统,不如说是城市、现代甚至是特权阶层(假设亚萍只是个底层的城市女性呢,也许结局不会这么立见分晓)在性与婚姻市场的胜利。高加林、马栓与刘巧珍,高加林、张克南与黄亚萍,这两对"三角恋"的分分合合,正暗示了转折时代乡村与城市未来的现代道路。而高加林,这个"城乡交叉地带"的知识青年的悲剧就在于其徘徊于乡村与城市之间,既无法实现城市现代/性的人生追求,也无法退回乡土,与心爱的姑娘一起开拓乡土现代/性的可能。高加林的"人生"隐喻的正是转折时代乡土中国的欲望与挫折。

在被称为《人生》续篇的《平凡的世界》(1986 年)中,路遥让乡村的"高加林们"不再徘徊于乡土与城市之间因而进退失据,而是设置了更多的出口:既可以像孙少平那样最终通过揽工而获得城市工人身份;也可以像孙少安那样驻守乡土,乘改革之风办起乡镇企业,实践一种不同于城市现代性的乡土现代性项目;还可以像孙兰香那样通过"知识改变命运",考上大学而进入城市。《平凡的世界》中的城市现代性与乡村现代性这两条道路之间不再是不可调和,乡土乡民的"平凡的世界"中,竟有了如此多的可能与希望。经过了转折时期的"阵痛"和迷茫之后,路遥/高加林们开始信心十足地走在"希望的田野"上。

不过路遥早逝,没有看到 90 年代中期以后新一轮市场经济改革后,处于社会改革边缘和弱势的吾土吾民们,少小离家,老弱回乡,将自己最美好的青春和劳力献给城市,却无法真正在城市落户栖身,农村、土地既是他们人生的起点,也是他们无法无产阶级化、城市化的最终归宿。逃离农村又被打回农村的高加林与来自黄山又返回黄山的姑娘们的人生,才是乡土中国现代化进程的缩影。

本章小结

　　本章以《黄山来的姑娘》和《人生》为例讨论性别、流动与转折时期乡土中国的现代化进程。《黄山来的姑娘》再现了打工妹群体在当代中国的发生政治，其既是改革开放的现代性项目对于雇佣劳动力主体的性别化再生产，又隐喻了在历史和现实的交错中建构起来的新社会差序结构。电影不仅是对一个理想的保姆形象的呼唤，更是即将展开的特色社会主义市场经济对某种身份制雇佣劳动力的意识形态询唤。然而，在合乎时代需要的"臣服的主文本"之外，这个以女性为主创人员的电影还存在一个"抵抗的次文本"，女性姊妹情谊、社会主义伦理为这种"弱者的抵抗"提供了情感与政治资源。《人生》是路遥的成名与代表作，乡村民办教师高加林离返农村的曲折人生，揭示了 80 年代乡土中国在新的现代化进程中遭遇的困境与机遇。高加林在农村姑娘刘巧珍与城市姑娘黄亚萍之间进退失据的爱情选择，隐喻的正是转折时代乡土中国现代/性的欲望与挫折。在现代化即是城市化的进程中，乡土之子前赴后继从农村奔向城市，从边缘走向中心，正是这种劳动力与知识青年的流动，为中国的经济增长与现代化发展带来了无穷的活力。但这种流动在城乡、阶层、性别的种种区隔下，注定也将伴随血泪、歧视与丧失。黄山来的姑娘与陕北城乡交叉地带的民办教师高加林之间，在性别、地域、教育、视野等方面存在诸多差异，但他们的人生旅程与流动路线却奇妙地一致，他们注定必须重回乡村而无法完成其城市化的梦想。

　　当然，80 年代中期文学中这些关于流动而返而非落地生根的故事，并非仅是现代化进程的现实反映，同时也与现代化进程引发的伦理道德焦虑有关。黄山来的姑娘要保存农村人朴实、善良的道德本分，而且还要回村结婚嫁人，高加林抛弃了巧珍/乡村做了负心汉必将受到惩罚，最终一无所有。在中国一意向前的城市现代化想象中，乡土不再是社会主义现代生活的政治试验田/合作社，而是蜕变为道德原乡与文化传统之根，承担着道德与美学的双重功能。《人生》结尾，被迫返乡的高加林扑倒在德顺爷的脚下，"两只手紧紧抓着两把黄土，沉痛地呻吟着"，就成为一个具有"仪式性"的场景：一心向外、追求现代的个人在遭遇危机之后转向内在与传统的回省姿态。

于是"研究过国际问题，读过许多本书，知道霍梅尼和巴尼萨德尔，知道里根的中子弹政策"的高加林，最终要服膺于德顺爷这个"满身补丁的老光棍农民"的"人生"哲学："就是这山，这水，这土地，一代一代养活了我们。没有这土地，世界上就什么也不会有！"

德顺爷的"土地"与"世界"关系的"人生"课题，在《人生》中并未解决。解决这一问题的是寻根小说《老井》中的孙旺泉。这个与高加林同出身于陕北农村的高中毕业生，在"土地"上打井不止，他的自我牺牲、对传统道德的固守、对乡村族群的责任，恰恰都是高加林缺乏或者说摒弃的。不同于高加林的一无所有，孙旺泉不仅获得了现代的爱情、稳固的家庭关系和可以延续家族血脉的儿子，还成为了乡土英雄。《老井》与《人生》讲述了两个不同的故事，一个要切割历史、血缘与乡土之根，以进入一个更具现代性、普遍性与个人性的世界，高加林的"人生"故事，因此是一个普泛性的关于个人奋斗的故事；另一个则要重建与历史、血缘、族群的联系，再续文化传统与伦理道德的"根"系，它不再是关于个人的"发展"故事，而是"牺牲"个人的族群故事。从《人生》到《老井》，无限追求现代的"新时期"文学似乎突然遭遇了"人生"危机，需要通过象征性的文化内转仪式，将外向的现代诉求落实于本土中国与文化传统。

第五章　父系想象、文化民族主义与寻根文学

　　20 世纪 80 年代是一个迷人的历史交汇时刻,传统/现代、中国/西方、封建主义/社会主义/资本主义、过去/未来、理想/现实、政治/经济、科学/道德、改革/革命等维度奇妙地切分、混合,统一于"中国向何处去"这一历史问题与历史实践。它一面看着过去,一面却朝向未来,正如雅努斯的两副面孔。这是一个充满希望的时代,改革实践及其结构调整,激发了无限的活力、生机与可能性;但同时,这又是一个焦虑不安的时代,意在解决革命问题的改革本身面临了种种困境,革命与发展的价值体系也面临新的挑战。文化方面,随着开放节奏的加快,西方各种文化哲学、理论方法以及文学流派纷纷译介到中国。同时,走出国门的文化考察也带来新的冲击,[①]东西方之间的文化碰撞重新激活了文化民族主义的诉求。于是,经历了从"文革"到"改革"的政治、经济和文化的剧烈变动后,80 年代中期的文学似乎开始要去追求某种恒定性的东西,"传统文化作为一个被重新发现的领地而重新上升为认知的核心"[②]。于是,"跨越文化断裂带"[③],寻找民族文化传统并重构文化历史的连续性,成为与发展意识形态相对照的中国文化主体性想象的重要议题。

　　作为一种文化民族主义表意实践的寻根文学的出现,反映了当代中国

---

　　① 20 世纪 80 年代作家到欧美国家的文化考察活动,对作家的价值观、文学观产生了巨大冲击。张洁的《只有一个太阳》(作家出版社,1989)以出国文化考察为主线,茹志鹃和王安忆出版《母女同游美利坚》(上海文艺出版社,1986),王安忆的《小鲍庄》在叙事层面的变化与出国带来的文化冲击有很大关系。

　　② 张清华:《中国当代先锋文学思潮论》(修订版),中国人民大学出版社,2013,第 81 页。

　　③ 关于文化断裂带的类似表述,可见郑义:《跨越文化断裂带》(《文艺报》1985 年 7 月 13 日)、阿城:《文化制约着人类》(《文艺报》1985 年 7 月 6 日)、韩少功:《文学的"根"》(《作家》1985 年第 4 期)、李杭育:《理一理我们的"根"》(《作家》1985 年第 6 期)等。

试图通过调用传统资源重构中国认同的努力,目的是为克服因改革、"文化大革命",乃至整个中国现代革命引发的文化认同危机。总体上来看,寻根文学的文化民族主义叙事往往通过塑造一个父系家族谱系来完成,正如《老井》中孙旺泉承担的是村落共同体中男性世代相传的打井事业。不过,这种性别表意机制在寻根文学研究中往往被忽视,因为民族主义理论大多集矢于文化、地域、语言等范畴在民族形成中的重要性,并不重视性别在共同体想象中的作用与位置。[①] 实际上,性别机制在民族主义叙事中不可或缺,民族认同之发生也往往交叉着性别政治的参与,民族国家从来都是一个高度性别化的概念,[②]而性别研究的介入则将进一步敞开民族主义的问题空间:一心向前、向外、雄心勃勃地追求发展的"改革文学"是如何转向传统和内在的,寻根文学的"根"之谱系经由何种性别符码得以完成,民族记忆究竟是何种性别主体的记忆,性别如何介入民族共同体的起源叙事想象等。本章即试图在性别视野中重建中国民族主义的问题意识,探讨寻根文学之文化民族主义叙事的性别表意机制,进而重估 80 年代中国及其文学的价值与意义。

第一节　"寻根"实践与民族主体的重构

"寻根文学"的命名,直接得自于 1985 年韩少功、郑义、李杭育、阿城、郑

---

① 讨论民族主义的经典文本包括史密斯的《民族身份》、霍布斯鲍姆的《1870 年以来的民族和民族主义》、安德森的《想象的共同体》和霍洛维茨的《冲突中的族群》。他们从不同的理论视角和分析维度,阐释了民族身份的起源与发展以及民族主义的不同形式。前三者都关注民族为何和如何在现代成为身份寻求与政治动员的中心。霍洛维茨关注的则是 20 世纪的去殖民问题,他探究的是国家结构和政党体系与族群亲属纽结如何相互作用锻造族群－民族政治和身份。史密斯虽然认为种族、宗教、阶级、空间和性别构成了社会身份的五个范畴,但他认为性别虽然是一个具有普遍性、渗透性并代表着臣属和起源的他者性的范畴,但它被阶级、种族、地域所区隔,所以几乎不可能产生集体的动员。参见 Linda Racioppi and Katherine O'Sullivan See, Engendering Nation and National Identity, Sita Ranchod-Nilsson and Mary Ann Tétreault, *Women*, *States*, *and Nationalism*, Routledge, 2000.

② 国内讨论妇女与民族主义的理论著作主要有陈顺馨、戴锦华选编的《妇女、民族与女性主义》,中央编译出版社,2004;刘慧英的《女权、启蒙与民族国家话语》,人民文学出版社,2013。

万隆等发表的"寻根宣言"。① 但早在"寻根派"形成气候之前,文坛的基本态势已经发生了很大变化,一些具有先锋精神的小说家的思维已经从"政治、经济、道德与法"的范畴过渡到"自然、历史、文化与人"的范畴。李庆西认为,在新时期文学走向风格化之前,作家们首先获得了一种"寻找"意识,而这种意识直接来自"价值危机"和"现实主义危机"。② 在《跨越文化断裂带》这一"寻根"宣言中,郑义也写道:

> "五四运动"曾给我们民族带来生机,这是事实。但同时否定得多,肯定得少,有割断民族文化之嫌,恐怕也是事实?"打倒孔家店",作为民族文化之最丰厚积淀之一的孔孟之道被踏翻在地,不是批判,是摧毁;不是扬弃,是抛弃。痛快自是痛快,文化却从此切断。儒教尚且如此不分青红皂白地被扫荡一空,禅道二家更不待言。近几十年来,就社会生活而言,我们实在可以产生世界上第一流的作品,但一代作家民族文化修养的缺欠,却使我们难以征服世界。卖风俗,卖生活,卖小聪明,跟在西人屁股后爬行(我绝不反对引进),大约是征服不了世界的。③

与强调 80 年代文学与"五四"反封建传统之间的共性,将 80 年代看成"新启蒙"时代不同,寻根派则发现了"文化大革命"与"五四"在反民族文化传统方面的共性,"五四""文化大革命"成为 20 世纪中国的"文化断裂带"。将"五四"与"文化大革命"在"断裂民族文化"的共性上予以关联,也体现在阿城的《文化制约着人类》一文中,他认为:"五四运动在社会变革中有着不容否定的进步意义,但它较全面地对民族文化的虚无主义态度,加上中国社会一直动荡不安,使民族文化断裂,延续至今。'文化大革命'更其彻底,把民族文化判给阶级文化,横扫一遍,我们差点连遮羞布也没有了。"④

----

① 1984 年 12 月,由《上海文学》发起,在杭州召开了一个小说研讨会。这次会议意外达成一个倡议"寻根"的共识。次年,韩少功、李杭育、阿城、郑义等相继发表了阐述"寻根"观点的文章。

② 李庆西:《寻根:回到事物本身》,载李洁非、杨劼选编:《寻找的时代——新潮批评选萃》,北京师范大学出版社,1992,第 16—19 页。

③ 郑义:《跨越文化断裂带》,《文艺报》,1985 年 7 月 13 日。

④ 阿城:《文化制约着人类》,《文艺报》,1985 年 7 月 6 日。

　　从回归五四、强调启蒙与现代，转向批判五四、回归民族文化传统，寻根派在思维方式、价值判断、文化观念等方面发生了重大变化。"寻根文学"与新时期初期文学虽然都建立在批判"文化大革命"的基础上，但"文化大革命"的错误在其表述中却有很大差异，一个在政治与文化层面被指认为是封建、愚昧的传统余孽，另一个则主要在文化层面批判其激进反传统的姿态导致了文化断裂与（文化）主体性的失落。在这两种表述中，虽然都是"文化大革命"应该为"被延迟的现代性"负责，但前者确立的是启蒙、理性、现代的新时期/五四的合法性，而后者则希望在文化层面复返被"文化大革命""五四"激进反传统革掉的"好"的文化传统。一个是向前跨越，意在进入线性的现代发展时间之中；一个则向后追寻，以复归永恒的文化传统而超越线性的现代发展时间。民族主义与现代主义实际上是这同一枚硬币的两面，只不过寻根派是以文化民族主义为媒介，而后发现代性的焦虑则贯穿于整个20世纪的文化实践之中，只是80年代的改革开放再次放大了这种被延迟的、后发现代性的焦虑。因此，寻根思潮必须从内外两个视野来考察，寻根派虽然在文本内部建构了一个封闭、停滞、永恒的自然空间状态，但却是在中/西、传统/现代的比较与对话的世界视野中建立的。80年代作家的出国文化考察热，对于西方读者将文学看成是中国现实政治反映的阅读期待的警觉，西方新的文化理论源源不断地引入，尤其是拉美魔幻现实主义带来的启示等合力作用，促生了"民族文化复兴"思潮在80年代中后期的滥觞。

　　总体而言，寻根文学思潮虽还在19世纪末以来中西"冲击—反应"的基本脉络之中，但冲击产生的文化反应不是正向接受以求同化，而是通过回返"原初"以求异于西方这一他者/主体，以复古为革新。不过需要指出的是，以复古为革命，本是中国传统文化变革的基本方式，但"寻根文学"与唐宋文学复古的最大不同在于，它是在一个世界的而非中国的视野中寻求中国的文化主体性，"冲击—反应"说既非西方中心主义的，亦非中国中心主义的，它必须放置于在地化/本土化与全球化/世界化互动、协商、杂交的矩阵结构中来理解。寻"根"寻找的其实是文化主体性。在《文学的"根"》一文中，韩少功针对西方现代派对中国青年作者产生的广泛影响，提出"文学之根应深植于民族传统文化的土壤里"：

　　这里正在出现轰轰烈烈的经济体制改革和经济的、文化的建设,在向西方"拿来"一切我们可用的科学和技术等等,正在走向现代化的生活方式。但阴阳相生,得失相成,新旧相因,万端变化中,中国还是中国,尤其是在文学艺术方面,在民族的深层精神和文化物质方面,我们有民族的自我,我们的责任是释放现代观念的热能,来重铸和镀亮这种自我。①

　　韩少功重述了 19 世纪末以来"中学为体、西学为用"的思维逻辑,认为外在/表层的科学、技术与内在/深层的精神、文化可以彼此分离,前者可"变",可"拿来"所用,以走向"现代化的生活方式",但只有后者才是"中国还是中国"的本质性构成,民族主体性只能建立在精神、文化的层面上。但矛盾的是,民族自我虽然只能由民族的传统文化构成,但却需要(西方)现代观念予以激活,中/西、传统/现代、精神/物质实际上很难二分、对应并切割,既不存在一个纯净原初的"传统"等待"现代"去镀亮,物质技术与精神文化也无法彻底切割。"中学为体、西学为用"无法应对 19 世纪末中国的历史状况,同样也无法应对 20 世纪 80 年代的历史状况。而寻根派对文化中国的主体性执迷与建构不过是"被延迟的"与"未能达成的"现代性焦虑的曲折表现,是政经改革遇挫之后的文化内转。

　　寻"根"在"寻找的时代"出现的另一重要原因是知青作家的代际身份危机。尽管寻根作家们很少承认"文化断裂带"与"知青一代"的内在关联,但很多研究者都注意到知青/红卫兵身份在新时期面临的困境。② 在"伤痕"书写中,他们是"丧失的一代",是无法自我言说的"受害者"与"牺牲品",不得不以受害的女性形象进入历史审判之中,这种性别化转换策略在郑义的《枫》中尤其明显。③ 在改革书写中,他们是政治幻灭后吊儿郎当、愤世嫉俗的杜兵(《乔厂长上任记》)与刘思佳(《赤橙黄绿青蓝紫》),是千方百计终于

---

　　① 韩少功:《文学的"根"》,《作家》1985 年第 4 期。
　　② 相关论述可参见贺桂梅:《"新启蒙"知识档案——80 年代中国文化研究》,北京大学出版社,2010,第 176—179 页。
　　③ 红卫兵经验的性别化转换策略的相关论述,参见马春花:《伤痕文学的创伤记忆与性别政治》,《南京师范大学文学院学报》2019 年第 4 期。

返调回城却在城市找不到位置的"悬浮"青年陈信(《本次列车终点》),一方面要"把这段历史不留痕迹地消灭",另一方面又希望"给心灵留下一点回忆"。知青生活、农村经验如何获得正面进入历史、进入心灵记忆的合法性,在 80 年代是一个颇费周章的问题。而借助文化"寻根",知青生活重新获得了意义,曾经插队的僻远乡间与村寨,既是个人青春岁月的见证,更在民族文化重构中成为一个恒定不变的"原初"中国的空间象征。① 正是通过将边疆与乡村建构成没有被现代—革命所破坏与污染的中国文化传统与伦理价值的载体,知青/寻根作家同时也确立了青春生活的意义,他们不再是"伤痕文学"中"缺失"与"牺牲"的代群,而是弥合文化断裂、重建中国文化主体性与连续性的新一代,代际主体与民族主体由此合二为一并互相成就。寻根作家基本都曾插过队、下过乡、到过僻远边疆,②而"五七"作家虽也曾发配边疆,却很少涉足文化寻根,因为曾经的苦难与政治平反足以确立他们作为新时期同路人的主体身份。

　　寻根小说看起来呈现的是一个与现代革命中国相对的"原初"文化中国的空间形成与迁变,但对这个他者空间的发现与叙述,却由一个处于叙述者位置的"我"来完成,它有时在叙事之内,以"我"出现,更多时候,它是处于隐遁状态的外在叙述者,虽不可见却不可或缺。阿城曾抱怨批评者只注意王一生这个道家文化思想的体现者,而没有注意到叙述者"我"的位置。③ 韩少功也一直在考虑"我"作为创作主体在叙述中的位置。这种"根"与"我"、"文化"与"人"之间的联系,早在"寻根宣言"出现之际就被敏感的批评者注意到,李庆西指出,寻根既是"寻找新的艺术形式,也寻找自我",寻找自我,意味着对文学主体性的确认。④ 季红真也认为,对传统文化的重新认识,也

---

① "青春无悔"一般只出现在男作家的笔下,而在女作家笔下,知青生活具有惨烈的个人化特点,女知青经验往往并不能通过文化寻根运动得以升华,竹林《生活的路》(人民文学出版社,1979)等是文化寻根所没有涉及的另一个维度。

② 郑义曾插队太行山下的大坪村,阿城插队云南农场,韩少功插队湖南汨罗县(今汨罗市),王安忆插队安徽蚌埠。曾经插过队的知青作家未必一定会认同"寻根"的倡议,但"寻根"实践客观上使其不堪的个人经验获得正面言说的可能性。

③ 参见李欧梵、李陀、高行健、阿城:《文学:海外与中国》,《文学自由谈》1986 年第 6 期。

④ 李庆西:《寻根:回到事物本身》,载李洁非、杨劼选编:《寻找的时代——新潮批评选萃》,北京师范大学出版社,1992,第 19 页。

是对人自身的重新认识。① 从这个意义上说,"寻根文学"实践既是知青作家重建文化中国的主体性,也是重建自身代际的主体性,代际主体的合法性最终在中国主体的文化重构中得以确立。由实而虚,由个人走向历史,将个人的创伤经验抽象化为民族共同体的创世神话,是"寻根文学"的共通之处。个人的、代际的经验退到幕后,活动于幕前的是能汇入到民族起源、延续神话链条之中的村、庄、寨的地理历史故事。

这个新的代际文化主体也被性别化为一个抽象的男性主体。从文本层面来看,"寻根文学"重建了一个以父亲为起源、父子相继的父系家族谱系的想象;从文化实践层面来看,"寻根文学"的倡导者、书写者,像韩少功、阿城、郑义、郑万隆都是男性知识分子,子/男性而非女/女性才可成为文化中国主体性的象征。虽然王安忆的《小鲍庄》也被认为是"寻根文学"的代表作,但写作《小鲍庄》时的王安忆其实对"寻根"运动并不了然,②以致后来要创作《纪实与虚构》来回应80年代的文化寻根运动。虽然王安忆并没有将文化寻根的运动定义为一场男性发起的关于男性主体建构的运动,但她母系谱系的历史重构则反向凸现出文化寻根的性别机制。而残雪则在《阳刚之气与文学评论的好时光》中直接点明并讽刺了文化寻根与追求阳刚气质之间的联系。③ 钟雪萍也认为,寻根文学建构的是男性的主体性,"根"与"种""后"有关,而"种""后"都指涉男性而排斥女性。④ "寻根文学"实践,在某种程度上也是80年代男权回潮与性别自然化渴望的回声。

---

① 季红真:《文化"寻根"与当代文学》,《文学自由谈》1991年第1期。

② "我写《小鲍庄》,似乎是极偶然的一件事,《小鲍庄》最终写成了这样,似乎也是没想到的,而发表之后,面对了这么些赞誉,便有些惶惑起来。静下心回想写作的过程,什么也想不起来了似的,其实当时并没有什么重要的动机和想法。"见王安忆:《我写〈小鲍庄〉——复何志云》,《光明日报》1985年8月15日。

③ 残雪曾在上海的一次文学讨论会上发表《阳刚之气与文学评论的好时光》,后以代后记形式收入《突围表演》(上海文艺出版社1990年)(《华人世界》1989年第1期)。

④ Xueping Zhong, *Masculinity Besieged*, Duke University Press, 2000. PP.150—170.

第二节　英雄祖先、父子传承的族群记忆

一、从破家/族、立人/国到重构家族/群起源

现代文学开端于"狂人"——一个"无父"的独立"个人"的诞生，其标志在于对文化传统吃"人"本质的发现。而"无父"，也许是"狂人"/"个人"在现代中国诞生的必要前提。在《呐喊·自序》中，鲁迅曾写到"父亲之死"与"看见世人的真面目"之间的某种关联性："我从一倍高的柜台外送上衣服或首饰去，在侮蔑里接了钱，再到一样高的柜台上给我久病的父亲去买药。……然而我的父亲终于日重一日的亡故了。有谁从小康人家而坠入困顿的么，我以为在这途路中，大概可以看见世人的真面目；我要到 N 进 K 学堂去了，仿佛是想走异路，逃异地，去寻求别样的人们。"[1]"父亡故"而被迫"走异路""逃异地"，不仅仅是鲁迅实际的人生经验，同时也具有时代的象征意义。在精神分析理论中，象征意义上的"父"之死与"子"的主体性生成密切相关，俄狄浦斯在解答司芬克斯之谜——这个被黑格尔认为是以人类意识为中心的主体性的开创时刻——之前，无意识地杀死了生身父王拉伊俄斯，象征性的弑父姿态构成男性迈入父权制社会的成人式。第一批现代知识分子，像鲁迅、胡适、郁达夫、茅盾、老舍、傅雷等都早年丧父，说现代作家多是"无父"之"子"，应该没有什么太大的异议。在文学中，传统大家庭的崩溃要以"老太爷之死"为标志（巴金：《家》，1931 年），而城市资本主义之子的诞生，也建立在由乡村进入都市的"老太爷之死"的前提之上（茅盾：《子夜》，1932 年）。中国现代转型在性别政治意义上，正是始于父亲的象征性死亡和传统父系家族谱系的象征性坍塌。[2]

———————

① 鲁迅：《呐喊·自序》，载《鲁迅全集》（第 1 卷），人民文学出版社，2005，第 437 页。

② 20 世纪初期的反家庭思潮，主要反对传统的宗法家族，而非现在一般意义上由夫、妻、子构成的核心小家庭。反家族反映了中国社会由传统向现代转换时的代际冲突，是"子"一代试图确立自我在社会与家庭中的主体位置的实践。50—70 年代的反家庭思潮则强调阶级情感，强调集体与国家利益而非个人和小家庭的利益和情感关系。两种反家庭叙述背后的诉求并非一致。

　　"五四"文学"无父"之"子"的传统也延续于"新中国"的文学想象之中，社会主义"新人"多是无父无母的孤儿。[①] 与"父"之家决裂并走上社会革命道路，是现实经验与文学想象的重叠，既意味着传统父系家族谱系自"五四"以来的进一步断裂，也意味着传统文化政治秩序的颓败与重建的可能，文学革命与革命文学注定都是与"父"之象征体系断裂的"子"一代的革命实践与文学想象。这既是强调个体独立与自由的现代社会的文化诉求，也是民族国家建构的政治诉求。关于个人、家/族与民族国家之关系，在刘禾看来，"个人必须首先从他所在的家庭、宗族或其他传统关系中'解放'出来，以便使国家获得对个人直接、无中介的所有权。在现代中国历史上，个人主义话语恰好扮演着这样一个'解放者'的角色"，"个人"与"家庭"的这种剥离，实际上"导生了一个为实现解放和民族革命而创造个人的工程"。[②] 其实，不仅是"五四"时期的个人主义话语扮演着这样的角色，三四十年代的民族解放话语与之后的社会主义革命话语也扮演着类似的角色。女性，不仅包括城市小资产阶级知识女性，也包括乡村与底层的劳动妇女，从父权与夫权的家/族亲属关系中"解放"出来，成为直接隶属于社会主义民族国家的"劳动者"与"建设者"。这些社会主义"新妇女"典范，成为以反帝、反殖、平等为诉求的社会主义的象征。整体而言，对破家/族、立人/国的想象，构成80年代之前的文学主流，文学主要再现的是"离家/族"后的个人投身于民族国家、政党政治之后的命运浮沉。

　　不过，父系家族谱系的中断并不意味着家庭情感与宗族亲缘关系的死亡，实际上，家庭情感及其基础上的经济形式即使在50－70年代也并未被国家政治完全取代，而一旦政治发生变动，家庭就再次成为情感的乌托邦与疗伤的避风港。"伤痕文学"重启了政治创伤个体的"回家"之路，卢新华《伤痕》就始自与母亲/家庭断绝关系近十年的王晓华的回家之旅。而试图跨越

---

　　① 社会主义新人多是无父之子，现实中最有名的是雷锋，文学作品中则是《创业史》中的梁生宝。梁是一个随母逃难来到蛤蟆滩的外来者，一个"逃异地"者，梁三老汉是他的养父。而社会主义新女性甚至是不明来路的孤儿，没有亲属宗族历史，完完全全的新人形象。样板戏中的这种女性设定甚至延续于70年代中期蒋子龙的《铁锹传》(《人民文学》1976年第4期)中。铁锹嫂的出场即如此："大水给红松堡漂来一个筐箩，筐箩里放着一把铁锹，铁锹上坐着一个未满周岁的小姑娘。"

　　② ［美］刘禾：《跨语际实践：文学，民族文化与被译介的现代性（中国：1900～1937）》，宋伟杰等译，生活·读书·新知三联书店，2002，第128页。

"五四"与"文化大革命"的"文化断裂带"的寻根文学，则进一步落实为对根系所在的家族与族群的追溯。近一个世纪后，曾经叛逆离家/族的革命之子的后代，如今却执意要"叶落归根""认祖归宗"。不同于重建与核心家庭的情感纽带与身份认同的"伤痕文学"，寻根文学试图向上追溯吾乡吾土的家族/族群的起源与迁变，并由此寻找一个没有被革命、政治、现代所污染与破坏、具有历史延续性与恒定性的家族/民族的文化之根。这个"根系"所延展的空间，不在曾破坏"根系"的国家政治空间，不在历经现代洗礼的城市空间，也不在主流传统文化生长的中原地区，因为"规范的、传统的'根'，大都枯死了"，而"民族文化之精华，更多地保留在中原规范之外"①，在寻根作家看来，僻远的乡间、华夏的边缘、少数民族聚居之地，这些民族文化的"内他者"②，才是重建民族文化连续性与新的民族文化认同的源泉和材料。于是，"庄""村""寨""山林""边陲"等家族——群落——民族聚居的历史地理的空间形态，在寻根文学中获得了独立的文化人类学意义。

> 小鲍庄的祖上是做官的，龙廷派他治水。用了九百九十九天时间，九千九百九十九个人工，筑起了一道鲍家坝，围住九万九千九百九十九亩好地，倒是安乐了一阵。不料，有一年，一连下了七七四十九天的雨，大水淹过坝顶，直泻下来，浇了满满一洼水。那坝子修得太坚牢，连个去处也没有，成了个大湖。直过了三年，湖底才干。小鲍庄的这位先人被黜了官。念他往日的辛勤，龙廷开恩免了死罪。他自觉对不住百姓，痛悔不已，扪心自问又实在不知除了筑坝以外还有什么别的做法，一无奈何，他便带了妻子儿女，到了鲍家坝下最洼的地点安家落户，以此赎罪。从此便在这里繁衍开了，成了一个几百口子的庄子。③

这是王安忆的"小鲍庄"，一个"江淮流域的村庄"，她插队的大刘庄"邻

---

① 李杭育：《理一理我们的根》，《作家》1985 年第 6 期。
② 关于"内地者"的定义，可见韩琛：《中国情结、东亚民族主义与朝鲜想象》，《文学评论》2021年第 5 期。
③ 王安忆：《小鲍庄》，《中国作家》1985 年第 2 期。《大刘庄》写于《小鲍庄》之前，但并没有引起太多关注，这部分在于大刘庄的叙事方式过于写实，与寻根文学的拟神话写法差异过大。

近的一个庄子"，①小说正文之前，就以两则引子交代小鲍庄及其族群的起源。两则引子既是"传说"，也可以称之为"神话"，是对洪水神话与大禹治水神话的拟仿，黄子平将之称为"拟神话"；还有民间"野史"，比如鲍家的"祖先是大禹的后代"之类，虽"不足为信，听听而已"，但也"一代传一代地传下来"。

> 老井村开山始祖叫什么名字，早已无人知晓。只知他姓孙排行老二，便叫他孙老二。老井村开山始祖什么年代上的太行山，亦无人知晓，只一代传一代，说是大宋朝，但并无碑碣为证。这是一个苦难而美丽的传说。那一年河北发大水，眼看到手的庄稼，一水漂了个净打光。见河北地面不养活人了，人们纷纷逃难。孙家父亲早逝，老母长年卧病，孙老大便留下服侍老母，照看房宅产业。老二老三逃荒出走。当时有句话，叫做"能往西走一千，不往东走一砖"。山东人稠地少，只有远走山西、陕西、内蒙、青海一带才有穷人的生路。临上路，娘叫老大把那口小口大肚的锣锅端来，一下砸成三半，兄弟三人，各揣一片，作为日后认亲的凭证。然后给娘磕儿个响头，各自逃生而去。
>
> ······
>
> 有了女人，生男育女，便有了后代子孙。有了水井，人们聚集而居，便有了村庄。村名"老二媳妇的井"，村人嫌拗口，渐渐喊作"老井"。②

以上是郑义的"老井"，太行山中一个干旱缺水的村子。村子的起源与开山始祖，也有一个"传说"故事。而这个传说里，有天灾洪水，也有逃难与迁移，还有"兄弟分家"元叙事的变体，"三兄弟"以锅片为"日后认亲的凭证"，最终建构起的兄弟血缘亲情绵延不绝的神话，正是日后父子兄弟打井不止的起点。

> 这些村寨不知来自何处。有的说来自陕西，有的说来自广东，说不

---

① 王安忆：《我写〈小鲍庄〉——复何志云》，《光明日报》1985 年 8 月 15 日。

② 郑义：《老井》，《当代》1985 年第 2 期。

太清楚。……对祖先较为详细和权威的解释，是古歌里唱的。……如果寨里有红白喜事，或是逢年过节，那么照规矩，大家就得唱"简"，即唱古，唱死去的人。从父亲唱到祖父，从祖父唱到曾祖父，一直唱到姜凉。姜凉是我们的祖先，但姜凉没有府方生得早，府方又没有火牛生得早，火牛又没有优耐生得早。优耐是他爹妈生的，谁生下优耐他爹呢？那就是刑天……刑天的后代是怎么到这里来的呢？——那是很早以前，五支奶和六支族住在东海边上，子孙渐渐多了，家族渐渐大了，到处都住满了人……于是在凤凰的提议下，大家带上犁耙，坐上枫木船和楠木船，向西山迁移。①

　　以上是韩少功的"鸡头寨"，大山深处的一个苗蛮山寨。他们以"唱古"风俗，记忆并传承其族群的起源与迁移历史，当他们打冤失败，不得不向山林更深处迁移时，全体青年男女在战死或自杀的族人坟前，再次举行"唱古"仪式。可以想见，这个族群的记忆将随着新的族群人口的出生以及"唱古"风俗继续延续下去。尽管他们的记忆在外来史官看来，"根本不是事实"，但他们"不相信史官，更相信德龙"——一个最会唱古歌的寨子里的人，族群有自身的语义系统。

　　《小鲍庄》《老井》《爸爸爸》一直被认为是寻根文学三个非常有代表性的文本，其中的"庄""村""寨"，自北而南，都是具有独特地形地貌的空间文化形态，它们由聚居其中的族群建设而成，同时也规约着生活于其中的族群。每一由家族为主形成的族群有其特定的生活地域、风俗习惯、生活方式甚至独特的语言表达系统，比如小鲍庄的"下湖做活"而非平原的"下地做活"；鸡头寨的语言颇有古风，"看"为"视"，"他"唤作"渠"，"父亲"叫"叔叔"，"叔叔"为"爹爹"，"姐姐"为"哥哥"等。② 而神话、传说、故事、仪式等作为一整套象征体系，既凝聚了族群的情感，也承传了族群的历史记忆与文化认同，而这

---

①　韩少功：《爸爸爸》，《人民文学》1985 年第 6 期。

②　韩少功一直关注地方语言的表述方式，《爸爸爸》是开端，《马桥词典》则是地方言说系统的文学大观。语言既是主体表达的工具，也是形塑主体的手段，还是主体对抗政治的一种隐秘方式，尤其地方语言，是地方性认同的重要媒介与体现。中国文学在五四、新中国之初与新时期的几次大的语言变革，也需要在文化政治的视阈内分析。

正是黑斯廷斯所称的民族主义的来源。他认为,前现代的民族是由流动的族群通过文字语言和文学的发展而形成的,这一系列的发展是在固定的文化和人民的疆界内展开的。① 在某种程度上,寻根小说以文学的形式具象化了黑斯廷斯论述的民族形成过程,它通过追溯聚居于"庄""村""寨"等不同历史地理空间形态中族群的起源与迁变历史,复活并建构起一个基于族群地域、血缘认同的、具有一定生活形态和语言/情感表达方式的想象共同体。

二、英雄的父子兄弟

《爸爸爸》《小鲍庄》《老井》等对族群起源的书写中,都不约而同引用了各种关于灾难的拟神话与传说故事,这些神话传说具有结构性的功能,对于"维系一个社会体系的运转"来说至关重要。在黄子平看来:"神话是凝聚家族—部落—民族之大希望与大恐惧的一整套象征体系。有关起源的神话解释了人们的来源、生存的合理性、活下去与繁衍下去的根据。有关罪与罚与拯救的神话则解释了人们面对的种种困境、必须在这些困境中生存的理由和必须摆脱困境的允诺。"② 而对神话、象征、仪式、传统和记忆进行选择和再阐释,一直是民族主义生成的重要方式,这种关于民族是"社会建构"的观念,体现在本尼迪克特·安德森对民族是"想象的共同体"的定义之中,③ 也体现于霍布斯鲍姆的"传统的发明"中。④ 寻根作家对于民族与民族主义的这种建构方式,一方面了然于心,其表现是他们会暴露这种族群/民族记忆

---

① 参见[英]安东尼·史密斯:《民族主义:理论,意识形态,历史》,叶江译,上海人民出版社,2006,第 103 页。

② 黄子平:《语言洪水中的坝与碑》,载《"灰阑"中的叙述》,上海文艺出版社,2001,第 180 页。

③ 安德森研究起点是将民族、民族属性与民族主义视为一种"特殊的文化的人造物",并给民族提出了一个富有创造性的概念:"它是一种想象的政治共同体——并且,它是被想象为本质上是有限的,同时也是享有主权的共同体。"参见[美]本尼迪克特·安德森:《想象的共同体——民族主义的起源与散布》,吴叡人译,上海人民出版社,2005,第 8 页。

④ 霍布斯鲍姆认为,民族和民族主义应归功于从 1830 年之后开始,特别是 1870 年之后趋于繁荣的对民族历史、神话和象征等所作的文学及历史的创造。与以前适应变化的传统不同,被发明的传统是文化工程师们深思熟虑和固定的创作,这些工程师们伪造象征物、仪式、神话和历史,以适合工业和民主动员的需要,以及被政治化的现代大众的需要。见[英]霍布斯鲍姆:《发明传统》,载[英]E.霍布斯鲍姆、T.兰格编:《传统的发明》,顾杭、庞冠群译,译林出版社,2004。

的虚构性与荒诞性；另一方面，他们似乎又沉溺其中，再叙并强化这种民族建构的性别化方式，即一个起源于英雄父亲并在父子兄弟之间有序传承的民族主义神话。

小鲍庄的祖先有两个：一个是"野史"中的大禹，一是传说中的"祖上"——治水的官员，他虽没有大禹为治水"三过家门而不入"的牺牲精神，但也是一个悲剧式的英雄人物，虽治水失败，却最终以自罚——另一种形式的自我牺牲——来赎罪。光荣的祖先历史奠定了小鲍庄人"仁义"的传统，小男孩"捞渣"就是"仁义"的祖先传统与道德精神的集中显现，他也以自我牺牲拯救了处于困境中的族群——小鲍庄人。老井的始祖是孙家老二，这个关于起源的传说虽缺乏一个英雄的父亲，却有手足情深的"三兄弟"，世世代代的打井也是"父子兄弟"的事业。有趣的是，"老井"作为村庄之名，却来自"老二媳妇的井"。传说老井始祖孙家老二逃难至太行山后，一开始砍树开荒以解决饥饿问题，但后来山秃草枯只能到处寻找水源，终于找到一水井，却原来是一绿衣女子的水井。他偷了水井，也带来了那女子，于是生儿育女，有了后代子孙，而"老二媳妇的井"也因叫起来拗口，渐渐成了"老井"。"老井"传说隐含着族群起源的性别替换：女性之"井"与族群的母系起源，转变为父子兄弟"打井"的父系谱系。

族群起源的性别化转换也体现于寻根小说的另一代表作《爸爸爸》中。《爸爸爸》的"唱古"要"从父亲唱到祖父，从祖父唱到曾祖父"再唱到"始祖"，他们的始祖是"刑天"，这也是一个以英雄父亲为始祖、父子传承的父系家/族谱系。但实际上，湘西苗族的始祖传说却有不同的性别表述：远古时代，雷公因结怨于人间而发漫天洪水毁灭世界，洪水过后，独剩一对兄妹，兄曰爸龙，妹曰德龙，兄妹结婚，人类才得以繁衍。苗族的洪水神话与兄妹繁衍传说，在汉族中也能找到，只不过兄妹别有其名曰伏羲和女娲。另外，女娲抟土造人与补天神话则是一个母性/女性始祖神话。但人类始祖的神话传说，最终由女性和双性同族变成男性单族，父亲而非母亲成了人类的始祖。寻根文学对民族起源的书写，同样选择了以父亲为始祖的神话传说，伏羲、大禹、刑天等男性英雄成了族群的始祖。有意思的是，《爸爸爸》中竟也出现了苗族兄妹始祖传说中的德龙，但德龙却由妹妹——女人，变成了男人与丙崽的父亲,并由始祖降级为承传族群记忆的唱古者,最后不知所踪,他/父与她/母唯一的联系就是他还残存着女人的特征,"没有胡子,眉毛也淡","天生的娘娘腔,嗓音尖而细"。① 寻根作家们在寻找民族起源时不自觉地都选择并重续了父系神话,父亲成为唯一始祖,篡夺了母亲作为族群/民族再生产者的角色。

　　除了延续以父亲为始祖/民族的起源叙述之外,寻根文学建构的父系家/族谱系还表现在以子辈作为父系文化的传递者、体现者与象征者角色,族群/民族文化是在父子兄弟之间承传的。但在母系社会,孩子还小的时候,会把母亲以及母亲的父母当作核心家庭成员,同时忽略父亲及其祖先。父系社会情况则相反,孩子认同的是父亲的祖先,"父亲是家庭宗教的唯一解释者和主教,只有他才能传授家庭宗教;并且他可以把家庭宗教只教给他的儿子"。② 传统中国家庭和家族与库朗日所说的古罗马的家庭情况有相似之处,父亲占据天地君亲师的角色,父亲对子女的族群/民族认同有决定作用,而维系并传承父系谱系及其民族文化的也主要是儿子,而非女儿。实际上,对于族群/民族的文化建构,一开始就被性别化了,而这种性别化的族群/民族建构,在寻根文学对于文化之"根"的寻找、选择与重建中非常普遍。《小鲍庄》中儒家文化"仁义"精神的符号是男孩捞渣,小说始于捞渣的降生,终于捞渣的牺牲以及他作为族群/民族纪念碑的最后形成;《爸爸爸》始于傻子/神启丙崽的降生,终于丙崽坐在族群废墟上,他是族群"最初之人"与"最后之人"的象征;《沙灶遗风》中吴越民间文化的最后传承者是画屋老爹;郑万隆"异乡异闻"中黑龙江边地山林生活方式的体现者是具有强悍生命力的硬汉;《棋王》中无为无不为的道家文化的体现者是王一生,《孩子王》中将"好"的文化传统教给下一代的是知青老杆,《树王》中守护老树——与政治相对的自然——为树而死的是树"王",阿城对文化传统的体现、传承与再生

---

① 刘岩认为,失踪的德龙即是失踪的传统,作为或曾存在的文化秩序,它不但丧失了表述真实的正当性,其自身的面目也已模糊不清,难以复现。见其博士论文《比较文学视野下的现代化中国想象》,北京大学,2008。

② 见[法]莫里斯·哈布瓦赫:《论集体记忆》,毕然、郭金华译,上海人民出版社,2002,第 102 页。

产的思考,最终落实于三"王"与男老师/男学生这样的父/子文化传递方式中。①《老井》中孙旺泉在"儿子"出生后,坚定了将找水作为自己责任和人生的全部意义:

> 找水去! 这桩老井村几十代人尚未成就的大事业从今天开始! 刚才和孙福昌谈时,他只想到为打井而死的先人。儿子的出生,使他的奋斗有了更为深沉的涵义。儿子! 现在,他不单单是承继先人的事业,更是在为儿孙后代开拓。记起他刚才的誓愿,头一碗祭奠祖先? 他轻笑了。不! 如若我真打出水,头一碗一定给我儿子,给我的井儿! 儿子! 亲儿子! 儿子长大,寻上个女人就会养下孙子。孙子再寻上个女人就养重孙子……不行,走,今天就野外勘察! 井,有井就有一切! 有井就有儿孙万世! 一种从未体验过的责任感从他心底升起。他依恋地看一下自己的村庄、院落,拔腿向深山走去……

先人—"我"—儿子—孙子—重孙,一个受过现代教育的高中毕业生孙旺泉,自觉地将"自我"价值的实现固定到一个基于父子—子孙相传的父系家/族谱系之中,将自我实现的活动空间局限于"自己的村庄、院落",这在同是高中毕业生的高加林看来的"人生"悲剧,在孙旺泉那里却是人生的正剧。他的人生归宿,不再是成为狂人式的现代个体或者高加林式的发展主义个体,而是成为英雄的父系家/族谱系链中的一环,以承传族群的记忆与责任。

就这样,被现代与革命所切断的体现中华文化连续性的父系家/族谱系,在寻根书写中最终魂兮归来。其中最有意味之处,是对于父子关系的重写。丙崽虽生而无父,却一直咕哝着"爸爸",如果说这个"爸爸"只是一种与"X妈妈"相反的正面情感的简单模糊的表达,并无实在语义,只能算是"寻父"的潜意识流露的话,那么,当他被母亲告知"你爸爸,他叫德龙"之后,坐

---

① 阿城在《闲话闲说》(作家出版社,1998,第49页)中写道:"中国人的祖宗牌位,是一块长方形的木片,就是且字,甲骨文里有这个字,是象形的鸡巴,学名称为阴茎……母系社会的祖是日,写法是圆圈中间一点,象形的女阴,也是太阳……后来父系社会夺了这个日,将自己定位阳,女子反而是阴。"虽然阿城对父系社会取代母系社会颇以为然,但在寻根小说中依然将文化的教育与承传的角色设定为男性而非女性。

在鸡头寨废墟中的他,却"用很轻很轻的声音,咕哝着他从来不知道是什么模样的那个人:'爸爸'"时,"寻父"的潜意识语词最终转换成一种想象性的父子相逢的温柔场景。《小鲍庄》中被父所弃的拾来终于还是重操父业,并最终在与老货郎的对视中完成父子相认的精神仪式。《红高粱》中的豆官也被母亲告知"你干爹就是你亲爹",而小说的主要故事就是豆官(子)跟随土匪余占鳌(父)阻击日本鬼子的民族复仇计划,并在这个过程中最终克服恐惧和懦弱长大成人,《红高粱》实际上建构起一种"上阵父子兵"式的传统父子关系。寻根文学的这种"父子相认"叙述,是一种以血缘为基础的传统意味浓厚的经典表意模式,血缘、土地、族群、父系在其中数位一体,现代文学始于弑父激情的无限革命政治,为寻根文学"认贼为父"的和解政治所取代,寻根文学不无曲折地重建起父子相继的父系神庙。

在分析《红高粱》时,孟悦将莫言的写作看成一种"孤儿式的写作旅程":

> 这旅程不是始于写自己,而是始于寻找父亲,重建父亲,或曰,寻找和重建一种缺失了的父子关系——一种主体生成的环境。结果,莫言写了一个"家族"。他势必会写一个"家族"。这个家族的故事……在象征和寓言的意义上,更是为莫言这一代荒野中的游魂重建亲子关系——主体的历史。[①]

"无父无史无根"的一代以"寻找父亲、重建父亲"开始写作其实并不奇怪,不过需要说明的是,寻根作家的"寻父",寻找的是父系的家/族谱系及其建基于这个谱系之上的族群/民族的历史与文化,而非一个具有实体意义的父亲。实际上,寻根文学中的"父"之存在极为吊诡,[②]"想象的父亲"不是土匪就是浪荡子,他们皆是家族的放逐者,难以承担"父之名"的责任。至于

---

① 孟悦:《历史与叙述》,陕西人民教育出版社,1991,第117页。

② 《红高粱》中的叙述者"我",这个后代的不肖子孙,实际上从未与父亲——豆官——在同一个场景中出现,倒是父之父,即"祖父"才是敢爱敢恨的红高粱家族的体现者与小说着力渲染的英雄。《爸爸爸》与《小鲍庄》中的"父",一个不知所终,一个不过只是与"子"偶遇,《老井》中作为"子"的孙旺泉与父也几乎不在同一个场景中,反而是父之父的万水老汉,才与"子"形成对照与传承关系。所以,"父"在寻根文学中充当的仅是一个中介与引入者的角色,担负着将"子"引入父系家/族谱系中的功能。

"父子相认"的各种戏码,不过是试图将"子一代"嵌入父权历史象征秩序,形成以男性系谱为历史脉络的民族主体想象,确立男性自我在民族认同再生产中的权威地位。寻根文学对于民族文化的重构,显示了民族建构的性别意涵,即有关男性及其子嗣相继不绝的共同体想象,它建立在男女内外差序的性别关系基础上,并再生产着不平等的性别图景与性别构想。

第三节　"原初"的激情与她者的声音

一、制造"原初"与他者

通过追溯族群的父系起源、驱逐族群内部威胁共同体稳定的现代女性、奖励加固父系家族链条的传统女性,寻根文学"跨越文化断裂带",重建起被"五四—文革"破坏的民族文化。但这个以父亲为起源、父子承传的看来具有连续性与稳定性的共同体,之所以能跨越"现代"与"革命"带来的巨变,其前提却在于一个具有原初性、封闭性、自足性的边缘文化空间的建构,似乎只有在深山老林、穷乡僻壤之中,才能存在一个未经现代、革命污染与破坏的"原初"之地与"太古之民"[①]。"老井村"要被大山所包围,"鸡头寨"是"落在大山里,白云上","留给你脚下一块永远也走不完的小小孤岛",而包围"小鲍庄"的鲍山虽然不高,可是地洼,所以"山把地围得紧","把山里边和山外边的地方隔远了"。为完成民族文化的重构,寻根文学实际上制造了一个在时间上具有"原初"性的空间形态,"'寻根'对诡异而蛮荒的空间的探索,试图揭示'民族'特性的'起源'和'根基',试图提供以空间的特异性探索为中心的'空间寓言'"。[②]　正是在这个"特异性空间"中,"民族文化被看作在

---

①　王蒙在《读一九八三年一些短篇小说随想》中写道:"有愈来愈多的作品,而且是优秀的作品,把笔触伸到穷乡僻壤、深山老林里的'太古之民'里去,致力于描写那种生产力即使在我国境内也是最落后、商品经济最不发达、文化教育程度很低的地方的人们的或朴质善良、或粗犷剽悍的美。"载《创作是一种燃烧》,人民文学出版社,1985,第172—173页。

②　张颐武:《从现代性到后现代性》,广西教育出版社,1997,第26页。

历史的原初就已经成型的有机整体"①,具有超越历史的恒定性,"秦汉文化
的色彩""吴越文化的气韵""鄂温克族文化源流的过去和未来"②以及藏族
文化的神秘等皆是寻根文学的注目之处。而对即将逝去的"最后一个"③的
挽歌实际也是探讨民族"起源"的另一种形式,寻根文学对建构一个"原初"
的中国满怀激情。

"原初的激情"是周蕾在讨论"第五代电影"时提出的概念,它主要包括
以下内容:1.对原初的兴趣出现在文化危机的一刻;2.起源的幻想通过联想
的属性展现,最典型地与动物、野性、乡村、本土、人类有关,它(他)们代表原
初的、已经失去的东西;3.原初性作为一不可回复的普通/地方的物影,始终
是事实以后的虚构,一种发生在"后"时期的对"前"时期的杜撰;4.由于仅可
能在想象的空间寻找,原初性变幻不定,且真正成了异国的;5.在一个纠缠
于"第一世界"帝国主义和"第三世界"民族主义力量之间的文化,如20世纪
中国文化,原初性正是矛盾所在,是两种指涉样式即文化和自然的混合。如
果中国文化的"原初"在与西方比较时带有贬低的"落后"之意,那应该"原
初"就好的一面乃是古老的文化(它出现在许多西方国家之前)。因此,一种
原初的、乡村的强烈根基感与另一种同样不容置疑的确信并联在一起,这一
确信肯定中国的原初性,肯定中国有成为具有耀眼文明的现代首要国家的
潜力。这种视中国为受害者同时又是帝国的原初主义悖论正是使现代中国
知识分子朝向其所称的迷恋中国的原因。④

周蕾将"原初"迷恋看成是文化危机的一个症候,是各种矛盾交织于一
体的一个扭结点。原初并非一个确切的实体与存在,而是对于已经失去的
虚构和想象,它变幻不定,具有异域神秘色彩。中国知识分子对"原初"中国

---

① 贺桂梅:《"新启蒙"知识档案——80年代中国文化研究》,北京大学出版社,2010,第189
页。

② 韩少功:《文学的"根"》,《作家》1985年第4期。

③ 李杭育《最后一个渔佬儿》中的葛川江渔民福奎、《沙灶遗风》中的画屋老爹;邓友梅《那五》
中的旗人那五、《寻访"画儿韩"》中的画儿韩等都以传统文化或生活方式中的"最后一个"的形象出
现。

④ 参见[美]周蕾:《原初的激情:视觉、性欲、民族志与中国当代电影》,孙绍谊译,远流事业股
份有限公司,2001,第42-43页。

的迷恋,在周蕾看来实际上是"第三世界"民族主义面对"第一世界"帝国主义的一种矛盾反映:在现代线性时间观中,处于"前"时期的"原初"中国与"现代"西方相比显然是落后的;但就文化、文明而言,处于"前"时期,却意味着中国比西方具有更古老的文化与文明,在一个政经结构不平衡的世界格局中,现代中国知识分子正是以此来确立自身/中国的文化主体性。但周蕾认为,所谓"原初"中国已经是处于中西文化交汇之中的中国了,"原初"的提出与迷恋,是现代中国知识分子有感于西方现代威胁时的一种应对策略,是一种制造与发明。

　　周蕾对现代中国知识分子"原初的激情"的批判,既是对中国民族主义话语的批判,也是对西方以詹姆森为代表的知识分子评判"第三世界"民族主义的回应。对于"第三世界文学",詹姆森有一个广为中国学者所引用的判断:"第三世界的本文,甚至那些看起来好像是关于个人和力比多趋力的本文,总是以民族寓言的形式来投射一种政治:关于个人命运的故事包含着第三世界的大众文化和社会受到冲击的寓言。"①詹姆森的"民族寓言"判断,建立在第一世界/第三世界、帝国主义/民族主义二元对立的基础上,在他看来:"资本主义文化的决定因素之一是西方现实主义的文化和现代主义的小说,它们在公与私之间、诗学与政治之间、性欲和潜意识领域与阶级、经济、世俗政治权力的公共世界之间产生严重的分裂。换句话说:弗洛伊德与马克思对阵。"②"第一世界"文学与文化生产的这种分裂,却在"第三世界"文学中得到弥合,他以鲁迅的《狂人日记》《药》《阿Q正传》等作品为例,强调"第三世界文化的动力和第一世界文化传统的动力之间在结构上的巨大差异"③。虽然詹姆森是站在同情甚至肯定"第三世界"文学文化自身价值的基础上,赋予其文化抵抗的意义,但他在论述中贯彻始终的"我们"与"他

---

①　[美]弗雷德里克·詹姆森:《处于跨国资本主义时代中的第三世界文学》,载张京媛主编:《新历史主义与文学批评》,北京大学出版社,1993,第235页。

②　[美]弗雷德里克·詹姆森:《处于跨国资本主义时代中的第三世界文学》,载张京媛主编:《新历史主义与文学批评》,北京大学出版社,1993,第235页。

③　[美]弗雷德里克·詹姆森:《处于跨国资本主义时代中的第三世界文学》,载张京媛主编:《新历史主义与文学批评》,北京大学出版社,1993,第237页。

们"间的对立与区隔,却让周蕾、斯皮瓦克等亚裔女性主义学者嗅到了后殖民主义的气息。在她们看来,詹姆森的这种论述将"第三世界"文本变成了"异己"的"他者","被赋予其一'外在'位置",斯皮瓦克认为这一外在位置的指定是"第一世界"批评家"对第三世界材料的持续臣属化"。① 周蕾则从"寓言精神"角度思考"为何'国家'观念和'第三世界国家'没有被寓言化并使之'断裂'"。在周蕾看来,既然"寓言精神极端不连接,是一种断裂和异质,一种梦的多重多义性,而非符号的单一呈述",那么相对于西方"第一世界"的"分裂"而言的具有整体性与单一性的"国族寓言"判断,就不能充分说明第三世界文本的"断裂与异质"以及"多重多义性"。与詹姆森从外部视角来建立"第三世界"的差异性——一种反抗西方帝国主义的民族主义论述不同,周蕾主要从内部视角来看待这种民族主义话语,认为民族主义话语表述中的他者,并非外在的西方帝国主义,而是中国"自己的"他者,"是对中国自身、中国的原初、中国自身的变体的迷恋",而"这一自恋性的价值－写作结构解释了中国电影制作者目前热衷于寻找中国'自己的'他者的现象"。② 周蕾的批判用于"第五代电影"的底本——寻根文学——中也未尝不可。

寻根文学倡导的寻"根"过程,也是一个寻找"他者"、制造"差异"的过程,只不过詹姆森的"第一世界"与"第三世界"的完全"差异",在寻根文学中转化成一国之内的传统/现代、都市/乡村、华夏/边缘、汉族/少数民族、体力/脑力、简单/复杂、欲望/情感、男性/女性等一系列的对立与差异。寻根文学正是通过制造诸种"自己的"他者、中国内部的他者而非仅是外部的西方他者,来完成民族文化复兴的主旨,当然这种对"内部他者"的制造也正好应和了全球化语境下必然会产生的本土化反弹的普遍性潮流。寻根文学对内部他者的制造与发明,其实不无内部殖民的意味,一些少数民族作家不满于汉族作家对少数民族素材的书写,将其看成是一种"盗用",应是敏感意识

---

① 斯皮瓦克认为,在盎格鲁－美国占主导地位的激进读者反向地将第三世界同一化,并仅仅在民族主义或民族性的语境下看待它。斯皮瓦克:《在其他世界:文化政治论文》,转引自[美]周蕾:《原初的激情:视觉、性欲、民族志与中国当代电影》,远流出版社,1995,第 126 页。

② [美]周蕾:《原初的激情:视觉、性欲、民族志与中国当代电影》,远流出版社,1995 年,第 109－110 页。

到他者制造隐含的文化权力关系。① 不过，寻根文学在"起源"的迷思中对"内部他者"的制造，却并未引起中国后殖民主义批评的更多关注，他们往往采取中/西二元对立的外部视野，而"并没有采取边缘的立场对中国文化的内部格局进行分析"②，或者既考虑到了中/西的外部不平衡权力关系格局，也看到了地方/中央、边缘/中心的内部不平衡权力格局，却认为"居于'中央'或'中心'的民族文化整体对差异文化的重新整合"，"并没有将地方/区域文化的差异导向对中央/中心文化的挑战"。③ 而在我看来，寻根文学中的诸种边缘他者，在构成文化中国主体想象的"源泉和基础"的同时，也借此显形并"浮出历史地表"，质疑并拆解着一个关于永恒性与连续性的民族主义文化主体的想象。

二、母亲/女性的位置

民族主义话语产生于阳刚化的历史记忆与男性经验的基础上，女性则一般被置于私领域之中。寻根文学对文化之"根"的寻找，并没有外在于一般民族主义的叙述逻辑。如果说知青曾经生活于其间的僻远乡村、边疆、自然等充当的是文化中国主体性建构过程中空间上的"他者"的话，那么女性在主体建构、民族文化传承与再生产的过程中，占据着什么样的位置呢？作

---

① 乌热尔图在《声音的替代》(《读书》1996 年第 5 期，第 89 页)中写道："问题的关键在于某一种族的人是否有权去写其他种族的故事，在自己的作品中使用其他种族的素材。换句话说，某一民族或种族的故事应由本族的人去说去写。如若他人说了写了便有一个盗用的问题。这一论点听起来有些偏激与狭隘，仔细一想却有道理。"作者从后殖民视野中西方作家对原住民文化的"盗用"现象出发，将话题引申至某些汉语作家对少数民族的"声音的替代"，这种论述已经涉及文化权力关系的不对称问题，构成对中国后殖民批评主部的某种回应。可参见刘岩：《比较文学视野下的现代化中国想象》，博士论文。

② 汪晖认为，后殖民主义可以被视为西方(主要是美国)文化制度内部的自我批判，即从边缘文化立场对西方中心主义文化所作的批判。但在中国的后现代主义批判中，后殖民主义理论却常常被等同于一种民族主义话语，并加强了中国现代性话语中那种特有的中/西二元对立话语模式。例如没有一位中国的后殖民主义批评家采取边缘立场对中国文化内部的格局进行分析，而按照后殖民主义的理论这倒是题中应有之义。见汪晖：《当代中国的思想状况与现代性问题》，《天涯》1997 年第 5 期。

③ 贺桂梅：《"新启蒙"知识档案——80 年代中国文化研究》，北京大学出版社，2010，第 195 页。

为对民族与民族主义父权制生产方式的批判,女性主义理论强调妇女在民族生产中的位置和意义,提出妇女介入族裔和民族进程的五种方式:1.作为种族群体成员的生育者;2.作为族裔/民族组织间的界限的再生产者;3.作为集体意识形态再生产过程的中心参与者和它的文化传播者;4.作为种族/民族区别的能指,作为建构、再生产和改变种族/民族范畴的结构时所用的意识形态话语的焦点与象征;5.作为民族、经济、政治和军事斗争的参与者。① 女性主义理论强调的妇女介入民族与民族主义生产中的方式,对考察寻根文学中的女性位置有启示意义,以下我将从母亲的位置、被放逐的现代女性两个方面,重构寻根文学的文化主体建构方式。

　　母亲在寻根文学中的地位非常微妙:一方面,她无法在父系神话中占据始祖的位置,因而也无法成为族群—民族的创造者,她的作用无法在父子传承的民族文化再生产中呈现;另一方面,她又是每个族群成员事实上的生育者,没有她,父系的家/族谱系根本也无法延续。事实上,寻根文学中的父亲往往处于缺席状态,"子"在"寻根""寻父"之前,往往与母亲保持着亲密的关系,母子同在的场景在寻根小说中相当普遍,像《小鲍庄》中的大姑与拾来、《棋王》中的王一生与母亲、《红高粱》中的奶奶与豆官、《爸爸爸》中的丙崽娘与丙崽等。丙崽与丙崽娘,甚至可看成精神分析意义上想象界中母子同体的象征,在"父"缺失/被放逐的家里,一旦"关起门来",母子就处于一个隔离外界与现实的封闭的类似子宫的安全空间,他们的絮絮而语正如一切母子一样亲密动人:

　　　　夜晚,她常常关起门来,把他稳在火塘边,坐在自己膝下,膝抵膝地喃喃对他说话。说的词语,说的腔调,甚至说话时悠悠然摇晃着竹椅的模样,都像其他母亲对待自己的孩子:"你这个奶崽,往后有什么用啊?你不听话啰,你教不变啰,吃饭吃得多,又不学好样啰。养你还不如养条狗,狗还可以守屋,养你还不如养头猪,猪还可以杀肉咧。啊啊啊,你这个奶崽,有什么用啊,睚眦大的用也没有,长了个鸡鸡,往后哪个媳妇愿意上门啰?……"

　　① 陈顺馨、戴锦华选编:《妇女、民族与女性主义》,中央编译出版社,2004,第127—128页。

丙崽望着这个颇像妈妈的妈妈，望着那死鱼般眼睛里的光辉，舔舔嘴唇，觉得这些嗡嗡的声音一点儿也不新鲜，兴冲冲地顶撞："X 妈妈。"

母亲也习惯了，不计较，还是悠悠然地前后摇晃着身子，竹椅吱吱呀呀地呻吟。

"你收了亲以后，还记得娘吗？"

"X 妈妈。"

"你生了娃崽以后，还记得娘吗？"

"X 妈妈。"

"你当了官以后，会把娘当狗屎嫌吧？"

"X 妈妈。"

"一张嘴只晓得骂人，好厉害咧。"

丙崽娘笑了，眼小脖子粗。对于她来说，这种关起门来的模仿，是一种谁也无权夺去的享受。[①]

不管外部世界如何纷争残酷，不管母子因父亲的抛弃而在父权秩序的世界中如何边缘和卑贱，在"家"这个封闭温暖的空间中，母子总可以相依为命，获得"一种谁也无权夺去的享受"。但是，一定要"长大成人"并决意"寻根"的"子"们，似乎必得打破这母子一体的关系才能进入父系象征秩序中，父子关系的重建似乎必须以母亲的象征性死亡为代价。丙崽娘在告诉丙崽谁是他的父亲后自杀；大姑重新收拾出货郎挑子和拨浪鼓让拾来追随其父的足迹上路，只是以后"是娘，媳妇，姊妹，全都有了"的二姊替代了大姑的位置，看来似乎延续了母子一体的想象性关系，但这种关系却不为仁义的小鲍庄村民所容忍。最有象征意义的可能是《红高粱》，获得"父名"（你干爹就是你亲爹）与母亲的死亡同时发生，理想的父子关系式在母亡之后也最终建立起来：

> "爹，你别愁，我好好练枪，像你绕着弯子打鱼那样练，练出七点梅花枪，将来去找冷麻子那些狗娘养的王八蛋算账。"

---

① 韩少功：《爸爸爸》，《人民文学》1985 年第 6 期。

　　"好小子，是我的种"。①

　　奶奶的辞世在孟悦看来有两个功能：一是使豆官从一个母子完满的想象世界突然进入父与子的象征世界；一是使阉割本身丧失了意义。在死者面前，父与子成了平等的、同一个欲望的两个主体、成了对方（他人）欲望的主体。奶奶死得既英勇悲壮又恰到好处，恰是时候，她以自己这个性别在故事中的必然命运，完成了、成全了一个理想的父子关系式，成为对这对英雄父子的一体性、延伸性的主体间关系的一次伟大献祭。最后，阉割情结被成功地从父子关系中删除出去。② 母亲作为献祭与牺牲的角色，在电影《红高粱》的视觉冲击中表现得尤其鲜明。当她第一次仰面朝天躺倒在红高粱上时，一个普通的轿夫从此站起来，成为以后的土匪余占鳌——红高粱世界的祖先；而当她中枪倒地时，跪在她身边的则是一个即将长大成人的英雄后代——豆官，一个与父之大主体形成对等关系的小主体。男性主体的生成、父子关系的重建，似乎必须以女性/母亲的象征性死亡为代价，寻根小说反转了弑父娶母的俄狄浦斯情结。

　　从"母子一体"到"父子相认"，"无父无史无家无根"之"子"最终进入家族—民族的文化传承链条中，并由此确定在"父"之象征秩序中的位置。但"子"之男性主体位置还必须在男女的性别维度中落实。《老井》是一个值得分析的文本。小说主要有两个女性，一个是传统女性段喜凤，另一个是现代女性赵巧英，她们所占的位置都与主人公孙旺泉有关。喜凤是个寡妇，与母亲、女儿一起生活，段姓家族不是村中的大姓，喜凤家又一直缺乏男丁，招赘的女婿死于打井事故中，父亲也随后含恨而去，再次招赘生养儿子延续段家血脉，成了喜凤这个没受过什么教育的传统女性的几乎全部人生责任。从现代个人发展的意义上说，喜凤在性选择上根本无法与受过现代教育、聪明漂亮、有经济头脑的巧英相提并论，但最终是喜凤成了这场三角关系的胜者，传统女性取代了现代女性。喜凤的传统性主要体现于稳定性上，"表现在从其在亲属体系内扮演多重角色而来的支持；在此亲属体系中，女性的功

① 莫言：《红高粱》，《人民文学》1986 年第 3 期。
② 孟悦：《历史与叙述》，陕西人民教育出版社，1991，第 119—120 页。

能像男性一样强"。①　与被亲族关系束缚的传统女性喜凤结合,旺泉也将被固定于亲族关系的群落之内,而这显然有利于老井村这个族群共同体的稳定和繁荣。事实上,喜凤和旺泉很快就有了儿子,而儿子不仅使孙旺泉深刻地嵌入其家族谱系之中,也使段家的家族谱系得以延续,这样来看,不是传统的喜凤战胜了现代的巧英,而是建基于家族—族群基础上的民族共同体,为维持其经济形式、情感方式与历史记忆,即共同体稳定存在的需要,必须排斥并放逐它的敌人——现代女性巧英。

巧英最早出场,却是以老井村他者的面目出场。雨后第一个早起去担水,在常年干旱的老井村,是精明与勤劳的表现,但挑水的打扮却突兀异常:"一派城里人的时新打扮:紫红皮鞋,半高跟的;银灰色的筒裤,裤线笔挺;浅蓝色的西装上衣,大翻领里,露出一片猩红的毛衣和雪白的衬衣领;长长的黑发,油亮亮的,只一条花手绢在脑后随便一扎……"原来,"赵巧英本来就不是山里姑娘!至少她自己这般认定",她"怀在省城,生在老井",父母因"三年人祸天灾,大批压缩城市人口",所以被"动员还乡",城里人把她看成"山姐儿",老井村人"肯承认她是个半拉子城里人",而且"谁也认定,她日后嫁也要嫁个城里人的"。叙述者以村人之口一开始就将巧英排斥在老井这个村庄共同体外。但她也不属于城市,虽然父亲在政策调整后回城,而她的户口却只能随母留在农村,她时尚的穿衣打扮,只是村人的看法,而"城里人,总能透过这身时新打扮,嗅出点土腥气",在城乡二元体制下,巧英位置尴尬。不过,小说关注的重点不是巧英如何跨越城乡藩篱,而是她对老井村这一共同体的影响:她"科学种田",使用除草剂,覆盖塑料薄膜,种植经济类农作物,一个姑娘轻轻松松就解决了男劳力花费很多体力才能完成的工作;她买来电视,在村里跟青年人练习打羽毛球;她一次次去城里甚至坐火车去北京城,逛天坛、北海,还跟农科院老教授请教科学育种的方式;她大胆追求旺泉……巧英对科学的信任,对物质的追求,对现代生活方式的渴望,对自由和生活意义的追问,想做就做的勃勃雄心和实践的勇气,使她看起来更像80年代那个新生的"个人主义者"高加林,而非现代文学中那些追求恋爱自

---

① ［美］周蕾:《原初的激情:视觉、性欲、民族志与中国当代电影》,远流出版社,1995年,第114页。

由的摩登新女性。巧英这个形象,质疑的不仅是两性爱恋中的不平等关系、城/乡二元户籍制度带来的人生道路的不公,她全面质疑的是维系老井祖祖辈辈的劳动方式、生活方式、娱乐方式、爱情方式,甚至生活本身。

>　"去北京的车。真想去看看哩,人家是咋生活的? ……唉,咱这儿
>男的打十来岁起,就开始攒钱,准备盖房娶媳妇结婚,攒上十来年。没
>本事的,耍光棍,搭伙计。有本事的,盖上房结了婚,两口子就拉扯孩
>儿。赶孩儿长大了,又得给孩儿攒钱,准备盖房娶儿媳妇。再往后,不
>就是个棺材? ——就这,人一辈子! 也不知道人活着是图甚? ——就
>是个受苦? 就是个撅着屁股在黄土地里刨食儿?"
>　……
>　"为甚人生一世,总要准备吃苦受罪呢?"
>　……
>　"可我总觉着,生活本身不应该是这样的……"①

巧英对老井村人生活的质询是总体性的。作为一个自由独立的现代女性,她威胁的不仅是旺泉的男性主体位置,更是老井村落共同体的稳定与基础。对旺泉一次次的食言,巧英曾经揶揄道:"就是,你的责任多咧:又是水,又是支书,又是你小子,你婆姨,又是我……我,你就不用责任啦,看难为得你。"水、支书是旺泉作为老井村人与世代打井的先人的后代,应承担的集体"责任",小子、婆姨包括巧英则是他作为一个男人、丈夫、父亲、情人应承担的个人"责任"。但巧英拒绝让旺泉承担对自己的"责任",这不是说她对爱情和婚姻无所谓,而是她的独立与自尊不允许她把自由选择的爱情与"责任"捆绑在男性身上,她要自己承担恋爱的结果,对自己的选择负责。当旺

---

①　对巧英的质疑,旺泉回答:"'巧巧,你这不算甚新理论,'旺泉想想说,'九九归一,不就是个三大差别? 这不假。可到底咋办哩? 还不是得咱一镢头一镢头去建设吗? 比方说这打井,咱村要打出了水,那可真是天翻地覆一变哩……"旺泉与村里其他人一样,更多想到的是如何在枯井中再次打出水,而不是离开老井另谋出路。老井的故事,很像中国的"愚公移山"的故事。所以巧英回答:"人就是这样被捆得死死的! 地,庄稼,井,人都捆死了! 还有你的婆姨,儿子!"见郑义:《老井》《当代》1985年第2期。

泉跟巧英在一起时,他不得不屈从于巧英,其实也是他自我个体而非族群成员的欲望和意志。而"水"和"支书"则是万水老汉、老村长甚至族群强加于他的"责任",这责任在周蕾看来是一种他无法抗拒的训令,"因为其中蕴含了社群的责任意义",也"因为其中蕴含着他作为奖励从社会得到的个人身份。训令不仅从他那里取得生命的精力,而且也给了他生命和不朽意义"。[①] 承担族群共同体的责任,克服来自巧英的爱恋欲望,是旺泉成为父系家族链条上的英雄必须克服的障碍。

巧英与旺泉构成两个对等的主体:一个实践科学种田,一个实践技术打井,在对技术力量的肯定与迷恋上,两者一致。但旺泉的打井,是男性之间祖辈相传事业的延续,其本身是老井村作为一个家族—族群—民族共同体的历史记忆与文化传承的体现,旺泉努力学习的打井技术,只是他完成群落"责任"的手段和工具,对外来现代技术的采用,被认为可以与共同体的社会结构、价值判断、情感方式与生活态度相分离,是"西学为用"的现代版本。打井需要群体的合作,它可以不计成本,要求人们的牺牲,旺泉与巧英也几乎是万山与丑妮儿的翻版,但(男)人们却愿意为打井前赴后继牺牲自我。小白龙的传说,老井村名的由来、万水老汉偷龙祈雨的轰轰烈烈的历史、祖祖辈辈死于打井的男人们,已经成为老井村集体的历史、记忆、文化与欲望,打井的意义,早已超越其本身,成为共同体的神圣仪式,水的匮乏既令人沮丧又赋予人力量,并最终使这个族群存在并延续。老井村祖祖辈辈的打井故事及为此做出的牺牲,正是史密斯所说的族群—民族的历史故事,"族群历史不专注于经济和社会问题本身,也不讨论政治制度的发展。作为替代,它聚焦于英雄主义和牺牲、创造和复兴、神圣和崇拜、系谱和传统、群体和领导等。总之,它涉及的是一个或多个'黄金时代',并通过它的规则和榜样,在未来恢复其群体"。[②] 但巧英的科学种田,既不需要村人的合作,更无须集体世代的牺牲,它计算的是收益与成本,在某种程度上,巧英科学种田的个人性,正是对原有村落集体经济基础的破坏。代表物质和个人主义的现

---

① [美]周蕾:《原初的激情:视觉、性欲、民族志与中国当代电影》,远流出版社,1995,第121页。

② [英]安东尼·史密斯:《民族主义:理论,意识形态,历史》,叶江译,上海人民出版社,2006,第145页。

代女性巧英的出现,将破坏对群体历史和命运的信仰,因此,不受亲族关系束缚、游离于家族链条之外的巧英,威胁的就不仅仅是家庭内部以女性屈从为前提的男性主体地位,更威胁着这个父权体系的族群共同体的文化稳定性和历史牢固性。作为村落共同体的敌人,她必须被驱逐出去。

作为寻根文学经典的《老井》,是文化民族主义的性别化寓言。族群与个人、发展与牺牲、现代与传统、物质与情感等多重张力关系,通过二女一男的婚恋关系、性别政治表征出来,传统妇女喜凤之所以能够战胜现代新女性巧英,并不在于其个人的魅力,而是因为她背后的村落共同体的力量。乡土中国必须驱逐任何有害于自身稳定与连贯的敌人,现代女性巧英既是这个共同体内部的敌人,也是来自外部的现代威胁的性别表象。然而吊诡的是,当传统族群共同体与现代个人主义的代表都是女性的时候,那么作为被争夺对象的男性的主体位置又在哪里?试图重建父系家族系谱的寻根文学,或者暗含着男女主客易位游离的辩证法。

三、他/她者的质疑

通过发明他者重建民族主体是中国现代文学的历史传统。呼吁"救救孩子"的《狂人日记》被认为是现代文学的开端,再次重复"救救孩子"的《班主任》则标志着新时期文学的开启。现代中国民族主义叙事往往以塑造"无力无助"的大众形象为前提,儿童、妇女与底层的文学发明既建构起被压抑的我族,同时也确认了现代中国知识分子的启蒙主体性。没有对他者的发明,主体的建构就是无源之水,周蕾甚至以此颠倒了知识分子与被压抑者的位置,认为"并不是中国现代知识分子受'启蒙'后选择以关注受压迫阶级来革新其写作,而是受过教育的知识分子像世界上其他地方的精英一样在弱势群体中发现了令人迷恋的源泉,它能够帮助知识分子在主题和形式上激活、复兴其文化生产,使之现代化"。[①] 不过,虽然周蕾肯定了他者之于主体建构的重要意义,但她的研究还主要停留于中国知识分子如何通过叙述大

----

① ［美］周蕾:《原初的激情:视觉、性欲、民族志与中国当代电影》,远流出版社,1995,第41页。

众而建构民族主体性,而较少关注作为他者的大众如何参与并修正主体的历史。其实,寻根文学的复杂之处,恰恰在于发明原初中国、呈述他者世界时,想象的民族主体呈现出自我他者化的历史无意识。作为他者的女人、疯子和孩子,对于现代民族共同体想象而言,既是形构民族主体的"原初的激情",也是导致主体认同自我瓦解的"原初的挑战"。

　　在寻根文学作品中,《老井》最像一部民族寓言。孙旺泉为打井而牺牲爱情的个人故事,完全可以看成是民族国家命运的象征。老井村的所有历史和记忆,都围绕打井而展开,打井既是奋斗和牺牲,更是希望与未来,世世代代族人前赴后继,不惜一切代价,要在这个石灰岩地区打出水来。人们从未理性地质疑过打井行为本身,除了巧英和疯万山。孙万山与巧英,都是老井的"异数",巧英是穿越老井村内外与性别界限的异数,万山则是孙家英雄兄弟们中的异数:

> 　　老大万水粗犷剽悍,透一股英雄气概;老二万山却憨实绵善,活得自自然然。跟牲口一般在山上狠受上一天,收工回来,还总爱挽把野花野草,不是摆在野菜篮篮里,就是插在黑瓷饭罐子里;或是一束蓝茵茵的药香四溢的山菊花,或是几枝背阴洼洼里采的山丹丹,猩红猩红的,一闪一闪。有时用细柳枝儿扎成个柳圈儿戴上……人们碰上,总要揶揄一番说:"二子,到山神庙祈雨哩?"或说:"二子,瞅你这悲花惜草的,该不是红楼梦里的林妹妹、宝二爷转世吧? 咋不小心来? ——一下投胎到咱这穷山旮旯来咧!"而万山脾气绵善,腼腆一笑,头一低便过去了,从不还嘴的。

　　活得"自自然然""悲花惜草"的万山,显然不具有"穷山旮旯"的老井所需要的"粗犷剽悍"的男性气质,虽然他"扳倒了井"的做法后来被城里的孙总工程师认为是"了不起的设计构思"。在对技术的运用上,万水显然也属于这个打井家族链,但这个"设计"本身出于个人爱情而非旺泉式的集体"责任"。为"责任"而打井的旺泉最终受到嘉奖,成为新任村长与打井英雄,不仅有妻有子,还拥有了巧英的爱情。而为个人爱而"呆"的万山最后却成了疯子,失去了爱人与一切。他整天徜徉于大山、层林与动物之中,已是自然化之人了,其对打井的抵制既是由打井而来的个人创伤体验的后遗症,更是一个自然之子对于被破坏的自然的体恤,"手指肚上扎根酸枣葛针,还要出股儿脓血,新媳妇进洞房还要疼一遭哩!——哦,打这来粗的黑窟窿,那山就不疼!"打井在他看来会造成山的痛苦,那些打井而死的人则是"敢说不是报应"?旺泉牺牲了爱情担负起的打井"责任",那铭记着老井族群千百年记忆与欲望的事业,在疯万山看来不仅毫无意义,而且破坏性极大,是对自然与人的双重毁灭。小说的主线是旺泉及其村中男人们为打井而造成的丧失与牺牲、付出与血汗、希望与未来,简而言之,是一个关于奋斗的英雄故事;而副线却是疯万山游荡在一座座枯井、废井周围,疯言疯语着只有他才懂的"天机":"嘻,又毁人来?总是个打井打井……"疯言疯语的万山,让人想起阿城的小说《树王》中的树王肖疙瘩,当知青们抱着改造自然的使命,坚定地砍树烧荒时,树王却用肉体之躯维护着一棵大树:"我是粗人,说不来有什么用。可它长这么大,不容易。它要是个娃儿,养它的人不能砍它。"树王与知青李立、疯万山与旺泉构成一组对照关系,以"粗话""疯话"的"小话"形式,质疑着李立、旺泉关于族群—民族大业的"大话"。[①]

另一个质疑"打井"这一族群事业的是巧英,如果说疯万山以其最后与万物自然融为一体而领悟了自然的"天机",那么,受过现代教育的巧英的质疑则来自理性与科学。作为打井人旺泉的恋人,巧英虽也投入到打井事业中,但与旺泉对打井笃信不疑不同,她更多是为了帮助旺泉完成"责任"然后好跟自己离开老井,她之加入打井这一男人的事业,不过是为了证明自己也可以像旺泉这样的男性一样吃苦耐劳,"我只想看看自己能不能干成一两件事儿",而不是笃信于打井与村落共同体的价值。而打井成功之日也是她离开之时,小说最终让她在离开时领悟了祖祖辈辈受苦受难之记载的石碑后的"天机":

　　公社办公墙上,有一张新画的全县地理图:咱这一大片旱山,标的

---

　　①　旺泉喜欢用"责任""义务"等民族大话,《树王》中的李立,这个"修身极严""常在思索"的知青,经常会慢慢吐出一些感想,比如"伟大就是坚定""坚定就是纯洁""事业的伟大培养着伟大的人格"之类的大话。

都是"林牧区"。马书记说，眼下粮食够吃了，生产门路也多了，咱们这儿要缩减农业生产，尽快退耕还林，将来要恢复一千年前的大森林。还说专家讲，原来咱这儿有森林时候，到处都有水，树砍光了，地表水才没了的。整个太行山，整个黄土高原，中央的意思，都要退耕还林哩！只要一成了大森林，气候也好了，水也有了。大概就跟咱祖先们刚到这儿一样，河里有水，有鳖，有鱼，山上长着人参、灵芝，林子里跑着野鹿、山猪……这么一来，你说咱这几十代人开荒、种地、打井、流汗、流血、死人，到底干了个甚？毁了林子种地，再把地种上林子，没水了打井，打出水来气候又要变好，又要有水了！——你说，这历史不是跟咱老井祖先子孙们开了个大玩笑吗！

打井的成功使之前所有的丧失与牺牲看起来获得了意义，但是"新画的全县地理图"实际上又消抹了打井成功产生的增补意义，显示了历史对"人"的残酷性。而旺泉也由一开始的把打井当成一种改变老井命运的技术手段，转变为意识到打井行为本身就是目的，因为"没有一代传一代的找水的盼头，咱村早就没了"。祖祖辈辈的打井即使一再被证明是荒谬的，但对它的信仰依然存在，这正是周蕾所说的社会幻象的力量，也是齐泽克的意识形态幻象，"对于意识形态来说，幻象是事先考量其自身失败的一种手段……功能就是掩饰这种非一致性。"[①]。而巧英的意义则在于凸显那种被社会幻想、单一寓言所遮掩的对抗性的裂痕。不出所料，小说最后也让她这个现代女性，主动斩断了家族之"根"，她既拒绝了万水爷赠予的罗锅片，也拒绝了旺泉哥包的一抔坟场的"潮土"，她说："走了，就断了。"

民族之"根"的想象性延续，只能被发明于一个封闭时空，而现实世界的流动性、开放性，时时威胁着永恒传统的历史虚构，使之时时处于崩解的边缘。尽管寻根派们希望挖掘出优秀文化传统之"根"，以文化溯源、历史叙事重建现代中国的主体性，但当他们追根溯源重建一个"世袭罔替"的父系家族谱系时，却只能复活一种关于压抑、臣服与牺牲的文化历史传统。《爸爸

---

　　①　［斯洛文尼亚］斯拉沃热·齐泽克：《意识形态的崇高客体》，季广茂译，中央编译出版社，2001，第177页。

爸》中的仲裁缝想通过"坐桩"这种惨烈的死法来进入族谱,作为鸡头寨一个
"粗通文墨"的有"话份"的人,他在毒杀了族群的老弱病残之后也服毒自杀。
老井村的历史记忆主要关涉因打井而起的各式牺牲:孙石匠两臂各悬一刀
的恐怖祈雨场景,万水老汉手执铡刀、绑龙祈雨的"英武暴烈"的形象,石匠
孙小龙撕开自己的胸膛用鲜血唤醒石龙祈雨的故事……。其实,就民族主
义修辞而言,牺牲、死亡比胜利、复活更有价值,因为前者构成历史的债务,
并召唤群体性的补偿,或者更确切地说,牺牲、死亡造就的意义真空,总是在
蛊惑新鲜的生命予以填充。现代价值匮乏导致的历史献祭渴望,是现代文
化民族主义叙事真正的"原初的激情",寻根文学对中国民族文化的建构因
此悖论式地走向反面,真正的起源恰恰是难以达成的"现代性渴望"。故此,
巧英对罗锅片、坟土等各种"根""源"遗迹的拒绝,就成为一个象征:现代女
性宣布退出父系谱系之根,她注定要展开一个另类的寻根旅程。

四、革命与现代:王安忆的生命寻根

《小鲍庄》发表七年之后,王安忆完成长篇小说《纪实与虚构》。其时,寻
根文学思潮早已落幕,倒是王安忆依然对"寻根"念念不忘:

> 而"寻根"这个词真正打动我,诱惑我,就是在这时候。这里面隐藏
> 有一种极为动人的人类关系,它是我们所以存在于世的原因。"生命"
> 这一个词,它在前一类寻根小说中得到抽象的表达,而在后一类家族小
> 说中,得到具体的表达。
> ……曾经我们发展的文学寻根运动,其实与"生育"有着不可分割
> 的关系。它提示给我们一种纵向的关系,这种纵向关系是绝对性的、不
> 容置疑的,它是由我们的骨血生命来加以联系。①

不同于 80 年代的寻根文学,王安忆不在意民族文化之根,而更钟情于

---

① 　王安忆:《纪实与虚构》,人民文学出版社,1993,第 406—408 页。

个体生命的溯源,她想寻找的是"孩子她从哪里来"。① 有意思的是,王安忆在这里将寻根主体设定为一个"孩子",而"孩子"在 80 年代寻根文学中,却往往是启蒙知识主体的客体和对象,孩子是只会咕哝"爸爸"和"X 妈妈"的长不大的小老头丙崽,是几乎没有正面出现却活在别人的叙述和记忆中的小英雄"捞渣",是文化传承的受教育者——"孩子王"老杆的学生王福,是急切地向"我"询问无头无尾的连环画《水浒》内容的六爪(《树王》)……虽然"孩子"形象在寻根小说中的主体性也有所显现,比如韩少功后来对《爸爸爸》的修改主要在于增强丙崽的主动性,②而王福最终也写出了词物一致、言文合一的《我的父亲》③,使老师"我"也眼睛潮润,但这最终表明的是老师"我"作为文化传承者任务的完成。可是在《纪实与虚构》中,"孩子"而且是"孩子她",终于有了自己的声音,她要寻找的并非被革命断裂的文化传统之根,而是"孩子她这个人,生存于这个世界,时间上的位置是什么,空间上的

---

① 在与何志云的通信中,王安忆这样谈自己写《小鲍庄》时的情形:"我写《小鲍庄》,似乎是极偶然的一件事,《小鲍庄》最终写成了这样,似乎也是没想到的,而发表之后,面对了这么些赞誉,便有些惶惑起来。静下心回想写作的过程,什么也想不起来了似的,其实当时并没有什么重要的动机和想法,只是写了就写了,平凡得很。"她说:"我想讲一个不是我讲的故事。就是说,这个故事不是我的眼睛里看到的,它不是任何人眼睛里看到的,它仅仅是发生了。发生在哪里,也许谁都看见了,也许谁都没看见。……我努力地要摆脱一个东西,一个自己的视点。这样做下去,会有两个结果,乐观的话,那么最终会获得一个宏大得多的,而又更为'自我'的观点;可是,也许,事情从一开始就注定了不会有结果,全是徒劳,因为一个人是永远不可能离开自己的眼睛去看世界的。不通过自己的眼睛,却又要看到什么,是那么的不可能,就好像要拔着自己的头发往上飞一样的不可能。可我无法不这样做,好像小说写到了这步田地,只有这样做下去了。"从通信中,我们起码可以看到这两点:1.王安忆写"寻根"小说并不像其他男作家那样有一个"跨越文化断裂带"而重构民族文化的明确目的;2.对"自我"视角的矛盾认识,要既不是"自我"的故事和视角,又要有更为"自我"的观点。而这两点在《纪实与虚构》中看来都得到了解决。见王安忆:《我写〈小鲍庄〉——复何志云》。

② 关于韩少功对《爸爸爸》的修改,参见洪子诚:《丙崽生长记——韩少功〈爸爸爸〉的阅读与修改》,《中国现代文学研究丛刊》2012 年第 12 期。

③ "我的父亲是世界中力气最大的人。他在队里扛麻袋,别人都比不过他。我的父亲又是世界中吃饭最多的人。家里的饭,都是母亲让他吃饱。这很对,因为父亲要做工,每月拿钱来养活一家人。但是父亲说:'我没有王福力气大,因为王福在识字。'父亲是一个不能讲话的人,但我懂他的意思。队上有人欺负他,我明白。所以我要好好学文化,替他说话。父亲很辛苦,今天他病了,后来慢慢爬起来,还要去干活,不愿失去一天的钱。我要上学,现在还替不了他。早上出的白太阳,父亲在山上走,走进白太阳里去。我想,父亲有力气啦。"王福的《我的父亲》,文字质朴,情感真挚,很容易看出五四倡导的平民文学的影子。在阿城这里,并没有质疑传统文化、抄字典本身所蕴含的意识形态机制,但在他看来,文化传承的目的是个人生活的改善、自己声音的表达,而不是被代表、被表达。

位置又是什么","她这个人是怎么来到世上,又与周围事物处于什么样的关系",①"孩子她"要探讨的是"我的历史"和"我的社会":

> 我虚构我的历史,将此视作我的纵向关系,这是一种生命性质的关系,是一个浩瀚的工程。我骤然间来到跃马横戈的古代漠北,英雄气十足。为使血缘传递至我,我小心翼翼又大胆妄为地越朝越代,九死而一生。我还虚构我的社会,将此视作我的横向关系,这则是一种人生性质的关系。②

《纪实与虚构》主体部分的叙述者是"我",这个"我"看起来就是作者王安忆本人,序和跋则是"孩子她""孩子我""我们"与"我"混用,这种人称的混用,既是自我的他者化,也是他者与我者的一体化,还是自我个体与知青身份共同体的杂糅。这种身份的杂糅,显然区别于一般寻根作家通过寻找并发明他者(华夏边缘是一个空间他者,而农民、女性、孩子则是男性知识者主体的他者)来解决文化与自我双重主体危机的方式。不仅如此,作为对象的"孩子她",就是日后作家/创造者的"我","我"不仅虚构"我的历史"——祖先们,"我"还虚构"我的社会"与"同志"的孩子、资本家的孩子、市民的孩子之间的关联性。而"虚构"既是小说的根本方式,也成为"我"生存下去的方式,它最终解决了"孩子"她/"我"作为一个革命后代在都市上海的无"根"的孤独。小说放大了《小鲍庄》的"引子"与"尾声"部分显露的语言的叙述性/虚构性问题,由此,建构在家族谱系之上的文化传统,就不再是"寻根派"认为的早已存在并等待被发掘的"原初",而是出于"我"应对主体性危机的一种策略以及重构主体的方式。王安忆将原来的《上海故事》最终定名为《纪实与虚构》,将"所谓'创世'的方法公之于众"③,实际上也是对寻根运动编码机制的呈现,而揭示这种寻找/虚构的编码机制,才能对主流的寻根叙述话语提出挑战。

---

① 王安忆:《纪实与虚构》,人民文学出版社,1993,第 5 页。
② 王安忆:《纪实与虚构》,人民文学出版社,1993,第 460 页。
③ 王安忆:《纪实与虚构》,人民文学出版社,1993,第 462 页。

　　与一般寻根小说意在建构一个以父亲为起源、具有连续性的父子传承的文化谱系不同，当王安忆将寻"根"明确与"生育"连在一起时，就凸显了母亲-女性在文化再生产中的地位与作用。从母亲的"茹"姓开始，王安忆上下两千年，追溯并虚构了一个母系的家族谱系：从漠北草原的奴隶木骨闾建立柔然部族，到柔然被灭、余族汇入蒙古随成吉思汗横扫中亚，至忽必烈时代参与叛乱、兵败被罪贬流放到江南成为堕民。王安忆以偶数章节来虚构/创造一个华夏边缘族群，如何从草原游牧生活进入江南的农耕传统，这个由边缘走向主流的历史，既是各民族的大融合，也有卑贱种族的创伤记忆，这种根系的流动与混杂，消解了 80 年代文化寻根里的中心/边缘、华夏/夷狄之间的区隔以及文化的恒定性想象，将割裂的空间、族群联结为一个世界。

　　可是母系历史的发明，如若不与"我"的"社会"发生关系，那"我"寻根的意义何在呢？不同于寻根文学对寻找自我的书写痕迹的抹除，王安忆鲜明地将"寻根"与"自我"关联起来，在纵向的历史寻根之外，以单数章节来虚构"我"的社会关系，建构自己的横向根系。而"历史"与"社会"这两个不同时空的故事脉络，最终经由母亲得以联系为一个整体。因为"母亲是孩子我在这世界里，最方便找到的罪魁祸首，她是我简而又简的社会关系中的第一人，她往往成为孩子我一切情感的对象物"。[①] 作为"一切情感的对象物"，母亲是"我"主体身份建构的中介，母亲的"同志"与"上海孤儿"的双重身份决定了"我"的寻根必须在横向"社会"和纵向"历史"两个层面上展开。"我"的想象与认同，从一座城市、一个家族进入到国族历史，同时再从国族历史回到家族与城市，这是一个双向而非单向的流动过程。

　　王安忆的寻根路径有两个意义：一是建构起一个不同于主流寻根叙事的母系历史谱系，"我"——母亲——外祖母的链条清晰有力，王安忆明确使用母系而非父系家族的语汇来描述"我"在家族链条中的位置："我必须去找茹家楼。曾外祖母的话响起在我耳边：'总有一天，我要带你去茹家溇碛头。'话中的'你'这时候指的并不是母亲她，而是曾外孙女儿我。"[②]虽然母系家族史最终也不得不落实为母亲的父亲及其祖先的历史，但对于这种悖

---

　　① 　王安忆：《纪实与虚构》，人民文学出版社，1993，第 14 页。

　　② 　王安忆：《纪实与虚构》，人民文学出版社，1993，第 320 页。

论,王安忆这样写道:

> 他们互相传说:王安忆要来找外婆桥了。"外婆桥"这三个字真是说到了我的心坎儿里。其实这与事实有所出入,因为我找的是我曾外祖父的家。然而,曾外祖父的家哪抵得上"外婆桥"这三个字感人心怀?①

"曾外祖父的家"抵不上"外婆桥",因为"外婆桥"更"感人心怀"。与一般寻根男作家不同,王安忆更强调的是一种与爱相关的共同体的情感纽带,而非共同体强加于个体之上的责任与牺牲,而这就涉及王安忆生命寻根的第二个特点,它是对原初激情的解构,将试图"跨越文化断裂带"的寻根文学意欲屏蔽的都市、革命重新拉入其中。本来,"'寻根'能够寻到的依然只能是(也必然是)'文革'那段历史,企图从中发掘出民族传统的'文化之根'显然是一次记忆错误"② 。《纪实与虚构》正是对80年代寻根文学"记忆错误"的修正,对王安忆来说,寻找"同志"之女与革命后的上海之间情感联系与想象认同的任务,远比寻找一个封闭于僻远乡间与地方族群的、没有经过现代与革命污染的"原初"中国来得迫切与重要。于是,王安忆对母系历史的发明,最终要借由母亲这一"上海孤儿"与"革命同志"的双重身份重新回到城市与当下,回到革命后的上海与中国。她者、现代与革命在母亲这里终成三位一体。80年代寻根文学刻意制造出的文化断裂带,被王安忆用《纪实与虚构》想象性地填平,并在他者、革命与现代性之间建立起历史同一性。中国当代文学的"寻根"之旅,至此才略略缓解其文化民族主义的自闭症,呈现出指向大同开放社会的乌托邦情怀。

尾声:坟、碑与"根"

《老井》的结尾是孙旺泉目送赵巧英离开老井走向城市,此时的他终于

---

① 王安忆:《纪实与虚构》,人民文学出版社,1993,第321页。
② 陈晓明:《无边的挑战——中国先锋文学的后现代性》(修订版),中国人民大学出版社,2015,第70页。

深刻地"意识到自己永远地失去了巧巧,永远地失去了爱情","蓄集已久的孤独、苦痛、彷徨、压抑像血、像岩浆一样喷发出来",但他最终没喊出这"灵魂的呼号",而是将目光重新投向坟地和山村:

> 从这里可以眺望茔地全景。"大跃进""学大寨"毁过的茔地,仍可看到数不清的呈扇形排列的坟茔。和这祖坟隔河相望的,是蓝色山影中的山村。晨炊的烟雾,凝成一片界限鲜明的乳白,在山凹里浮荡着、流动着,使人感到一股盎然生机。看着这坟茔,这村庄,这锅片,他又一次意识到自己的根太深了。他没有力量把它拔出来,而且,拔出来他也就死了。

　　祖坟与山村隔河相望,坟茔、村庄、锅片再一次让孙旺泉意识到了自己的根。寻根派寻找的抽象文化之"根"在此落实为具体可感的实体之物,那是祖先曾生活过的村庄与埋葬于斯的坟茔。坟与村这些空间存在最终建构起一个绵延不绝于时间之中的血缘族群谱系,即使政治破坏也不能被完全切断,而文化之"根"就是这些已经被物化、自然化的情感记忆。《老井》迷恋祖坟的情意结在寻根小说中屡屡出现:《爸爸爸》结束于鸡头寨人在一座座新坟前磕头并抓一把土包入衣襟的离寨仪式;《红高粱》起于男孩儿在无名的父坟前撒尿,这行为既是对祖先的亵渎,也是以亵渎的方式将自我重新嵌入祖先之坟地的历史记忆之中;《小鲍庄》则结束于捞渣之坟的迁移与变化。当捞渣之土坟变成了耸立着石碑的墓,其占有的空间也相应地由低洼的沟边迁到了村中的高处和中央,如果说自然地长了杂草的土坟,象征着血缘族群的文化根系,那么纪念碑则是胜利者对历史与文化的重新诠释和铭刻。由坟而碑,意识形态符码也在传统与革命之间进行了切换。

　　寻根文学的坟、碑、匾额,都是历史记忆的有形凝聚物,它们既是父系历史记忆的投射,因为高高挺立的纪念碑本身就是阴茎崇拜的遗留与变体,是男性气概的体现,这种男性气概或者是《爸爸爸》中在村寨战争中体现出的勇敢,或者是《小鲍庄》中的仁义,或者是《老井》中的克制、责任与牺牲,碑与匾额上镌刻的都是男性英雄的名与实;但同时,这些凝聚物也是对历史记忆的遮掩与封闭,它最终以埋葬的方式将个人化、细节化、琐碎化与多面向的历史记忆建构为一个集体性、抽象化、单一化与男性化的闭合叙事,对历史进行招魂与记忆往往与对历史的删改与遗忘同时进行。黄子平在讨论《小鲍庄》中的坝与碑时这样写道:"碑的意象以挺拔于空间的实体铭刻历史,企图超越时间之流,汇聚事实、价值和权威的永恒性。然而,铭记便是一种书写,一种神话的诠释,它不仅被语言的洪流所播散,而且被时间的雨水所侵蚀。定局或定本不可能存在,重读将一再进行。"①重读不仅包括社会主义革命对民族文化传统的重读,也包括寻根文学对民族文化传统与革命传统的重读,还包括今天我们对寻根文学的重读。只要还有叙述历史与记忆的冲动,历史记忆就不会只有一种版本。

---

① 黄子平:《"灰阑"中的叙述》,第191页。

第六章 现代主义、民族主义与女性实验写作

寻根派通过制造一个封闭自足的原初乡土文化空间以重铸中国的文化主体性，但其深层根源还是来自被延迟的现代性焦虑与对现代主义文学的渴望。民族主义与现代主义在 20 世纪的中国实在是一体两面、互为表里。但寻根派的文化民族主义诉求在 90 年代中期后蔚为大观，而现代主义文学却一直地位尴尬。一方面，由于现代主义与西化、世界化关系密切，使之在激切追求现代化的中国，往往作为一种进步文艺形态而具有天然合法性；另一方面，现代主义内面性的个人主义诉求，又与现代中国的感时忧国传统相扞格，使之屡受质疑。这个矛盾状况导致现代主义文艺实践在现代中国时断时续，相关评价也往往在肯定与否定两个极端摆荡。超现代实践的中国社会主义文艺没有作为资本主义意识形态的经典现代主义的位置，不过，这并不意味着现代主义在前 30 年的新中国文艺中缺席，社会主义文艺的超现实主义面向，使之亦具有超现代的现代主义特征，但在日后的文艺批判中，它却被作为反现代的落后文艺而受到否定。

一般认为，经典现代主义在中国的复兴发生在 80 年代，它是改革开放的中国融入西方世界、重启现代化项目的文化表征，现代主义文艺及其理论生产，由此成为 80 年代以来中国思想建构的重要内容。纵览几十年来围绕中国现代主义展开的理论建构，会发现"民族"与"现代"构成的相反相成的二维结构，是中外学者展开论述的基本二元论框架，无论是渴望现代论、民族寓言论、中国主体论，都在这个二元论架构下展开，并由此构成一个相对封闭的霸权性研究范式。实际上，在民族与现代、国家与个人的二元架构之外，性别作为奠基于社会实存的重要研究方法，也是中国现代主义文艺的结构性内容，但在既往的理论生产、文化诠释中隐而不彰。将性别作为第三维度介入中国现代主义的理论生产，建立一个由现代、民族与性别构成的三维

结构,有可能是重估中国文学现代性进程、再造本土研究范式的有效途径。本章将探讨现代主义、民族主义与女性主义之间的关联性,在将性别维度嵌入现代主义文论的理论建构的同时,分析残雪作为一个"第三世界"、亚洲、中国的女性作者,其持之以恒的现代主义创作为已有的现代主义文论打开了怎样的想象与论述空间。"第三世界"的现代主义不能仅仅在特殊论的"民族寓言"层面上来认识,残雪"分身术"呈现的现代、内面之人,重构了他者与主体之间的关系,让"他者"以真正他者的面目现身,并以此获得了普遍性的意义。

第一节　现代、民族、性别:现代主义文论的三维结构

一、现代主义与民族复兴

1987年12月10日,香港大学、香港中文大学和香港比较文学学会联合在香港主办了"第五届国际文学理论研讨会:中国当代文学与现代主义研讨会",出席研讨会的海峡两岸和海外学者、作家和批评家有50多人,大陆的有郑敏、袁可嘉、谢冕、李陀、黄子平、季红真、许子东、吴亮、钱中文、王宁、王安忆、刘索拉、顾城等。大会的中心议题是(中国)当代文学与(西方)现代主义的关系。[①] 研讨会上,大陆和海外学者在一些基本议题上存在一定争议。一是关于女权:大陆女作家王安忆和刘索拉以不同方式发表了一个类似"我不是女权主义者"的宣言,这让一些海外学者非常不解。[②] 遗憾的是,这一争议并没有延伸至作为大会中心议题的现代主义,现代主义讨论一开始就缺少一个必要的性别矢量。一是对于现代主义的情感态度:周蕾对谢冕的论文《现代主义:中国与西方》中的"感情结构"不以为然,认为其理解现

---

① 斯义宁:《中国当代文学与现代主义研讨会综述》,《文学评论》1988年第3期。综述结尾提到海内外学者在研究路径上的差异:中国大陆学者、批评家多从客观描述、概括入手,而港台及海外学者则侧重于将当代文艺理论新方法应用于对具体作家作品的阅读和分析。

② 见胡缨、唐小兵:《"我不是女权主义者"——关于后结构主义的"策略"理论》,《读书》1988年第4期。

代主义的方式与现代主义正相反。对于现代主义的情感态度问题在后来的讨论中得以充分展开,海内外对现代主义理解的差异与错位,也使隐藏在现代主义论述背后的不同的文化政治得以显现。从这个意义上来看,香港的现代主义研讨会值得关注。

谢冕论文的主要观点包括:现代主义在中国从"断裂"到"对接"的变化,源于"艺术反抗主义"的诉求与"重返世界的愿望";中国文学接受西方现代主义有其历史契机;现代主义为中国文学"提供了行之有效的手段";中国当代文学对西方现代主义的继承,仍然是"中国式"的。"中国式"指的是"特殊的本土经验和感受",是"文化大革命"造成的破坏性的震惊体验。[①] 在谢冕这里,(西方)现代主义主要被看作一种文学手段和书写方式,是文学的形式与结构问题,这种对现代主义形式与内容进行的分离式接受法,在当时相当普遍。当然,分离式接受并不意味着现代主义的中国接受者真的认为二者可以分离,而更多是对曾作为冷战禁忌、资产阶级意识形态表达的现代主义的辩护策略,另外,这种策略也是近代以来中国现代化过程中"中体西用"思想的体现。

虽然论文题目将现代主义明确置于中国与西方的二元架构内,但谢冕的意图却不在于呈现本土/中国与异域/西方之间的对抗性。(西方)现代主义给(中国)文学可能带来的文化主体焦虑,此时远不及告别"文化大革命"、走向"新时期"的愿望更为迫切。现代主义论述的中国/西方的外部二元架构于是被置换为"文革"/"新时期"的内部二元架构。虽然他也提到了现代主义的"中国式"与"本土经验"问题,但"本土"诉求主要是为了更好地消化吸收而非对抗(西方)现代主义,因此谢冕"中国与西方"架构内的现代主义体现的是一种具有普适性的现代主义思想,而中国经由努力可以达至这种普适性的现代主义。《现代主义:中国与西方》体现了一个诗评家的独特气质,饱含那个时代知识分子的澎湃激情。

但正是这种弥漫于 80 年代中国知识分子之中"被延迟"的现代主义焦虑与"走向世界"的新想象激情,引起了评议者、时为美国明尼苏达大学的周蕾的关注,她敏感地意识到论文在"客观结构"外还有一个"感情结构"。就

---

① 谢冕:《现代主义:中国与西方》,《文学自由谈》1989 年第 1 期。

此,她提出疑问:"为什么我们要用'回归''重返世界'这样的观念去形容中国的现代化呢? 要是'现代化'的真正意义(应该发扬光大的意义)是多元化、复杂,甚至是矛盾的思维,那为什么在中国文学重新开始实行这个'现代化'的时候,我们要用一种看似非常单一的概念去理解它,把中国文学说成'弃儿'找到家一样? 这种单一的感情的结构,与'现代化'是不是相反的呢?"①周蕾质疑了谢冕对现代化、现代主义的理解,认为"单一的感情结构"体现了对现代化的单一化理解,而现代化在周蕾看来则是多元的。周蕾对用"单一的感情结构"来理解现代化的警惕,对中西看待中国现代化的两种不同情感方式——"弃儿重投母亲怀抱"与"老处女最后不得不打开"——的并置与质疑,约略看出其批判西方中心主义与帝国主义的后殖民立场。

从小在香港接受英式教育、生活在海外的美国学者周蕾自然难以理解大陆学者对现代主义的这种"情感结构",正如身处现代主义/现代化焦虑中的大陆知识分子,也很难客观地意识到自身的这种"感情结构"。不过,周蕾只注意到大陆学者一厢情愿接受与追随现代主义的一面,而没有注意到他们的追随和接受自始至终都贯穿着民族复兴的诉求。从徐迟的《现代派与现代化》、高行健的《迟到了的现代主义与当今中国文学》到李陀的《现代主义与寻根》,现代主义的倡导者从来不缺乏一个民族主义的内核,只是在这一时期,民族主义与现代主义不仅并行不悖,而且是现代主义得以在中国流通的重要合法性来源。尽管不无误读成分,但周蕾对现代化的冷静态度与批判立场,却有可能警醒局内的大陆学者,这可能是周蕾短评与谢冕论文后来同时刊发于《文学自由谈》的原因吧。

现代主义接受中的"情感结构"后来在许子东的《现代主义与中国新时期文学》中得到深入分析。他看到中国评论家很少考察现代主义不同"派"之间的差异,而更关心现代主义与"我们"的关系。这个"我们"在许子东看

---

① 周蕾:《谢冕先生的〈现代主义:中国与西方〉》,《文学自由谈》1989 年第 1 期。在这次会议上,周蕾从女性细节处重构现代与国族的宏大叙事,后成为《妇女与中国现代性》一书的第三章《现代性与叙事——女性的细节之处》,该章论述了现代叙事与国族主体之间的矛盾性,现代叙事企图看清人性的暧昧之处,因而转向内在,就在此时,统一国族意识的整体状态无可避免地被碎解为细节。因此,一方面叙事是人类心灵的新机器,其中以设定好的方向迈向新中国;另一方面叙事成为一种障碍,让主体与国族之间的透明性成为不可能。见[美]周蕾:《妇女与中国现代性:西方与东方之间的阅读政治》,蔡青松译,上海三联书店,2008,第 147—148 页。

来,至少包含(阶级)政治、时代、民族这三种立场,只是各有侧重隐显,构成极为微妙的文化景观,而民族文化的危机与使命感,则是倡导者的重要合法性来源。现代主义在进入中国的同时就被"我们化"了,无论反对、保留还是支持现代主义,都从不同角度参与着现代主义的"我们化"过程。现代主义"阶级化"在"新时期"已是明日黄花,而"更坚定更热忱的民族文化本位立场"才是一种更顺应人心的"情感愿望"。民族主义的情感愿望贯穿于中国现代主义实践的始终,许子东认为,早在 1982 年"四只小风筝"通信时,李陀在赞同冯骥才热情呼唤现代派的同时特地将"我们"的"现代小说"与"洋人"的"现代派"之间画了界线,目的是希望"我们的现代主义"与民族文化更多结缘。①

　　最早明确提出"中国式的现代主义"的是对中国现代派作家影响最大的袁可嘉。还是在这次会议上,袁可嘉提出并阐明了"中国式的现代主义"的基本性质:"应当是在最深刻的意义上为社会主义(而不是最表面的意义上)、为人民服务的;是与现实主义精神相沟通的,是与民族优秀传统相融合的,同时又具有独特的现代意识(即现代化进程中中国人的思想感情)、技巧和风格。"②袁可嘉的"中国式"现代主义是中与西、传统与现代、民族与阶级、资本主义与社会主义、风格与意识等的调和。但如何调和、怎样实现,这种"中国式"的现代主义是否还是现代主义呢? 于是,在各种提倡"中国式""我们化"现代主义的同时,是对中国的现代主义文学还"不够现代主义"的抱怨与批评。香港会议上,季红真在比较中国现代派创作与西方现代主义的基础上,认为中国没有严格意义上的现代主义文学,③这呼应了国内已经出现的"伪现代派"说法。黄子平则分析了"伪现代派"批评与"纯现代派"要求背后的悖论,认为这是试图剥离自身的体验和文化以迁就或达到西方现代主义完整性的做法,那些把现代派文学营养吸收更好的作品,恰恰不在技巧,而在于对人生、世界的某种共通体验。④ 黄子平的讨论方式在许子东看

---

① 许子东:《现代主义与中国新时期文学》,《文学评论》1989 年第 4 期。
② 袁可嘉:《中国与现代主义:十年新经验》,《文艺研究》1988 年第 4 期。
③ 季红真:《中国近年小说与西方现代主义文学》,见斯义宁:《中国当代文学与现代主义研讨会综述》,第 172 页。论文后发表于《文艺报》1988 年 1 月 2 日、1 月 9 日。
④ 黄子平:《关于"伪现代派"及其批评》,见斯义宁:《中国当代文学与现代主义研讨会综述》,论文后发表于《北京文学》1988 年第 2 期。

来，"标志中国评论界对于现代主义问题的一种冷静的专业研究态度的出现（而不再像过去那样每种意见首先意味某种情感愿望）"①。

于是，许子东一方面肯定现代主义"我们化"过程中的民族文化本位是一种更顺应时代的情感愿望，一方面又警惕"情感愿望"在"我们化"西方现代主义会产生的问题："'我们'当初曾经那么急切地消化改造了西方现实主义这种'异质'文化，要求立刻'为我所用'，结果十九世纪现实主义的精髓既未能在当代中国（从'左联'到'文革'）扎根，而民族文化失落感也未真正消除。有不少人都认为现在又出现了第二次复兴汉民族文化的良好契机，机会与二十年代颇相似。正当现代主义确实正越来越深刻地影响'文革'后中国文学的发展之时，我想应冷静观察下去：看看这种'我们的现代主义'，是否又会变为一种新的'我们的现实主义'？"②许子东的隐忧并非没有道理，80 年代末"中国式""我们化"的现代主义，既是现代主义中国接受的尘埃落定，也是现代主义衰落的开始，先是寻根文学思潮对民族性前所未有的强调，后是"新写实"文学对"现实主义"的回归，而曾经被认为是搅起语言革命、叙述革命、形式革命的先锋文学，则被认为是"时间与地点的缺席"，是"'西方主义'的症候式表达"③。

总体而言，80 年代关于现代主义"要不要""好不好""真不真"等论争，④体现的还是对现代主义的一种普适性理解，虽然也在中国/西方的二元框架下，但出于"被延迟的现代性焦虑"，外部的中/西空间区隔转化为内部的"文革"/"新时期"、封建/现代的时间性划界，对西方现代主义/现代化的渴望与

---

①　许子东：《现代主义与中国新时期文学》，《文学评论》1989 年第 4 期。

②　许子东：《现代主义与中国新时期文学》，《文学评论》1989 年第 4 期。

③　贺桂梅：《"新启蒙"知识档案——80 年代中国文化研究》，北京大学出版社，2010，第 160 页。

④　许子东将现代主义的讨论分成三个阶段："从 1982 年徐迟短文遭批判，冯骥才、李陀、刘心武在《上海文学》上放出几只引起争议的'小风筝'，到 1985 年何新在《读书》上发难谴责'当代文学中的荒谬感与多余者'，从而又引发一场论争，再到 1988 年《北京文学》辟专栏讨论黄子平提出的'伪现代派'概念……把这三次相对比较集中热闹的'现代主义'讨论放在时序及'文革'后文化背景变迁的逻辑轨迹上考察，看上去好像一直重复类似的有关'现代派'的话题，每次讨论的文化意义均不相同，且呈现了一个极有意思的发展脉络。一开始是文艺政策和文化心理的调整，后来是借文学精神价值的讨论来关注当代青年文化心态，再后来才出现对新时期文学自身的文化性质的质疑。倘用最简单的方式来概括这三次论争，就是'我们要不要现代派？''我们文学中的现代派好不好？''我们究竟有没有真正的现代派？'"见许子东：《现代主义与中国新时期文学》。

民族复兴的民族主义激情并存,现代主义与民族主义之间存在的对抗性处于隐在状态。但随着 80 年代的终结,理解现代主义的方式发生了很大变化,对过去(社会主义革命)的判断与未来的期冀(中国向何处去)也开始分化,一种新的评判现代主义及其文学实践的框架开始浮现。

二、"第三世界"与现代主义

分析 80 年代现代主义讨论中的"情感结构",批判"被(革命)延迟的现代性焦虑"中落后/先进、传统/现代的异时性结构,揭示现代主义言说与改革意识形态之间的关联,是 21 世纪以来阐释中国现代主义的新路径。在《改革时代的中国现代主义》一书的前言中,张旭东分析了 80 年代对待现代主义的"情感结构"背后深层的"政治无意识",认为文学、文化层面的现代主义成为无法完成的器物性层面的现代化的替代性满足。与"还处在自身意识形态围栏之内"的"我们"的讨论不同,彼时已置身于美国学术环境中的张旭东虽也将讨论重点放置在"中国"上,但此"中国"现代性已被界定为(西方)现代性潜在的"替代性方案",是"革命和社会主义使得中国的现代性发出自己的声调"。[1] 对 80 年代现代主义实践的判断也由"被(革命)延迟的现代主义"转换为"第三世界"的"欠发达的现代主义"。

"欠发达的现代主义",是马歇尔·伯曼讨论 19 世纪俄罗斯的现代主义时提出的模式。伯曼认为,与现代化已成为"常规程序"的发达国家的现代主义不同,经济和政治落后国家出现的现代主义是一项"冒险事业",是现代化的幻想结构。19 世纪的俄罗斯文学是两种现代主义的起源模式之一,与起源于法国等的现代主义文学处于一个共时性结构之中。[2] 伯曼对俄罗斯为代表的"第三世界"现代主义特征的描述,尤其是对其内在政治激情的分析是相当深刻的。但"欠发达与发达""冒险事业与常规程序"的区分,不仅还隐含着一种走向"发达"与"常规"的单一走向的线性现代化理解,而且将

---

① 张旭东:《改革时代的中国现代主义——作为精神史的 80 年代·访谈》,北京大学出版社,2014,第 19—23 页。

② 见[美]马歇尔·伯曼:《一切坚固的东西都烟消云散了——现代性体验》,徐大建、张辑译,商务印书馆,2003,第 300—323 页。

文学中的现代主义与政经中的现代化完全对应起来,用"欠发达"来命名俄罗斯、"第三世界"的现代主义,实际上以"不同"为名,某种程度上否定了"欠发达地区"现代主义实践的主体性,于是"第三世界"的"欠发达现代主义"也必然是"粗糙而不成熟"的,而这显然与他对俄罗斯现代主义文学的具体描述与判断自相矛盾。

将伯曼对 19 世纪俄罗斯等"第三世界"的"欠发达的现代主义"描述与判断,挪用于中国 80 年代的现代主义文学实践,是体现在贺桂梅《"新启蒙"知识档案》的相关论述中。贺桂梅也采用"欠发达现代主义"的说法,认为80 年代现代主义的"中国"主体性无法形成,它既"丧失了面对西方时的主体位置",也"没有更多地关注与当代中国历史与现实的关联"。[①] 这样,从80 年代调和民族与现代、社会主义与资本主义、经验与形式、中国与西方的"中国式现代主义",到近年来强调作为"第三世界"的"中国"的主体性,从"不够(西方)现代主义"的抱怨,到"丧失了面对西方时的主体位置"的指认,讨论现代主义的方式在中国发生了很大变化,现代主义与民族主义之间的对抗性开始凸显。当年周蕾对"单一的情感结构"的质疑,尤其是对现代主义讨论中隐含的西方中心主义的警惕与批判,在大陆似乎终于有了"延迟"的回应。

在"第三世界"框架中,用国族意义上的"中国"主体性、"历史与现实感"等衡量并质疑中国文学的现代主义追求与实践,这种研究方式和理论框架中游荡着詹姆逊的身影。在对待现代主义的态度上,詹姆逊与卢卡奇等马克思主义者往往压制现代主义,[②]卢卡奇就把现代主义视为资产阶级历史困境的表现而从美学上予以谴责,认为真正的先锋派趋向应到当代重要的现实主义作家的作品中去找。[③] 而詹姆逊对现代主义的解构表现在三个方

---

① 贺桂梅:《"新启蒙"知识档案——80 年代中国文化研究》,北京大学出版社,2010,第 163 页。

② 伯曼认为,马克思主义与现代主义曾经融合在一起,但后来都凝结成正统的学说,走上了分离和彼此不信任的道路。正统的马克思主义者至多是忽视了现代主义,但更经常的是企图压制它,这也许是因为他们害怕,如果他们不停地注视深渊,那么深渊也会回头注视他们。见［美］马歇尔·伯曼:《一切坚固的东西都烟消云散了——现代性体验》,第 156 页。

③ 见［美］马泰·卡林内斯库:《现代性的五副面孔——现代主义、先锋派、颓废、媚俗艺术、后现代》,商务印书馆,2002,第 124 页。

面:一是拆解现代主义在形式、文体与美学意义上的自足性,认为现代主义的非政治特征是一种偏见,"帝国主义的结构也在人们泛称为现代主义的文学和艺术语言的新转型中的内在形式和结构上留下了痕迹";①二是从现实主义立场来破解现代主义的意识形态神话,认为一切现代主义作品本质上都是被取消的现实主义作品;②三是用"第三世界"的"现实主义"文学批判西方的"现代主义"文学,认为"第三世界"文本共有一种"寓言性质",即"第三世界本文,甚至就连那些看起来好像是关于个人和力比多趋力的本文,总是以民族寓言的形式来投射一种政治:关于个人命运的故事包含着第三世界的大众文化和社会受到冲击的寓言"。他断定,就是这种"政治与个人极为不同的比率",使得第一世界文化中成长起来的读者对第三世界文学感到陌生,因为第一世界文化推荐的"伟大书籍""在公与私之间、诗学与政治之间、性欲和潜意识领域与阶级、经济、世俗政治权力的公共世界之间产生严重的分裂"。③

　　对"第三世界"民族主义的同情、对西方"第一世界"文化帝国主义的批判,对以鲁迅为例的中国文学是"民族寓言"的洞见,使詹姆逊的"第三世界文学"观被大陆学者广为接受。但詹姆逊站在西方立场,出于对"第一世界"、现代主义批判而建构起来的作为"民族寓言"的"第三世界文学",对"第三世界"及其现代主义文学实践来说,却存在新的意识形态盲点。国内的廖世奇、国外的周蕾与斯皮瓦克都曾批判过詹姆逊的"第三世界文学"观。在《"第三"的含义:杰姆逊的故事和我们的处境》中,廖世奇质疑了詹姆逊构建的完全对抗性的第三世界/第一世界论述框架,认为他"把第三世界文化置于一个对抗性的历史情境中加以描述,这一情境决定了第三世界文化概念的运作方式",那就是"以第三世界文化的'他性'来标示第一世界文化自身内部的匮乏"。④ 与詹姆逊强调第一世界/第三世界、自我/他者之间的界限

---

① [美]弗雷德里克·詹姆逊:《现代主义与帝国主义》,张京媛译,载张京媛主编:《后殖民理论与文化批评》,北京大学出版社,1999,第2页。

② [美]弗雷德里克·詹姆逊:《超越洞穴:破解现代主义的意识形态神话》,陈永国译,载弗朗西斯·马尔赫恩编:《当代马克思主义文学批评》,北京大学出版社,2002,第197页。

③ [美]弗雷德里克·詹姆森:《处于跨国资本主义时代中的第三世界文学》,张京媛译,载张京媛主编:《新历史主义与文学批评》,北京大学出版社,1993,第235页。

④ 廖世奇:《"第三"的含义:杰姆逊的故事和我们的处境》,《电影艺术》1991年第1期。

与对抗不同,廖世奇则重新辩证了"我们"与"异己"、我者与他者的关系,认为"把异己的话语接受为我们自己的话语绝不只是等于对它的重复,往往也可以是对它的修正、补充甚至是消解","曾经是我们的不一定是真是我们的,曾经是异己的也不一定真是异己的"。在此基础上,廖世奇重新定义了"第三"的含义:

> 首先它意味着置身于一个受第一世界的异己文化挑战、渗透,甚至压制的客观境遇;其次它要求一种辩证的"境遇意识"(Situational Consciousness),即艰难、顽强地在不合理的现实中确认某种合理性或真理要素;最后,它指称一种独特的"国际主义",而非杰姆逊同情的"民族主义",也就是说第三世界的文化主体愿意、而且努力寻找一种共同话语(在我们看得见的将来,它很可能由异己的话语构成)来表述自己,它自觉地立足于充满机会和风险的"世界市场"讲述自己的故事。①

立足于"第三世界"、现代中国的立场与境遇,质疑詹姆逊的"第三世界""民族主义"文学观,廖世奇的研究是 80 年代改革时代中国追求普遍主义的开放心态的体现与延续。而斯皮瓦克与周蕾则更多从女性主义的后殖民立场,批判詹姆逊的论述实际上将"第三世界"变成异于自己的他者,并"被赋予其一'外在'位置"。周蕾还特别考量了"寓言精神"本身的"断裂与异质"和"多重多义性",认为相对于西方第一世界的"分裂",国族"寓言"的"第三世界"文学也并非"整体性"的。② 如果说詹姆逊的作为"民族寓言"的"第三世界文学"观通过建构一种整体性神话,再次明确了第一世界与第三世界、中国与西方、主体与他者的界限的话,周蕾则要打破这个界限分明的整体性与稳定性神话,打破国族与主体之间的透明性,使主体即国族成为不可能,对她来说,不存在一个异于西方、未受西方/现代污染的原初中国,主体性只能是已受到西化的中国主体性,它具有不稳定性。

---

① 廖世奇:《"第三"的含义:杰姆逊的故事和我们的处境》,《电影艺术》1991 年第 1 期。
② [美]周蕾:《原初的激情:视觉、性欲、民族志与中国当代电影》,孙绍谊译,远流事业股份有限公司,2001,第 100-101 页。

作为"民族寓言"的"第三世界文学",虽深刻反映了现代化在不同的历史、国家与地区的不平衡性发展状况,肯定了"第三世界"在现代性追求中民族主义诉求的合理性,但其基于批判"第一世界文学"而阐释"第三世界文学"的方式,对"第三世界文学"来说却是一柄双刃剑。首先,一个与"第一世界"完全不同的"第三世界"文学,既建构起一个本质主义、非历史化、与东方主义对应的西方主义幻象,同时也将"第三世界"中国置于一个外在于现代主义进程的异时性位置,其论述反复了"第一世界"是普遍的、而"第三世界"则只能是特殊的偏见。其次,对置身于现代化进程之中的中国来说,对一个对抗性的、绝对"中国"主体性的过分追求,不仅会忽略中国内部存在的阶级、民族、性别等的区隔与压抑,同时也会将中国置于现代主义的对立面,二元结构颠倒的结果反而巩固了其意欲解构的客体与他者位置。

再次,用"民族寓言"概括"第三世界文学"的特征,压制并消解了"第三世界文学"现代主义追求的意义,巩固了"第一世界"生产知识、具有内在性,而"第三世界"注重器物、缺乏精神向度的刻板印象。"民族寓言"虽是"第三世界文学"的重要特征,但不能由此遮蔽其身处现代之中的文学实践所体现出来的其他特征,比如内在性、心理化、现代个体在精神上对传统的叛离与主体的不稳定性等,而这些是现代主义的普遍性特征,并非只有"第一世界"才如此。《狂人日记》中的"吃人"不仅是中国的"民族寓言",同时也是一个"人类寓言""现代寓言"与"个人寓言",其对应的不仅是晚清帝国与民初中国历史与现实的困境,同时也是"一战"之后整个世界的生存困境。"赵庄"不仅是中国的缩影,也是世界危机的普遍状况的地方性表达。"狂人"与"孤独者"形象,寄寓着现代世界的出现、宗法社会的破坏与精神不稳定性的边缘现代人的出现。对"民族寓言"的过分强调和单一化理解,不能解释身处现代之中的"第三世界"、中国文学的多义性、断裂性与精神性向度,在"第三世界""民族寓言"的框架中讨论、衡量中国的现代主义因之存在诸多盲点。随着世界政治经济形势的深刻变化,"第一世界"与"第三世界"的格局也越来越处于一种不稳定状态,现代主义不仅远远没有衰竭,而是才刚刚发挥作用,"第三世界"极其需要现代主义的批判力与想象力。

三、性别政治与现代主义

对于中国现代主义文学实践的阐释,不管是强调现代主义在全球的普适性,还是强调"第三世界""中国"的主体性,其内在都蕴含着现代性的惘惘威胁与民族主义的焦虑感,只不过现代主义与民族主义之间的矛盾与对立在前者处于隐在状态,而在后者则处于显在状态。现代主义与民族主义的二元论框架存在一个明显悖论:要么在线性发展逻辑内追赶(西方)发达现代主义,使自身处于"欠发达现代主义"的主体性缺失焦虑之中;要么以"第三世界"的特殊性与本土性作为主体性的唯一内核,用现实主义的"民族寓言"取消现代主义文学实践的合法性。如何走出这种非此即彼、颠来倒去的二元关系,超越单纯的民族主义框架来讨论"第三世界"的现代主义,一直是海内外学者共同关注的重要议题。

史书美的《现代的诱惑》试图在全球性与地区性的交叉视角中,讨论1917－1937 年中国文学的现代主义书写。她强调中国现代主义书写的"能动性"与地区"协商性",冀此走出不是对抗就是追随的"第三世界"现代主义道路,消解中国/西方、传统/现代、"第三世界"/"第一世界"、边缘/中心的二元划分与区隔。虽然全球性/区域性视角与半殖民性的突出,提供了探讨中国现代主义文学的新维度,但全球/地区架构依然还在一个平面性的二维空间场域之中,并不能有效达成其意欲超越的民族主义框架,反倒是性别分析的加入提供了某种超越的可能。在讨论新感觉派,尤其是林徽因、凌叔华的"京派"小说时,史书美将性别维度放置于现代与传统、中国与西方之间,将以二元关系为假设的强调转移到了对三元关系的关注。尽管这种转移并没有被有意识地加以理论概括,但性别维度的加入,尤其是对女性与本土/传统、女性与西化/现代、女性与民族/国家之间二重性塑造关系的关注,将中国现代主义文学置于一个更具纵深感的话语场域之中。当史书美将"现代"视为"诱惑"时,不仅暗示了半殖民地中国现代主义的"服从与否定的双重过程",而且这种修辞本身就是对现代主义重新加以性别化,当"中国的现代主义者将现代性视为充满诱惑的、迷人的、值得想望的东西"时，[①]（西方）现代性/现代主义同时也被女性化了，这正是现代主义论述的性别无意识，而中国现代主义者也以这种性别化修辞反转了自身面对的主体性焦虑。

从性别讨论中国现代性的另一值得关注的研究是罗丽莎的《另类的现代性》。虽然这本书讨论的并非文学领域的现代主义，而是对中国改革开放时代现代性渴望进行的人类学研究，但当她以性别为方法聚焦杭州丝厂的三代女工时，就将中国的现代性实践与想象置于一个远比全球/本土更为复杂的网络关系之中，这是一个纠结于性别与阶级、全球与本土、传统与现代的互相交叉、重叠、对抗、协商的权力空间场域，在批判现代性的西方中心主义迷思的同时，也以不同代群与阶级的女性对现代性渴望的异质性与暂时性，解构了民族主义对整体性、稳定性与不变性的迷思。罗丽莎的研究对中国现代主义的阐释具有启示意义：第一，目前关于现代性的讨论"忽略了性别在塑造各种现代性渴望的形式和势力中的中心地位"，而性别应是"想象和渴望现代性的中心形式之一"；第二，"妇女们对于权力的协商不是在权力之外或者对立于权力，而是在权力之中和通过权力而进行的"，[②]女性与围绕现代性权力话语的交叉重叠关系，指向一种动态地理解与把握现代性的新方法。

近些年对于现代主义文学讨论的第一世界/第三世界、全球/本土、东方/西方等空间场域的关注，已经凸显了在全球差别关系中理解现代主义的重要性，它们都关注跨地区、跨国家环境下的现代主义不平等的发展状况与权力关系，对现代主义/现代性的理解也越来越强调差异、多元、流动、混杂的面向。但对差异与差异后边缘/中心、主体/他者的权力结构的关注，甚至对地方、边缘所具有的能动性力量、主观性诉求的认识与挖掘，并没有相应地将表征差异的性别与阶级纳入其中。如果说 80 年代的中国出于对阶级斗争历史的反感而有意将阶级分析排出现代主义架构的话，那么，对性别的无视或误读却与当时正在崛起的女性主义思潮构成了饶有趣味的错位。实

---

① ［美］史书美：《现代的诱惑：书写半殖民地中国的现代主义（1919—1937）·序》，何恬译，江苏人民出版社，2007，第 6 页。

② ［美］罗丽莎：《另类的现代性：改革开放时代中国性别化的渴望》，黄新译，江苏人民出版社，2006，第 19、31 页。

际上,现代主义/民族主义框架所揭示的具有地区性差异的不平衡的权力关系,往往是通过被认为具有自然性的性别差异来获得叙述的合法性,性别一直是互动于现代、民族的阐释现代主义的重要维度。

关于性别可以作为文学研究的一个有效范畴、性别视域的介入能够开拓已有的文学研究空间、对人文社会科学理论建设具有重要贡献,乔以钢早在 2007 年就有专文论述。① 具体到中国的现代主义文论来说,性别能有效呈现关于现代主义话语的一系列权力关系想象、构建的内部机制与修辞策略,从全球/本土这一空间维度之外呈现权力关系网络的不平衡、不平等的差异状态。因为性别的概念,如斯科特所言,"作为一组参照物,构成了社会生活细致的象征性的组织。这些参照物确定了权力分配,性别渗透到了权力概念和构成之中",成为"代表权力关系的主要方式"。② 当然,呈现被现代主义/民族主义忽略的父权无意识,并非要以性别替代现代与民族国家这两个目前最受关注的维度,而是将性别置于其间,以现代—性别—民族的三元关系超越非此即彼的二元关系,以构成一种交叉、重叠、纵深的立体图景,呈现中国的现代主义者与现代主义之间更为复杂的多重性关系:臣服的激情与抵抗的疏离。

性别可以成为讨论中国现代主义的中心形式之一,还在于中国妇女在整个 20 世纪的民族国家构建、现代化实践与本土文化传承之中的一种类似于雷蒙·阿隆"入戏的观众"③的既介入又间离的位置。从中国的妇女解放实践以及"第三世界"的民族独立运动来看,女性主义与民族主义都以平等与独立作为共同体的政治诉求,女性主义与民族主义、女性群体与民族国家之间具有对抗与耦合同在的复杂关系,妇女深刻地介入整个现代化进程之中,参与并修正这一进程。因此,20 世纪中国男性知识精英往往将妇女作为诠释传统和衡量中国能否现代的基础。但同时,女性实际上又常规性地被排除在求生存、图发展的民族大业之外,或处于劳动力"蓄水池"式的从属

---

① 见乔以钢:《性别:文学研究的一个有效范畴》,《文史哲》2007 年第 2 期。

② [美]琼·W.斯科特:《性别:历史分析中一个有效范畴》,载李银河主编:《妇女:最漫长的革命——当代西方女权主义理论精选》,生活·读书·新知三联书店,1997,第 170 页。

③ 关于"入戏的观众"的相应阐释,见韩琛:《"入戏的观众":鲁迅与现代东亚新视界》,《中国现代文学研究丛刊》2014 年第 5 期。

位置,这一被压抑的边缘位置反赋予女性一个类似于"观众"的位置,一个间离回旋的空间,使其较之男性更易跳脱来自民族国家这一想象共同体所要求于其成员的责任、义务与牺牲。而女性/性别矢量的加入,一方面能够呈现民族国家建构、现代化发展的性别化修辞机制,另一方面也将呈现超克这些"霸权统识"的可能性。

80 年代中国的寻根文化思潮,是现代主义渴望与文化民族主义诉求的混合,如果聚焦女性/性别,可以呈现现代、民族与传统之间更为复杂的张力关系。《老井》中的高中生孙旺泉无法逃离祖祖辈辈的打井事业与族群共同体要求的牺牲,最终只能束缚于贫瘠的土地;而同是高中生的巧英,在被排除出族群的打井事业的同时,却由此获得一个出入城与乡、传统与现代的自由与流动的位置,而这恰是现代社会人所应占有的一个位置。更重要的是,这一现代位置使她有可能最早领悟到打井这一民族大业的虚妄与空洞,既然象征着血缘、传统与族群共同体的瓦片本不属于她,她也就无须像旺泉那样为其献祭。从巧英这一"女性"的方式来阅读现代化的进程,不仅可以呈现民族主义、现代化内部的性别权力关系,族群想象共同体与个人主体之间赋予与压抑并存的关系,同时也可以呈现执念于本土历史与文化的虚妄与荒诞,而这也引申出女性与民族主义赖以形成的文化传统问题。

在周蕾看来,因为"传统中国文化是凭借女性自我牺牲才得以获得支撑力量",所以在传统的现代转型过程中,女性角色将"成为中国受创的自我意识的'替身'"。在她看来,"'女性'不仅仅等同于文学内容的新形态,而且更是成为新的能动性(agency),成为'规范之内进行的抵抗'(resistance-in-givenness)的辩证力量,构成了非西方却受西化影响的脉络之中的现代性"。① 周蕾反转了女性与中国现代性的关系,不是现代进程塑造了女性,而是女性塑造了"现代"中国文学样貌与独特的"主体性"。与周蕾关注传统文化中的"女性角色"不同,史书美将深受传统文化影响的女性作者置于分析焦点,将凌叔华、林徽因的京派小说置于现代主义脉络之中,认为她们"既是传统的遗产,又被排除在传统之外。正是这种二重性塑造了她们与地区

---

① 〔美〕周蕾:《妇女与中国现代性:西方与东方之间的阅读政治》,蔡青松译,上海三联书店,2008,第 261 页。

性之间的关系":一方面,她们"希望借助更大规模的地区和传统的复兴事业来实践自己的策略",而这是"女性现代主义的一种颠覆、重构和生成策略";①另一方面,她们本人极为西化的教育与生活实践,使其可以借用现代观念批判父权传统。于是,这些同时深受本土文化与西方观念影响的女性作者就获得了一个可以进行双重批判的游离位置,既借用现代观念批判父权传统,同时模仿中国文学传统以对抗西化的现代主义。

当然,对出身"高门巨族"的凌叔华、林徽因来说,与文化传统的二重性关系也是一柄双刃剑:既获得了一个双重批判的有力/游离位置,同时也深陷传统与现代的两难之中,这在她们的生活与写作实践中都有体现,虽时有越界,但同时却必须以游戏姿态对越界予以消解。② 与之不同,成长于"妇女能顶半边天"的"新中国、新社会"中的 80 年代女性作家,与文化传统的联系极为淡薄,这也是文化寻根思潮中少见女性作者身影的缘故所在。当中国的男性现代主义者寻求内在主体性时,总是倾向于与民族国家、本土文化传统绑定在一起,这在先锋作家余华的转型中尤其明显。③ 相比之下,女性作家像残雪,却显示了"第三世界"另一种现代主义文学实践的可能性。残雪从未改变对现代主义的一贯追求,她持之以恒地书写人的内面性,关注内

---

① [美]史书美:《现代的诱惑:书写半殖民地中国的现代主义(1919—1937)》,何恬译,江苏人民出版社,2007,第 231 页。

② 见马春花:《"越轨"游戏:凌叔华的新闺秀写作》,《华中学术》2021 年第 1 期。

③ 1990 年,先锋作家余华在《川端康成和卡夫卡的遗产》中写道:"如果我不再以中国人自居,而将自己置身于人类之中,那么我说,以汉语形式出现的外国文学哺育我成长,也就可以大言不惭了。所以外国文学给予我继承的权利,而不是借鉴。对我来说继承某种属于卡夫卡的传统,与继承来自鲁迅的传统一样值得标榜,同时也一样必须羞愧。"1993 年,余华在《两个问题》中谈了他对文学与民族关系的看法:"文学发展到今天,已经超越了国界和民族……只要是他出于内心的真实感受,他的作品一定表达了他的民族的声音。"在这两篇文章中,余华表达的是一种颇具 80 年代气质的"世界主义"的文学观念。但到 1998 年,当《川端康成和卡夫卡的遗产》收入人民文学出版社出版的《我能否相信自己——余华随笔选》时,上面这段话却被删掉了。这一微小的改动,在中国语境中对余华来说,并非毫无意义,贺桂梅敏感地意识到这个改动,认为"这处改动事实上显露出余华对自己秉持的那种'世界主义'文学观念的自觉或警惕"。从 1990 年的"世界主义"文学观念重新转向对"中国性"的认同,从现代主义的先锋写作转向现实主义的"第三世界文学"的"民族寓言",余华的转向在先锋作家中具有相当的代表性,它几乎标志着作为现代主义文学实践的先锋小说集体性没落。1995 年,余华创作了《许三观卖血记》,小说以凡人许三观的"卖血",象征以透支来延续生命的国族困境,重新回到了詹姆逊关于"第三世界文学"都是"民族寓言"的判断上来。为一乐卖血是许三观卖血的高潮,小说以此重构血缘与父子之名,重回传统的伦理纲常与传统的父子观、夫妻观与男女观,作为"民族寓言"的《许三观卖血记》由此也成为余华向文化传统回归的记号。

在深层的精神世界,这是对"中国人不重精神"的"中国性"刻板印象的瓦解。作为一个中国、亚洲、"第三世界"女性的现代主义文学实践者,残雪的现代主义创作为现代主义与民族主义、现代主义与"第三世界"、现代主义与女性主义、主体与他者开拓了新的理解空间。

余　论

对于"第三世界"的现代主义文艺来说,现代与民族、欧洲与本土的二元论架构往往是不能摆脱的意识形态模式。作为中国现代文学起点的《狂人日记》、拉美文学的魔幻现实主义以及 80 年代中国的现代主义文艺,大体上都是作为"民族寓言"的现代主义,民族奇观与现代形式是其纽结成型的两极,因此都不免带有难以完全祛除的后殖民性。在此期间,作为一种另类现代主义实践,新中国前三十年的社会主义文艺通过强化阶级政治,并使之与本土民族文艺形式相结合,从而构成了具有克服现代与民族二元论意涵的超现代主义文艺,但由此形成的一元论的阶级决定论思想模式,在带来超越的同时显然有其局限性。在此背景下,本书提出以性别为方法介入中国现代主义文艺的理论建构,并不在于否定近四十年来既有研究范式的有效性、批判性,而是试图客观认识各种霸权论述的排他性,重建一种更为开放多元的理论结构与研究视野。在基于现代、民族、性别共同构成的三维理论视野中,中国现代主义文艺实践不仅关涉中国与现代,亦与女性解放、公平、正义等议题密切相关。

第二节　辩证法、分身术与残雪的现代主义写作

残雪是当代中国文学的一个异数。林舟曾不无夸张地描述过残雪,他说:"中国的先锋文学死于 1990 年代,而残雪似乎从遍地尸骸中挺了过来,继续着一个人的狂飙。"[①]"一个人的狂飙"不仅指残雪的创作,同时也指她

---

① 林舟:《一个人的狂飙——重论残雪的小说》,《上海文化》2010 年第 2 期。

独特的文学观与世界观。在《我心目中的伟大作品》里,残雪说:

> 我不喜欢"伟大的中国小说"这个提法,其内涵显得小里小气。如
> 果作家的作品能够反映出人的最深刻、最普遍的本质(这种东西既像粮
> 食、天空,又像岩石和大海),那么无论哪个种族的人都会承认她是伟大
> 的作品。……作品的地域性并不重要,谁又会去注意莎士比亚的英国
> 特色,但丁的意大利特色呢?……而停留在表面经验正是中国作家(以
> 及当今美国作家)的致命伤。由于过分推崇自己民族的传统,他们看不
> 到或没有力量进入深层次的精神领域。这就使得作品停留在所谓"民
> 族经验""写实"的层次上。……中国的作家如果不能战胜自己的民族
> 自恋情结,就无法继续追求文学的理想。[①]

残雪的现代主义主体性不依赖于文学的地域性与民族性,她认为"对于
我们的故乡来说,民族、国家这一类观念都太狭隘了"[②],她拒绝在民族主义
的框架内寻找现代主义的位置。残雪既不接受现代化"中体西用"的实用主
义策略,也不接受对现代主义内容与形式的拆分法。她是一个彻底的现代
主义(文学)的接受者,同时却葆有强烈的可识别的中国性与亚洲性,通过对
语言的颠覆性使用使汉语获得了新的功能。与一般批评者和作家强调文学
的本土性、民族性不同,残雪更强调精神的人类性与普遍性。作为一个中
国、亚洲、"第三世界"、女性的现代主义文学实践者,残雪的现代主义创作为
现代主义与民族主义、现代主义与"第三世界"、现代主义与女性主义提供了
一种新的认识维度。

一、"为了报仇写小说"

1987 年冬天,台湾现代主义女作家施叔青到长沙看望残雪。残雪神经
质的笑声、镜片后不停眨着的眼睛,冰凉的双手,还有她家高高的屋顶、沉默

---

① 残雪:《我心目中的伟大作品》,载《残雪文学观》,广西师范大学出版社,2007,第 122－123
页。
② 残雪:《什么是"新实验"文学》,载《残雪文学观》,广西师范大学出版社,2007,第 131 页。

笃定的裁缝丈夫以及一个上小学的儿子,给施叔青留下了深刻印象。颇为神经质的作家残雪,与削梨、递茶一副家庭主妇架势的残雪的统一,让同为现代主义女作家的施叔青感到讶异。她甚至想象残雪的写作过程,"一转身,她坐在撤下碗盘的饭桌旁,拿起本子,趴上去写起小说,走进她的另一个世界"。这次访谈让施叔青看到残雪的两个灵魂,一个是遗传自其外婆的鬼气灵魂,这个灵魂用来写作;另一个是世俗灵魂,用来生活。残雪在其间可自由切换。两个灵魂、两个世界,是很多作家的写作状态,残雪也并不让人意外。让人意外与困惑的是残雪对为何写作的回答:"我写这种小说完全是人类的一种计较,非常念念不忘报仇,情感上的复仇,特别是刚开始写的时候,计较得特别有味,复仇的情绪特别厉害,另一方面对人类又特别感兴趣,地狱里滚来滚去的兴趣。"陪同施叔青的韩少功将残雪的"报仇"解释为"对整个人类的生存方式感到不合理",是"对整个人类生存方式的愤怒",①但更多时候,残雪的"报仇"说被用来佐证她内心的黑暗、女性的歇斯底里与毁灭欲,是"被任性与仇恨奴役的单向度写作"②。

如何理解残雪的"为了报仇写小说"呢? 在分析鲁迅小说《铸剑》时,残雪将复仇区分为两种:一种是"表面结构的复仇",另一种是"本质的复仇"。表面结构的外在复仇要实现的唯一出路是"向自身的复仇"。"向自身复仇,便是调动起那原始之力,将灵魂分裂成势不两立的几个部分,让它们彼此之间展开血腥的厮杀,在这厮杀中去体验早已不可能的爱,最后让它们变得你中有我,我中有你,达到那种辩证的统一。"③这种"精神上的复仇",是一种指向自身的内在的复仇,是一种灵魂的分裂;外在的表面的仇恨不过是激起内在的、自我深层的灵魂拷问的媒介,而通过将看不见的内在复仇转化为看得见的外在复仇,残雪打破了内在与外在、表面与本质、自我与他者的划界与区隔。"为了报仇写小说"应在这个意义上来理解。

为了呈现精神上的复仇,灵魂将不得不分裂成几个部分,这既是《铸剑》的意涵,同时也是残雪的艺术追求。对她来说,写作不是为了再现一个可见的、外部的现实世界,而是创造一个现代主义艺术着力呈现的关于人的内面

①　残雪:《为了报仇写小说:残雪访谈录》,湖南文艺出版社,2003,第52页。
②　李建军:《被任性与仇恨奴役的单向度写作》,《小说评论》2005年第1期。
③　残雪:《艺术复仇——读〈铸剑〉》,载《残雪文学观》,广西师范大学出版社,2007,第150页。

性的世界。那么,这是一个具有怎样内面性的世界,又来自哪里呢？在《我是怎么搞起创作来的》这篇短文中,残雪分析了自我与外界之间纠结缠绕的关系：

> 一个人,生性懦弱乖张,不讨人喜欢,时时处在被他人侵犯的恐惧中,而偏偏又一贯用着一种别人看来是奇诡的、刻薄的眼光看这世界,暗藏着比一般人远为嚣张的要显示自身的野心。年复一年,压抑得久了,他忽然觉得周围的张三李四,也包括自己,那所做所为,竟全都具有一种不可思议的、神秘的性质,从来搞不清这一切。于是就有了一种"搞清"的欲望,这欲望导致创作的开端。……他身不由己地迷上了这种运动,反复操练,如醉如痴,慢慢地他终于造出了一个仅属于他自己的世界,这个世界是与外界那个铜墙铁壁的世界相对抗的。他兴致勃勃,辛辛苦苦,在这个世界里模拟与现实较量的游戏,搞出层出不穷的花招、阴谋……他在这个世界里是一个孤独的领主,又是一个被遗弃的远古孩童。仅仅在这里,他通体痛快,为所欲为。[①]

这是残雪最早发表的一篇专门谈写作缘起的短文。一个只念完小学的裁缝,一个已经结婚生子的妻子与母亲,怎么突然想起要搞文学创作呢？残雪将其归因于一种"搞清的欲望",既搞清自己的所作所为,也搞清别人所作所为中的"不可思议"与"神秘"。这是一种好奇心的表现,它显示为一种欲望,一种去了解并揭示内在世界的秘密的欲望。内在的世界被压抑已久,虽因"时时处在被他人侵犯的恐惧中"而要退缩或逃避到卡夫卡式的"地洞"[②]中去,但同时也"暗藏着远为嚣张的要显示自身的野心",被压抑者时刻寻机复归并显示自身的存在。残雪引发写作的好奇欲让人想到潘多拉的神话故事,潘多拉虽被警告盒子所藏的危险,但她还是屈服于自己的好奇心,将所有的邪恶释放到人间。在不同的文化传统中,女性的好奇心都具有危险性,

---

① 残雪：《我是怎么搞起创作来的》,《文学自由谈》1988年第2期。
② 《地洞》是卡夫卡晚期的小说,发表于1928年。小说描写了小动物修建地洞、完善地洞以及与外界各种斗智斗勇的故事,既展现了现代人普遍的恐惧意识,同时也展示了文化、社会的被压抑者顽强显示自身存在的力量。这就是地洞中的小动物进进出出的辩证法。

并因其引发灾难而受到惩罚，潘多拉的故事就是对女性好奇心之危险的警告。但女性主义学者劳拉·穆尔维重构了潘多拉的故事，将关注点从女性性隐喻的盒子转向潘多拉的好奇心，认为它具有三重意义：（1）潘多拉的好奇心表现出一种僭越性的欲望，看穿她自己的表面或外在，直到盒子及相伴生的恐惧隐喻性地再现的女性身体内部；（2）女性主义的好奇心将潘多拉及其盒子的地形学改变为一种新的模式或者形态，它可以被理解为对父权制的情色经济的症候的揭示；（3）女性主义的好奇心能够构成一种政治性的、批评性的、创造性的动力。① 在穆尔维的阐释中，女性的好奇心成为战胜资本主义父权制"恋物美学"的有力武器。

因好奇心而写作与"为了报仇写小说"彼此呼应，决定了残雪的写作关注的是"好奇"性，而非"现实"性，她感兴趣的不是反映这个外在的表面世界，而是内在的幻想与无意识，构成残雪解码乐趣的正是这些成分。她游戏其中，乐此不疲，"模拟与现实较量的游戏，搞出层出不穷的花招、阴谋"，在她创造的世界中，她进行一场场女性的"突围表演"，作为叙述者，她既是"孤独的领主"，也是"远古的孩童"。残雪的女性视角总是重叠于孩童视角，但她的孩童视角并非指儿童形象或童年题材，实际上，残雪很少写到孩子，即使有，也并非一般意义上的童真童趣，而指向看待世界的方式，一种远古时代、人类童年时期看待世界的方式，万物有灵、物我一体，世界被一种神秘难测的气氛包围，残雪说这是"一种别人看来是奇诡的、刻薄的眼光"。为何残雪会有这种别人看来"奇诡"与"刻薄"的眼光呢？ 在残雪为数不多的关于童年记忆的文章中，《美丽南方之夏日》②是一篇颇为抒情、被评论者广泛引用的文章，由此可窥见其创造的世界、女性/孩童的"眼光"甚至"报仇"的由来。作家残雪在追溯这段幼时记忆时用笔极为简省，她不愿像大多数伤痕作者那样在创伤记忆中停留。也许，对于一个只有 6 岁的孩子来说，那种"全家老小挣扎在死亡线上"的现实记忆过于沉痛、无法理喻而被自觉排除在意识之外。残雪说过自己是丧失了记忆的人，并把记忆的丧失与其"垂直写作"联系起来，"写水平流动小说的人肯定是有记忆。因为我的情况是丧失了记

---

① ［英］劳拉·穆尔维：《恋物与好奇》，钟仁译，上海人民出版社，2007，第 84－85 页。
② 残雪：《美丽南方之夏日》，《中国》1986 年第 10 期。

忆,所以既不考虑也不想考虑以前的事。我总是只考虑'现在'"。① 而没有过去、丧失了时间感的形象与画面,实际上就是梦,残雪的文字世界是对这个梦(魇)的描述。但神秘性、图像化、非理性的梦,在弗洛伊德的精神分析看来是无法实现的欲望的曲折呈现,是记忆的压缩与置换,"丧失了记忆"并非记忆的真正消除与丧失,而是对创伤记忆的否定,这一威胁自我的创伤裂口,必须被其他东西遮掩、置换才能使主体不至于分裂。遮掩童年创伤记忆的是外婆带来的神秘世界:

> 南方的夏夜,神秘无比。当纺织娘和天牛之类的小虫在外面的树丛里叫起来的时候,六岁的我又开始梦游了。厨房隔着天井,里面黑糊糊的,推开门,就听见一些可疑的响声,是一个人在那里走来走去。我蹲下,将手伸进煤槽,一下子就做起煤球来。天井里传来"呼呼"的闷响,是外婆手持木棒在那里赶鬼,月光照出她那苍老而刚毅的脸部,很迷人。她弓着驼背,作出奇怪的手势,叫我跟随她。我摸黑走下厨房的台阶,外婆冰凉的手一把捉住我。我随着她在我们新垦的菜地边蹲下,我记得当时我醒了。月光下,她的全身毛茸茸的,有细的几缕白烟从她头发里飘出,我认定这烟是从她肚子里钻出来的。"泥土很清凉。"她嗡嗡地出声。我摸了摸,的确很清凉。"只要屏住气细细地听,就有一种声音。"她又说。我抬起蒙眬的眼睛,看见清朗的夜空里满是亮晶晶、蓝汪汪的大水滴,一种模糊而清晰的响声无所不在:"踏、踏、踏……"。我记起在白天,我朝山涧的溪水里扔了一个布娃娃。

梦游中的"我"与正在赶鬼的外婆相遇于夜晚,是赶鬼的外婆进入"我"的梦中,还是"我"进入驱鬼的外婆的表演之中?在这梦与表演的重叠中,谁是观众,谁又是演员?还是她们互为观众和演员?不同于对现实回忆的俭省,残雪对梦境/表演的书写却极为抒情迷人,文字极具视觉感,迷离恍惚的画面中,是"异常刚毅的,但周身总是缭绕一种神秘的气氛"的外婆与梦游的"我"。

---

① 残雪:《为了报仇写小说:残雪访谈录》,湖南文艺出版社,2003,第 8—9 页。

残雪与现实中革命的母亲之间的关系并不亲密。女性似乎只有拒绝母职才能成为革命的一员,但拒绝母职也意味着母亲位置与影响力的丧失、母女之间的女性命运连带感的丧失,而这种丧失与其对女性解放的追求恰相矛盾。实际上,革命母亲与其儿女之间的这种张力关系在那个时代具有相当的普遍性。在与施叔青的对话中,残雪很平淡地提到与母亲的关系:"也就是一般,一家九口人才几十块钱,她没时间管我们"[1]。与孩子们相依为命的是外婆——母亲的母亲,"她生了十一个小孩,生一个死一个,最后只剩下我母亲一个"。外婆代替了追求个人与民族解放的革命母亲,占据了母亲留下的空位而成为"原初"之母,是仁慈、黑暗的地母,集美丽与死亡于一体的雅努斯,既给予生命,也显示死亡:

> 她认得山上的每一种野菜和蕈类,每天都用我们采来的野麻叶做成黑糊糊的粑粑当饭吃……靠着这些野菜和菌类,我们才保住了性命,而她,因为绝食和劳累,终于死于水肿病。她躺在我们那个大床上的一角,全身肿得如气枕,脸如尸布,下陷的两眼闪出刺人的亮光。她反复地告诉我们:电灯的拉线开关上站着两只好看的小白鼠,正在做游戏。"下来了!下来了!捉住!!"她大叫,眼中泪光闪闪,面孔上冷汗淋淋。在她安静的时候,她就凝视窗户上的那片太阳光,带着笑意问我们记不记得夏天的事。"其实鬼是没有的,我活了六十岁,从来也没见过。"她握着我的手说。她的掌心潮润,发热,完全不同于往常那种冰凉舒适。临死前有人送来了补助给她的一点细糠,她再也咽不下去,就由我们姊妹分吃了。糠很甜,也许是外婆的血,那血里也有糖。我们喝了外婆的血,才得以延续了小生命。
>
> 外婆死了,但我一点也不悲伤,我还不能理解"死"的含义。在我的概念里,"死"只不过是一件黑的、讨厌的事,不去想它就完了。只要火红的落日从茅厕后面掉下,塘边升起雾气,我蹲下来细细一听,就听到了那种脚步声:"踏、踏、踏……"炎热的空气发出嘶叫,天地万物都应和着这庄严神秘的脚步,夕阳的金门里窜出数不清的蝙蝠,我的小脸在这

---

[1]　残雪:《为了报仇写小说:残雪访谈录》,湖南文艺出版社,2003,第50页。

大的欢喜里涨红了。

　　残雪笔下，死亡是如此恐怖、痛苦，它"全身肿得如气枕，脸如尸布，下陷的两眼闪出刺人的亮光"，残雪小说对肿胀之物、死亡过程的迷恋，是否源于对濒死外婆的身体的记忆？ 如果正在肿胀腐烂的尸体是克里斯蒂瓦说的卑贱的顶峰，那么残雪对外婆正在死亡的身体/尸身的书写，正是对被压抑、被排斥为卑贱的洞悉与召唤，残雪的写作正源于此，写作是对亡灵的记忆与召唤。 当死亡危险的投影被幻视为母亲或女性时，写作同时也就是对一切被文化代码、道德代码、意识形态代码所压抑的女性力量的召唤。 死亡在残雪笔下又是如此神秘、温暖、庄严、神圣，外婆将死亡看成是"电灯的拉线开关上站着两只好看的小白鼠，正在做游戏"，外婆的手"潮润发热"，还告诉我们"鬼是没有的"以减轻我们对亡灵/鬼的恐惧。 在外婆这一"原初母亲"形象中，死亡与生命如此奇异地统一在一起，正如拉线的"开关"。"我们喝了外婆的血，才得以延续了小生命"，"夕阳的金门里窜出数不清的蝙蝠，我的小脸在这大的欢喜里涨红了"。 这是死亡的大欢喜，也是生命的大欢喜，像地狱里众生的吟唱，如此卑贱，那般神圣！

　　克里斯蒂瓦在分析现代主义作家塞利纳时，将他笔下的二价母亲形象与其写作联系起来，"一方面将写作定义为死亡的写作，另一方面则定义为复仇。 这是一位许诺给死亡的生灵，他向圣母叙述故事，但通过同一举动，他为母亲恢复名誉"。[①] 残雪的写作也可以作如是观。 经由外婆，残雪洞悉了死的秘密，洞悉了"定义为死亡的写作"，她接过外婆传递下来的远古时代女巫的魔棒，在文字中召唤出那些被压抑的卑贱物及其恐怖的权力，为一切被置身于黑暗中的亡灵复了仇，并由此净化了卑贱。 于是，在结束了对于外婆的记忆之后，残雪拂去了那些对她阴暗写作的指认，她说，"激起我的创造的，是美丽的南方的骄阳。 正因为心中有光明，黑暗才成其为黑暗，正因为有天堂，才会有对地狱的刻骨体验，正因为充满了博爱，人才能在艺术的

---

　　① [法]朱莉娅·克里斯蒂瓦:《恐怖的权力:论卑贱》,张新木译,生活·读书·新知三联书店,2001,第 229 页。

境界里超脱、升华"①。光明与黑暗、地狱与天堂、卑贱与神圣、狂欢与世界末日、爱与复仇、热烈与阴暗等的统一,正是残雪写作的辩证法,也是现代主义文学的本质所在。

二、"卑贱"的权力与现代主义

残雪小说的主题是梦魇、荒诞、变形、猜忌、分裂、死亡、厌恶、恐怖、暴力等黑暗谱系,对于这些主题,很多批评者已有专门研究,像戴锦华的《梦魇萦绕的小屋》、吴亮的《一个人的臆想》、王绯的《在梦的妊娠中痛苦痉挛》、杨小滨的《永久萦绕的噩梦》、林舟的《一个人的狂飙》、张新颖的《恐惧与恐惧的消解》、近藤直子的《黑夜的讲述者》、邓晓芒的《灵魂的历程》等。不过,残雪的这些主题总是具有双重立场,它们处于厌恶与欢笑、世界末日与狂欢之间,类似于巴赫金所说的复调性质。而作家残雪则置身于非理性与理性、潜意识与意识、亡灵与生者之间的入口处,并非作为一个君临一切的审判者,她不打算审判任何一个角色,也非作为文明与现代的启蒙者。在《虚空的描述者》一文中,她把自己定位为"描述者",隐身于昏暗中的亡灵,那不可见之物通过描述者显身/复活,同时描述者也因描述亡灵而得以命名自我,一旦描述者不再描述,他将忘记自己的名字,沉入昏暗之中,正是"某个死人在门外一声接一声地喊他的名字,于是描述者记起了自己的名字"②。在残雪笔下,描述者与被描述者、活人与死人、无名者与有名者、主体与客体之间呈现为一种互为依存的辩证关系,描述者/生者/有名者通过描述/记忆被描述者/死者/无名者使自身得以存在,死人、亡灵、无名者在此既是一个原始压抑的边界,又是一种模棱两可的状态,它在门外一声一声的呼喊使生与死、主体与客体、门内与门外之间的划界变得脆弱、暧昧,而这个"召唤我们,最终会把我们吞噬掉"的东西,正是克里斯蒂瓦所说的"卑贱"。

何谓卑贱(abject)? 克里斯蒂瓦认为它既不存在于主体之中也不存在于客体之中,卑贱是"那些搅混身份、干扰体系、破坏秩序的东西,是那些不

---

① 残雪:《美丽南方之夏日》,《中国》1986 年第 10 期。

② 残雪:《虚空的描述者》,载《残雪散文》,浙江文艺出版社,2000,第 8 页。

遵守边界、位置和规则的东西。是二者之间、似是而非、混杂不清的东西"①。卑贱，一方面是自我和主体想要排除、分离的东西，它位于象征系统之外，它的存在威胁着主体的存在；另一方面，它的存在又确立了主体的边界，主体正是通过指认并排斥卑贱而得以存在。于是，"每个自我都有它的客体，每个超我都有它的卑贱物"②。卑贱并非外在于主体，而是内在的，它是自我的卑贱，存在于记忆深处、被文化和象征符号排斥的真实界里，在无意识那边。卑贱干扰身份、系统和秩序，藐视任何明确的位置、规则、疆域和界限，它显示了主体对自我身份掌握的不稳定性。卑贱标志着主体创生和磨灭的场域，它与阴性、母性置身于同一阵线，与父系象征态相对，既是嫌恶也是欲望的焦点。伟大的现代文学像陀思妥耶夫斯基、普鲁斯特、阿尔托、卡夫卡、乔伊斯、博尔赫斯等正是在卑贱这一土地上展开，是"对卑贱物的揭露。是用语言的危机对卑贱进行的设计、释放和掏空"。③ 克里斯蒂瓦的"卑贱"论有三个主要特征：一是将"卑贱"与阴性和母性空间相连，认为卑贱是父系象征秩序对母性符号的压抑；二是将卑贱与现代主义文学相连，现代主义揭示的内面性正是被排斥到象征系统之外的卑贱；三是肯定了卑贱本身所蕴含的恐怖的力量。

被压抑的卑贱之物的回归也是 80 年代中国先锋派艺术的重要特征。在余华笔下，卑贱是"暴力奇观、创伤即景"，他的《鲜血梅花》《古典爱情》《一九八六》《现实一种》《世事如烟》等既是对历史的暴力改写，也是对人性内在黑暗的呈现。王德威认为"余华小说中最令人可怖之处不是人吃人的兽行，而是不论血泪创痕如何深切，人生的苦难难以引起任何（伦理）反应与结局。在此'叙事'已完全与重复机制，甚或死亡冲动，融合为一。这令我们想到精神分析学里视叙事行为为死亡冲动的预演一说；借着叙述，我们企图预知死亡，先行纪事，以俟大限。这里有一个时序错乱问题：一反传统'不知生，焉知死'的教训，作家们暗示不知死，焉知生？在这一层次上，写作不再是对生

---

① ［法］朱莉娅·克里斯蒂瓦：《恐怖的权力：论卑贱》，张新木译，生活·读书·新知三联书店，2001，第 6 页。

② ［法］朱莉娅·克里斯蒂瓦：《恐怖的权力：论卑贱》，张新木译，生活·读书·新知三联书店，2001，第 2 页。

③ ［法］朱莉娅·克里斯蒂瓦：《恐怖的权力：论卑贱》，张新木译，生活·读书·新知三联书店，2001，第 298 页。

命的肯定,而是一种悼亡之举:不只面向过去悼亡,也面向未来悼亡"①。写作成为一种悼亡之举,写作对死亡这一卑贱的最高形式的迷恋,是现代主义作品的共通之处。格非的《傻瓜的诗篇》《迷舟》《褐色鸟群》等在意识与无意识之间缠斗,而无意识的力量正如死亡的阴影一样徘徊在人物的周围,《青黄》中尘封、暧昧的过去与卑贱女体/妓女的历史最终合流。莫言笔下的卑贱是原始的野"性"、蛮力与污秽,是哑巴、疯子、野种、恋乳癖、人畜恋、食人者等低贱之物,是嘲笑规则道德、亵渎神明之物,是末日世界的狂欢图景,甚至是泥沙俱下、毫无节制、怪诞不经的滔滔话语。

在对原始污秽的彰显方面,残雪与莫言相类;在对无意识的迷恋方面,残雪与格非类似;在对暴力和死亡的呈现方面,残雪与余华类似。但不同于莫言、余华、格非这些男性现代主义者的是,残雪的卑贱书写更具有阴性化和母性化特征,在残雪这里,那片被垃圾、污物与正在肿胀、变形、溃烂的东西占据的卑贱空间,更为类似母亲的子宫,它是母性空间与残雪出生地湖南那种典型南方性的混合,潮湿、黏腻、阴郁、暴烈、诡异,那里是众生之门与死亡之所,既排斥一切也吸纳一切,具有恐怖的力量。残雪小说中最具典型性的卑贱空间是"黄泥街",一条狭长的、脏兮兮的街,因为天上老是落下墨黑的灰屑,连雨落下来都是黑的,街旁都是黑的矮屋,连窗子也看不大分明。黄泥街终年飘着烂果子诱人的甜香味儿。黄泥街垃圾成山,街人先是倒煤灰,后来倒烂菜叶、烂鞋子、烂瓶子、小孩的大便等,一到落雨,乌黑的臭水横贯马路,尤其是在出太阳的日子里:

> 一出太阳,东西就发烂,到处都在烂。
>
> 菜场门口的菜山在阳光下冒着热气,黄水流到街口子了。
>
> 一家家挂出去年存的烂鱼烂肉来晒,上面爬满了白色的小蛆。
>
> 自来水也吃不得了,据说一具腐尸堵住了抽水机的管子,一连几天,大家喝的都是尸水,恐怕要发瘟疫了。
>
> 几个百来岁的老头小腿上的老溃疡也在流臭水了,每天挽起裤脚摆展览似的摆在门口,让路人欣赏那绽开的红肉。

---

① 王德威:《魂兮归来》,《当代作家评论》2004 年第 1 期。

有一辆邮车在黄泥街停了半个钟头,就烂掉了一只轮子。一检查,才发现内胎已经变成了一堆浆糊样的东西。

街口的王四麻子忽然少了一只耳朵。有人问他耳朵哪里去了,他白了人家一眼,说:"还不是夜里烂掉了。"看着他那只光秃秃的,淌着黄脓,只剩下一个几乎看不见的小洞的"耳朵",大家心里都挺不自在的忧心忡忡地想着自己的耳朵会不会也发烂,那可怎么得了呀?①

残雪的"黄泥街"让人想到萧红的"呼兰河"与"大泥坑"。在《呼兰河传》中,叙述者的位置摇摆在现代启蒙者与非理性原初状态的描述者之间,这个独特的位置使萧红对故乡呼兰小城的书写超越了单向度的国民性批判,而具有了更为丰富、混沌和复杂的意蕴。在"呼兰河"这个母体空间中,"天地不仁,以万物为刍狗",人不是天地/世界的创造者,而是它的贱民,在泥泞中战战兢兢如履薄冰,萧红描述/回忆了这一天地中那些卖豆芽的、做米粉的甚至包括惶为一家之主的祖父生的痛苦与死的挣扎。② 残雪继承了萧红对故乡/母体这一卑贱空间的书写传统,同时将其中的卑贱母体书写进一步推进,发展了萧红现实主义书写中蕴含的恐怖的现代主义成分,将地狱中众生内心的痛苦身体化、表面化、视觉化,肉身在病变、变形、损毁与溃烂后,最终是死亡与毁灭。《黄泥街》中身体的病变症状有烂红眼、癌症、肺痨、腹泻、疱疖、眼珠烂掉、小腿溃疡流臭水、恶性毒疮、眼里掉出蜈蚣、耳朵烂掉等,死亡则有腐尸、活尸、活死人、吞玻璃而死、瘟疫而死、因疯而死、吊死等等。黄泥街所有的人都经受着肉体的折磨,胡三老汉嘴里吐出蛆来,被认为死了五天的他还在街上叫喊,齐婆的头皮被自己连皮带血抓下来,老郁的鼻孔里长出一根长长的钉子,区长烧得眼珠像要爆出来,王厂长的后脖子长了个肿瘤,已经癌变……残雪将腐烂与暴烈的太阳并置,小说的七个标题中关于太阳的就有两个,分别是"在出太阳的日子里"和"太阳照耀黄泥街",太阳呈现并加速了腐烂病变死亡的速度。

---

① 　残雪:《黄泥街》,《中国》1986 年 11 月。
② 　关于萧红的卑贱书写分析,可见马春花:《认同于/与"卑贱":萧红小说的性别、乡土与国族》,《湘潭大学学报》2013 年第 4 期。

　　与肉体的溃烂和死亡相关的则是外物对身体与身体所在空间的侵入，像棉衣里沤出蛆来，屋里有大蟑螂、虱子蛋、毒蛇蛋、绿头苍蝇、蜥蜴、蜈蚣、老鼠、蛞蝓、花脚毒蚊、黄鼠狼等，黄昏里飞舞的蝙蝠、猫头鹰，此外池塘里、街道上还有死猫、死鱼、死狗等。这诸种病变的身体症状与各色日常生活中常见却很难进入文学之中的外物构成的能指，从《黄泥街》《山上的小屋》累积延伸到后来《最后的情人》《黑暗地母的礼物》等小说中的青花蛇、黑猫、白鼠、马蜂、鹦鹉、蛾子、麻雀、白蚁、蟋蟀、青蛙、毛虫、泥鳅等，形成了一种特殊的拉康所谓的"能指连环"。在拉康的理论里，能指而非所指被赋予了极其重要的地位和作用，他认为人的精神世界可以说完全是由无远弗届的能指构成。能指可以影响和预定所指，可以规定和导向人的思想。能指和能指串联沟通，构成一片能指的网络。语言的意义常常不是得之于一个一个的独立的能指，而是产生于成串的能指的共同作用。能指与所指也不是一一对应的简单关系，而是能指与能指层层相套，绵绵相连，构成"能指连环"。一个能指往往是这个能指链上的一个环节，同时又套在另一个无尽长链上。因此人们的意义表述就常常成了指此而言彼、口是而心非的游戏。理解也随之成了一个追踪寻迹、捕捉意义的过程。①残雪小说中的能指连环约略指向一个神秘、恐怖、诡异的"天地"——无意识的非理性世界，而这正是残雪小说的特别之处。

　　对于这个"能指连环"指向的非理性世界，残雪采用了一种与远古孩童相关的超自然的叙述视角：小孩可以把小蛇饲养在自己的肚子里（《饲养毒蛇的小孩》）；小弟在一夜之间长出了鼹鼠的尾巴和皮毛（《天窗》）；老头的声音从牙缝里吱吱叫。我回过了头，确实看见了他，原来他是一只老鼠（《布谷鸟叫的那一瞬间》）；在天井里，父亲一边跑一边吐出一些泥鳅（《苍老的浮云》）；肠胃渐渐从体内消失，她一拍肚子，那只是一块硬而薄的透明的东西，里面除了一些芦秆的阴影空无所有（《苍老的浮云》）；父亲每天夜里变为狼群中的一只，绕着这栋房子奔跑，发出凄厉的嚎叫（《山上的小屋》）……小说中的人类身体发生的魔化转变，在叙述中并未被看作幻象，而被视为一个肯

―――――――――――

　　①　见褚孝泉：《拉康选集·编者前言》，载《拉康选集》，褚孝泉译，上海三联书店，2001，第11页。

定的事实,这类似于原始的思维,一种由互渗律决定的神秘思维,它不是反逻辑的,也不是非逻辑的,而是原逻辑的,原始人的集体表象不是智力过程的结果,它们的组成部分包括情感和运动的因素,在这些集体表象中,客体、存在物、现象等能够以我们不可思议的方式同时是它们自身,又是其他什么东西。① 这种外物与人类之间的互渗律原则也适用于残雪的大部分小说,吴亮说她的想象是超自然的,"用原始的、儿童式和精神病患者的眼光重新去看待世界,在她是一件轻而易举的事"。②

奇特的想象力之外,残雪笔下的卑贱书写还极具抒情性,现代主义精神与中国的抒情传统以一种新的方式结合起来。这是《黄泥街》被经常提到的句子:

> 一个噩梦在黯淡的星光下转悠,黑的,虚空的大氅。
>
> 空中传来咀嚼骨头的响声。
>
> 猫头鹰蓦地一叫,惊心动魄。
>
> 焚尸炉里的烟灰像雨一样落下来。
>
> 死鼠和死蝙蝠正在地面上腐烂。
>
> 苍白的、影子似的小圆月将升起——在烂雨伞般的小屋顶的上空。
>
> ……
>
> 夕阳,蝙蝠,金龟子,酢浆草。老屋顶遥远而异样。夕阳照耀,这世界又亲切又温柔。苍白的树尖冒着青烟,烟味儿真古怪。在远处,弥漫着烟云般的尘埃,尘埃裹着焰火似的小蓝花,小蓝花隐隐约约地跳跃。

残雪的抒情是对于死亡这一卑贱的最高形式的抒情,残雪对死亡与死亡过程的书写,不是悲哀,也不是悲伤,残雪从不借死亡来煽动小说中的人物和读者的悲伤情绪,残雪展现的是死亡的卑贱与恐怖气氛,这也决定了她抒情的力度,不是传统"怨而不怒、哀而不伤"式的"适度"的抒情,卑贱本身就是对"适度"的破坏。残雪的抒情,正如其对现代主题的处理方式,均具有

---

① [法]列维·布留尔:《原始思维》,丁由译,商务印书馆,1981,第69—71页。
② 吴亮:《一个臆想世界的诞生——评残雪的小说》,《当代作家评论》1988年第4期。

二重性,它是邪恶、惊怖与诗意的并存,是对鲁迅"野草"与波德莱尔"恶之花"传统的继承。如果说真正的诗与诗意都是无意识的产物,那么残雪的写作表明,沉睡于无意识之中、尚未转化为语言的声音就是诗。

最后,残雪笔下的卑贱书写也是关于漫漫黑夜的书写。残雪自谓写作是"黑暗灵魂的舞蹈",是"黑暗地母的礼物",她对黑暗的喜爱正如她对美丽南方的夏日不能忘却一样。在黑暗、黑夜之中,被太阳清除的鬼魅魍魉——被道德代码、意识形态代码、宗教代码压抑的卑微者——才能得以显形;在黑夜、黑暗之中,一切喧嚣、华丽、伟岸的事物才能褪去其耀眼的光环,而内在的真实、痛苦与不堪才能显现,就像俄狄浦斯,正是在弄瞎了双眼以后,才面对了那被启蒙时代的理性压抑的无意识、他自身的罪与罚,在黑暗之中,那个被包裹起来的创伤性内核才能被真正凝视。而这一切,最终指向对人、对主体的认识与开掘。

三、从它/她出发:残雪的分身术

日本学者近藤直子是海外非常具有代表性的残雪翻译与研究专家。在《有狼的风景》一书中,她以"同母亲依存还是与母亲分离"这个问题区分莫言与残雪所呈现的两种叙述起点,"莫言从描写被父母杀害、虐待的孩子开始创作",而"残雪的创作是从描写杀害父母的孩子开始创作"。[①] 虽都始自"孩子",莫言的现代主义创作继承的是鲁迅开启的"救救孩子"式的"民族寓言"传统,而残雪的现代主义写作则逸出这个传统,其最早发表的《污水上的肥皂泡》(《新创作》1985 年第 1 期)以"我母亲化作一木盆肥皂水"这一弑母行为的完成为开篇。以弑母之举完成与母亲的分离,在近藤直子看来意味着孩子由此长大成人,离开"母亲"独立,也就是离开"权力话语"独立。与一般批评者更注意 80 年代文学的"弑父"与"父子"情意结不同,近藤直子更注意的是恋母或"母子"情意结。"同母亲依存"的作家,往往以受虐的幻想结

---

① ［日］近藤直子:《有狼的风景:读八十年代中国文学》,廖金球译,人民文学出版社,2001,第106 页。

构,完成对于"母亲"的精神性臣服,"母亲"是被动无助婴孩的救赎者。① 理想化的"母亲"与被动无助的婴孩构成新时期"伤痕文学"内在的精神结构,莫言笔下丰乳肥臀的母亲与巨婴上官金童的组合,在某种程度上是这一精神结构的继承与延伸。

理想化的母亲、被动的婴孩与"救救孩子"的启蒙式呼唤,一直是现代中国文学一个显著的精神脉络,而以《污水上的肥皂泡》开始创作的残雪显然背离了这一文学传统。奉献牺牲的理想母亲被污秽邪恶、紧抓住婴孩不放的"子宫母亲"所取代,这不是弑父恋母的俄狄浦斯情结,也非母子和谐同体的前俄狄浦斯情结,而是控制与反控制的厮杀。残雪站在极力挣脱子宫束缚的生命体一边,它要成为"我",必须首先挣脱母体,与母体分离,从而将自我分娩出来。"流鼻涕、流口水",动辄"嚎啕大哭""勃然大怒","一年四季溃烂流水的脚丫",经常"把口水擦在我身上"的母亲是子宫母亲的隐喻,她想把"我"送给她机关里一个小科长做上门女婿,对小科长父女极尽奴颜婢膝,对"我"进行精神与身体上的双重控制。小说中的"我"充满了对母体—隐喻的强烈厌憎与恐惧,并最终将其变成了"污水的肥皂泡"。以弑母之举完成与母体的分离,不可谓不惨烈,但这是否意味着进入精神分析中的父亲的象征体系并与父法认同呢?离开母亲的孩子是否长大成"人"了呢? 小说的结尾:

> 我忽然觉得喉咙痒痒的,用力一咳,口里就发出了狗的狂吠,止也止不住。人们围拢来之后,我还在怒叫,一跳一跳的。我发现一个老家伙格外可恶,那家伙脸上挂着白痴的笑容,在人堆里挤来挤去的,居然挤出尿来,裤裆全湿了。我一头向他冲去,咬住他的胳膊,狠狠一撕,撕下一块肉来。他像一堆劈柴一样'哗啦哗啦'地倒在血泊中……

始于弑母,终于"发出狗的狂吠"并"撕下一块肉来",残雪笔下的"我"一

---

① 在《中国文化的深层结构》(广西师范大学出版社,2004)一书中,孙隆基将中国文化归为"杀子文化",认为中国(男)人的恋母情结使其具有孩童化倾向,而美国大众文化则有杀母情结。关于杀母研究可见孙隆基:《杀母的文化——20 世纪美国大众心态史》,中信出版社,2018。

跃为"狗",并具有噬肉的"狼"的野性,它冲破一切压制与桎梏,恢复了本能性与本真性,从母亲、周围人与老家伙中突围而出,在血腥的攻击中成为了"我",也就是"它"。从"没有吃过人的孩子,或者还有"的疑问与"救救孩子"的启蒙呐喊,到孩子"我"终于"发出狗的狂吠"并"吃人"的惊怖,初登文坛的残雪,携带着一股让人深感不安的黑暗力量。如果说让"母亲化作污水上的肥皂泡"还是"我"不堪母体控制试图成为"我"的自保之举,但"狂吠"与"撕咬"的行为已意味着"我"的"它"化。难道这是残雪心念系之的本真之"我"么?是否只有"它"的原始野性与本能激情才有可能冲决无所不在的母体所代表的强权?《污水上的肥皂泡》以超现实的荒诞、变形手法,既塑造了一个紧抓住婴孩的恐怖强权的母亲形象,其形体虽消失化成污水,但其味道、声音仍无所不在;同时也凸显了一个虽处于恐惧不安之中,但奋力挣脱母体控制的"子"/"我"/"它"的本能形象。从"吃过孩子肉的父母"到"吃过父母肉的孩子",一个独立于母体的原始强力之"我"诞生,于此,敏感、瘦弱、深藏着不安与恐惧的孩子/邓小华,[①]以语言为媒介,变成了作家残雪。

　　残雪早期小说多以"我"为叙述者,是"我"之主体的生成过程。《山上的小屋》(《人民文学》1985 年第 8 期)是残雪的成名作,小说以"我"为中心设置了两组镜像关系:一是"我"与"家人"之间:"我"每天都在清理抽屉,父亲一次次打捞井底的剪刀,母亲"手持一把笤帚在地上扑来扑去",小妹一次次告密,他们一次次将我整理好的抽屉翻得乱七八糟。坚持重复在他人看来的无意义之事上,在互相困扰、折磨上,在同为受虐者和施虐者上,"我"与"他们"互为镜像,"我们"被困于"家"这一封闭压抑的空间中。但"我"之不同在于,"我"相信"在山上,有一座小屋",而且一次次上山寻找小屋,因为"被反锁在小屋里""暴怒地撞击着木板门,声音一直持续到天亮"的那个人吸引着"我","我"与"小屋中人"构成小说的第二组镜像关系。残雪的"小屋"让人想到鲁迅有名的"铁屋",它们都可看作是压抑、封闭的空间中国的象征。但不同于鲁迅建构的铁屋外的启蒙者/叙述者与"铁屋"内昏昏欲睡的庸众/被叙述者之间的主/客、个/群、启蒙/被启蒙的关系,残雪小说中的

---

　　① 残雪的哥哥唐复华(笔名唐俟)这样描述童年时的残雪:"从小瘦弱,极其敏感,神经质,深藏着她的恐惧,她的表现是极为狂傲和怪拗的。"参见卓今:《残雪研究》,湖南文艺出版社,2012,第 8 页。

"我"与"那个人",并无"铁屋"寓言中内外、主客、个群之别,实际上,倒是"屋内人"暴怒的捶打行为引"我"好奇,促使"我""决定到山上去看个究竟",因此,这不是一个关于启蒙的故事,而是一个遵从内心呼唤的突围故事。但当"我打开门,走进白光里面去。我爬上山,满眼都是白石子的火焰,没有山葡萄,也没有小屋"。"没有小屋"意味着外在限制空间与边界并不存在,"小屋"与"那个人"都是"我"心造的幻影罢了,主体确立的外在他者其实是内在幻象、心魔的外在化。他人、历史、外在世界对自我的侵入与控制,只是自我意识的表层,残雪说:"对于一个具有强烈的自我意识的人来说,所有的'外界'都是他自身的镜像。"①即,外界他者内在于自我主体之中,是内在他者的外化。这决定了残雪从一开始关注的就是人的内面性,是"心灵的地层风景"②。

但内面性深居灵魂的深处,如何呈现才能让我们看到内面性呢?近藤直子认为只有站在梦的场所,将"我"完全分为观察者和其对象,才能记录"我"的真相。③ 写作的过程因此成为一种分离运动,自己同自己分离,这意味着"我"既是运动的主体,也是运动的客体,既是关照者,同时也是被关照者,既是权威的心理分析家,也是被分析的对象,这使主体从自认为是不变稳定的自我形象中脱离出来,同一的主体其实是痛苦的分裂过程的产物。这种自我分裂在残雪的写作中发挥到极致,形成其特有的"分身术"。关于分身术,研究者多有论及,像程德培的"将人的两个灵魂撕离开来,并让它们相互注视、交谈、会晤"④;卓今的"把自己分裂,分裂成'我'和'他',或者一个'我'或多个'他','我'和'他(们)'之间展开争论,或敌或友,有时妥协有时又是同盟"⑤;邓晓芒的"有意识地运用自己的分身术,进入到灵魂的内部探险,主要人物由一个理想原型分化而来,但这些人物往往处于极其尖锐的

① 残雪:《什么是"新实验"文学》,载《残雪文学观》,广西师范大学出版社,2007,第126页。

② 戴锦华:《涉渡之舟——新时期中国女性写作与女性文化》,陕西人民教育出版社,2002,第401页。

③ [日]近藤直子:《陌生的叙述者——残雪的叙述法和时空结构》,《北京大学学报》2007年第6期。

④ 程德培:《折磨着残雪的梦》,载萧元编:《圣殿的倾圮——残雪之谜》,贵州人民出版社,1993,第76页。

⑤ 卓今:《残雪研究》,湖南文艺出版社,2012,第8-9页。

对立之中,不仅反映出原型人格内心的不同层次、不同面向,而且体现了一种撕裂的内心矛盾"①等。

实际上,残雪本人比研究者更热衷于谈论文学分身术。在解释其提倡的"新实验"文学时,她说,"向内的'新实验',切入自我这个可以无限深入的矛盾体,挑动起对立面的战争来演出自我认识的好戏","从事这种文学的写作者都具有某种'分身法',他们既在现实生活与理想生活之间分身,也在作品里分身"。② "所谓写作,对于我来说就是调动起自我的全部力量,让这些以基本对立面为底蕴的部分相互之间进行搏斗,在搏斗中达到辉煌的分裂,也达到更高层次的抗衡。"③她甚至还以"分身术"的不同形式将写作分成两个时期,前期是"分裂的两个部分以男女主人公的形式展开对话,他们之间的纠缠与扭斗推动作品的发展",这一时期"由于离外部或世俗较近而显得色彩较浓,'人间烟火'味也较重"。而《在纯净的气流中蜕化》是一个转折,它"是在丰富的层次中成为那种最后透明物的无限的过渡阶段"。④

分身、分裂、分层是残雪"表演写作"的核心⑤,残雪早期小说分身相对单纯,基本是精神与肉体、理想与世俗、情感与思辨、具体与抽象、实体与虚无、努斯与逻各斯的两分。与主流文化对这种二分的性别表征不同,残雪作品中的男性往往是肉体、世俗、当下与确定性的表征,而女性则代表着精神、思辨、虚空与不确定性。两个部分往往以男女主人公对话的形式展开,像《公牛》(《芙蓉》1985 年第 4 期)。但两者间的谈话很难称之为"对话",因为都是答非所问,他们虽处于同一时空,却各自说着其在另一时空中的故事,这些风马牛的对话与其说是呈示了灵魂对立面之间沟通的可能性,不如说是凸显了沟通的不可能性。"我"沉浸在公牛紫色的诱惑中,诉说着一些与现存无关的模糊片段,"玫瑰的根全被雨水泡烂了",告诉他"很久远的事情,

---

① 邓晓芒:《灵魂之旅——九十年代文学的生存境界》,湖北人民出版社,1998,第 201 页。

② 残雪:《什么是"新实验"文学》,载《残雪文学观》,广西师范大学出版社,2007,第 129、130 页。

③ 残雪:《探索肉体和灵魂的文学——访美讲演稿》,《名作欣赏》2017 年第 1 期。

④ 残雪:《黑暗灵魂的舞蹈》,《残雪散文》,文汇出版社,2009,第 13 页。

⑤ 表演也是残雪常用描述自己写作的用语,表演与分身是紧密联系在一起的。残雪自己曾回忆其幼时的表演与幻想,是一种对抗孤独的方式,体验世界的方式,一人分成几个角色,他人成为我,我也成为他人。见残雪:《写作是一种特殊的表演——〈残雪文学回忆录〉自序》,《书屋》2017 年第 10 期。

和落在瓦缝里的桑葚有关的事"，看到过去"那个五月的日子"，他"带来田野的气息""肩膀上停着一只虎纹蜻蜓"等，总之"我"/妻子探究的是内心深处的莫测之境，其由许多记忆的片段和瞬间组成，关乎遥远的过去或模糊的未来。而老关/丈夫只关注当下和实际发生之事，关注他那腐烂的牙齿，"我"的莫名行为，比如照镜子之类。除了对痛苦的感知，夫妻谁也不想也不能走进对方的世界。当老关举起大锤砸向"我"的镜子时，更是宣告了沟通的不可能性与同一性主体的幻象。

《公牛》中"我"与老关之间单一层次的分身术，在《苍老的浮云》(《中国》1986 年第 5 期)则细分、叠合成一个类似于网状的套层结构。虚汝华与更善无是核心层，两人既是邻居，也曾是情人，"虚""无"是其共通处。他们都经常"做梦"，甚至能"作相同的梦"；都爱"胡思乱想"，沉浸在"从前""那时"与"记忆"中，说话也"声音轻飘飘的"，更善无"是一个虚飘的东西""漂浮的东西"，虚汝华的部分身体甚至"不可思议地消失不见了"。不能承受的身体之轻与思虑之重使他们处于真实与不真实、确定与不确定的两极。说他们真实与确定，是因为他们如此热衷于认识并思考自身甚至他人的处境，而他们的不真实与不确定也恰恰矛盾地源于这种不合"规定"的思考。虚汝华还能坦然面对自己的"例外"状况——"什么也不是"，最终将自我封闭于自己设计的"铁屋"——既是压抑死亡之地，也是逃避安全之所；更善无却始终在"无"与"有"之间挣扎，既不能在"规定"之外像虚汝华一样坦然做"一个什么也不是的人"，也无法成功模仿"规定"之人的应然状态。① 虚汝华梦中终于"看到了死亡的临近"，而更善无却只能再次沉入荆棘之梦，永无解脱。更善无与虚汝华作为"我"的分身，都在对方身上更深地看到了自己，他们在精神与无意识层面互相认同、吸引，同时也在世俗和肉体层面互相窥视和嫌憎。小说始于更善无、虚汝华早晨从一夜梦中醒来，终于夜晚再次沉入噩梦之中。梦、意识与无意识几乎构成其生命的全部。

---

① 更善无对虚汝华说："所有的人，讲什么话，做什么事，都规定得好好的。而我，什么也不是，也变不像，哪怕费尽心机模仿别人走路，哪怕整日站在办公室的窗口装出在思索的样子，腿子站断。其实我也是被规定好了的，就是这么一个什么也不是的人。"虚汝华回答："在我看来，你是一个影子一类的东西，你的确什么也不是。其实我也是这样，但是我不为这个苦恼，也不去想变的事，……在我们这类人里，有的想变，成功了，变成了一般的人，但还有一些不能成功，而又不安于什么也不是，总想给自己一个明确的规定，于是徒劳无益地挣扎了一辈子。"

虚汝华与丈夫老况、更善无与妻子慕兰是残雪分身术的第二层。老况夜晚吃蚕豆与慕兰对排骨的热衷,甚至虚汝华对酸黄瓜的贪食,更善无与慕兰因吃梅子吃得不耐烦了而结婚,都有以"吃"与口腹之欲转移精神思虑与心灵痛苦之义,隐喻其与肉体、世俗之间更为紧密的关系。老况终日惶惶不安,暴躁多疑,对妻子发号指令,对母亲却言听计从,他有强烈的恋母情结,渴望生活于母亲的荫庇之下,是巨婴的变形。虚汝华与其父母,老况与母亲,更善无与岳父、女儿、邻居与同事领导等构成第三层,这个层次与世俗世界的联系更为密切,小说更多呈现他们之间互相窥探、仇视、骚扰、恐吓,同时却又互相依存、互为镜像的状况。

三层关系中,虚汝华是内心、精神、灵魂的象征,她对自我的探索本身就是一种对别样的渴望,她抛开了现实世界,抛开了一切亲属关系,也就抛开了肉体与生命,正是她"看到了死亡的临近",并最终坠入"虚"空之中。我死故我在。虚汝华与更善无之外的人都避免探讨"我""到底是个什么人"这件事,而将视线转向他人,像慕兰教训更善无要有"实际的态度,切忌精神恍惚"。他们尽量成为"规定"之人,但这并不意味着他们没有面对自我的一瞬,当他们惶恐不安辗转难眠的时刻,就会与虚汝华、更善无——虚无——相遇。由此,虚汝华与更善无及其他人物作为残雪之分身,就并非简单的对立关系,而是互相映照、互现、补充,从而构成了一个多层次、多结构、多面相的"灵魂风景"。

由社会关系与亲属关系构成的"分身术",使《苍老的浮云》与外界、历史、现实,尤其是"文化大革命"特定的历史状况联系在一起,而这个具有特定时空的外部世界在残雪看来,"烟火气"过重,她努力要探究的是不依赖具体现实却具有"普泛性"的抽象的"肉体与灵魂",不仅能以实写虚,更能以虚写虚,在滤去任何可辨认的有限外部世界的"纯净"境界中探求无限的生命本身,这也是她将《在纯净的气流中蜕化》(《钟山》1992 年第 6 期)看成是转折的原因所在。《在纯净的气流中蜕化》几乎不再涉及任何社会关系,不再有任何可辨认的事件,只有一个实体之人"劳"。"劳"如其名,一生忙忙碌碌、慌慌张张,经常"被凶猛的台风追逐"而"死命地跑";她对很多事"焦躁、好奇",她徒劳地思考,"脑袋就像一个吸尘器""被幻觉和灰尘撑得快要裂开",总之,"劳"是思考的主体,生命的象征。与"劳"的"生生不息之为易"的

"蜕变"相反,无须"白脸人"则是止的极致。他的房子"寂静"得如同"真空";他表情"模糊",喝的是"温吞水",抽的是"无味烟",走路无声无息;除了对"消失的白鸟"还感兴趣外,他对"劳"的任何思虑与举止都见怪不怪。他那里是无季节的透明世界,"白脸人"是停滞、虚无与死亡的象征。"劳"与"白脸人"因"白鸟"而发生关联。"白鸟"是"劳"年少的记忆,是理想的生命形式,偶然被瞥见,消失,又出现,最终消失。"白"脸、"白"鸟中的"白"既是"空无",也是"一切"。"劳"后来顿悟到"白鸟的形象正好是弥留之际的意象","白鸟"故而也是死亡的理想形式。

《在纯净的气流中蜕化》还是残雪对于生命与死亡、时间与空间、肉体与精神、物质与意识、形式与内容、有形与无形等的思考,只不过这次她不再依托一个现实具体的场景,而是在一个相对抽象和纯粹的状态中进行。如果说《公牛》《苍老的浮云》《黄泥街》等是地狱中"做着小粉红花梦"的众生挣扎的话,《在纯净的气流中蜕化》却是和解,与衰老、肉体分离,死亡的和解,"净化"与"老化"最终归于"蜕化"。"蜕化"原指虫类脱皮,"劳"曾想到蚕的蜕化;道教谓人死亡解脱成仙,所谓"仙人蜕化处,千载空芙蓉";残雪以"蜕化"呈现生命与死亡之间的对立统一状态:"每时每刻都有无数的小生灵在挣扎中将牙齿咬得'嘎嘎'直响。这些事,如一棵茂密的大树上落下的枯叶。"小生灵的挣扎与枯叶的飘落,生与死、动与静,在不同的物种间臻至同一。于是,残雪分身术不再局限于灵魂在人与人之间的赋形,不仅是我─你─他之间的流转与幻化,同时也是人与物之间的赋形,是非我─非你─非他之间的流转与幻化。"劳"与白鸟,与树,甚至与气候、空气之间都产生了交流,而"劳"的形象甚至变成了纸团、风铃:

> 有时候,劳看见自己的形象化为一团五颜六色的字纸团,纸团内又长出一些毛茸茸的犄角。风一吹,纸团"扑!扑!"地响。有时候,她又化为一副风铃,是橙色的玻璃做的,响声很琐碎。变为风铃的时刻是不太多的,也没有给她带来什么特别的美感。在劳的种种化身中,连风铃都是空洞无意义的,还不如那枚朴实的小银币有新鲜感。

从人与人之间的分身到人与物之间的分身,残雪的分身术也逐渐从与他人的分离、与自我的分离,转为与宇宙万物的共鸣同一,我是它,它是我。"劳"是形式,是生命的起点,"白"是实质与归宿,残雪对"我"之主体性执着呈现的过程,却是化身他人、他物,让他人、他物显身的过程,是主体"我"他/它化的过程,于是,"我"与"你"在"天堂里的对话"最终也必然是"我们忽然化为两株马鞭草,草叶上挂着成串的雨珠"。

幻化、蜕化、它化,残雪对"化""化为""化身""分身"的迷恋,重新定义了主体,定义了主体与他者的关系。在"我"意识到他人的侵入时,"我"之主体性开始确立,但是这个他人并非单纯的外在,而内在于"我"之中。同时,"我"在人与人之间、人与物之间自由切换,也导致了主体化的过程同时也是他/它者化的过程,或者说主体一开始就是作为他/它者被认识的。其实,主体与他者、主—客—体之间的这种关系,与其说是互为主体,毋宁说是互为他者,拉康认为,"一个'我'对于相互主体的共同尺度的参照,或者更可以说就被当作是他人的他人,即他们互相是他人"①。其实,人只能在他人身上认出自己,在此,他者是个象征性语言介体,个人只有通过这个介体才成为人。② 换句话说,"这个人在看自己时也是以别人的眼睛来看自己,因为如果没有作为另一个的他的形象,他不能看到自己"。③ 为了看到"自己",看到现代人之内面性,残雪以其特有的分身术,将他人、它物召唤出来,将"他者"从本体论中解放出来,让"他者"作为他者真正显现出来,同时,主体之分裂也成为一个永恒的在场,从而打破了同一性之主体的幻象。

据残雪自言,《黄泥街》而非首次发表的《污水上的肥皂泡》,才是她创作的第一部小说。"黄泥街",那个封闭的、无法循环的停滞空间,让人想起鲁迅"铁屋子"的寓言,小说中频繁出现的"沉睡""昏睡"、黄泥街居民的睡梦与呓语,看来也是 20 世纪"沉睡中国"形象的延续,另外,大量带有"文化大革命"标示性的语句等,也使这部作品留有明确的可辨识的"民族寓言"与"政治寓言"的特征,而这也正是残雪的现代主义创作在国内外被接受的一个重

---

① ［法］拉康:《拉康选集》,褚孝泉译,上海三联书店,2001,第 218 页。
② 张一兵:《魔鬼他者:谁让你疯狂？——拉康哲学解读》,《人文杂志》2004 年第 5 期。
③ ［法］拉康:《拉康选集》,褚孝泉译,上海三联书店,2001,第 408 页。

要原因。吴亮曾精辟地将残雪被接受的原因概括为两个方面：一是小说常泄露出对"文化大革命"时期社会黑暗的深刻记忆，这种记忆的高度变形与梦呓式的偏执处理，使小说经常处于一种精神变态的氛围之中；二是小说的处理方式，像超现实意象、内心分裂等，使接触过西方现代派的评论者为此激动不已。① 简言之，残雪小说的"文化大革命"历史记忆与对这一历史记忆的现代主义处理方式，正好契合了人们将现代主义文学置于民族国家的政治框架中的理解方式。

　　但残雪一直非常反感这样的理解方式，她既拒绝国内，也拒绝国外对她的政治化解读，虽然这种拒绝在某种程度上关联于其厌恶排斥政治的情感无意识，但更重要的原因却源自她的文学观与文学追求。她认为"伟大的中国小说"的提法显得"小里小气"，"中国作家应该战胜自己的民族自恋情结"，伟大的作品不能停留在所谓的"民族经验"的层面上。② 所以，当余华等先锋小说家在"中国人"还是"人类"、是"借鉴"还是"继承"卡夫卡式的现代主义传统、是民族的还是世界的等二元选项之间不得不艰难选择并最终回归现实主义的"民族寓言"书写时，残雪却将人类情感、精神的故乡而非界限性的民族国家作为关注的重心，她认为"对于我们的故乡来说，民族、国家这一类观念都太狭隘了"③，她一直关注的是从其个体化自身出发的人的最深刻、最普遍的本质，那不是浮在表层的可见之物，而是深层的被压抑被排斥的不可见之物，那些破坏界限、混淆是非的"卑贱"之物，是混沌黑暗的搅动成一团的本能生命的律动。为呈现这一不可见的内在、这一物质化的精神世界，残雪采用了各种形式的分身之术，小说家残雪与评论家残雪是最清晰、最外在的分身，而更重要的是小说家残雪以分裂、蜕化、幻化、它化等方式在小说文本内进行的分身，而借由这种具有东方式美学特征的"大化"方

---

① 吴亮：《一个臆想世界的诞生》，《当代作家评论》1988 年第 4 期。

② 残雪：《我心目中的伟大作品》，载《残雪文学观》，广西师范大学出版社，2007，第 122－123 页。

③ 残雪：《什么是"新实验"文学》，载《残雪文学观》，广西师范大学出版社，2007，第 131 页。

式,残雪对主体、内在性的探究也指向对一个稳定的、不变的、理想的主体的解构。[①]

本章小结

将现代主义文学置于民族国家框架之中,将其看成是"民族寓言"或"社会政治寓言",不仅是詹姆逊那样的同情第三世界民族主义的西方学者的欲求,往往也是中国学者对一部现实主义或现代主义作品的最高评价。[②] 对"民族寓言"的执迷,是后发现代(主义)国家与地区"被延迟的现代性"或者"无法达成的超现代性"焦虑的情感体现之一种。但对"民族寓言"的欲求,尤其对来自西方世界的欲求,很多作家并非没有疑虑,他们无法确定(西方)读者对中国文学的热情是来自文学本身的艺术性因素呢,还是把中国文学仅仅当成了解中国现实政治的媒介。这种疑虑在某种程度上反映了作为"第三世界"的中国作家对西方在民族性、地域性与政治性框架中理解中国文学的抵抗。但在一个不平等的全球化政经文化格局中,一些中国文本自觉不自觉地与这个"民族寓言"共谋,甚至制造一个东方主义的民族文化奇观、历史政治奇观,张艺谋的一些电影之所以在国内引发批评正源于此。"第三世界"文本面对"第一世界"时的左右失据,正是现代主义与民族主义在全球化格局中矛盾与张力关系的体现。而打破这个纽结,将第三世界、中国文本置于与第一世界的共时性结构之中,肯定中国现代主义文本在文化、地域、国族差异性基础上的普遍性、人类性与内在性的性质,尤其具有现实

---

① 作为评论者的残雪更多以理性的方式,作为小说家的自身进行对话;而作为小说家的残雪则更多以非理性方式,通过召唤出自身被主体压抑的他者来与其评论对象和自身进行对话。作为小说家的创造者降位为不可知的描述者,在这样的转化过程中,小说家残雪呈现的是一个谦卑与恐惧的自我,而对自我的放弃也为他者的呈现敞开了空间。由此,作为小说家的残雪与作为评论家的残雪就包含了主体的二重性。同一的主体是痛苦的分裂过程的产物,理性之"我"必须压抑自己的本真欲望,但这被压抑的东西却作为恐惧的诱惑继续存在。小说家残雪与评论家残雪,自信、理性、同一之残雪与恐惧、非理性、分裂之残雪,极力张扬主体的哲学结构之残雪与让位于他者的文学结构之残雪之间的切换与对话,呈现了主体的矛盾状态。

② "面对第三世界文本,(西方)人们索求着寓言,关于民族寓言和社会命运的故事。"见戴锦华:《梦魇萦绕的小屋》,《南方文坛》2000 年第 5 期。其实不仅是西方人们,第三世界、中国的人们,尤其知识分子,同样也在索求着关于民族寓言的文本。

意义,这也是周蕾等中国裔西方学者坚持运用精神分析理论来分析现代中国文本和现代性的一个重要原因。对西方中心主义最有效的批判,不是接受他们对第三世界/第一世界关于物质/精神、现实性/内在性、集体/个人、民族寓言/人类寓言等等的区隔,而在于揭示并打破这种区隔背后的权力与规训机制。这也正是本章选择残雪的文本来打破"民族寓言""政治寓言"迷思的原因。

当代中国作家中可能没有人像残雪一样,持之以恒地进行现代主义创作,持之以恒地关注现代人的内面性、精神性、主体性,持之以恒地追求人类在情感、灵魂与困境方面的共通性与普遍性,持之以恒地呈现语言本身的可疑性、暧昧性与不确定性。梦呓、谵语,画面感、层次性、抒情性极强但缺乏现实指向性的场景,很少进入一般作家视野中的各种生灵组成的能指链,使残雪文本呈现为一个反抗阐释的非理性、无逻辑、置身象征世界之外的潜意识世界,而这一非理性世界的呈现,恰恰是残雪利用强大的理性精神压抑理性、逻辑、意识的结果。她用语言触及了那些被语言压抑和遮蔽的人类原初记忆,那些被主体、象征秩序排斥压抑的"卑贱"存在与记忆。如果说前期创作总还隐约闪现着关于"文化大革命"的历史记忆梦魇的话,那么,从《在纯净的气流中蜕化》开始,残雪不再依赖外部那个现实世界来探索不可触摸的内在世界,而是创建了一个无关乎地域、国别、文化、种族、性别的新世界,像《最后的情人》《边疆》等,这不是说她的这些小说中不存在地域、国别、种族、性别等可辨识的概念,而是说这些概念在灵魂的结构中已经失去了其区隔的意义。残雪的文本世界,是向后、向深开掘的,这使其看起来充满了原始的、神秘的、抒情的色彩;但同时,它又是现代的,只有那些执着追求认识内在痛苦的现代灵魂才能了悟其中的奥秘。残雪念兹在兹的是"自我"与"主体",但通过其特有的灵魂分身术,通过召唤出那些被主体所压抑无视的众魑魅,她建构起一个走向他者、与他者共存、他者可以作为他者而存在的本能共和国,从而最终摧毁了意欲在第一世界/第三世界、主体/他者、精神/物质、世界/民族等区隔中建构一个统一性、排他性、掠夺性的主体的妄念与执念。

结语　走向女性/他者：在启蒙与革命范式之间

在本书中，我试图论证从性别表意机制来探究 80 年代中国的文学文化思潮，可以为重新理解 80 年代中国的思想文化状况打开新的理论和想象空间，穿越并超克目前启蒙研究范式与革命研究范式这两种基本研究范式难以沟通的对立格局，以性别为媒介与桥梁，在对普遍与绝对差异的认可之中达成基本的底线与共识，在理论与实践层面抵达更大的开放性、包容性与穿透性。

启蒙研究范式往往也被称为现代化范式，是 80 年代开始重新确立的一种具有统括性的理论与批评范式，其本身建立在质疑、批判 50—70 年代一体化的革命范式的基础之上，应和了告别（革命）历史、走向（西方）世界、追求现代（西化）的"新"时期历史意识。人道主义大讨论、"八十年代"是"第二个五四时代"的判断、"20 世纪中国文学"与"民国文学"的提出、以"审美为标准"的"纯文学"的想象、"文学现代化"的共识、"重写文学史"的实践与冲动，"文明与愚昧"的设定等，皆在启蒙现代化研究范式的框架之内。革命研究范式则是近些年凸显并日趋主流化的研究范式，建立在否思 80 年代启蒙现代化范式的基础上，某种程度上继承了 50—70 年代确立的革命范式与意识形态批判方式。主要表现为：批判建立于"断裂论"基础上的"新时期"历史意识，指出启蒙理论扮演着意识形态的功能；重估社会主义文艺实践的历史价值，将其看成是"反现代性的现代性"；强调当代文学七十年的连续性；重提"第三世界"、（后）冷战、人民、民族等分析范畴；借助一个划分内部/外部的全球本土化研究视野，反省和批判启蒙现代化范式在解决中国独特问题的局限性等。

如果说启蒙现代化研究范式建构起一个类似"黄金时代"的进步、发展、现代的"八十年代神话"的话，那么革命范式则意在拆解这一"新启蒙"神话，认为启蒙范式诉诸的自然人性与个体化想象制造了"原子化个人",新启蒙成为"市场化、资本化、阶级化过程的意识形态表征,其既掩盖又表征了社会转型时期的结构性创伤"。① 启蒙研究范式与革命研究范式基本对应"左"与"右"这两种具有差异性的价值观念,其在80年代尚能统一于改革共识之上,但随着90年代后期市场化与全球化进程的迅速展开、阶层分化乃至断裂的感受日益清晰、"中国崛起"引发的世界格局的重新调整,这两种范式对中国现状与问题的判断与解决之道却难以再达成基本的共识。

启蒙与革命两种研究范式在"新时期"与"新世纪"的浮沉,紧密关联于全球本土化进程中的现实中国状况及其对过去、现在、未来的认识与设定。两种研究范式皆是一种具有整体性的统合性话语,都指向一种事关正义、公平、自由、平等的社会愿景与规划,尽管启蒙现代化范式更强调一种基于跨越空间、时间和地方的人类性、世界性与普遍性,而革命范式更强调基于不同文化、历史、阶级、民族国家的特殊性与差异性。如何辩证看待它们的对立格局及其形成过程,穿越两种范式之间看来不可通约的划界,建立一个更为开放、包容、多元的理论批评空间,克服其各自在生成过程中产生的意识形态围栏,在阶层、思想、社会、文化、世界不断分化、分裂甚至断裂的当下,就格外具有现实的针对性与迫切性。

在本书中,性别及其表意机制成为穿越两种范式壁垒的契机与桥梁。桥表明分离、界限、疆域的存在,但同时更意味着跨越、沟通与对话。从马克思主义辩证法的思维原理看,两种研究范式都应看成是一种概念、抽象和理论的生成过程(becoming),是对关系、过程、潮流的理解,是一种处于变化、流动之中的为某种制度、体制、规划提供理论支撑的意识形态。② 而性别,在作为一种意识形态表意机制建构并呈现两种研究范式的意识形态性、呈现它们在性别议题上交错重叠关系的同时,也揭示它们自身存在的漏洞、罅隙,拆解其意图作为一种统摄性话语的虚妄,由此呈现出一个更为复杂、多元、流动不居的文化场域。

---

① 关于80年代启蒙与革命范式建构的论述,可见韩琛:《"重写文学史"的历史与反复》,《中国现代文学研究丛刊》2017年第5期。

② 关于辩证法原理的论述,可见［美］戴维·哈维:《正义、自然和差异地理学》,胡大平译,上海人民出版社,2010,第57—63页。

　　启蒙现代化研究范式在 80 年代的复返,回应了那一时代普遍存在的"被(革命)延迟的现代性焦虑",这种时代焦虑感与一种断裂的时空意识有关:首先是时间上的断裂感,20 世纪以来的中国现代化想象及其实践被50－70年代的社会主义革命实践所中断;其次是空间上的断裂感,冷战格局的形成使中国(被)排除在(西方)现代化发展的普遍性轨道之外而置身于"第三世界"空间之中。时空的断裂感形成一种空间的异时性与时间的异质性,即一种异时性与异质性空间。而"新时期"中国的应有之义,则是告别50－70 年代形成的这一异时性与异质性空间,重返断裂之前的现代化想象与实践,这正是"新时期"得以形成的"断裂"历史意识与现代化逻辑。因此,与"告别"同时进行的是"魂兮归来"的"重返"与"再续"。重返 20 世纪现代化的想象与实践,回归"家庭""血缘亲情""爱情""人性""生命""欲望""身体"等与政治空间相对的"自然"空间,成为"新时期"及其文艺实践的基本诉求。而在这一实践中,被认为最能表征差异性与自然性的性别关系、性别观念与性别实践成为现代化的中心议题之一,现代化的焦虑彼时更直接地体现为一种性别化的渴望。大众文化对于"女人味"与"男子汉"的兴味、学界对于妇女是否被"解放"与妇女双重社会角色问题的讨论、女性(妇女)文学及其批评话语的浮现、张洁《爱,是不能忘记的》与遇罗锦《一个冬天的童话》带来的伦理道德与爱情婚姻观的争议、"潘晓来信"引发的人生问题大讨论等,构成"新启蒙"话语最切实、日常同时也最尖锐、复杂的部分。可以说,正是性/别话语,落实、拓展并普及了新启蒙话语在社会转型中国的影响力。

　　如果说"新启蒙"是通过质疑社会主义妇女解放道路,释放被革命压抑的女性与母性,恢复并重建被(革命/政治)阉割的男子汉气质,以基于自然、天性的性别观念来勾画其现代、自由、独立的社会愿景的话,那么,革命范式则是以一种去自然化、去性别化的阶级化、政治化的性别观念来构画其平等、正义、解放的大同乌托邦愿景。健康、朴素、乐观向上的职业妇女、劳动妇女形象,成为反帝、去殖、平等、解放的社会主义新中国的表征。[①]《白毛女》中由鬼变人最后手握钢枪的喜儿、《上海姑娘》中为国家利益举报恋人技术冒进的白玫、《李双双小传》中积极参与劳动竞赛与公社管理的公社社员

　　　① 　可见马春花:《"女人开火车":妇女、机器与现代性》,《文艺争鸣》2014 年第 6 期。

李双双等,都是社会主义新女性的代表,而"中国革命的反殖民主义的民族主义,反资本主义的社会主义,反自然人性论的乌托邦主义,反个人主义的集体主义等激进现代性主张,都在这个新女性神话中得到体现"。[①] 但这种革命/性取代自然/性的强力逆写,在新时期的世俗化现代性想象的冲击下发生逆转,商品/性、自然/性复返,革命/性成了一闪而逝的神话,曾经的"铁姑娘"与"女小将"迅速衰老成为人见人烦的"马列主义老太太",而自然/商品女性则可以青春常驻,就像《芙蓉镇》中的胡玉音。但近年来革命研究范式的浮现再次反转或颠倒了这两种女性在象征中的位置,《白毛女》《李双双》《上海姑娘》等也因之作为社会主义革命经验被反复再解读。

　　经由性别/女性的透镜,在揭示启蒙与革命这两种范式如何借助不同的性别修辞完成其自身不同的意识形态建构的同时,也可呈现这两种不同范式之间内在的一致性与局限性。启蒙现代化范式强调革故鼎新,强调线性发展的普适性,但从性别来看,其拨乱反正虽颠倒了主体的位置,但男性/父式的启蒙主体却延续了革命时代的父权意识形态结构,"新时期"文学于是依然开端于新父的再造;改革文学则是改革者在劫难之后再次相遇、分化或联手的新男权争霸剧,男性气质的再生产也是男权结构的再生产;寻根文学意欲通过重续父子相继的父系家族谱系、执迷于一个未被现代、革命污染的"原初中国"来建构文化中国的主体性;第三世界的现代主义文艺大体上都是作为"民族寓言"的现代主义,现代与民族、欧洲与本土的二元论架构往往是不能摆脱的意识形态模式,民族文化/政治奇观与现代形式是其纽结成型的两极,不免带有难以完全祛除的后殖民性。就此而言,"新时期"文学并未真正想象出一个更为多元、自由、公平、正义的新世界。

　　革命研究范式虽揭示了"新时期"启蒙范式的意识形态性,但并未深刻反思自身的意识形态性,在指出 80 年代与 50—70 年代之间存在的连续性时,却缺乏对意识形态与乌托邦进行必要的区分。意识形态让人成为现实的臣服主体,而乌托邦更多基于对现实的抵抗。革命意识形态的解放性更多体现在后革命时空中,因为只有在后革命时空中,革命本身的乌托邦性才能真正凸显,成为抵挡现实压抑的异质性空间。这也是本书在刘心武的《班

---

① 韩琛:《革命变雌雄:中国社会主义电影的性别政治》,《文化研究》2015 年第 4 期。

主任》外，还要以左右难辨的丁玲与迟到出场的女劳模杜晚香作为讨论新时期文学发生的另一脉络的原因。而重读女劳模杜晚香、杨月月、革命女闯将李国香、异化女学生谢惠敏这些在"新时期"失去其政治光环的女性形象，并不在于表明其曾经光环的真实性、正确性、解放性与合理性，而是想表明，即使这些不合时宜、曾被历史淘汰的声音也应有其存在的空间与可能，一个多元的、巴特勒所言的"可活"（livable）世界，应该给他们保留一个位置。对于那些弱势、边缘、底层的人们来说，作为一种旨在走向大同世界的社会主义革命乌托邦，是他们抵抗自身处境的为数不多的话语权力来源之一。当黄山来的小保姆们用"社会主义人人平等""你服务我来我服务你"解释自身卑微的身份时，当女性用社会主义妇女解放、男女平等来质疑现代性想象中对女性的商品化、性/别化的限定时，当改革者以革命年代的无私无畏的战士来激励自己投身改革事业、建立美好新世界时，社会主义革命才真正成为应该继承的理论资源、情感动力与信仰支撑。

性别，单纯从汉字本身来解释，性，是本性、天性、本质；别，是差别、差异、不同，性别体现差异，差异才是世界的本质。如何处理性别问题，也就是如何处理差异问题，使千差万别的事物可以和平生活在一起，维持一种动态平衡。性别，从来不仅仅是性别的问题，它既是权力话语交锋的空间，同时也是各方协商的场所。当我们谈论性别问题时，我们其实也在谈论差异、交流、共识、底线与共同体问题，谈论那些时代的主流、支流、潜流之间冲突、交错与重叠的关系。相比于论述主流何以成为主流，本书更关心那些旁逸斜出的支流、那些被主流压抑淹没的潜流，呈现其激情的疏离、被深埋的挫折与重见天日的渴望。而女性，作为一切被压抑者及其力量的现实、文化与象征符码，也正是在这个意义上成为结构全书的内在动力所在。

参考文献

[1][印]阿马蒂亚·森:《身份与暴力:命运的幻象》,李风华等译,中国人民大学出版社 2009 年。

[2][美]佩吉·麦克拉肯主编,艾晓明、柯倩婷副主编:《女权主义理论读本》,广西师范大学出版社 2007 年。

[3][英]艾华:《中国的女性与性相:1949 年以来的性别话语》,施施译,江苏人民出版社 2008 年。

[4][英]安东尼·史密斯:《民族主义:理论,意识形态,历史》,叶江译,上海人民出版社 2006 年。

[5][英]安东尼·史密斯:《亲密关系的变革:现代社会中的性爱和爱欲》,陈永国、汪民安等译,社会科学文献出版社 2001 年。

[6][美]白馥兰:《技术与性别:晚期帝制中国的权力经纬》,江湄、邓京力译,江苏人民出版社 2010 年。

[7][美]本尼迪克特·安德森:《想象的共同体——民族主义的起源与散布》,吴叡人译,上海人民出版社 2005 年。

[8][德]彼得·毕尔格:《主体的退隐》,陈良梅、夏清译,南京大学出版社 2004 年。

[9]蔡翔:《革命/叙述:中国社会主义文学—文化想象(1949—1966)》,北京大学出版社 2010 年。

[10]Cathy Caruth, *Unclaimed Experience*: *Truama*, *Narrative*, *History*, Baltimore and London: Johns Hipkins UP, 1995.

[11]陈顺馨:《中国当代文学的叙事与性别》,北京大学出版社 1995 年。

[12]陈顺馨、戴锦华选编:《妇女、民族与女性主义》,中央编译出版社 2004 年。

［13］陈晓明：《无边的挑战——中国先锋文学的后现代性》（修订版），中国人民大学出版社 2015 年。

［14］程光炜：《文学讲稿——"八十年代"作为方法》，北京大学出版社 2009 年。

［15］程光炜编：《文学史的多重面孔：八十年代文学事件再讨论》，北京大学出版社 2009 年。

［16］［加］达琳·M.尤施卡：《性别符号学：政治身体/身体政治》，程丽蓉译，译林出版社 2015 年。

［17］［美］戴维·哈维：《正义、自然和差异地理学》，胡大平译，上海人民出版社 2010 年。

［18］戴锦华：《涉渡之舟：新时期女性写作与女性文化》，陕西人民教育出版社 2002 年。

［19］戴锦华：《雾中风景：中国电影文化（1978－1998）》，北京大学出版社 2006 年。

［20］戴锦华：《犹在镜中——戴锦华访谈录》，知识出版社 1999 年。

［21］戴锦华：《隐形书写——90 年代中国文化研究》，江苏人民出版社 1999 年。

［22］董丽敏：《性别、语境与书写的政治》，人民文学出版社 2012 年。

［23］杜芳琴：《妇女学和妇女史的本土探索——社会性别视角和跨学科视野》，天津人民出版社 2002 年。

［24］［美］杜赞奇：《从民族国家拯救历史：民族主义话语与中国现代史研究》，王宪明等译，社会科学文献出版社 2003 年。

［25］［英］艾瑞克·霍布斯鲍姆：《极端的年代：短暂的 20 世纪（1914－1991）》，郑明萱译，江苏人民出版社 1999 年。

［26］［英］艾瑞克·霍布斯鲍姆：《民族与民族主义》，李金梅译，上海人民出版社 2006 年。

［27］［英］E.霍布斯鲍姆、T.兰格编：《传统的发明》，顾杭、庞冠群译，译林出版社 2004 年。

［28］［美］弗雷德里克·詹姆逊：《政治无意识：作为社会象征行为的叙事》，王逢振、陈永国译，中国社会科学出版社 2011 年。

[29]高华:《革命年代》,广东人民出版社 2010 年。

[30]甘阳主编:《八十年代文化意识》,上海人民出版社 2006 年。

[31][美]高彦颐:《闺塾师:明末清初江南的才女文化》,李志生译,江苏人民出版社 2005 年。

[32][美]葛尔·罗宾等著:《酷儿理论:西方 90 年代性思潮》,李银河译,时事出版社 2000 年。

[33][德]卡尔·曼海姆:《意识形态与乌托邦》,黎鸣等译,商务印书馆 2000 年。

[34][德]哈拉尔德·韦尔策编:《社会记忆:历史、回忆、传承》,季斌、王立君、白锡堃译,北京大学出版社 2007 年。

[35]韩琛:《中国电影新浪潮》,中国社会科学出版社 2019 年。

[36][德]汉娜·阿伦特:《论革命》,陈周旺译,译林出版社 2007 年。

[37]贺桂梅:《"新启蒙"知识档案——80 年代中国文化研究》,北京大学出版社 2010 年。

[38]贺桂梅:《女性文学与性别政治的变迁》,北京大学出版社 2014 年。

[39][美]贺萧:《危险的愉悦:20 世纪上海的娼妓问题与现代性》,韩敏中、盛宁译,江苏人民山版社 2003 年。

[40][美]贺萧:《记忆的性别:农村妇女和中国集体化历史》,张赟译,人民出版社 2017 年。

[41]洪子诚:《中国当代文学史》,北京大学出版社 1999 年。

[42]洪子诚:《问题与方法——中国当代文学史讲稿》,生活·读书·新知三联书店 2002 年。

[43]洪子诚、程光炜等:《重返八十年代》,北京大学出版社 2009 年。

[44]胡缨:《翻译的传说:中国新女性的形成(1898—1918)》,龙瑜宬、彭姗姗译,江苏人民出版社 2009 年。

[45]胡缨:《葬秋:诗歌、情谊与哀悼》(*Burying Autumn：Poetry, Friendship, and Loss*),哈佛大学出版社 2016 年。

[46]胡晓真:《才女彻夜未眠:近代中国女性叙事文学的兴起》,北京大学出版社 2008 年。

[47]黄子平:《"灰阑"中的叙述》,上海文艺出版社 2001 年。

[48][美]黄心村:《乱世书写:张爱玲与沦陷时期上海文学及通俗文化》,上海三联书店 2010 年。

[49]季红真:《文明与愚昧的冲突》,浙江文艺出版社 1986 年。

[50][美]季家珍:《历史宝筏:过去、西方与中国妇女问题》,杨可译,江苏人民出版社 2011 年。

[51][澳]杰华:《都市里的农家女——性别流动与社会变迁》,吴小英译,江苏人民出版社 2006 年。

[52]康正果:《风骚与艳情》,河南人民出版社 1988 年。

[53][德]卡尔·曼海姆:《意识形态与乌托邦》,黎鸣、李书崇译,周纪荣、周琪校,商务印书馆 2000 年。

[54][美]凯特·米利特:《性政治》,宋文伟译,江苏人民出版社 2000 年。

[55][英]劳拉·穆尔维:《恋物与好奇》,钟仁译,徐德林校,上海人民出版社 2007 年。

[56]乐铄:《迟到的潮流——新时期妇女创作研究》,河南人民出版社 1989 年。

[57][澳]雷金庆:《男性特质论:中国的社会与性别》,[澳]刘婷译,江苏人民出版社 2012 年。

[58]李恒基、杨远婴主编:《外国电影理论文选(修订本)》,生活·读书·新知三联书店 2006 年。

[59]李洁非、杨劼主编:《寻找的时代——新潮批评选萃》,北京师范大学出版社 1992 年。

[60]李陀编选:《昨天的故事:关于重写文学史》,牛津大学出版社(香港)2006 年。

[61]李银河主编:《妇女:最漫长的革命——当代西方女权主义理论精选》,生活·读书·新知三联书店 1997 年。

[62]李小江、朱虹、董秀玉主编:《主流与边缘》,生活·读书·新知三联书店 1999 年。

[63]李小江、朱虹、董秀玉主编:《性别与中国》,生活·读书·新知三联书店 1994 年。

[64]李杨:《50－70 年代中国文学经典再解读》,山东教育出版社 2006 年。

[65][美]刘子健:《中国转向内在:两宋之际的文化转向》,赵冬梅译,江苏人民出版社 2012 年。

[66][美]刘禾:《跨语际实践:文学、民族与被译介的现代性(中国:1900－1937)》,宋伟杰等译,生活·读书·新知三联书店 2002 年。

[67]刘慧英:《走出男权传统的樊篱——文学中男权意识的批判》,生活·读书·新知三联书店 1995 年。

[68]刘慧英:《女权、启蒙与民族国家话语》,人民文学出版社 2013 年。

[69][美]刘剑梅:《革命与情爱——二十世纪中国小说史中的女性身体与主题重述》,郭冰茹译,上海三联书店 2009 年。

[70]刘复生主编:《"80 年代文学"研究读本》,上海书店出版社 2018 年。

[71]刘人鹏:《近代中国女权论述——国族、翻译与性别政治》,台湾学生书局 2000 年。

[72][美]罗丽莎:《另类的现代性:改革开放时代中国性别化的渴望》,黄新译,江苏文艺出版社 2006 年。

[73]罗岗主编:《现代国家想象与 20 世纪中国文学》,上海人民出版社 2014 年。

[74]罗岗、顾铮主编:《视觉文化读本》,广西师范大学出版社 2003 年。

[75][美]马泰·卡林内斯库:《现代性的五副面孔:现代主义、先锋派、颓废、媚俗艺术、后现代主义》,顾爱彬、李瑞华译,商务印书馆 2002 年。

[76][美]马歇尔·伯曼:《一切坚固的东西都烟消云散了——现代性体验》,徐大建、张辑译,商务印书馆 2003 年。

[77]孟悦:《历史与叙述》,陕西人民教育出版社 1991 年。

[78]孟悦、戴锦华:《浮出历史地表:现代妇女文学研究》,中国人民大学出版社 2004 年。

[79][法]米歇尔·福柯:《性经验史》(增订版),佘碧平译,上海世纪出版集团 2011 年。

[80][法]米歇尔·福柯:《知识考古学》,谢强、马月译,生活·读书·新

知三联书店 1998 年。

[81][法]莫里斯·哈布瓦赫:《论集体记忆》,毕然、郭金华译,上海人民出版社 2002 年。

[82][美]莫里斯·梅斯纳:《毛泽东的中国及其发展——中华人民共和国史》,张瑛等译,社会科学文献出版社 1992 年。

[83]南帆:《后革命的转移》,北京大学出版社 2005 年。

[84]潘毅:《中国女工:新兴打工者主体的形成》,九州出版社 2011 年。

[85][法]皮埃尔·布迪厄:《男性统治》,刘晖译,中国人民大学出版社 2011 年。

[86]乔以钢:《中国当代女性文学的文化探析》,北京大学出版社 2006 年。

[87][英]齐格蒙·鲍曼:《现代性与大屠杀》,杨渝东、史建华译,译林出版社 2011 年。

[88][美]R.W.康奈尔:《男性气质》,柳莉等译,社会科学文献出版社 2003 年。

[89][斯洛文尼亚]斯拉沃热·齐泽克:《意识形态的崇高客体》,季广茂译,中央编译出版社 2001 年。

[90][美]苏珊·S.兰瑟:《虚构的权威:女性作家与叙述声音》,黄必康译,北京大学出版社 2002 年。

[91][美]苏珊·斯坦福·弗里德曼:《图绘:女性主义与文化交往地理学》,陈丽译,译林出版社 2014 年。

[92][美]孙隆基:《中国文化的深层结构》,广西师范大学出版社 2004 年。

[93]宋少鹏:《"西洋镜"里的中国与妇女:文明的性别标准和晚清女权论述》,社会科学文献出版社 2016 年。

[94][美]史书美:《现代的诱惑:书写半殖民地中国的现代主义(1917－1937)》,何恬译,江苏人民出版社 2007 年。

[95][挪]陶丽·莫依:《性与文本的政治》,林建法、赵拓译,时代文艺出版社 1992 年。

[96]唐小兵主编:《再解读:大众文艺与意识形态》(增订版),北京大学

出版社 2007 年。

[97]王绯:《空前之迹——1851—1930:中国妇女思想与文学发展史》,商务印书馆 2004 年。

[98]汪晖:《去政治的政治:短 20 世纪的终结与 90 年代》,生活·读书·新知三联书店 2008 年。

[99]汪晖:《死火重温》,人民文学出版社 2000 年。

[100]王逢振主编:《詹姆逊文集》,中国人民大学出版社 2004 年。

[101]王德威:《当代小说二十家》,生活·读书·新知三联书店 2006 年。

[102][美]王斑:《历史的崇高形象——二十世纪中国的美学与政治》,孟祥春译,上海三联书店 2008 年。

[103]王晓明:《半张脸的神话》,广西师范大学出版社 2003 年。

[104]王宇:《性别表述与现代认同——索解 20 世纪后半叶中国的叙事文本》,上海三联书店 2006 年。

[105]王侃:《历史·语言·欲望——1990 年代女性小说主题与叙事》,广西师范大学出版社 2008 年。

[106]汪洪编:《左右说丁玲》,中国工人出版社 2002 年。

[107][法]西蒙娜·德·波伏娃:《第二性》,陶铁柱译,中国书籍出版社 1998 年。

[108][奥]西格蒙德·弗洛伊德:《摩西与一神教》,生活·读书·新知三联书店 1989 年。

[109][英]休·索海姆:《激情的疏离:女性主义电影理论导论》,艾晓明、宋素凤、冯芃芃译,广西师范大学出版社 2007 年。

[110]徐贲:《人以什么理由来记忆》,吉林出版集团有限责任公司 2008 年。

[111]徐刚:《想象城市的方法:大陆"十七年文学"的城市表述》,台北:新锐文创出版社 2013 年。

[112]许子东:《为了忘却的集体记忆——解读 50 篇文革小说》,生活·读书·新知三联书店 2000 年。

[113][日]须腾瑞代:《中国"女权"概念的变迁:清末民初的人权和社会

性别》,姚毅译,社会科学文献出版社 2010 年。

[114] Xueping Zhong：*Masculinity Besieged*，Duke University Press，2000.

[115]颜海平:《中国现代女性作家与中国革命,1905—1948》,季剑青译,北京大学出版社 2011 年。

[116]姚玳玫:《想象女性:海派小说(1892—1949)的叙事》,中国社会科学出版社 2004 年。

[117]杨联芬:《浪漫的中国:性别视角下激进主义思潮与文学(1890～1940)》,人民文学出版社 2016 年。

[118]杨小滨:《中国后现代:先锋小说中的精神创伤与反讽》,愚人译,上海三联书店 2013 年。

[119]杨早、杨匡汉主编:《六十年与六十部:共和国文学档案(1949—2009)》,生活·读书·新知三联书店 2009 年。

[120][英]以赛亚·柏林:《启蒙的三个批评者》,马寅卯、郑想译,译林出版社 2014 年。

[121][英]伊丽莎白·赖特:《拉康与后女性主义》,王文华译,北京大学出版社 2005 年。

[122]游鉴明、胡缨、季家珍主编:《重读中国女性生命故事》,江苏人民出版社 2012 年。

[123]余英时:《中国近世宗教伦理与商人精神》,台北:联经出版事业股份有限公司 2004 年。

[124][英]约翰·B.汤普森:《意识形态与现代文化》,高铦等译,译林出版社 2012 年。

[125]查建英主编:《八十年代:访谈录》,生活·读书·新知三联书店 2006 年。

[126]翟晓光编:《田野来风》,中国电影出版社 1998 年。

[127][美]詹姆斯·C.斯科特:《弱者的武器:农民反抗的日常形式》,郑广怀等译,译林出版社 2011 年。

[128]张京媛主编:《新历史主义与文学批评》,北京大学出版社 1993 年。

[129]张京媛主编:《当代女性主义文学批评》,北京大学出版社1992 年。

[130]张清华:《中国当代先锋文学思潮论》(修订版),中国人民大学出版社 2013 年。

[131]张旭东:《批评的踪迹:文化理论与文化批评(1985—2002)》,生活·读书·新知三联书店 2003 年。

[132]张旭东:《改革时代的中国现代主义——作为精神史的 80 年代》,崔问津等译,北京大学出版社 2014 年。

[133]张颐武:《从现代性到后现代性》,广西教育出版社 1997 年。

[134]张颖、王政主编:《男性研究》,上海三联书店 2012 年。

[135]赵静蓉:《文化记忆与身份认同》,生活·读书·新知三联书店 2015 年。

[136][美]周蕾:《原初的激情:视觉、性欲、民族志与中国当代电影》,孙绍宜译,远流事业股份有限公司 2001 年。

[137][美]周蕾:《妇女与中国现代性:西方与东方之间的阅读政治》,蔡青松译,上海三联书店 2008 年。

[138][美]朱迪斯·巴特勒:《性别麻烦:女性主义与身份的颠覆》,宋素凤译,上海三联书店 2009 年。

[139][美]朱迪斯·巴特勒:《消解性别》,郭劼译,上海三联书店 2009 年。

[140][美]朱迪斯·巴特勒:《安提戈涅:生与死之间的亲缘关系》,王楠译,河南大学出版社 2017 年。

[141][法]朱丽娅·克里斯蒂瓦:《中国妇女》,赵靓译,同济大学出版社 2010 年。

[142][法]朱莉娅·克里斯蒂瓦:《恐怖的权力:论卑贱》,张新木译,生活·读书·新知三联书店 2001 年。

[143][加]朱爱岚:《中国北方村落的社会性别与权力》,胡玉坤译,江苏人民出版社 2010 年。

后　记

不知道是因为疫情还是青岛换了新机场，我们被隔离在安检通道的楼上。看着儿子刷完机票欢快跑下楼去，甚至来不及向我们认真告别，我知道，他长大了，要开始新生活去了，鸡飞狗跳的高中生活结束了，正如这本书，也有结束的一天。

十几年前，儿子还跟奶奶住在老家，上课与回老家看他的间隙写了第一本书《叙事中国》，后来又仓促出版了博士论文《中国当代女性文学思潮论》，为了评职。但竟都没用上，学校政策改了。两本书都很青涩，一直羞于提及，想着以后定要再写一本，覆盖那些粗浅与浮泛。这一晃，就十多年了。这本，算是吗？我不能回答自己。也许，梦想之所以是梦想，就在于它永远是未完成的下一个吧。

这本书还是关于性别。从 1998 年读硕士起，在性别研究里转圈也 20 多年了。以前关注点在"女性文学是什么"，在女性文学范畴之内探究女性作者书写的特质与传统。现在这本书关注的问题却是：文学中的性别是如何建构组织起来的？当文学写性别时，它还在写什么？从性别去探究 20 世纪 80 年代、中国、文学时，性别到底处于何种位置？它是研究的对象、立场还是视角、路径、媒介？在已有的启蒙与革命两种研究范式之间，性别的介入能否提供别一思路、观点？性别，作为一个分析范畴，现已为大多数研究者接受，但如何将其落到实处，打通内/外、小/大、私/公、细节/宏大等诸多围绕性别问题的划界，却并非易事。

本书将性别看成是一种表意机制，一种由此及彼的叙述与修辞术，以其被认为天然的差异性来隐喻、引喻、转译其他诸多具有差异/差等关系的结构性意识形态。性别，也是一种社会性建构的意识形态，询唤出"自动工作"的性别－主体，它不仅抹去了性别意识形态的压抑痕迹，还可以成功抹去以其为表意机制的其他意识形态的压抑痕迹。性别从来不是平行于其他分析范畴,而是作为其他意识形态的一种具有轴心性的表意机制与它们构成交叉互动的矩阵结构。以性别表意机制这一理论和路径,切入20世纪80年代的主流文学思潮及其美学化的意识形态诉求时,既可呈现这种美学—意识形态的运作痕迹,同时也可彰显被主流叙述遮蔽的那些个人化、细节化的压抑与渴望,而正是它们,将自以为是铁板一块的意识形态存在的罅隙与漏洞显现出来。

最后需要说明的是,本书的章节安排虽以20世纪80年代文学主潮为线索,但本意既不在于重构一个新的包含性别视角的文学思潮史,也不在于呈现此一时期文学的整体性状况,而是希图以性别为视界,透视文学主潮所呈现出的意识形态状况,为重新认识、理解80年代的中国、文学与世界提供另一种阅读方式。职此之故,本书更多以文学主潮中具有典型性的文本个案为研究对象,抓取了记忆、发展、民族、现代这四个文学主潮关涉的关键词,探析其在文学想象中如何借助性别修辞展开并获得言说的合法性。同时,以性别的方式来阅读文学,也将揭示这些意识形态的运作痕迹,其言辞、细节与意向之间的复杂与暧昧之处,在呈现压抑之处的同时,更希图召唤并展示那些顽强显现的希望、美好与可能。

本书缘起于董丽敏老师,没有她组织的那些学术会议,也就没有这书起始的几篇文章。迄今为止,那还是我认为的最具学术性、思想性与情感性的会议,没有之一。感谢董老师!书中收录的大部分文章经刘慧英老师之手在《中国现代文学研究丛刊》刊发,刘老师长我一旬,她的书是我性别研究的启蒙读本之一,与刘老师2009年相识于云南大学,谈学术,谈生活,亦师亦友,迄来14年矣!《芙蓉镇》一节,在美国加州大学尔湾分校访学时做过一个小讲座,是胡缨老师亲自安排的。至今难忘与胡老师每周一次的烧脑理论读书会,难忘她鼓动我加入东亚系老师们的lunch club(午餐会)以及各种聚会,难忘她课堂上的奕奕风采。疫情后,她回国不便,我们不相见也已4年多了,我想念她!本书中还有3个章节经乔以钢老师推荐在《南开学报》上发表,乔老师是女性文学研究会的定海神针,最肯奖掖提携后辈,感谢乔老师这些年来的鼓励与支持!最后还要感谢方宁老师,与方老师相识于2008年,彼时我们夫妇博士毕业不久,偏居青岛,是他的肯定支持我们走过一段最晦暗的学术之路。方老师幽默风趣,与刘慧英老师一起在他那间狭小破旧的办公室喝茶聊天,于我是人生的幸事与乐事。

最后自然要感谢的还有老韩和小韩。我本俗人,红尘万丈,笃信唯物,与老韩一起,远方竟成了日常,28 年了,还是会被他纯粹的笑感染!没有他撮猴上树式的诱导与敲打,很可能也就没有这本书。小韩呢,好像一眨眼就从那个小可爱变成了一个需仰头看的陌生人。高中三年,彼此不待见,各自发誓,以后要离得远远的。现在真是天南地北了,却突然失去鼓捣三餐的兴致,发发微信得到他回复就欢喜得不得了。一切要重新开始了,我告诉自己。

是为记。

2021 年 9 月于金家岭下

又　记

再写又记,小韩已入大三,时光如斯!

书稿历经波折,终于要在南开大学出版社出版了。没有编辑叶淑芬老师的协调与建议,此书不知要等到猴年马月。与叶老师从未谋面,但在微信中,叶老师的温和、稳健、干脆、笃定给我留下深刻印象。感谢叶老师和南开大学出版社!

2023 年 10 月于李村河畔